한무숙 근영 (대한민국 문화훈장을 받고) (1986.10)

표지화 : 파리에서 한 컷

부친 한석명 회갑기념 (1948)

시아버지 김덕경 신사임당상 시상식에 참석

삼남 봉기, 차녀 현기, 차남 용기, 장남 호기, 장녀 영기 (위-좌로부터)
부군 김진흥, 한무숙 (아래-좌로부터) (1960)

흥업은행 취체역 재직시 부군 (부산 1950년대)

부산 피난시 어린이 잡지 새벽에 게재, 33세 필자와 자녀들(1951)

여성문인단체 석굴암 방문

서울여의도비행장 (가족)

장편소설 '별의 계단' 을 한국일보에 연재시 (1960)

언니 한정숙과 함께 (1978. 7)

동생 한묘숙과 함께 (1980. 5)

막내동생이자 여류 소설가 한말숙과 함께 (1977. 6)

1974년도 노벨 문학상 수상 작가 솔 벨로와 함께(예루살렘에서)

1970년 7월, 일본의
대표작가인 이시카와
다쓰조, 가와바타 야스
나리(노벨상 수상작가),
한무숙 (좌로부터)

제1회 부부서화전을 신문회관에서 열면서(1977. 6)
김진해, 부군 김진흥, 박화성, 한무숙, 이원순 (좌로부터)

펄 벅 여사와 대담

이방자 여사와 계동마님의 좌담

낙선재에서 이방자 여사와

일본 작가 가와바타 야스나리와 문학대담

김관술 보사부장관, 박희봉 신부

금혼식 (1965)

생일 (1965.10.25)

회갑 (1978.10)

고희 (1986.6)

금혼식을 맞아

존업다이크, 장왕록과 호텔에서 대담

중립국 감시위원단 위그포스 장군과 함께 (스웨덴)

방문한 오오다 마코토 작가와 정원에서

방문한 아마에 주한 일본 공사와 대담

한말숙, 리차드 김(순교자 저자), 한무숙

영국 데레바이트 노벨화학상 수상자와 함께

일본 니시왓기(시인 · 평론가)와 대담

일본 시인클럽 주최 문학강연하는 한무숙 (일본 쇼와여대)

일본 「주부의 벗」 문학강연 (1960)

월운 출판기념회에 참석한 월탄 박종화와 함께

한국 PEN문학상에 참석

신봉승 작가와 함께 (국제펜대회)

신사임당상을 받고 (1970.5)

이호철 소설가와 함께

천상병 시인과 함께

박화성과 한무숙

김동리, 한무숙, 송지영 (좌로부터)

조경희 장관과 한무숙

한말숙, 모윤숙, 한무숙 (좌로부터)

한무숙, 강인숙, 이어령 (좌로부터)

박경리, 한무숙, 김남조 (좌로부터)

박정희 대통령, 육영수 영부인과의 만남

초대만찬 (필자, 임병직 장관, 최옥자, 김유택 장관) (우로부터)

김진규, 김지미, 한무숙, 김진흥 (우로부터)

장용학 작가와 환담

한무숙, 모윤숙, 송지영, 전숙희 (좌로부터)

집뜰에서 모녀 (장녀 김영기)

워터게이트호텔 앞 장녀, 사위, 외손녀, 필자 (1995)

첫장편소설 목마른 나무들 출판기념회 - 한말숙, 주은희, 박경리, 정연희 (좌로부터) (1963)

장녀 김영기 결혼식

집필실에서

김경식, 배기정, 오영수, 한말숙, 김진희 (좌로부터)

연천 신답리 유택에서 (종손 김성기, 이사장 연규석, 자료발굴위원 김경식)

편집을 마치고

韓戊淑著
歷史는 흐른다

長篇小說
歷史는 흐른다

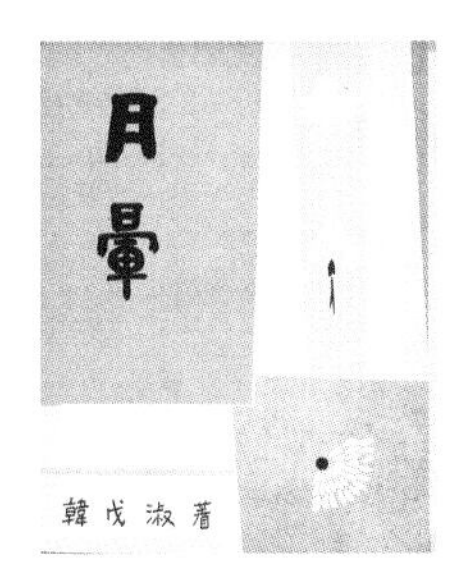
月暈
韓戊淑著

創作集
感情이 있는 深淵
韓戊淑著

빛의 階段
現代文學社刊

韓戊淑小說集
우리사이 모든 것이

'86大韓民國文學賞 本賞受賞作 韓戊淑
만남 (上)
'86大韓民國文學賞 本賞受賞作 韓戊淑
만남 (下)

韓戊淑
文學思想創作選7
생인손
文學思想社

灯を持つ女
韓戊淑

韓戊淑 文學全集 1
장편소설
역사는 흐른다
을유문화사

韓戊淑 文學全集 2
장편소설
빛의 階段
을유문화사

韓戊淑 文學全集 3
장편소설
만 남
을유문화사

韓戊淑 文學全集 4
장편 소설 석류나무집 이야기
중편 소설 流水庵/어둠에 갇힌 불꽃들
을유문화사

韓戊淑 文學全集 5
단편집
대열 속에서(외)
을유문화사

韓戊淑 文學全集 6
단편집
感情이 있는 深淵(외)
을유문화사

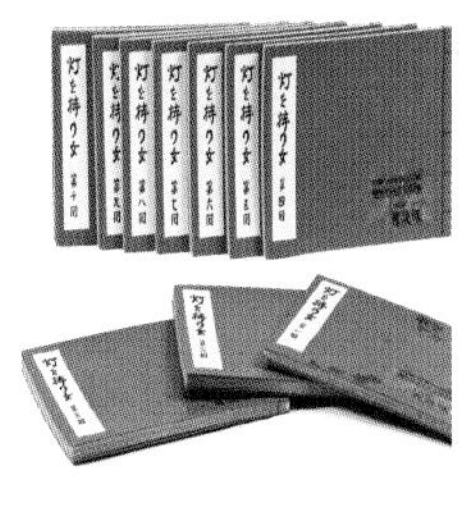

韓戊淑 隨筆集
열길 물속은 알아도

이 외로운 만남의 축복
韓戊淑隨想錄
韓國文學社

韓戊淑 에세이
내 마음에 뜬 달

韓戊淑 文學全集 7
수필집
열 길 물속은 알아도
을유문화사

韓戊淑 文學全集
수필집
내 마음에 뜬 달
을유문화사

韓戊淑 文學全集
예술의 향기를 찾아서

韓戊淑 文學全集
강연·대담집
세계 속의 한국 문학
을유문화사

Han Musuk
Setkání

韓戊淑 講演文集
문학이 발견해야 할 삶의 은총
한국소설가협회출판부

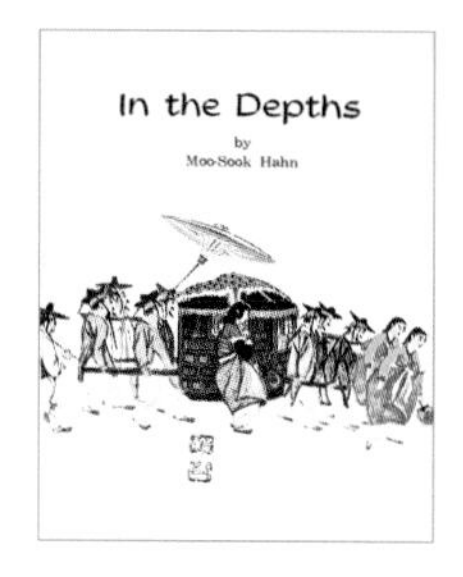
In the Depths
by
Moo-Sook Hahn

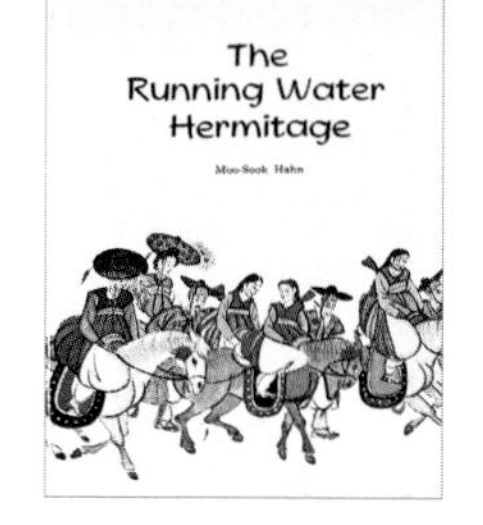
The
Running Water
Hermitage
Moo-Sook Hahn

THE HERMITAGE
OF FLOWING WATER
And Nine Others
Edited By
The Korean Literary Translation Association

Encounter
Hahn Moo-Sook
A Novel of Nineteenth-Century Korea
Translated by
Ok Young Kim Chang

HAN MUSUK
POSZUKUJĄC BOGA

韓戊淑 文學全集
祝祭と運命の場所
隊列の中で
Han Musuk

AND SO
FLOWS
HISTORY
Hahn
Moo-Sook

Hahn Moo-Sook
Rencontre
Roman
AuTres Temps

Hahn Moo-Sook
AJALUGU VOOLAB
Korea keelest tõlkinud
Kim Jung-Gon ja Tarmo Lilleoja
Bibliotheca ASIATICA

encounter
by Moo-Sook Hahn
Translated by
Ok Young Kim Chang
Crescent Publications

相会

역사는 흐른다
빛의 階段
만 남
대열 속에서 외
感情이 있는 深淵 외
열 길 물속은 알아도
내 마음에 뜬 달
예술의 향기를 찾아서
세계 속의 한국 문학

한무숙 단편소설선집

失鄕과 긴 餘情을 마치고

2019

연천향토문학발굴위원회

◇ 발간사 ◇

文香에 일생을 바친 香庭 한무숙

연 규 석
(본회 위원장)

작년이 한무숙 선생님의 탄생 100주년이었다. 우리 단체 연천향토문학발굴위원회가 금년도 사업으로 「한무숙단편소설선집」을 발간하기로 작년 회의 때 결정했다. 아쉬운 것은 1년을 앞당겨 했더라면 좋지 않았을까 하는 아쉬움이 남는다.

한무숙 선생님은 1918년 서울 종로 통의동에 자리한 외가에서 출생하여 그 집에서 어린 시절을 보냈다. 하지만 부친의 직장관계로 부산으로 이사를 하고 그곳에서 보통학교와 부산고등여학교를 졸업했다. 재학시절에는 훌륭한 미술선생을 만나 그림을 사사했으나 폐결핵으로 인하여 단절되기도 했지만 재주가 뛰어난 관계로 18살에는 동아일보에 연재된 김말봉의 장편소설 「밀림」의 삽화를 맡아 그리기도 했다. 그러나 20살에 김진홍과 결혼으로 그림을 포기하기에 이른다. 하지만 예술에 대한 열정이 충만한 선생님은 작가로의 전신을 결심하고 신시대잡지에 「등불 드는 여인」과 국제신보사 장편소설 모집에 「역사는 흐른다」를 응모하여 당선된다.

이후 선생님은 「정의사」와 「부적」을 발표하면서 본격적인 작가활동을 시작하고, 1957년에는 '문학예술'에 발표한 단편소설 「감정이 있는 심연」으로 자유문학상을 수상하는 영광도 안는다. 그러나 다섯 명의 자식 양육과 버거운 시집살이로 얻은 병마로 어려움을 겪기도 하였지만, 예술에 대한 열정으로 이를 극복하며 낮에는 주부로써 가정을 돌보고, 밤에는 식구들이 잠든 틈을 이용하여 작품을 썼다고 한다.

그리고 1960년대 노벨문학상 수상자 펄 벅 여사를 최초로 우리나라에 모시고 문학 강연과 연회를 선생님의 자택에서 가진 바 있다. 그때 한국 고유의 전통음식을 선보였을 뿐 아니라 단아한 한복 차림에 유창한 영어로 통역을 한 일이 있고, 조선의 마지막 왕자비 이방자 여사님의 자서전 「지나온 세월」의 어려운 황실방어체를 직접 일어로 번역을 하여 이방자 여사님를 놀라게 했단다. 그 인연으로 이방자 여사님이 자주 선생님을 낙선재로 모시고 다담을 가졌다고 한다.

또한 한국문단에 많은 공을 세워 신사임당상, 대한민국문학상 대상, 3·1문화상 예술대상과 대한민국 예술원상 등을 수상하였다. 그리고 많은 창작활동 중에 아깝게도 75세를 일기로 영면하시어 영택이 자리한 연천 선영에 부군과 함께 모셔져 있다.

끝으로 이 「한무숙단편소설선집」을 발간할 수 있도록 도움을 준 경기문화재단 강 헌 대표님과 관계자 여러분, 한무숙문학관 김호기 관장님, 그리고 우리 단체 편집위원님들에게 먼저 지면을 통해 고마움의 뜻을 전합니다. 감사합니다.

2019년 6월 호국의 달에
度杰 寓居에서

香庭 한무숙 단편소설선집 발간에 부쳐

김 진 희
(본회 고문. 소설가)

연천향토문학발굴위원회에서 금년 사업으로 「한무숙단편소설선집」을 발간한다고 한다. 먼저 축하를 보낸다.

한무숙 선생님은 문단 선배로서 간혹 모임에서 만나 인사만을 할 정도였다. 그러나 동생 한말숙 선생님은 내 스스로가 그분의 작품을 매우 좋아한다. 우선 문장이 간결하고 기승전결이 아주 잘 되어 있어 한 편 한 편 읽고 나면 오뉴월 복중에 냉수 한 잔을 쭈욱 마신듯하다.

한무숙 선생님은 종로구 통의동에서 출생하여 어린 시절 경상도 부산으로 이사를 했단다. 또 몸이 약한 탓으로 잦은 병고에 시달려야 했다. 그토록 끈질긴 병고 속에서도 여고시절에 미술선생을 만나 화가가 되는 꿈을 품게 된다.

하지만 결혼으로 남편 뒷바라지에, 시어머니 병구완에, 쉴 틈 없는 집안일에, 자식양육으로 화가의 꿈을 접게 되셨겠지만 동아일보 김말봉의 장편소설 「밀림」의 삽화를 그렸다고 한다.

그리고 신시대 잡지 「등불 든 여인」에 이어 국제신보사 「역사는 흐른다」를 응모하여 당선이 되었다.

이로 인하여 본격적인 창작활동을 시작하여 단편소설 「감정이 있는 심연」으로 자유문학상을 수상했다.

또 문단에서는 한복과 핸드백, 그리고 구두를 장소에 따라 아주 멋스럽게 입는 패션으로도 유명하다.

그리고 노벨문학상 수상자인 펄 벅 여사를 한국에 모셔 선생님 자택에서 연회를 가졌을 때, 우아한 한복차림을 하고 능숙한 영어로 대화를 한 사실, 또한 이방자 여사님의 자서전 「지나온 세월」을 조선시대 황실방어체를 번역해 저자가 감명을 받았다고 한다. 그 후 이방자 여사님은 자주 선생님을 낙선재로 모시고 환담을 나누었다는 일화도 있다.

끝으로 「한무숙단편소설선집」을 발간할 수 있도록 지원을 해 준 경기문화재단 관계자와 본회 편집위원들에게 먼저 고마움을 전한다.

2019년 6월
홍제동 사무실에서

목차

第2部 韓戊淑의 삶과 文學을 말한다

第3部 評說

부록: 작가연보 및 작품연보

제 1 부

失鄕에서 꽃피운 文香들

램프

그녀는 불행하게도 비너스의 손길이 미치지 못한 처녀였다. 수수만년을 두고 주야로 끊임없이, 만물을 창조해 내려온 조화신(造化神)의 쉴 새 없는 부지런에 짜증을 낸 게으른 미신(美神)이, 그 향기로운 장미의 자리 속에 나릿하게 몸을 쉬고 있을 때 생을 받게 된 숙명을 지고 났던 것이다.

어려서부터 한 마디의 찬사도 받지 못하고 자라난 옥란(玉蘭)은 혼기에 들었으나 도무지 길년이 터지지 않았다.

홀어머니 손에 자라나 용모의 미추가 문제가 되지 않을 만한 배경도 뛰어난 재주도 없었기 때문에, 사춘기를 맞아 메밀꽃만치나마 피던 시절도 어언간 지나고 어느덧 삼십을 바라보게 되었다.

한약방을 하던 아버지가 남긴 약간의 재산과 알뜰한 어머니의 규모로 어느 사립학교를 마친 후 사범 강습과를 나와 교원 생활을 한지 십 년이 가깝다.

스물여덟이라는 나이보다 훨씬 겉늙어 보이는 바짝 마른 중키에, 검누른 윤택 없는 피부이기는 하나 드문드문 난 속눈썹 때문에 어리석게 보이는 약간 불그러진 커다란 눈, 툭 솟은 광대뼈, 중턱 뼈가 불룩 튀어나온 너무나 큰 코, 벗어진 넓은 이마에 숱 없는 머리를 아무렇게나 쓰다듬어 올리고, 언제나 똑같은 본새의 흰 블라우스와 감색 스커트를 입었다기보다 허리에 걸친, 쑥스러운 차림새-우람하고도 겉마르고 생기 없는 노양(老孃)의 서글픔을 그녀는 지니고 다녔다.

사범학교에 다닐 때부터 아버지 생전에 약국 단골이던 중매쟁이 아주머니가 부산히 돌아다녀 혼처를 뚫어 대었으나, 선을 보고 돌아갈 때는 누구나 고개를 흔들고 걸음을 빨리하여 골목길을 나간 뒤에 "그 코허구 이마! 아유, 너무 거세서!"란 한 마디에 끝이 났다.

어머니는 하나 딸 하나의 외로운 환경에서 어머니로서는 그것이 더욱 가슴 아픈 일이었으나 딸은 아주 결혼을 단념하고 아동교육에만 몰두하는 것 같았다. 사실 결혼만이 인생의 전부는 아니지 않는가? 그러나 옥란은 그 우람하고도 무신경해 보이는 외모 속에 누구보다도 연약하고 몽상적이고 예리한 감수성을 지니고 있었다.

안개같이 자욱한 봄비가 소리 없이 뜰 앞의 붉은 석류꽃을 축이는 아침이라든가, 깊은 가을밤에 먼 곳에서 들려오는 다듬이소리를 들을 때에는 까닭 없이 가슴이 설레어 한숨을 지었고, 그것이 적이 마음의 금선(琴線)을 흔들어 주기 때문에 죽음으로 끝이 되는 연애 소설을 눈물을 흘리며 탐독하였다.

좋은 선생님이라고 학부형들의 호평을 샀으나 그의 아동에 대한 사랑에는 얼룩이 졌다.

친구가 결혼을 했다든가 아이를 낳았다는 소문을 들으면 어쩐지 자기 애인이나 빼앗긴 것 같은 질투와 분노가 가슴을 욱죄었고, 간혹 그들의 이혼이나 실연을 알게 되면 무한 동정을 하면서도 어딘지 잔인한 쾌감을 느끼곤 하였다. 십 년 가까운 긴 세월을 한결 같은 차림새로 다녔기 때문에, 그 흰 블라우스와 감색 스커트는 마치 동물의 털처럼 그것을 떠난 그녀는 상상도 못할 만치 거의 그녀의 몸의 한 부분이 되다시피 했으나 그의 마음은 언제나 가볍고 아름다운 긴 치마와 똑 딴 듯이 지은 예쁜 저고리를 입은 맵시 있는 매무새에 동경이 컸다.

자기 직업을 성스럽다고 느껴 본 일이 없는 것과 마찬가지로 자기의 쑥스러운 차림새를 긍정해 본 일이 없었으므로, 우아한 곡선이 굽이 흐르는 긴 치마를 입고 애달프도록 정서적인 고운 맵시로 꿈꾸듯이 애인의 조용한 사랑의 속삼임에 귀를 기울이는 위치에 자기를 놓고 싶었다.

그토록 그녀는 찬사와 사랑에 굶주리고 있었던 것이다. 그러므로 그녀의 미덕으로 꼽히는 겸허 소박 근면 친절이라고 일컫는 성격과 습성은 그녀에게는 자신 없는 자의 비굴과 활기 없는 타성에 지나지 않았다.

한마디로 말하여 그녀는 항상 비참한 자기비하(自己卑下) 속에서 동경에 불타는 늙은 처녀였다.

어느 날 저녁 그녀는 책상 앞에서 램프의 등피를 닦고 있었다. 후훅 입김을 뿜어 얇은 유리 등피를 골고루 닦은 뒤 그녀는 불을 붙였다. 펴럭하고 심지에 옮아 붙은 불꽃은 잠시 검은 연기를 뿜으며 좁은 등피 속에서 두어 번 설레인 뒤 차차 빛을 간직하여 화안하게 방안을 비추기 시작했다.

바로 그 때

"우편이오."

하는 소리와 함께 보지 못하던 조그만 유달리 새까만 우편집배원이 뜰 안으로 들어와 하얀 양봉투 하나를 들이밀고 사라졌다.

'또 복남이헌테 편지로군.'

그녀는 겉장도 잘 보지 않고 자기 책상과 가지런히 놓인 복남이 책상 위에 그 봉투를 놓으려 하였다.

최복남이는 작년 가을에 사범학교를 나온 젊은 여교원으로 집이 시골이기 때문에 옥란의 집에 하숙하고 있는 아름다운 처녀였다. 그녀에게는 혹은 시골 오빠한테서, 혹은 친구한테서, 또 미지의 사람한테서-어쨌든 옥란의 집에 오는 편지는 거의 그녀에게 오는 거라고 하리만치 편지가 많이 왔다.

그러나 옥란이 그 편지를 무심히 책상 위에 던져 놓고 일어서며 문득 겉장을 보니, 분명히 달필로

'백옥란 씨 옥안'이라고 쓰여 있지 않은가?

"누구한테서 왔을까?"

그녀는 얼른 봉투를 뒤집어 보았다.

'돈암동 XX번지 K생 올림'

"누굴까?"

그녀는 적이 의아해하면서 봉투를 뜯었다.

편지는 줄 없는 하얀 편지지에 그리 가늘지 않은 펜으로 흘려 쓰여 있었다. 옥란은 램프를 잡아당기고 읽기 시작했다.

오-옥란! 어찌하여 그대는 하필 옥란이었던가? 그 철학적인 잎새 그늘에서 고고(孤高)하게 고귀(高貴)하게 싸늘한 미소를 머금은 옥란!

장미의 정열도 백합의 청순(淸純)도 국화의 정절(貞節)도 그대의 그 차가운 아름다움과 고귀 앞에서는 빛을 잃으리. 그러하거늘 아름다운 여인이여! 태고(太古)의 김이 서린 이끼 푸른 바위 그늘에, 홀로 숭고한 명상에는 잠기되 그 그윽한 향기는 뿜지 말지어라.

외람한 속인이 함부로 꺾을까 두려워!

옥란씨! 옥란씨를 애인으로 택한 것은 나 스스로의 자랑입니다. 애인을 태양으로 우러러 겨누는 나라도 있다 합니다만 너무나 현란하여 그리움보다도 현람함이 더 할 것이오. 장미나 카네이션은 아름답되 깊음이 없습니다. 옥란씨! 당신은 너무나 '옥란(玉蘭)'입니다. 감히 가까이하기 어려운 고귀 속에 고고한 긍지를 지키고 계십니다.

그러나 문향십리(聞香十里)라고 그 그윽한 향기를 아낌없이 베푸시는 데 용기를 얻어 감히 이 조심없는 글월을 올리는 바입니다.

신이 사람을 창조하시되 남자와 여자의 두 가지로 하시고 두 사람을 합해서 하나로 되라 하셨습니다. 그러므로 사람이 서로 이성을 그리는 것은 곧 본연(本然)이 아니오리까?

하고 많은 꽃 중에서 하필 싸늘하도록 깨끗하게 간직하는 높은 절개가 가시를 품고 화려히 웃는 장미보다 더욱 그립습니다.

옥란씨! 당신과 합함으로써 완성(完成)과 광영을 보리라는 원하는 것은 너무나 버릇없는 자의 엉뚱한 소원이오리까?

옥란씨! 당신은 한 사나이를 불행하게도 또 행복하게도 할 수 있는 운명의 여신이십니다.

이 가련하고 무력한 사람은 기대와 기우(杞憂)로 떨면서 그대의 미소를 갈망하여 붓을 놓는 바입니다.

X월 XX일 밤 K생

난생 처음 받는 사랑의 편지였다.

옥란의 심장은 소리가 들리도록 뛰었다. 입술은 바짝 타고 눈이 아롱거려 글씨가 춤을 추었다. 손이 떨리고 현기가 나서 몸을 가누기가 힘들었다.

그러나 문득 그녀는 형용할 수 없는 모욕감을 느꼈다.

'필연코 누가 나를 조롱한 게로구나! 편지투부터가 너무 경박해!'

침울한 분노가 치밀어 올라온다. 그녀는 편지를 내동댕이질 치고 독서를 할 양으로 책장에서 책을 한 권 뽑아 들었다.

두어 장 내리읽었으나 머리는 빈 채로 한 구절도 이해할 수가 없다. 그 편지의 문구가 무슨 뜨거운 붉은 나비처럼 머릿속에서 번쩍번쩍하며 날아다녔다. 그녀는 책을 덮어 치우고 공상에 잠겼다.

'왜 나라고 이런 편지를 받아서 안 될 리가 있을까? 내가 일찍이 이런 편지 한 장을 못 받은 것은 그 편지 사연대로 내가 너무나 가까이하기 어려운 여자였었기 때문이라고 할 수 있을지도 모를 일이 아닌가?'

그는 점점 이런 생각이 들기 시작했다.

옥란은 방 안을 휘 둘러보았다.

벽에 걸린 밀레의 '안젤라스의 종'의 복사판, 석고로 만든 마리아상, 못에 걸린 자기의 흰 블라우스와 친구집에 간 복남이가 걸어놓고 간 자줏빛 치마, 그리고 조그만 책장과 빨갛게 칠한 경대 책상 위에는 채점하다 둔 아동들의 서투른 그림들, 파란 유리 화병속에서 반 시들어가는 코스모스꽃, 여교원의 방다운 정돈된 가난한 방이다.

그러나 옥란의 눈에는 그것이 다른 때와는 다르게 정답고 그윽해 보였다.

그녀는 경대 앞에 가서 거울을 들여다보았다. 이윽고 적지 않은 놀라움을 느꼈다.

일찍이 없던 광채가 그녀의 눈에 깃들고 뜨거운 홍조가 검누런 피부를 물들이고 무표정한 입술에는 있을락말락한 미소가 떠돌고 있었다.

램프는 무슨 신비한 광경이나 비치듯 깜박도 않고 고요히 타고 있다.

그녀는 일어서서 반침문을 열고 궤짝 속에서 어머니가 혼수로 꾸며 놓은 하얀 긴 치마와 저고리를 꺼내어 꿈속에서 하는 것 같은 느릿느릿한 동작으로 그것을 입고 다시 체경에 비추어 보았다.

홀홀한 비단 치마는 허리에서부터 아름다운 곡선을 그려 흘러 사뿐히 앉은 무릎 밑으로 서리서리 감돌아 감겼다.

옥란은 황홀한 마음으로 자기가 무슨 마법(魔法)에 걸린 것이 아닐까 의심해 본다. 그녀는 고요히 타고 있는 램프를 바라보았다.

필연코 모든 수수께끼는 그 램프에서 난 것만 같았다.

그것은 '아라비안나이트'의 그 이상한 램프가 아닐까? 그 보지 못하던 조그만 새까만 우편집배원은 필연코 그 램프의 정(精)이 아니었던가?

그리고 자기는 자기도 의식치 못하는 가운데 무엇을, 사랑을 기원하며 램프를 닦고 있었던 것이 아닐까?

옥란은 모든 것이 꿈속만 같고 숨만 크게 쉬어도 그만 모든 것이 신기루(蜃氣樓)같이 사라질 것 같은 애석함과 두려움으로 사지에서 힘이 탈진해 감을 어찌할 수 없었다.

이튿날 아침 그녀는 일어나자마자 어제 저녁에 채워 두었던 책상 서랍을 두려움과 기대로 가슴을 조이며 조심스럽게 열었다.

어제 저녁 일이 꿈이 아니었던 증거로 하얀 봉투 속에서 그 편지는 나타났다.

옥란은 그날부터 세상에서 누구보다도 행복한 처녀가 되었다.

대체 그가 누구일까. 그녀는 K를 머리자로 가진 성을 더듬어 보았다.

'강(姜) 김(金) 고(高) 구(具)'

꽤 범위가 넓다.

김씨라면, 그리고 나를 아는 사람이라면 한 학교에 다니는 미술 선생인 김상옥씨가 아닐까? 동양화를 하는 그는 난을 사랑할 것이다. 그러나 그는 도학자니깐 그런 열정적인 연애편지를 쓸 리가 없고!

그러면 명랑한 체조 선생 김현진씨? 아니 그는 씩씩한 운동가다. 사랑하면 대담하게 프로포즈할 것이지 되남스럽게 K생이니 무어니 할 리가 없다.

그러면 일학년 담임인 김동오씨?

천만에 밤낮 "아가야 나와 놀아"만 부르는 그 뚱뚱한 늙은 어린애가 난의 정서를 이해할 리 만무하고.

김씨 오에서 찾는다면 혹 자기가 도서 구입을 맡고 있느니만큼 접촉이 잦은 젊은 서점주인 구정민씨?

그러나 그에게는 아내가 있었다.

그러면 언제나 우울한 대학 병원 의무실에 근무하는 젊은 의사 강용섭씨?

그러나 그는 니힐리스트니깐 마치 동백나무를 산다과(山茶科)에 속하는 식물로 취급하면서 사람도 포유류(哺乳類)에 속하는 동물에 불과하다고 생각하는 사람이라 연애편지가 아랑곳 있을 리 없다.

그럴듯한 사람은 그 밖에도 몇 사람 있었으나 모두 조금씩 초점이 어긋났다.

편지의 문구로 미루어 보아

첫째 '그 사람'은 미혼일 것이다. 애인과 합함으로써 완성을 하겠다는 사연이 있으니까.

둘째로 '그 사람'은 가장 취미가 고상하고 심지가 깊을 것이다. 왜냐하면 보통 청년같이 화려한 장미에는 애정을 느끼지 않고 고고한 난을 사랑한다 하니.

셋째 그는 자기에게 절대적인 열정과 사랑을 가지고 있을 것이다. 기대와 기우로 떨면서 고대한다고?

그만하면 모든 조건을 다 가지지는 못했다 할지라도 이상의 남편이라고 할 수 있을 것이다.

대체 누구일까? 그 미지의 사람은 불원 신비의 장막을 헤치고 옥란의 눈앞에 나타날 것이다. 그러면—

'그들은' 조그만 집을 가질 것이다. 아주 아담하고 깨끗하고 평화스럽고 사랑에 넘친 가정을, 온후하고 의젓한 남편과 근면하고 상냥하고 명랑한 아내인 자기는 그녀가 사랑하는 이학년 반장인 성무형 같은 머리 좋고 귀염성스러운 아들을 또 가지게 되겠지— 그들은 부지런히 일하고 마음껏 쉬고 평화스럽게 인생 항로를 가게 될 것이다. 옥란의 공상은 한없이 즐겁게 퍼져 갔다.

아무렇든 사랑하는 사람이 있다는 것은 아름다운 일이었다.

하늘은 더욱 푸르고 바람은 향기롭고 새들의 지저귐도 행복을 노래하는 것 같았다.

그녀는 비로소 그 흰 블라우스와 감색 스커트를 벗었다.

밤이면 복남이가 잠든 것을 기다려 얼굴을 마사지한 뒤 '그이'한테 인사를 보내고 자리에 들었다.

몹시 부끄럽고 겸연쩍은 일이었으나 분과 연지로 엷은 화장을 하고 미용원에 가서 난생 처음 퍼머넌트도 하였다.

이리하여 그녀는 그 누구를 위하여 조금이라도 더 아름답게 되려고 노력하고 그 편지의 문구대로 의식적으로 고귀하고 고고하고 싸늘한 아름다움을 간직하려고 애쓰며 다음에 또 올 것을 고대하고 날을 보냈다. 일주일이 지났다. 아무 일도 없이. 또 일주일이 지났다. 역시 아무것도 오지 않았다. 한 달이 가고 또 한 달이 지났다.

옥란은 차차 또 모든 것이 다 그 마법의 램프의 장난이 아니었던가 하는 생각이 들기 시작했다.

자기에게 행복을 갖다 준 그 마법의 램프는 자기도 모른 사이에 험상궂은 악한이 가짜 램프와 바꾸어 놓은 것이 아닐까 하는 생각이.

어느 날 밤 옥란과 복남이는 어쩐지 둘이 다 잠을 이루지 못했다.

바깥은 바람이 불고 찬비도 뿌렸으나 방안은 훈훈하고 안온하고 사람을 그리게 하는 밤이었다.

자리에 누웠던 복남이가 이불을 젖히고 일어나 앉더니

"당최 잠이 와야지."

하며 성냥을 더듬어 램프에 불을 붙였다.

좁은 등피 속에 자옥하게 서렸던 김이 차차 사라져 방안이 환해지자 복남이는 말없이 불꽃을 들여다보다가 문득

"언니 난 약혼했어요."

한다.

"응 그래?"

옥란은 불빛에 비친 아름다운 젊은 친구의 꽃같은 얼굴을 물끄러미 쳐다보았다.

잠시 침묵이 흘렀다. 복남은 무엇을 생각했는지 갑자기 웃기 시작했다. 이윽고 그는 미안하다는 듯이

"아니야, 문득 생각이 나서 그랬어. 글쎄 그이가 그러는구료. 복남이란 이름은 너무 산문적이라구. 무슨 까닭인지 첨엔 내 이름이,

옥란이라구 그러는 줄만 알았대."

그녀는 불을 들여다보며 말하다가 친구의 대꾸가 없는 것을 보고 고개를 돌렸다.

"언니 잠이 들었수?"

옥란은 대답이 없고 고요히 잠이 든 모양이었다.

이튿날 옥란은 반침 속에 쑤셔박았던 그 흰 블라우스와 감색 스커트를 꺼내 입고 학교에 나갔다.

다시는 운명의 장난거리는 안 되리라고 굳은 결심을 하면서.

(1946. 8.)

부적(符籍)

무더운 장마 날씨에 여우볕이 비낀 날이었다.

북악산 밑 난곡(蘭谷)은 바위틈을 흐르는 물소리가 맑았다. 비에 산뜻하게 씻긴 나뭇가지에 볕을 그리던 새소리가 청명하였다.

영창을 열고 무료히 앉아서 무심히 새소리에 귀를 기울이던 관상사 송명운의 입에서 부지불식중에 "나무 관세음보살"—염불이 흘러 나왔다.

"관세음보살 관세음보살……."

그는 이렇게 외며 한마디가 끝날 적마다 입술 아래 모아 받친 두 손을 떼어, 옆에 놓인 담배 그릇에 담듯이 쏟아 버리는 것이었다. 마치 그 관세음보살이란 무형의 말을 받아 담배 그릇에 싸 담으려는 듯이.

물소리와 새소리—그리고 실성한 사람같이 염불을 그릇에 받아 모으는 오십 객의 사나이—

우르르— 멀리서 천둥이 울렸다.

약 삼십여 년 전의 일이었다. 계룡산(鷄龍山) 보도사(寶道寺)에 정국대사(淨國大師)라는 고승(高僧)이 있었다.

경기도 용인 사람으로 종문(宗門)은 선산 대사의 문중이었다.

권문세가의 자손으로서 일찍부터 유탕에 몸을 헐어 왔는데, 스물 한 살 때 깨닫는 바 있어 기세(棄世)하고 입산하여 칠 년을 산중 동혈 속에서 선정(禪定)하였으나, 대오(大悟)에 이르지 못하고 팔도록 유랑하다가, 하룻저녁 북망산(北邙山)에서 젊은 여인의 끔찍스럽게 미란한 시체를 보고 이른바 부정관(不淨觀)이란 수도를 하였던 것이다.

수도 삼 년에 마침내 대오하여 그 도력이 신통(神通)하였다.

종장(鐘匠)의 아들로 태어나 팔도 사찰을 그 아버지를 따라 떠돌아다니던 명운이 대사를 본 것은 그가 열다섯 살 때이고, 대사는 보도암 벽에 걸린 유마(維摩)상 같이 백수가 늘어진 칠십 노인이었다.

어느 날 보도사에 재를 올리러 온 사람이 있었다. 개불탕 내뫼시고 사승이 연을 메어 돌리는 근래에 없는 큰 재였었다.

시주는 서산의 한씨(韓氏) 문중이라 하는데, 재에 참례한 사람이 칠십여 명이고 제물도 풍성풍성하고 모든 것이 혼전한 품이 어지간한 대사가 아닌 듯했다.

상제는 기품이 늠름한 사십 전후의 대장부로, 종시 경건한 치성을 드려 슬픔 중에도 그 어버이의 명복을 비는 정성이 두터워 보였다.

그가 닷새 기도를 마치고 하산한 후 정국대사는 혼잣말같이

"안형(眼形) 삼백(三白)이요 이고청색(耳高靑色)하니 필시 적지괴수(賊之魁首)이리라. 비두응취(鼻頭凝聚)하니 심리 불리하고 인당(印堂) 흑색하고 산근(山根) 중지되니 필유횡사(必有橫死)이니라."

이렇게 중얼거렸다.

소년 명운은 눈이 동그래졌다.

그토록 점잖고 그토록 풍격이 높아 보이고 부유한 그 상제를 적지 괴수라는 대사의 말이 너무나 놀라웠다.

그러나 그의 경탄은 그것에 그치지 않았다.

수삭 후 삼남 일대를 어지럽게 하던 대도의 괴수 김병도가 포박되어 효수(梟首)를 당했다는 소문이 산중에까지 들렸는데, 이 김병도가 그 큰 재를 올린 상제였던 것이 알려졌다.

명운은 영특하고 야심적인 소년이었다. 대사를 스승으로 모셔 관상의 오의(奧義)를 극하고 싶었다.

백인 백양으로 다 색다르게 타고난 사람의 상의 비밀을 알고 싶었다.

그러나 그가 상서를 배우고 싶다 하였을 때 대사는

"길을 닦고 닦아 마침내 무아 무상의 경지에 이르렀을 때 비로소 마음의 거울이 삼라만상의 참모습을 비칠 따름이지 관상학이란 별다른 것이 아니니라."

하고 타일렀던 것이다.

명운은 굴치 않았다. 성가시리만큼 대사의 곁을 떠나지 않고, 민첩하게 시중을 들기도 하였다.

매일 사시(巳時)에 원당(願堂)에서 관음(觀音) 정근에도 빠지지 않고, 하루 네 번의 좌선에도 반드시 참선하였다. 이리하여 그는 지극히 자연스럽게 수업의 길로 들어가게 되었다.

보도암에서도 한 오리 가량 떨어진 칠성당 조그마한 방 한 칸이 그의 수도실이었다. 대사는 명운이에게 둥구미 하나를 주며

"나무 관세음보살을 외어 이 둥구미가 무거워질 때까지 담아라."

하였다. 너무 황당한 말이어서 어안이 벙벙한 명운이에게 그는 이어 말하기를, "이 닫힌 문을 뚫고 큰 황소 머리가 불쑥 나타날

때까지 관세음보살을 염하고, 황소 머리가 보이고 동구미가 무거워지거든 이 문을 열고 나오지 그 전에 나오면 큰 벌이 있을 것이니 명심하여라."하고 손수 문을 닫고 나갔다.

그날부터 열두어 살 되는 상제 아이가 하루 두 번씩 밥을 날라오고 대소변의 처리 같은 시중을 들고는 돌아갔다.

그가 날라다 주는 아침에 죽 한 그릇 밤에 한 홉 밥에 산채 한 보시기 이것이 그의 목숨을 이어 가는 오직 한 가지의 의지였다.

성장시의 한창인 식욕에 이 제한된 식사량은 일종의 고문이었고, 건강한 신체에 금지된 운동은 거세(去勢)와도 같았다.

입으로 관세음을 외우며 그의 마음은 자유로운 외계를 꿈구고 만복을 그렸다. 무엇보다도 견딜 수 없는 것이 고독이었다. 하루이 두 번씩 시계처럼 오는 상좌 아이는 벙어린지 명운이가 말을 붙여도 입을 다문 채 눈썹 하나 까딱하지 아니하였다.

바람 소리와 짐승 소리 밖에 들리지 않는 심심한 산중에 단지 혼자—때로는 호랑이가 벌건 불덩이 같은 눈을 번쩍거리며 창문을 앞발로 두들기기도 하였다.

그는 하루에 몇 번씩이나 동구미를 들어 보았다. 그러나 동구미는 언제나 동굼 자체의 무게를 지니고 있을 따름이지 조금도 중량이 더하지는 않았다. 혹시나 황소 머리가? 하며 창문을 흘겨보나 그는 이내 실망할 수밖에 없었다.

하루는 참으로 견딜 수 없어 수도를 저버릴 결심으로 창을 열고 뛰어나가려 하였으나 오랜 유거(幽居)에 그의 힘이 빠졌는지 또 무슨 알지 못한 주문(呪文)으로 그 문이 봉해졌음인지 창은 도무지 열리지를 아니하였다. 그 고뇌에서 벗어나기 위하여 자결을 생각한 일도 있으나 이 역시 이루지를 못했다. 사람이란 각기가 자유의지를 가지고 행동한다 할지라도 결국 알지 못할 숙명의 틀 안을 맴돌 뿐이지 그것을 벗어나지 못하는 것이 아닐까? 심심 산중에 단지 혼자—그 공포와 고독과 적막이 뼈까지 스며들어 그의 이성을 빼앗아 가려 하였다.

어느 날 그는 실로 오랜만에 사람의 소리를 들었다. 그 소리는 땅 속에서나 울려 나오는 것 같이 낮고 음음한 음성이었으나, 역시 그리운 사람의 소리임에는 틀림없었다. 그는 큰 소리로 외쳤다.

"거 누구슈?"

대답이 없다. 그는 거듭

"거 누구슈?"

하였으나 역시 대답이 없다. 그는 몇 번이나 부르짖었다. 그러나 대답을 들을 수는 없었다.

그는 비틀거리며 일어나 창문을 차며 고함을 지리기 시작했다.

한참을 허두 없이 날뛰다 마침내 지쳐서 쓰러졌을 때, 그는 또 그 음성을 들었다. 점점 흩어져 가는 이성을 가다듬어 정신을 차리고 보니, 그 음성은 자기 자신의 소리였다.

그는 전신이 오싹해짐을 느꼈다.

"내가 미치려는 구나!"

이제는 진실로 무서운 사실 '발광(發狂)'이 자기를 노리고 있는 것이었다. 그는 그와 싸울 자신이 없었다. 몸도 지치고 마음도 꺼지고 환경은 애초부터 자기의 적이었다.

그의 입에서 불현 듯

"관세음보살."

의 다섯 마디가 흘러 나왔다. 뜨거운 눈물이 야윈 뺨을 주르르 흘러내렸다.

"나무 관세음보살, 관세음보살……."

그의 마음은 차차 가라앉기 시작했다. 무슨 알지 못할 부드러운 손길이 자기 마음을 쓰다듬어, 자기를 지극히 안전한 곳으로 이끌어 가는 것 같았다.

그 후 밥을 나르는 상좌 아이는 몇 번이고 먼저 갖다 놓은 밥이 그대로 남아 있는 것을 보았다.

그는 넋 잃은 사람같이 먹는 것도 잊어버릴 때가 많고, 상좌 아이의 존재도 눈에 들지 않은 것 같았다.

"관세음보살 관세음보살……."

일심으로 외우며 동구미 속에 그 말을 담는 것이었다.

이리하여 이 무아 무상의 경지 속에서 칠성당 앞 느티나무는 네 번째 싹이 텄다. 명운은 이제 '관세음보살'의 다섯 마디 외에는 사람의 말을 잃었다.

어느 날 그는 이상한 충동을 느껴 눈을 들고 창문을 바라보았다.

오오! 정녕 황소 머리가—큰 황소 머리가 불쑥 나타나 그 어리석은 커다란 눈을 다정스럽게 껌벅거리고 있지 않는가? 그는 두근거리는 가슴을 간신히 진정시키고 둥구미를 들어 보았다. 그러나 그 둥구미는 엄청난 중량을 가져 쇠약한 그의 힘으로는 들어 올릴 수가 없었다.

대사는 이 세상 사람으로는 보이지 않는 초췌한 얼굴에 황홀한 법열(法悅)에 취한 표정을 짓고 있는 제자에게 담담하게 그의 수행을 치하한 후

"사주불여상(四柱不如相)이요, 상불여심(相不如心)이니라. 만상이불여심상(萬相不如心像)이니 부디 삿된 마음을 삼가라. 너 조그만 수도에 만심하여 혹 신선지도(神仙之道)를 탐한다면 반드시 사도(邪道)에 들 것이니라."

하고 간곡히 타일렀다.

관상사 송명운의 이름은 경향에 널리 알려졌다.

희망을 가지고 세상에 나가려는 사람은 자기 전도에 대한 계시를 받기 위하여 명운을 찾았고, 세파에 시달린 사람은 자기 고초가 이제나 끝나는 것인가를 알고 다소나마 희망과 위로를 받기 위하여 그를 찾았다. 큰일을 도모하는 사람은 그 성부를 점치기 위해서 찾았고, 어린 아들의 전도를 짐작하고서 아들을 데리고 찾는 어버이들도 있었다.

아무 불평 없이 부귀를 누리는 사람들도 혹시나 불의의 변이 가로 막고 있지나 않을까 하는 기우로서 그를 찾았고, 아무런 희망도 바랄 수 없는 막다른 골목에 몰린 사람들은 단순히 눈물을 흘리러만 오기도 하였다.

간혹 실없는 건달패들이 농조를 덤비다가, 관상사의 날카로운 통찰력에 혀를 내두른 일도 있었고, 권문세가에서 초빙을 받는 일도 비일비재였다.

공포와 신비는 언제나 불가해(不可解)한 사태에서만 오는 것이어서, 모든 비밀을 탐지하는 능력을 가진 듯한 송명운의 눈은 그런 사람들에게 외포를 주었다.

자기에게 자신을 가진 자나 못 가진 자나 우매한 사람이나 교양 있는 사람이나 하나같이 그의 움쑥 들어간 침침한 눈이 넌지시 자기를 쏘아볼 때는 까닭 모르는 전율을 느끼는 것이었다.

오랜 세월을 관상으로 보낸 명운도 상학의 오의를 획득했는지는 스스로 알 수 없었다.

스승의 말대로 상학(相學)이란 독립된 학문이 있는 것이 아니고 도를 닦음으로써 무아 무상경에 이르렀을 때, 비로소 그 눈이 정파리(淨玻璃)의 거울이 되는 것이매 그 거울을 항상 흐리지 않도록 하려면 끊임없는 수도가 있어야 할 것이었다.

그러나 명운은 고덕한 도사(道士)가 아니고 영특한 지사(智士)

였다. 마치 명의(名醫)가 진지한 연구를 거듭한 후 임상(臨床)을 거쳐 비로소 명의의 명실을 갖추듯이 그는 오랜 세월에 스스로 터득한 경험에서 빚어 낸 개념(槪念)과 어느덧 몸에 붙은 일종의 독심술(讀心術), 그리고 교묘한 유도법(誘導法)과 날카로운 통찰력으로 독특한 관상의 일가를 이루었던 것이다.

원래 관상이란 황당한 장난일지도 모른다. 그러나 세상에는 인지(人智)로 촌탁(忖度)할 수 없는 불가해한 것이 수다히 있는 것이고, 그러한 것은 으레 신비성과 동시에 약간의 황당성도 가지고 있는 것이 아닐까? 물론 현저한 확증이 있는 것은 아니나, 명운은 다소의 회의를 품은 채 역시 만심(慢心)이라 하리만큼 움직이지 않는 신념을 가지고 있었다. 사십 가까워 젊은 과부를 아내로 맞아 늦게 얻은 아들이 금년 아홉 살, 이곳 난곡에 거처를 정한 지 이미 십 년이 넘었건만, 오늘따라 물소리와 새소리가 유달리 청명하다.

"나무관세음보살 나무관세음보살……."

그는 눈을 감고 이렇게 외며 무의식중에 기계적으로 그 말을 받아 담았다. 실로 몇 십 년 만에 뜻하지 않고 그 무아 무상의 경지를 찾던 것이다.

"나무관세음보살 나무관세음보살……."

문득 그의 심안(心眼)에 비치는 그림자가 있다.

눈을 뜨고 보니 활짝 열어제친 방문 앞에 큰 갓에 흰 도포를 입은 오십 전후의 사나이가 두 사람 서 있는 것이다. 명운을 그 중의 한 사람—작달만한 오종종하게 늙은 손의 모습에 '귀인(貴人)의 상(相)'을 보았다. 아니 느꼈다.

그는 자기도 모르는 사이에 몸을 일으켜 허리를 굽히며

"황송하옵니다. 대감! 누추한 곳에 이렇게 손수……."

하고 공손히 손들을 맞아들였다.

그의 말은 확실히 객들을 놀라게 하였다. 명운이 무턱대고 '대감'이라고 부른 사람은 동행자에 비하면 그 풍채나 외모가 훨씬 떨어진 인물이었다. 그러므로 그들의 마음은

"미상불!"

하는 경탄과 기대로 약간의 위압조차 느꼈던 것이다.

두 사람을 상좌로 인도한 명운은 윗목에 꿇어앉아 객들의 얼굴을 살폈다. '대감'은 관상사를 쏘아보며 무릎에 얹었던 손을 들고

"어떻소?"

하듯이 몸을 약간 앞으로 내밀었다.

명운은 스르르 내리감았던 눈을 뜨고 정중히 입을 열었다.

"관형찰색(觀形察色)하오니, 옥당(玉堂) 청수 이백명윤(耳白明潤)하오시니 출장입상(出將入相)이요, 천정(天庭) 방원(方遠)하옵시고 옥당명윤 하오시니 보국충성(輔國忠誠)하오시리다. 비두(飛頭) 절통(切痛)하오니 필유귀인(必有貴人)이옵고 비외(鼻外) 현담(懸膽)하오시니 재백(財帛) 풍족하오십니다."

'대감'은 넌지시 고개를 끄덕이고 동행한 자의 얼굴에 감탄의 빛이 감돌았다. 명운은 말을 이었다.

"간문(間門) 사침(似針)하시니 처방(妻方) 액사요, 괘관(掛冠) 이방(二房)이로소이다. 와잠미(臥蠶眉) 난문(亂紋)하오시니, 정전(庭前) 보수(寶樹) 침수하옵고, 인중(人中) 파죽(破竹)하시니 만득귀자(晩得貴子)하오십니다."

명운을 입을 다물고 귀인의 말을 기다렸다.

귀인은 한참을 덤덤히 앉아 있다가 더 들을 필요는 없다는 듯이 일어나 복채도 놓지 않고 가 버렸다.

그의 얼굴에는 감탄보다도 오히려 사람의 비밀을 그토록 신묘하게 튀겨 내는 관상사의 요사함에 대한 막연한 혐오의 빛이 서려

있었다.

재빨리 귀인의 심정을 짐작한 명운은 속으로 빙그레 웃었다.

객들이 떠나자 하늘이 다시 흐려지고 또 비가 뿌리기 시작했다.

"나무관세음……."

그러나 그 말은 이내 입속으로 꺼져 버렸다. 조금 전의 그 거울 같은 심경은 다시 고개 들기 시작한 만심(慢心)으로 흐려져 갔다.

삼일 후 오정 지나, 재동 정보국 댁에서라 하고 사인교가 명운이 집에 대여다. 대감령으로 즉시 그 교군으로 오라는 것이었다.

명운이는 그가 지난날의 그 귀인임을 의심치 않았다.

한참을 흔들려 간 후, 교군은 어느 솟을대문 안으로 들어갔다. 줄행낭 앞에서 멎은 교군 속에서 나온 명운은 하인에게 인도되어 큰 사랑 댓돌 앞에서 대령하였다.

지난날 그 귀인을 따라왔던 자가 누마루에 나타나 그를 방으로 인도했다.

방 안에는 그 귀인—정보국이 두어 명의 낯선 사람들과 술상을 받고 있었다. 명운을 보자 정보국은 다정하게 웃어 보이며

"우중에 오래서 미안하네. 자 우선 술부터 한잔 드세."

하고 관상사에게 억지로 잔을 쥐어 주고 손수 가득히 술을 쳤다.

명운은 고개를 돌리고 술을 마신 후 가만히 잔을 자기 앞에 놓고 은근히 그 자리에 앉은 사람들을 찰색하였다.

주인 대감과 마주앉은 사람은 관골(觀骨)이 노골하고 간문이 난문하여 과운(科運)이 없고 처방이 좋지 못했으나, 와잠미가 명윤하여 다자 다손의 상이고, 모로 앉은 사람은 비두가 절통하여 귀인의 상이었으나 수상(守上)이 난문하여 족척(族戚)의 화가 많은 상이었다.

미리부터 명운의 소문을 듣고 온 듯한 손들이 관상을 청하므로,

명운이 찰색한 대로 말하였더니 좌중에 감탄 아니하는 사람이 없었다.

주인 대감은 기색이 매우 좋았다. 체소한 몸집의 어디서 그런 음성이 나오나 의심되리만큼 우렁찬 소리로 웃고 떠들고

"이리 오너라—."

하고 하인을 불렀다. 상노가 뛰어와 댓돌 아래 웅크리고 대령하니, 그는

"너 안악에 들어가 도련님 모셔오너라."

하고 분부를 내렸다.

한참 후 상노가 아홉 살 가량 되는 귀염성스러운 소년을 앞세우고 나왔다.

정보국은 몸소 일어나 아들의 손을 붙들어 앉히고, 귀여워 못 견디겠다는 듯이 그 조그만 손을 주무르며

"내가 만득 귀자할 상이라 말이 과연 맞네. 내 단 하나의 혈육이야. 어디 관상 좀 해 주게."

하였다.

소년은 맑은 눈을 크게 뜨고 관상사의 음울한 얼굴을 무서운 듯이 건너보았다. 소년의 얼굴을 살펴보던 명운은 얼굴을 흐린 채 좀처럼 입으로 열려 들지 않았다. 일각 또 일각 침울한 공기가 떠돌기 시작한다. 정보국은 안타까운 듯이

"왜 내 아들의 상이 좋지 못하단 말인가? 그래도 헐 수 없지. 하여튼 말이나 좀 해 보게."

그 음성에는 심려가 가득 차 있었다.

관상사는 허리를 굽히고

"아니올시다. 오히려 승어부(勝於父)의 상으로 체(體)는 학체(鶴體)요 귀인의 체웁고 순치 자색하니 필유 귀인이옵니다. 그러

나…….”

“그러나…….”

“글쎄올시다. 워낙 우매하와 소인도 잘 알 수는 없사오나 스승의 말씀에 인당 흑색하고 산근(山根) 난문하면 필유 횡사라 하온 적이 있습니다. 지금 애기를 찰색하오니 늙은 눈이 흐려 그러하온지 그런 조짐이 뵈옵기에…….”

“무어?”

정보국은 부지중 주먹을 쥐고 상반신을 일으켰다. 인신(人臣)을 극하는 보국(輔國)의 몸으로서 일개 관상사의 말을 그토록 믿은 것은 아니나, 세 번 상처에 전후취 소생이 십여 남매가 넘었건만 내리 참척을 보아, 남은 혈육은 오직 그 어린 아들 하나뿐이고 보니 데인 가슴에 선뜻 아니할 수 없었던 것이다.

“이애 얼굴에 흉조가 보인다고?”

“…….”

명운은 대답 없이 덤덤히 앉아 있다. 그 침묵이 먼저 한 말에 더욱 무게를 주었다, 정보국의 눈에는 관상사의 그 음울한 모습부터가 무슨 흉조를 띠고 있는 것 같았다.

불길한 침묵이 흘렀다. 정보국의 얼굴은 상심과 절망으로 헬쓱해지고 금시라도 실시할 사람같이 창백해 갔다.

일전에 난곡을 찾았던 그 풍채 좋은 자가

“대감! 한갓 천한 관상사의 말에 무얼 그리 상심하십니까?”

하며 대수롭지 않다는 듯이 말하고 고개를 돌려

“방자한 자 같으니.”

하고 명운을 꾸짖었다.

관상사는 눈썹 하나 까닥하지 않고 초상같이 앉아 있다. 관골이 나온 손이

"여보 속담에 '선처방 후약'이란 말이 있지 않소. 정연 애기의 상에 흉조가 보인다면 명판으로 이름난 사람이니 방법이 전혀 없지는 않을 것 아니오?"

하고, 의논조로 말을 붙였다.

또 침묵이 흘렀다. 명운이는 한참 후에야 무거운 입을 열었다.

"글쎄올시다. 폐흉취결하는 법이 있기는 하오나 그 성부는 스스로 모르겠습니다."

이 말이 떨어지자 정보국의 얼굴은 지옥에서 부처를 만난 듯 희색과 희망과 애원의 빛으로 가득 찼다. 그는 와락 덤비듯이

"여보게 참말 결초보은하겠네. 몇 사람 살리는 셈치고 예방을 좀해 주게."

평소의 위엄과 모든 허세를 버린 오직 애절한 어버이의 사랑의 부르짖음이었다.

명운은 말없이 고개를 숙였다가 한참 후에 얼굴을 들고

"그러면 내일 미시(未時)경에 애기를 소인의 집으로 보내십시오."

하였다.

"대솔 하인 없이 말인가?"

"그것은 예방에 아무 관련이 없사오니 임의로 하옵시오."

관상사가 돌아간 후 정보국은 초조한 하룻밤을 밝히고, 이튿날 심복의 하인에게 아들을 난곡까지 인도하게 하였다. 소년을 사인교에 타게 하고 교군 앞뒤에 하인의 호위를 하여 일행은 난곡으로 향했다.

괴상한 날씨였다. 비는 오지 않았으나 무거운 시커먼 구름이 내리덮어 천지가 캄캄하고 때 아닌 음산한 바람까지 불었다.

기다리고 있던 관상사는 이상한 향내가 나는 방에서 소년과 단

둘이 앉아 긴 주문을 외운 후 부적(符籍) 한 장을 소년의 왼손에 쥐어주며

"이 부적을 꼭 쥐고 가시다가 누구이든 제일 먼저 만나는 사람에게 주시오. 액은 그 사람에게 옮겨 가서 도련님은 그 액을 면하시리다."

하고 간곡히 일러주며 하인들에게는 그 부적을 다른 사람에게 건넬 때까지는 소년 옆에 가지 않도록 주의하였다.

소년이 관상사의 집을 나가자 천지를 뒤흔드는 듯한 우레 소리가 울리고 굵다란 비가 쏟아지기 시작했다.

젊은 아내가 안방에서 건너와

"만득이를 이모 집에 보냈는데 이 비를 맞지나 않는지……."

하고 걱정스러운 듯이 미간을 흐렸다.

만득이는 늦게 얻은 아들이라고 그렇게 부르는 그의 단지 하나의 자식이었다. 금보다도 은보다도 아니 자기 생명보다도 귀한 아들이었다.

만득이—보국 대감의 은고를 받게 된 아비를 가진 만득이에게는 상인(商人)의 자식으로는 걷기 편한 앞길이 마련되어 있지 않는가?

아들은 무엇을 시킬까 아직 생각해 본 일도 없이 그저 충실하기만 바라던 그는 정보국에게 은의를 입히게 된 오늘에야 비로소 아들의 장래에 생각이 미쳤던 것이다.

비는 세차게 한줄기 한 후 이슬비로 변했다. 그 때

"아버지……."

싸리문 밖에서 높은 소년의 음성이 들렸다. 언제나 집에 돌아올 때면 어머니를 부르지 않고 아버지를 부르며 들어오는 것이 만득이의 버릇이었다.

명운이는 앉은 채 고개를 내어 빼고
"오냐 만득이냐? 비 맞았지?"
하며 아들을 맞으려 하였다. 순간 그는 눈을 크게 뜨고 손에 들었던 곰방대를 떨어뜨렸다.
만득이의 얼굴—그의 눈은 흑백이 무광하고 순지 창백하고 인당이 난문하여—확실히 사상(死相)이었다.
"으……."
명운은 무엇이라고 말을 하려 하였으나 발음이 되지 않았다.
무심한 아들은 자랑이나 하듯이 그 아버지 옆으로 가서
"아버지 참 이상한 아이두 다 있어요. 글쎄 내가 마악 골짜기를 올라오려니깐 나만한 애가 이걸 너 가지라구 쥐어 주구 가겠지요."
하고 손에 쥐었던 종이조각을 펼쳐 보였다. 관상사는 보지 않아도 그것이 무엇인가는 이내 짐작하였다.
만득이는 그날 이모 집에서 따 먹은 풋살구가 관격되어, 몹시 고통하다가 사흘 되던 날 세상을 떠났다.
관상사 송명운은 자기 손으로 그 무덤을 판 격이 되었다. 물론 그것은 불행한 우연일지도 모른다.
그러나 아들의 주검의 자리에서 그는 스승의 해탈한 모습이 노기를 띠고 자기를 응시하는 것을 본 것 같았다.
인생 만사가 모두 인과응보(因果應報)요, 자업자득(自業自得)이어 늘 고쳐 잡고 바로 놓는 수작은 헛된 것이기도 하거니와 반드시 사도(邪道)이니라 하던 스승의 타이름이 귀를 스치는 것이었다.
이 길을 잡아들어 일생을 바치고 그 오의를 극하고자 한 그는 아들의 죽음으로써 자기 염원(念願)을 이루고 '신통력(神通力)'이랄까 그런 능력에 대한 자신을 가지게 되었을지도 모른다.
그러나 그의 마음에는 그러한 자족(自足)보다도, 보다 깊이 겸허한 참괴가 자리잡아 민심과 사념(邪念)과 궤계(詭計)에 대한 벌인 듯도한 아들의 죽음에 깊이 고개를 숙일 따름이었다.

난곡 관상사 송명운의 이름은 그 아들의 죽음 후 더욱 신화적인 울림을 가졌으나 그 후 아무도 그를 본 사람은 없었다.

(1948. 10.)

파편

담뿍 물을 먹은 무거운 멱서리때기를 걷고 발을 들여놓으니, 퀴퀴한 냄새가 코를 찔렀다. 태현은 힘없이 좁은 통로를 걸어 자기자리에 들어가, 신을 신은 채 불결한 침구 위에 덜컥 주저앉았다. 남편이 돌아온 것도 모르고 과로해 잠든 안내 옆에 더러운 얼굴을 한 어린것들이 셋, 이불을 걷어차고 서로의 몸에 다리를 걸치며, 거센 멍석자리 위에 곤드라져 있고, 손잡이가 떨어진 새까맣게 결은 냄비랑 풍로 양재기, 새끼로 묶은 나뭇단 같은 것으로 겨우 경계를 한 옆 칸 한가운데에는, 찌그러진 냄비가 자리를 잡고, 젊은 내외는 따로따로 머리를 맞대고, 벽 쪽에 딱 붙어 직각으로 누워 역시 잠이 들었다. 뚫어진 지붕에서 새는 비는 바께쓰 속에 바로 떨어지기도 하고 빗떨어지기도 하여, 이런 곳에 어울리지 않는 연한 빛깔을 한 그 이불 귀퉁이가 흠뻑 젖어 있는 것이다.

태현이 들어올 때 붙어들인 바람 때문인지, 문 옆에 자리 잡은 노인네가 몹시 쿨쿨거리며 일어나 앉는다.

새어 떨어지는 빗방울은 약한 서까래에 한참 매달렸다가 똑바로 떨어지기도 하고, 나뭇결을 타고 미끄러져 내려가 서너 치 건너서 떨어지기도 한다. 새는 데는 한 군데뿐이 아니다. 여기저기서 거의 규칙적인 단조한 누수(漏水) 소리가 들리고, 초췌한 얼굴들이 입을 벌린 채 벌레같이 굴러 있는 것을, 꺼먹꺼먹하는 등잔불이 처창하게 비추고 있다.

구석 칸에서 젖먹이가 킹킹거리며 깬다. 곯아떨어졌던 어머니는 무의식중에 젖을 더듬어, 젖먹이의 얼굴에 갖다 대었다. 젖먹이는 한참 젖꼭지를 찾느라고 애를 쓰다가, 착 달라붙어 쭉쭉 소리를 내며 빨기 시작한다. 옆에서 자던 아이 아버지가 입속에서 무어라고 중얼중얼하더니, 여럿이 덮고 있는 이불을 잠결에 혼자 쓸어덮고 돌아눕는다. 아이들은 두 손을 다리 새에 끼고 새우같이 웅그라졌다.

퉁퉁퉁—빗방울 떨어지는 소리가 더욱 잦아 가서, 바깥보다도 큰 빗방울이 좔좔 쏟어지기 시작한다.

제각기 자기 몫으로 정해진 칸에서, 뒹굴어 자던 사람들은 새어 쏟어지는 비 성화에 잠이 깨어, 하나씩 둘씩 일어나 앉는다.

선잠을 깬 아이들이 킹킹거리고, 이불이랑 옷보퉁이를 들척거리며, 어른들이 중중거린다.

여러 사람의 호흡으로 흐려진 공기가 퀴퀴하고 후덥지근한 데도 추위가 뼛속까지 스민다.

"후—ㄱ."

이불을 혼자 쓸어 덮고 자던 송 서방이 잠을 깨어, 누운 채 한숨을 꺼지게 쉬었다.

"온 겨울에 무슨 비야. 쯧쯧."

어린것에게 젖꼭지를 물린 채 곤드라졌던 그 아내도 아이들에게 이불을 끌어 덮어 주며 혀를 찼다.

아까부터 쿨럭거리던 배 노인의 기침이 숨이 막히도록 심해 간다. 마누라가 같이 일어나 앉아, 울상으로 넋 잃은 사람같이 영감의 모양을 쳐다보고 있다.

"휘이—ㅅ."

얇은 양철벽을 바람이 흔들고 지나간다. 출입구를 문짝 대신 막은, 물을 듬뿍 먹은 멱서리때기에서 짚 썩은 물이 뚝뚝 떨어졌다.

"아이 추워."

이불을 걷어차고 자던 어린것들이, 몸을 웅크리며 잠꼬대같이 종알거렸다. 그제야 태현은 문득 정신이 돌아왔다. 신은 신은 채 손을 뻗어, 오줌 냄새가 물씬 나는, 때에 절은 얇은 이불때기를 덮어 주고, 무릎을 도사리고 턱을 괸 채 생각에 잠겼다.

자조의 쓴웃음이 입가에 떠올랐다. 이 습기 찬 맵게 추운 겨울비 오는 밤에, 불씨 하나 없는 창고 속 찬 땅바닥 위에서, 멍석 한 닢만 깔고 뒹구는 어린 것들이 이불을 차 내던지고 자도 '춥다' 소리를 들을 때가지는 덮어 줄 생각을 못 했던 자기를 스스로 비웃었다.

"흥, 모든 것이 구실, 핑계에 지나지 않았어……."

속으로 뇌었다. 그 어린 생명을 보호하기 위한다는 것이 여지껏의 자기 행동에 대한 변명이요, 내용이 아니었던가?

마음 한 구석에 항상 자리 잡고 있는 아픔과, 참회가 또 발작적으로 부풀어 올랐다.

펵펵 쏟아지는 눈을 마구 맞으며,

"우리 걱정은 말구 잘들 가거라."

하고 눈물을 흘리던 늙은 부모의 얼굴이, 눈앞에 떠오른다.

"꼭 뫼시고 가구 싶은데 이 추위에 노상에서 고생허시다 무슨 일이라도 나면 어떡허겠어요. 그렇다고 저희들만 떠날 수도 없는 일이구……."

뻔뻔스럽게 이런 말을 한 그 때는 벌써 피난 준비가 다 되어 있었고, 떠나는 시간까지 결정한 후였던 것이다. 말하자면 완성된 서류에 최후의 날인을 받기 위한 형식적 사령에 지나지 않았다.

"늙은 우리들 때문에 너희들까지 욕을 볼게 뭐 있니. 아예 걱정 말구 어서어서 서둘러라."

"어머니……."

하고 우는 자기를 오히려 부드럽게 위로하던 어머니의 바다 같은 사랑!

그의 죄악감은 여러 가지 의미로 그를 짓눌렀다. 불효와 위선, 이윽고 모략—늙으신 어버이를 사지에 두고 온 죄 최후까지 가면을 쓴 죄 그 위에 선량하고 자애 깊은 무력한 노인들에게, 내 걱정 말구 가라는 일종의 면죄부(免罪符)를 강요한 죄—뒤에 남는 노인의 불안과 슬픔과 공포를 걱정 말고 가라는 언사 아래에 역력히 들여다보며, 애써 눈을 가리고 못 익는 체한 자기를 용서할 수가 없었다.

"아이 추워."

하고 몸을 웅크린 어린 것의 조그만 소리가 그에게는 '위선자!' 하는 조매(嘲罵)의 소리만 같았다.

어버이도 모르고, 어린 자식도 모르는 냉혈한(冷血漢)— 바람이 휙—휙—불어, 창고 위를 지나가는 전선이 윙윙 운다. 누구인지 일어나, 깡통에 좔좔 소피를 본다. 천장 꼭대기에 창이 하나 있을 뿐, 통 같은 창고 속에 열 세대 걸 너더분한 살림살이 도구로 경계를 한 따름이다. 실은 한 방에서 여러 세대가 거처하고 있는 것이다.

밤이 깊어 갔다. 어머니 품속에서 곤히 잠들었던 태현의 젖먹이 딸이, 콜콜거리기 시작한다. 백일해의 심한 발작으로 젖을 토하며 콜콜거린다. 마침내 지쳐서 늘어진다. 아내가 안고 일어나 앉아, 수심에 쌓인 얼굴로 들여다보는 것을 태현은 고집이나 부리듯 쳐다보지도 않는다.

"아이 또 토했구먼요. 이렇게 추우니 안 그렇겠어요?"

송 서방네가 딱한 듯이 말하고 길게 한숨을 쉬었다.

"아— 아."

양철벽에 기대앉은 채, 그는 폭 싸안은 젖먹이를 공연히 두어 번 흔들고, 필요 이상으로 포대기를 올려 덮었다. 이윽고 또 한숨을 쉬었다. 처음에는 가벼운 위로의 의미로 한 말이 심각한 연상을 불러, 그는 눈물이 앞을 가리는 것이었다.

"아— 순길아! 다섯 살이나 멕여 가지구, 흐으응 응— 아이구 원통해."

다섯 살 난 아들을 피난 도중에 잃었다는 말은, 간헐적으로 되풀이 하는 송 서방네 넋두리로 모르는 사람이 없다. 그런데다가 순길이를 본 일이 있는 사람은 하나도 없는 까닭에, 겉으로 동정은 하나마 그것은 인사에 지나지 않는다. 오늘 밤같이 음침한 비 내리는 겨울 밤에는, 그 인사조차 할 겨를이 없다. 침묵이 흘렀다.

"아— 아 전생에 무슨 죄를 지었기에, 흐으응— 글쎄 그놈의 차가 폭발만 안 해두, 화차 꼭대기에나마 매달려 오지 않았겠어요. 아이구 겨우 다섯 살 난 어린 것을 엄동설한의 천리 길을 걷게 했으니 후—ㄱ."

송 서방이 쩍쩍 입맛을 다시고, 허리춤을 더듬어 곰방대를 꺼내 문다.

"아이고 몹쓸 년의 에미 같으니, 글쎄 그 어린 것을 보구 어서 안 걸으면 두구간다구, 채찍질을 했다구요. 기진맥진해서 주저앉으려는 것을 사정없이 껄어댕기구, 흐으응 응— 아이구."

"허험 허험 허."

송 서방이 눈을 꺼벅거리며, 선 기침을 한다.

"아이구 흐으응 응. 경칠 놈의 눈을 왜 그렇게 쏟아지는지, 아아.

고개 하나만 넘으면 마을이 있다 해서, 해안으로 가려구 불쌍한 어린 것만 족치는데, 눈 위에 죽 엎드러지더니 흐으응 글쎄 다시는 일어나지 못허는 거예요. 으으응— 응 아아."

"듣그러, 그만 둬."

남편은 다 타지도 않은 담배를 신경질적으로 탁탁 떨며, 퉁명스럽게 꾸짖었다. 그러나 손이 벌벌 떨린다. 그 어린 것의 시체를, 어느 곳인지도 모르는 산기슭에 손수 묻고 온 아비의 마음은, 넋두리로 표현할 수는 없는 것이었다.

"후—ㄱ."

전선이 또 윙윙 운다. 생굴같이 뿌연 배 노인의 늙은 눈에 눈물이 고여다. 그는 그것을 가리려는 듯, 쿨쿨거리며 얼굴을 숙였다. 마누라는 아무 말 없이 코를 들이마시고, 역시 감정을 죽이느라고 찌들은 더러운 이불로 영감의 몸을 싸 주고 쪼그려 앉아, 꺼칠꺼칠한 멍석요에 깐 올이 보이지 않는 요 바닥을, 손가락으로 의미 없이 문지르기 시작했다.

"아이구 내 팔자야 후—ㄱ."

한바탕 느껴 울던 송 서방네가 또 길게 한숨을 쉰다.

배 노인은 흐릿한 눈으로 그쪽을 더듬어 보고, 부들부들 떨리는 손을 가슴에 대고 턱을 두어 번 까불었다.

눈 밑에 커다란 주머니가 달린 기름한 얼굴에, 높다란 코, 새하얀 숱한 눈썹, 이마에 누비같이 잡힌 깊은 주름과, 코 양편에 패인 고통을 참고 있는 것 같은 선, 이윽고 약간 벌린 오므라진 창백한 입술, 빛 없는 무엇에 쫓기는 듯한 눈—누구나 한 번 보면, 잊지 못할 인상을 주는 비극적인 얼굴이다.

언젠가 창고를 찾아온, 태현의 친구 변지용이,

"세대(世代)의 고뇌의 상징! 응? 나는 고뇌에 대한 외경(畏敬)의

념에서, 이 모자를 벗는 거야."

하던 그 얼굴에는 오늘따라 슬픔의 빛이 짙다.

그저 아들이 일선에 나가 있다는 것 외에는, 신상을 알 수 없는 이 조용한 늙은 내외는, 영감의 쿨럭거리는 소리 외에는 음성도 들을 수 없도록 말수가 적다. 생활이 어렵기도 하거니와, 깜짝 놀라도록 식사량이 적어, 연명해 가는 것이 기적이었다. 항상 수심에 싸여 말하자면 슬픔을 먹고 사는 것 같았다.

'쫘르르—휙 휙'

비바람 소리가 더욱 심해 갔다. 이 칸 저 칸에서 불안에 싸인 얼굴이 암담히 눈을 흐리고, 쏟아지는 빗발을 보고 있다.

부두에서 노동을 하고 있는 지상도 곤한 잠에서 깨어, 겨드랑을 북북 긁으며 일어나 앉는다. 몇 달 씻지 못한 몸에서 땟가루가 우수수 떨어진다. 그는 오금턱을 더듬어, 옷 속에서 커다란 이 한 마리를 잡아내어, 뚝 소리를 내며 죽였다. 그는 징그러운 그 소리에 자극을 받았는지 등잔에 불을 댕기고 이불을 들쓴 후, 옷을 홀떡 벗어서 이 사냥을 시작했다. 열심히 솔기 속까지 더듬어, 서캐 한 마리 놓치지 않으려고 세심히 옷을 뒤적거리는 것을 보면, 가려워서 이를 없애려는 것으로는 보이지 않는다. 뚝 뚝 죽이는 그 자체에, 잔인하고 불결한 일종의 쾌감을 느끼는 것 같다.

"부산이라는 덴, 기후조차 물상식허구 인정이 없어. 그래 겨울에 눈이 오면 모르되, 웬 비란 말야."

지상과 부도에서 일을 하는 정 서방이, 바께쓰 옆에 또 깡통을 갖다 놓으면 두덜거린다. 비는 심술궂게 바께쓰와 깡통을 비켜 딴 곳에 떨어졌다.

"우라질 것 같으니…… 에이 맘대로 해라."

골이 난 정 서방은 쿵 소리가 나도록 양철벽에 가 턱 기댄다.

"올 겨울엔 비가 많이 와서, 전선에선 병정들이 되놈보다도 범벅이 된 진흙길과 싸우느라구 고생이랍니다."

신혼 아내와 직각으로 머리를 맞대고 자던 인쇄소에 다니는 이상 후가, 여자 같은 음성으로 이렇게 말을 하고 일어나 앉았다.

"후위—."

배 노인이 한숨을 쉰다. 재빨리 눈치를 본 지상이

"뭐, 전쟁이 나갔다구 다 죽나요? 할아버지 걱정 마세요."

막걸리로 탁해진 소리로 위로를 한다. 배 노인은 무어라고 하려다, 부들부들 떠는 손을 또 가슴에 갖다 대고, 턱을 두어 번 까불었을 따름이다. 누구에게나 보여서는 안 될 슬픔이기에, 그의 말은 언제나 혀끝에서 굳어 버리는 것이었다. 가슴 깊이 간직된 고뇌와 비애가 신음이란 형식으로 터지는 때도 있었으나, 신음이란 비애의 삭임이 아니고, 비애의 새김질에 지나지 않는다. 국군 용사의 양친인 이 늙은 내외는, 동시에 과격한 빨치산의 어버이기도 하였던 것이다.

구월 이십오일, 이별도 하지 않고 쏟아지는 포탄 속에 사라진 그 아들, 생사도 모르는 그 아들, 긴장한 얼굴에 살기를 띠고, 한마디의 말도 남기지 않고 가던 그 표범 같은 눈—이윽고 귀여운 막내둥이로 애지중지하던 아들, 이 추운 겨울비에 범벅이 된 진흙길과 싸우는 막내아들—영원히 평행선 위에 선, 형과 아우—다 같이 자기 피를 이은, 사랑하는 아들들이었다.

"아이—."

"참 잠을 잘 수가 있어야지."

여지껏 담요를 턱까지 덮고 꼼작도 않던 송 서방네 건너편 칸에, 혼자 자는 청년이 벌떡 일어났다. 우뚝한 코에 파랗게 광채가 나는 눈을 가진 청년이다. 김병민이란 이름이라는데, 웬일인지 동숙자들은 모두 청년, 청년 하고 불렀다.

무엇을 하고 있는지 밤에 돌아오지 않을 때가 많은 이 청년은, 이 창고 족속 중에서는 그래도 제일 여유가 있는 모양이다. 누런 미군 셔츠를 아무렇게나 입고, 담요로 무릎을 덮고 옆 칸이 보이는 위치에 송 서방네 살림 도구에 기대앉는다.

옆 칸에 사는 신미령은 자기 칸에는 비가 새지 않았건만, 아까부터 잠이 깨어 빗소리를 듣고 있었다.

"이런 밤에 지붕 밑에 있는 자는 행복한 자다. 따뜻한 한구석을 가진 자는 행복할 것이다."

언젠가 읽은 투르게네프의 한 구절이 머리에 떠올랐다. 이런 창고 지붕이라도 지붕이라 할 수 있다면 자기는 행복하다고 할 수 있을 것인가? 아니다. 이곳이 무엇 따뜻한 한구석이리오, 여기는 다만 전쟁이란 선풍에, 뿔뿔이 흩어진 민족의 파편(破片)을 아무렇게나 쓸어담은, 구접스레한 창고—실질적으로나 상징적(象徵的)으로나 한 개의 창고에 지나지 않는다. 이윽고 자기도 역시 한 쪽의 파편, 완전체(完全體)의 파편으로 인간 감정을 무시한 삶의 막다른 골목, 생활을 잃은 생존을 하고 있는 것이다.

문득 옆 칸 청년의 음열에 타는 응시를 느낀다. 오한에 가까운 흥분으로 얼굴에서 핏기가 사라져 갔다. 괴로웠다. 스물다섯 살의 젊은 과부는 이불로 얼굴을 가리고 구원이나 바라듯 옆에 누운 어머니를 더듬었다.

"아—아."

누구의 입에선지 한숨이 흘러나온다. 비는 끊임없이 쏟아지고 매운 겨울밤은 깊어만 갔다.

"아이구— 기진 아버지가 물을!"

송서방네가 호들갑스럽게 수다를 떤다.

"안에서 몸이 성치 않아서요."

태현은 까닭 없이 얼굴을 붉혔다. 이어 얼굴을 붉힌 자기에게 울화가 벌컥 났다. 자기란 무엇이냐? 창고 속에 쓰레기 같이 굴러 있는 일개의 전재민—물을 긷는 남자가 자기 하나라면 모르되, 모두 같이 물도 긷고 불도 피워 주고 하는데, 자기라고 그런 것이 기이하게 남에게도 보이고, 자신도 어색한 까닭이 어디 있단 말인가?

그는 얼굴을 흐리고 물통줄에 바께쓰를 놓았다. 철도 관사인지 같은 체재의 집이 늘어진 한길 가에 있는 수도다. 가느다랗게 힘없이 흐르는 물줄기로, 언제 이 줄을 지은 물통을 다 채울는지 아득한 일이었다.

물꾼들 중에는 머리에 희끗희끗 흰 것이 보이는 노파가 있나 하면, 물통 길이보다 얼마 크지 않은 애처로운 소녀도 있고, 허접스레한 꼴을 한 사람들 중에는, 곱게 화장을 하고 주단으로 몸을 감은 젊은 새댁도 섞여 있다.

한참 서 있으려니 수족의 감각이 없어진다. 이런 물로 손도 씻고 세수를 하였구나 하는 생각이, 누렇게 부은 영양실조의 아내의 얼굴과 함께 머리에 떠올랐다.

머리에 똬리를 인 채, 소녀들은 기다리는 동안에 실뜨기를 시작했다. 여인들은 새치기가 없나 감시의 눈을 번쩍이며, 한데 모여 이야기꽃을 피웠다. 엿장수가 한 사람, 느른한 듯이 엿판을 담에 걸치고 기대서서, 간간이 생각이 난 듯 엿가위를 철컥거리며 우두커니 물꾼들을 쳐다보고 있다. 역으로 달리는 트럭이 마구 먼지를 일으켜 머리랑 옷이 삽시에 뿌예지고, 애써 받은 물위에 먼지가 와 뜬다.

"와이고 무시바라. 참말이지 피난민 낼로 우예 살겠노, 물 한분

길라 캐도 이 야단이고, 물건 값은 올라가 쌓고, 집은 절단이고, 와이고 우야야 좋겠노."

광대뼈가 툭 불그러진 중년 여인이 거센 사투리로 머리를 설레설레 흔들며 불평을 한다.

"뭐 어쩌구 어째요? 누가 피란 오구 싶어 왔수? 온 고생을 못 해봐서 그런 소실 허지."

송 서방네가 획 받아서 쏘아붙였다.

"온 세사아나, 염치가 있어야지."

"염치라니, 그래 부산것들 곁이 물 하나 안 노나 먹는 인정이 어딨단 말이요? 응, 바다에 한번 빠져 봐야 정신을 차린단 말이요?"

"와이구 이 안들이 와 이래쌓노?"

"아이구 지긋지긋해. 부산이라면, 이에서 신물이 난다!"

송 서방네는 바른손을 귀 옆에서 수다스럽게 흔들었다.

"누가 오락했소?"

"오구 싶어 온 줄 아우?"

"아이구 얄궂어라. 참 별꼴을 다 보겠네."

경상도 여인네는 앞으로 바싹바싹 다가서는 송 서방네를 팔 뒤꿈치로 밀었다.

"왜 손찌검을 허는 거야 응? 왜 손찌검을 허는 거야?"

송 서방네 얼굴이 새빨개진다. 이윽고 욕설이 구정물같이 쏟아져 나왔다.

이것이 현실이었다. 송 서방네도 시골서 반반하게 사는 집 부인으로 행세하던 사람이었다. 불행이 그의 이성과 체모와 수치심을 빼앗고, 대신 왕성한 생명력을 주었던 것이다. 다툼도 역시 일종의 생명력의 표현이라면.

한참을 울고불고 떠들던 송 서방네는 자기 차례가 오자 겨우 정신을 차리고 씩씩거리며 물을 받아 이고 마지막으로 상대를 쏘아본 후 창고로 돌아갔다. 그 뒤로 무거운 바께쓰를 들고 따라가는 태현은 몇 번이고 바께쓰를 고쳐 잡곤 하느라고 훨씬 뒤쳐지지 않을 수 없었다. 송 서방네의 왕성한 생활력에 새삼스레 압박을 받았다.

그러면 자기는 무엇인가? 위선자 냉혈한, 불효자—이런 자기정의(自己定義) 속에 또 한 가지 내용이 첨부된다.

무능자!

이삼 일 전 일이다. 태현은 대학 동창인 변지용의 말에 끌려 그가 가장 친밀하다고 자칭하는 XX당 간부, XX회사 사장, 정민택씨를 찾았다. 취직자리를 구해서였다. 미상불 변지용은 정민택씨와 친밀한 사이인 모양이었다. 그 앞에서 떠벌리고 웃고 떠들었다. 그러나 떨어진 구두에, 자꾸만 신경이 쓰여지는 태현의 눈에는 지용의 태도가 충견(忠犬)—주인에게 꼬리를 치는 충견같이 보였다. 안락의자에 점잖게 앉은 정 사장은 황송한 듯 꼬리를 치며 손등을 핥는 충견을 무료한 대로 잠시 놀리고 있는 것만 같았다. 그는 까닭 모르는 굴욕감으로 얼굴이 화끈해졌다.

지용은 그 명사의 후대를 태현에게 보이는 것에 흥분하여, 약간 감흥이 지나쳤다. 따라서 최초의 용건은 수다한 화제 중의 한 토막으로 삽입되었을 뿐 조금도 실의가 없었다. 태현은 갈 때 보다 더욱 큰 절망과 굴욕감을 안고 창고로 돌아왔던 것이다.

창고로 가는 도중에 있는 역 구내 부서진 화차 속에서 사는 전재민들이 바깥에 나와 빈 터에 쌓아 놓은 녹슨 헌 레일 위에 앉아 이를 잡고 있는 것이 보였다.

부두가 가까워 부두 노동자를 상대로 하는 장사가 나날이 늘어가, 여기저기서 조그만 궤짝에 엿이랑 껌이랑 딱딱한 성냥, 담배, 강정 같은 것을 놓고, 몸뻬에 헌 군복을 입고, 수건으로 빰을 싼 여인들이 서 있었다.

막걸리에 빈대떡을 부쳐 파는 사람 앞에는 솜을 넣어 누빈 공산군의 헌 군복을 입은 우람하게 생긴 노무자들이 뒤꿈치만으로 몸을 받친 불안정한 자세로 쭈그려 앉아, 막걸리를 쭈욱 들이켜곤 꺽—트림을 하고, 김이 무럭무럭 나는 빈대떡을 입에 넣고 있다. 태현은 입속에 침이 가득 고이는 것을 느꼈다. 구수한 녹두지짐 냄새는 쪼그라 붙은 그의 위를 자극하여, 훑는 듯이 아프기 시작했다. 지난 수십일 동안 제법 음식다운 것은 받아 보지 못한 그의 위장이었다. 창고도 돌아갔을 때는 자기 얼굴이 창백해진 것을 스스로 느낄 수가 있었다.

빈대떡 장사를 하는 송 서방네는 어느새 창고 밖 양지바른 데서 녹두를 갈고 있었다.

"아이구 애쓰시는구먼요."

그는 태현을 보자, 푸르죽죽한 잇몸을 드러내며 웃었다. 그 웃음에는 성실한 동정과 약간의 격의(隔意)가 섞여 있었다.

태현은 또 얼굴을 흐렸다. 이 창고 생활을 한 지 이미 수십 일—그만하면 한 자리에서 거처하는 사람들과 서로 가슴 속을 풀어 보여도 좋을 것인데 언제까지나 피부가 다른 사람 모양으로 겉돌기만 하는 것인가? 이곳을 빠져 나갈 가능성이 적어진 지금에 와서는 하루 바삐 자기 몸에 배어 버린 옛날의 체취를 떨어 버려야 할 것이었다. 그러나 그도 그 체취가 동숙자들과 간격을 가지게 하는 동시에, 그들과의 간격이 오히려 인생의 패잔자가 되려 하는 자기에게 남은 최후의 우월을 의미하는 것이며, 이 간격이 없어지는 날 자기의 가련한 긍지도 상실되어 버릴 것이라고 서글프게 느끼고 있었다.

이 비참한 창고 생활에 있어서는 무능이 역설적으로, 눈에 보이지 않는 그의 서글픈 우월의 이유가 되어 있던 것이다.

그는 물을 창고 앞 돌 위에 건 솥 옆에 놓고, 안으로 들어갔다. 청명한 공기를 호흡하던 코를, 형용할 수 없는 악취가 쿡 와 찌른다. 밝은 데서 갑자기 컴컴한 데로 들어와 가벼운 현기가 나고 눈이 잘 보이지 않는다. 그는 잠깐 발을 멈추었다가 자기네 칸으로 들어갔다.

누렇게 뜬 얼굴이 부숙한 아내는 베개 대신에 베었던 헌 옷뭉치 위에 머리카락을 헤치고 가쁜 듯이 숨을 불고 있고, 더러운 머리가 더부룩하게 귀를 덮은 네 살 난 아들이 코투성이가 된 얼굴로 누가 쑤어다 준 듯한 죽 그릇을 다리 새에 끼고 멍석 바닥에 흘리며 먹고 있었다.

아내는 남편을 보자 미안한 듯이 눈을 감고 억디로 웃어 보이려 하였다. 그러나 누렇게 부은 얼굴은 약간 찌그러졌을 따름이다. 태현은 우뚝 선 채 말없이 아내를 내려다보았다. 이럴 때 무슨 말을 하여야 좋을 것인가? 아내는 남편의 시선에서 자기의 때묻은 살을 감추려 하듯이, 마디가 굵어진 더러운 손으로 이불을 당겨 올렸다. 아내는 그런 여성이었다. 그런 여성이기에 무능한 남편과 함께 떨어질 대로 떨어진 사람이었다.

이 몇 년 동안 태현에게 권태를 느끼게 하던 아내의 성격이 이 누습한 창고 속 멍석 위에 누운 이때, 애달프도록 그의 가슴을 흔들었다.

대청에 길게 끈 다홍치마에 금박이 노란 반회장저고리를 입고 소소하게 섰던 아내의 옛 모습이, 빨래뭉치를 베고 드러누운 누렇게 부은 얼굴에 와 겹쳤다. 무릎이 나온 양복을 입고 있는 자기도 황해도 대지주의 외아들로 단정한 성대(京城帝大)의 제모 아래, 수재다운 깨끗한 얼굴을 가진 행복한 청년이었다.

그러나 학창 시대의 행복한 수재는 사회에 나가서 무엇을 하였는가? 상아탑을 나온 그는 결국 육지에 오른 물고기에 지나지 않았던 것이다. 그의 비극은 자기의 열등(劣等)을 수긍 못 하는 데 있어서, 그는 쉴 새 없이 직업을 바꿀 수밖에 없었다.

이리하여 인생의 길 밖으로 굴러 내려가기 시작한 그였다. 그러나마 서울서는 그럭저럭 그리 궁박은 느끼지 않고 지내 왔는데, 부산에 와서 지향 없는 생활을 여관방에서 보내다 보니 많지 않던 돈은 삽시에 떨어지고, 초속도로 전락을 계속하여 마침내 이 창고 속으로 굴러 들어왔던 것이다.

악취가 코를 찌르는 이불을 턱까지 끌어올리고, 눈을 감은 아내의 얼굴을 내려다보는 태현의 머릿속에서, 기아에 광란한—혹은 나란히 시체가 되었을 늙은 부모의 노기 띤 얼굴이 힐책과 단죄의 몸짓을 하며, 그를 노려보았다.

그는 들어올 때와 같이 어깨를 떨어뜨리고 말없이 되돌아 나갔다. 창고 밖에서는 아직도 맷돌질을 하고 있는 송 서방네 옆에서 옆 칸 새댁이 태현의 젖먹이 딸을 업고 무어라고 큰 소리로 이야기를 하며 똥걸레를 빨고 있었다.

태현은 눈시울이 뜨거워지는 것을 느꼈다. 그는 그런 자기를 부끄러워하듯 시선을 반쯤 부서진 화차랑 말뚝이랑 헌 레일 같은 것이 너절하게 늘어져 있는 역 구내에 돌렸다.

수북하게 쌓아 올린 헌 레일 위에, 일곱 살 난 큰아들 홍인이가 서있다. 한쪽 멜빵이 떨어진 누덕누덕 기운 누런 담요 바지를 입은 홍인이는 척둑을 나란히 걷는 UN군 병사와 머리를 등에 풀어헤치고 새빨갛게 입술을 물들인 젊은 창녀에게, 송 서방네 두식이하고 둘이서 손짓으로 외잡(猥雜)한 욕을 하고 있었다.

사람이 층계에까지 주렁주렁 매달린 화차가 검은 연기를 뿜고 땅을 울리며 우르르 지나갔다.

철둑에서 키가 큰 사나이가 한 사람 내려온다. 홍인이와 두식이가 환성을 지르며 쫓아갔다. '청년'이었다. 양쪽에서 매달리는 아이들 손을 하나씩 붙들고 휘파람을 불며 가까이 왔다.

태현은 이 청년에게 치사를 할 의리가 있었다. 아내의 발병 이후 이 청년에게서 많은 도움을 받아 왔던 것이다.

어떤 신분을 가진 사람인지는 모르나, 청년은 창고 생활에는 당치도 않은 제니스 라디오를 가졌고, 양담배를 피우는가 하면 식사는 노무자들 틈에서 먹든가 그렇지 않으면 전혀 먹지 않고 지낼 때고 있었다.

동숙자들 중에서 태현이 이유 없는 막연한 존경을 부당하게 받고 있는 것과 같은 정도로, 이 청년에게는 의아와 경계와 호기의 눈초리가 향해져 있었다. 송 서방네는 정신 이상자라고 한 일이 있다.

"오늘은 일찍 돌아오시는군요."

태현은 이렇게 말하고 초췌한 얼굴에 엷은 웃음을 띄웠다.

"네."

청년은 가볍게 대답하고 태현이 앞에서 발을 멈추었다. 그는 팔을 잡아당기는 아이들에게 호주머니에서 껌을 하나씩 꺼내 주고 저리가라는 듯이 손짓을 했다.

이윽고 뛰어가는 아이들을 한참 바라보다가, 태현이 서 있는 옆으로 와서 쌓아 놓은 헌 레일 위에 걸터앉았다.

"하나 어떠세요?"

주머니에서 꺼낸 럭키 스트라이크를 내민다. 태현은 잠시 망설이다가 어색하게 손을 뻗쳐 한 개비 뽑아 입에 물었다. 청년은 재빨리 라이터를 대어 불을 붙여 준다. 오래간만에 즐기는 담배의 향기—

"앉으시죠."

태현은 권하는 대로 청년 옆에 나란히 앉았다.

"걱정이시겠어요."

말없이 담배만 태우던 청년이 문득 입을 연다. 태현은 귀밑이 뜨거워졌다. 청년에게 이끌리지 않으면 치사의 말 하나 할 수 없는 자기였던가.

"참 여러 가지로 심려해 주셔서 무어라고……."

청년은 그 말을 들리지 않는 것처럼 덤덤히 앉았다가 갑자기 한쪽 뺨으로 씽긋 웃었다.

"박 선생은 모독의 쾌감을 느낀 일이 있으십니까?"

청년은 상대의 얼굴을 보지도 않고 이런 질문을 하였다. 그는 애초부터 답은 기대하지 않았던 모양으로 곧 말을 이었다.

"모독의 쾌감! 상식에의 반역! 하하……."

웃으니깐 덧니가 들어나 애교 있는 얼굴이다.

"내가 지금 무엇을 하고 왔는지 아시겠습니까?"

청년은 이렇게 말하고 푸른 광채가 나는 눈을 똑바로 뜨고 태현을 응시했다. 잠시 침묵이 흘렀다.

"나는 지금 이 주머니에 상당한 돈을 가지고 있습니다. 어디사난 돈이겠어요? 무엇을 하고 얻은 돈이겠어요? 하하……."

태현은 점점 이 청년이 무서워졌다.

"나는 이 돈을 그냥 이 자리에서 버려두 좋습니다. 전혀 필요없는 돈이니깐요. 그런데 아버지를 협박하고—외아들에게 모든 희망을 걸고 있는 것과 부유층에 속한다는 것이 죄라면 죄일까, 아무

힘없는 현재의 아버지를 협박하구……."

청년은 음울한 구조로 말을 이었다.

"용서 못 할 짓을 나는 했지요. 그런데 아버지가 돈을 내놓으신 건 물론 공포에서가 아닐 것입니다. 그렇지만 역시 내놓은 이상 자식이라도 무서운 생각이 들었는지 모르지요. 아니 그렇다면 무슨 방법이라두 쓰셔서—아아 무엇인지 알 수가 없어졌습니다. 하여튼 사건의 목적이 있다든가, 줄거리가 있다든가 하는 것과는 다르고, 한마디로 말하면 모든 것이 무의미한 것—그것두 추악한 것에 지나지 않으니깐요. 아 무엇을 여쭐려구 했는지……."

청년은 혼란한 듯이 한손을 이마에 대었다.

"네, 그렇습니다. 아버지가 나를 단죄해 주셨으면—저도 이렇게 혼란하지 않을 텐데, 아니 그것도 아니구."

그는 여전 손을 이마에 댄 채 상념을 정리하려는 듯이 눈을 감고 있다가 이번에는 꽤 명확하게 줄거리를 세워 말을 계속해 갔다.

"저는 다른 사람들이 그 혼란을 겪은 후, 다시 먼저 궤도를 걸어가는 것을 보면 기적 같습니다. 아까 모독이라 했습니다만, 모독이란 어디다 쓰는 말인지조차 판단할 수 없는 것이 사실입니다."

청년은 이마에 대었던 손을 떼고 머리를 흔들어 올렸다.

"정의(正義)란 말이 이렇게 함부로 쓰여진 시대가 있었겠습니까? 원칙이 이렇게 동요되고 전환된 시대가 어디 있었겠습니까? 나는 죄란 말이 무엇인지 알 수가 없게 되었습니다. 사람을 재판하는 자는 사람이 아니라고 믿어야 되겠습니까? 생각하면 이런 생각을 처음 가진다는 것이 우스운 일입니다만—한편에서 죄악시하는 사실이 다른 한편에서는 오히려 숭고한 행동으로 찬양을 받게 되는 사실, 도저히 용납할 수 없는 일이 아무 모순 없이 합리화되는 사실—누누이 말씀할 것은 없습니다만—불행하게도 나는 내 눈으로 모든 것을 보았습니다."

청년은 말을 끊었다가 곧,

"내 눈으로 보았어요."

거듭 말했다.

"그래서 나는 선악을 구별을 할 수가 없게 되었습니다."

"세기의 비극이지요. 너무 심각하게 생각할 것 없습니다."

태현은 이렇게 말하고 한숨을 쉬었다.

"아니 들어 주세요. 제게 친구가 둘 있었습니다. 동기가 없는 저는 순수하게 열렬하게 그들을 사랑했던 것입니다. 모두 젊고 씩씩하고 총명하고 아름다운 청년들이었지요. 우리들은 같은 대학에 적을 두고, 사랑과 정열을 가지고 진리를 탐구하고 인생을 구가하였습니다. 그러나 폭풍이 왔습니다. 사람을 광란시키는 무서운 폭풍이. 그리고 지금 이렇게 저 혼자 남아 버렸습니다. 한 사람은 여름에 저들의 손에 죽고, 한 사람은 그를 죽인 자를 따라 북으로 가고—나에게 있어서는 두 사람이 다 죽은 것이지요."

"한두 사람의 예가 아니니깐요."

태현은 이렇게 공허함 말로 위로를 할 수 밖에 없었다.

"부산으로 피난올 때 일입니다. 가족들이 트럭으로 남하한 후 최후까지 남았다가 인천서 배루 떠나게 되었는데, 공포에 광란한 사람들이 쇄도하여 그 혼잡이란 한마디로 말할 수가 없는 광경이었습니다. 개인 소유의 조그만 배라 적재정량은 훨씬 넘었는데 공포와 초조에 살기 찬 사람들이 소리를 지르고 뛰어오르려 합니다. 참 생각하면 무어랄까요. 누가 그리 애틋하게 따뜻이 맞아 줄 것이라구, 누가 간절히 손을 잡아 이끌어 줄 것이라구 그렇게 애들을 썼는지요. 하여튼 그냥 두면 배가 침몰할 수밖에 없게 되었을 때—나는 보아서 안 될 것을 보았어요.—완강한 선원이 몇 사람 선측에서서, 뛰어오르려는 사람을 발길루 차서 바닷속에 처넣기 시작했던 것이에요. 나는 내 눈을 의심했습니다. 적지 않은 사람이 그 혼란 속에서 바닷속에서 떨어져 영영 보이지 않았습니다.—나는 여지껏 그 광경을 잊지 못해서 이렇게 되어 버렸습니다. 무엇보다도 견딜 수 없는 것은 그 때의 선원들의 행동을 정당 방위상 불가피한 것이라고, 긍정하지 않을 수 없는 일입니다. 그렇게 안 했으면 배는 침몰할 수밖에 없었으니깐요. 그 후부터 제 이성은 극도로 혼란하여, 제 성격이 이렇게 무너져 버렸습니다."

태현은 잠자코 입맛을 다셨다. 잠시 침묵이 흐른 후에 청년이 또 입을 열었다.

"저는 모든 것을 다시 고쳐 보게 되었어요. 전쟁이란 사실두—그러나 확고한 신념이 없는 저는 점점 더 혼란해 갈 수밖에 없어졌습니다. 목숨이 주체스러워 공연히 맑은 물을 휘저어 흐르게 하곤, 결국 제일 많이 구정물을 뒤집어쓰구……."

청년은 현기가 나는 것처럼 손을 또 이마에 갖다 대었다. 태현은 한참 말을 선택하다가 입을 열었다.

"고뇌(苦惱)에의 기호(嗜好)를 가지셨달까요?"

"네?"

"고뇌에의 기호를요, 아시겠어요? 외람됩니다만 내게 한 마디 하게 해 주신다면……."

"말씀허세요."

"모—든 인간 생활의 제약을 믿을 수 없게 되셨다면……."

"네."

"로맹 롤랑이 이런 말을 한 것을 기억하고 있습니다. '자기 내부에 있어 자기를 의식하는 존재물로써만 신을 믿는다'—당신으로부터 출발하여 당신에게 그치는 도덕에 의지하시지요."

"……."

청년은 손을 이마에 댄 채 말없이 태현을 응시하다가 일어섰다.
'자기 내부에 있어 자기를 의식하는 존재물로써만 신을 믿는다.'
그는 가만히 입안에서 되뇌었다.

태현은 문득 부끄러운 생각이 들어 얼굴을 붉히고 청년을 따라 일어섰다. 도덕이니 신이니 한 것이 부끄러웠다. 여지껏 팔아먹고 사는 생활에 한 번도 직접 물건을 시장에 들고 나갈 용기조차 못 가졌던 자기가, 남에게 주제넘게 설교다운 말을 한 것이 부끄러웠다.

길가에서 담배 장사를 해서, 그래도 하루에 얼마씩 떨어지게 하던 아내가 누워 버린 후, 팔 만한 것은 거의 다 없애 버리고 값나갈 만한 것은 자기 양복 한 벌밖에 남지 않았는데, 아내는 이 품질은 극상이나 구식 스탈일이 되어 버린 양복을 가보(家寶)나 되는 것처럼 소중히 싸서 벽에 걸어 놓고 있었다. 그것마저 없애 버리면 취직이 되더라도 입고 다닐 옷이 없었고, 첫째 그럴듯한 취직 운동을 하러 나갈 수도 없었다. 그러나 이 수삼 일 전부터 태현의 시선은 언제나 벽에 걸린 보퉁이 가를 감돌고 있었다.

청년과 나란히 창고로 돌아가는 그의 머리에는 또 이 양복 보퉁이가 떠올랐다.

"뭐가 어쨌다구요? 뭐요? 아 그게 무슨 소리예요. 그럴 수가 있어요?"

울상이 섞인 질자배기 깨어지는 소리가 창고 밖에서 들려온다.
아까 서울로 올라갈 날도 얼마 안 남았다고 좋아하던 송 서방네의 음성이다.

"아이구 저걸 어째! 그래 그런 법두 있나요?"

이윽고 울음이 터져 나왔다.

"아이구 아이구."

송 서방네가 목을 놓고 울며 들어오는 뒤에서 풀이 탁 죽은 송 서방이 고개를 숙이고 힘없이 들어와 자기 칸에 턱 주저앉았다.

"웬일이에요? 네? 무슨 일이 났어요?"

창고 안 사람들은 눈이 휘둥그래 가지고 모여들었다. 송 서방은 외면을 하였을 뿐 말이 없고, 송 서방네가 악다구니부터 하기 시작했다.

"아이구, 도둑놈 같은 눔들 같으니. 그래 약사발을 앵기는 게 낫지, 그래 이렇게 사람을 생으로 잡어야 옳담—아이구 후욱."

"대체 무슨 일이에요?"

"아 글쎄 물건을 몽탁 뺏겨 버렸다는 거예요. 글쎄 이럴 제가 어디 있어요? 온 도둑질을 헌 물건인가 뭐, 있는 걸 박박 긁은데다가 남의 돈까지 얻어 시작헌 장산데 그래 그렇게 뺏어가는 데가 어딨단 말이에요. 아이구."

"물건을 뺏겼다니요?"

"글쎄 삽시에 삼지 오겹으루 MP허구 경관들이 국제 시장을 둘러싸서, 개미 새끼 하나 못 나가게 허군, 물건을 하나 없이 다 뺏어서 차에 실어 갔다는 거예요."

"미군 물자뿐이지요? 먼저부터 그런 말이 있습니다만."

이상호가 딱한 듯이 말하자, 송 서방네가 악을 쓰며 덤볐다.

"그럼 왜 진작 알려주지 않으셨어요? 네 그래 한자리에서 지내면서 그럴 데가 어디 있어요?"

이상호는 무안하여 여자같이 귀여운 얼굴이 벌개졌다.

"듣그러, 닥치구 있어!"

송 서방이 소리를 꽥 지른다.

요즘 영감을 잃은 배 노인의 마누라가 무표정한 얼굴로 그쪽을 둘러보았다. 그러나 그 빛 없는 눈에는 아무것도 비치지는 않는 것 같았다. 그의 가슴에는 두 아들의 모습과 쓰레게같이 간단하게 치워져 버린 불쌍한 영감 외에는 아무것도 넣을 여지가 없었던 것이다.

"가엾어라!"

누운 채 소동을 들은 태현의 아내가 누렇게 뜬 얼굴을 찌푸리고 가만히 뇌었다.

태현은 변양된 아내의 얼굴을 보고 또 벽에 걸린 보따리에 시선을 옮겼다. 아내의 병든 얼굴과 이제 와서는 물질 이상이 되어 버린 최후의 의류와—. 그것을 없애 버리는 것은 자기가 고집하려는 세계와의 절연을 의미하는 것이었다. 그는 어디가 아프기나 한 것처럼 미간에 주름을 잡은 고뇌를 띤 눈초리로 벽 켠을 더듬다가 힘없이 일어나 고개를 떨어뜨리고 바깥으로 나갔다.

바깥에서는 헌 레일 위에 앉은 옆칸 새댁이, 자기의 젖먹이 딸을 안고 어르고 있었다. 무어라고 혀 짧은 소리로 어린 것을 어르고는, 조그만 가슴에다 얼굴을 묻고 부빈다. 젖먹이는 간지러워 깔깔 소리를 내고 웃었다. 이른 봄의 부드러운 햇살이 둘의 머리를 쪼이고 있다. 스무 살 난 새댁은 처창한 창고 생활도 더럽힐 수 없는 순결을 그래도 간직하고 있었다.

봄이었다. 매연과 먼지에 덮인 철쭉에도 푸른 것이 싹트기 시작하고 아침이면 앞산 허리에 안개의 띠가 걸렸다. 서울 탈환이 목첩에 있어 전재민 촌에도 약간 생기가 돌았다.

새댁은 한참 동안 이 병든 어머니를 가진 옆 칸 어린 것을 어르다가, 문득 어느 충동을 받아 보는 사람도 없는데 귀뿌리까지 발개졌다. 가슴이 두근거렸다. 자기 몸속에서, 싹터 자라는 새 생명의 움직임을 느꼈던 것이다. 그는 갑자기 어린 것이 놀라 울도록 조그만 그 몸을 꼭 껴안고 미끄러운 뺨에 상기된 자기 뺨을 갖다 대었다.

새댁 앞을 청년이 호주머니에다 두 손을 넣고 발끝에 눈을 떨어뜨리고 체조나 하듯 무릎을 꺾고는 발을 내 더듬으며, 생각에 잠긴 채 느른느른 지나갔다. 그는 젊은 과부라는 환경이 더욱 매혹을 가져 애욕을 느꼈던 신미령—요즘 창고에서 자취를 감춘 신미령과 지금 길에서 만나 헤어지고 오는 길이었다.

요란스럽게 머리를 지져 붙이고 가늘게 눈썹을 그리고 아이섀도를 칠한 고운 눈을 재그시 감으며 새빨갛게 칠한 도톰한 입으로 요염하게 웃던 신미령의 자태가 눈에 아른거렸다.

화장과 차림차림으로 자기의 신분으로 또렷이 표시하고 있는 미령은 그러나 조금도 어색하지 않은 표정으로 창고 속에서 같이 살 때도 한 번도 말을 건네 본 일이 없는 청년에게 이런 말을 하였다.

"선생님은 비 오시는 날 이런 일을 경험하신 일이 없으신지요? 서울서였지요. 어느 날 곱게 차리구 외출을 했는데 갑자기 날이 궂어져서 비가 쏟아지기 시작했어요. 청우 겸용의 우산을 가지고 나갔기에 비 맞을 염려는 없었습니다만, 새하얀 진솔 버선에 긴 새치마를 입고 있던 저는 어떡하면 이 치마와 버선을 더럽히지 않구 집에까지 갈 수 있나 하고 조심조심 치마를 휘어잡고 물이 고이지 않은 데로만 골라 디디며 길을 걸어갔어요. 그 조심이란 이루 말할 수가 없어 한 방울의 물도 흙도 묻히지 않고 갔습니다만, 종로에서 안국동까지 가는 데 거의 이십 분이나 걸렸어요. 그렇게 온갖 신경과 시간을 쓰며 가는데, 뒤에서 달려온 자동차가 전속력으로 옆을 지나가는 것을 피할 새가 없어 아스팔트 패어진 곳에 고인 더러운 흙물을, 머리에서부터 뒤집어써 버렸었어요. 얼마나 약이 올랐겠어요. 저는 울상을 하고 달려가는 자동차를 쏘아봤습니다만, 물론 부질없는 일이었습니다. 그런데 예기 안 했던 일이 생겼습니다. 글쎄 옷을 쫄닥 버린 후부터는 그저 마른땅 걷는 것과 마찬가지로 진땅을 걸을 수가 있지 않겠어요? 전 차두 기다리지 않구 내쳐 돈암동까지 걸어 버렸어요, 나중에는요, 일부러 진창을 철벅철벅 걷기두 허구, 그 기분이란 무어랄까요? 참 자유롭구 거리끼는 것이 없구, 말하자면 불명예의 향락이랄까요? 네 그래요. 옷을 버리지 않으려고 애를 쓰지 않으니깐, 아주 쉽게 힘 안 들이고 걸어갈 수가 있었어요. 호호…….”

그 웃음소리가 귓전에 잔잔하다. 문득 언젠가 박태현이 하던 말이 머리에 떠올랐다.

“자기로부터 시작되어 자기에서 그치는 도덕…….”

확신이 없었다. 그렇기 때문에, 여전 무의미하게 이 더러운 창고 속으로 돌아가는 그였다.

그는 머리를 크게 한번 가로 흔들고, 창고 속으로 들어가 습습한 멍석 위에 벗디고 않고 쓰러졌다.

얼마를 지났는지 눈을 떠 보니, 이상호 내외가 밖에서 막 들어오고 있었다. 누운 채 그들을 바라본 청년은,

“?”

하고 일어나 앉았다.

여자같이 귀여운 이상호의 어룰에 이상한 표정이 새겨져 있었다. 그는 똑바로 앉아, 이상호의 얼굴을 쏘아보았다. 이상호는 그 시선을 세차게 받아 한참을 섰다가, 억양이 없는 소리로 불쑥 던지듯이

“제이국민병 소집령을 받았어요.”

하고 씽긋 웃었다.

이때까지 아내에게는 말을 안 했는지 새댁은 그 말을 듣자 무의식중에 한번 몸을 움쭉하고 얼굴에서 핏기가 싹 가셨다.

밖에서 들어온 태현이 심중한 표정으로 옆에 와 섰다. 청년과 태현은 이 전시에 있어서는 오히려 보통인 사실에 웬일인지 혼동한 모양이다. 경종을 들은 사람 모양으로 우두커니 서서 서로의 얼굴을 쳐다보았다. 그들도 역시 해당자였던 것이다. 두 사람은 다 이럴 때 쓰는 말이 얼핏 머리에 떠오르지 않아, 말없이 이상호의 손을 잡았다.

낙양성 십리허에
높고 낮은 저 무덤에
영웅 호걸이 몇몇이며
허엄 허 허……

한잔 한 듯한 지상이 탁한 음성으로 소리를 하며 들어온다. 새끼로 묶은 생선을 바른 손에 들고 왼손에는 시금치 뭉치를 안고 있다.

"허허…… 박 선생 아주머니께 좀 헤헤……."

그는 겸연쩍은 듯이 웃으며 생선을 내밀고 자기 칸에 가서 턱 앉았다.

태현은 문득 정민택씨와 변지용의 생각이 났다. 세상에는 남에게서 여러 가지로 정성을 받으며 받는 쪽이 오히려 주는 쪽에게 은혜다운 것을 입히는 경우가 있다. 선량하고 둔중한 이 노무자인 지상도 지식 계급인 자기가 이 소박한 선물을 사양한다고 모욕이라고도 할 수 있는 감정—오히려 섭섭하고 부끄러운 생각을 가지리—이런 상념이 번개같이 머리를 스쳤다.

"고맙습니다. 온 염치가 없어서……."

선량한 지상은 이 한 마디 치사에 만족하여 가죽 같은 얼굴에 희색을 띄웠다. 태현은 마음이 풀려지는 것을 느끼고 옆 칸 이상호를 건너다 본 후 시선을 돌려 누렇게 부은 아내의 얼굴을 내려다보았다. 이윽고 내일은 꼭 벽에 걸린 보따리를 내려서, 시장에 들고 나가리라 결심하였다.

청년은 무슨 생각을 하는지, 도로 자리에 드러누워 움직이지도 않는다. 이상호의 응소(應召)는 그에게 충동을 준 모양이다. 창고 생활을 청산하고 동시에 자기 성격도 추려 가다듬으려고 하는지, 더욱 혼란을 받고 있는지는, 미동도 하지 않는 자세에서 엿볼 수는 없었다.

창고 밖에서 밥을 짓는 연기가 멱서리를 걷어 올린 문으로 함부로 들어와 새댁 등에서 곤드라졌던 젖먹이가 콜콜거리며 눈을 떴다. 여러 가지 반찬 냄새가 이곳 독특한 취기, 습습하고 퀴퀴한 곰창이 같은 썩은 냄새에 와 섞였다.

태현은 아내의 머리맡에 놓은 풍로 위에서 괴상한 냄새를 내며 부글부글 끓고 있는 잡탕 냄비 뚜껑을 열어 무쇠같이 찌든 숟갈로 한번 휙 저었다.

지상은 멍석 위에 벌떡 자빠져 콧소리를 하고 있다. 태현은 그 음성에 갑작스레 깊은 친밀감을 느꼈다.

넋두리를 하고는 한숨을 쉬던 송 서방네가 치맛자락을 쓱 뒤집어 코를 핑 풀고 마음이 내키지 않는 모양으로 냄비를 들고 바깥으로 나갔다.

아무도 불을 켤 생각을 하지 않는 창고 속에는 점점 어둠빛이 짙어갔다.

(1951. 5.)

명옥이

명옥이는 그 허술한 주제를 그렇게 변명조로 설명하였다.

— 강을 건너기 시작할 때까지는, 분명 걷어 올린 치마를 격하여 만져졌는데, 별도 없는 밤을 타서 익숙지 않은 물에 얼겁을 먹고 정신없이 안내인의 뒤를 따라 건너와 보니, 그 패물 뭉치가 간 데 없더라는 것이다.

연약한 여자의 몸으로 지닌 것이란 그것뿐이라 그 실물은 타격이었으나, 워낙 친척 지지에 넉넉한 분들이 많아 그리 고생은 하지 않았다고 말하고, 실은 평양을 빠져 나올 때 여자로서는 재산 반출이 극난하므로 믿을 만한 사람을 사서 배 한 척을 마련하여 별도로 길을 떠나게 했으니, 그 배만 도착하면 생소한 서울이나마 그대로 걱정 없이 살게끔은 되리라고 부언하였다.

경주는 진하게 탄 찬 미숫가루를 권하면서, 명옥이의 얻어듣기 힘드는 순 평안도 사투리를 들으며, 또 그 상식에서 벗어난 차림새를 보며, 입가에 고소가 이는 것을 어찌할 수 없었다.

털어 말하여 서로의 소식을 모르며 지내던 이십칠 년을 통하여, 명옥이의 이름은 단 한 번도 경주의 입에 오른 일이 없었고, 과거에서 가끔 건지는 추억 중에도 명옥이가 걸려 있는 일은 그리 없었다. 그러기에 명옥이가 신문사를 통해서까지 자기의 주소를 알아 찾아온 것이, 오히려 송구하고 계면쩍기도 하였던 것이다.

우스운 일이었으나, 명옥이라면 좀 색다른 일로 기억이 있었다.

그녀가 경주에 반에 전입해 온 것은 보통 학교 삼학년 때였었는데, 항상 골골하던 경주가 그 때도 달포나 결석을 한 끝에 학교에 나간 날이었었다. 조회가 끝난 후 약혼자가 죽은 후 처녀로 수절을 해 왔다는 단정한 여선생님이 어느 낯선 아이 하나를 데리고 교실에 들어왔는데, 검은 치마에 배꼽까지 내려오는 쑥스러운 옥양목 적삼을 입은, 둔해 보이는 그 아이가 명옥이었던 것이다. 그 때만 해도 머리를 중중 땋아 내릴 때라, 명옥이 역시 검정 댕기를 물린 머리를 허리 밑까지 땋았는데, 두골이 유난히 컸었는지 머리숱이 없었는지, 좀 어색스러워 보인 것이 첫인상이었다.

명옥이는 경주하고 곧 사귀어, 경주네 집에 자주 놀러 오게 되었다. 하루는 경주 어머니가,

"넌 어디 살다 왔니?"

하고 물으니깐

"가아창—"

하고 순 평안도 사투리로 대답을 하였다.

"거창? 거창이 아니야?"

"아아니, 거어창말고 가아창!"

명옥이는 고집이나 하듯이 이렇게 되풀이했다. 그 태도와 말투가 어찌나 우스웠던지 모두들 박장대소를 하고, 그 후부터는 '거어창말고 가아창'이 명옥이의 별호가 되었던 것이다.

이 '거어창말고 가아창'은 무척 어리석고 사람이 덜되리만큼 마음이 좋았다는 것 이외에는, 별다른 인상이 없었다. 그러므로 명옥이가 그리운 듯이, 경주가 입원하고 있었던 창 옆에 목련나무가 서 있는 병실이라든가, 언젠가 경주네 집에서, 아이들이 어른 몰래

밥 짓는 장난을 하다가, 솥을 깨었던 이야기 같은 것을 꺼냈을 때는 얼떨떨한 수밖에 없었다. 창 옆에 목련이 서 있는 병실에 입원했던 것이라든가, 솥 깬 이야기는 어린 시대의 특이한 사건으로 또렷이 기억에 남아 있는데, 거기 명옥이가 참례해 있었던 것은 깜빡 잊은 일이었다. 나쁘게 말하면 명옥이의 존재가 그리 대단한 것이 아니었다는 것이 되는데, 사실 어린 시절의 명옥이는 그리 영리하지도 귀엽지도 않은, 어리석디 어리석은 엉성한 아이였던 것이다.

그러나 십칠 년이라는 세월이면, 다박머리 소녀를 몇 아이의 어머니로 자리 잡히게 쯤은 하리라고 짐작했는데 뜻밖인 명옥이의 모양새였다. 손을 꼽아 볼 것도 없이 경주하고 동갑이고 보니 여자도 한 고비인 삼십이다. 세월의 자취가 보이지 않은 것이 아니요 다박머리 시절과 다름없다는 것이 아니다. 그녀는 오히려 엄청나게 변해 있었다. 다만 그 변화가 상식에서 벗어난 것이라 놀랄 수밖에 없었던 것이다.

십팔 관은 좋이 되어 보이는 몸집에 여자 중학생의 운동복 같은 옥양목 블라우스 감색 서지 타이트스커트, 맨발에 헌 검정 구두를 끌었다. 가슴이나 허리나 엉덩이나 그저 두루뭉수리로 뚱뚱한 몸집에 그 옥양목 블라우스는 몹시 좁아 겨드랑 밑과 등판에 민망스럽도록 주름이 잡히고, 코끼리 다리 같은 굵다란 다리에 비하여 굽이 높은 쪽인 구두는 지나치게 작아 보였다. 그것만으로도 입이 험한 중학생들 또래 같으면 어지간히 놀림거리가 될 성한데다가 목이 밭은 두둑한 얼굴에 빈틈없이 주근깨가 깔리고 끈끈해 보이는 머리를 껑충하게 단발을 한 모습은 악의적인 희화(戱畵)라고 볼 수밖에 없었다.

명옥이가 돌아간 후 경주네 집에서는 한바탕 웃음이 터졌다. 장

난꾸러기 막내 시동생은 일어나 뒤뚱뒤뚱 걷는 흉내까지 내고 식모 아주머니는

"여자도 그렇게 못생기면, 비관두 될 게야."

하고 안 돼 했다.

"—난 '베아트리체'같이 그더, 덩신적으로만 그이를 사랑하며 살아갈 테다."

명옥이는 긴 이야기를 이렇게 끝마쳤다. 경주는 위로라든가 격려라든가 하여튼 그러한 고백을 들은 후라면 응당 해야 할, 그런 말이 얼핏 나오지 않았다. 어이없다는 생각 외에는 아무런 느낌이 없었던 것이다. '베아트리체'만 들춰지지 않았더라도 또 모를 일인데, 구주주한 블라우스에 기둥만큼이나 한 다리를 뻗고 늘어진 젖가슴이 불룩한 배 위에 처진 명옥이의 그 모습은 아름답고 고귀하고 청순한 '베아트리체'와는 너무나 너무나 거리가 떠서 여태껏 들은 이야기의 인상조차 얼떨떨한 것이 되어 버리는 것이었다.

명옥이가 말한 그 반생은 너무나 꿈같고 기구하고 소설적이어서, 그것이 사실이라면 명옥이의 성격이라든가, 생김새라든가 정서 같은 것으로 미루어 그 이상 가는 미스캐스트가 없을 것이고, 또 명옥이의 창작 내지 윤색 같으면, 어리석고 어리벙하다고만 생각해 왔던 그녀의 두뇌나 상상력 같은 것을 재인식하지 않을 수 없는 일이었다.

너무 부호 명사들이 많이 등장하는 것도 실재성을 희박하게 하고 또 그것이 명옥이의 창작이라면 그녀의 사상이 유치하다는 것을 드러낸 것 같았다. 이야기는 제법 줄거리가 서고 정연한 것으로 보아, 같은 고백이 수없이 되풀이된 것을 추측할 수 있었다.

—명옥이에게는 평양 XX고녀 재학 중부터 경도 제대에 다니는

애인이 있었다. 아들이 없는 명옥이의 양친도 그 미목수려한 수재를 아들과 같이 사랑하여 은근히 미래의 사위로 알았기 때문에, 두 사람은 얼마든지 사랑에 취할 수 있었던 것이다.

그러나 파탄이 온다.

아직 제복의 어린 여학생인 명옥이를 짝사랑하는 갑부의 아들의 출현이 그것이요, 한편 청년에게는 거액의 지참금을 지닌, 지사의 조카딸의 구혼이 있었다. 물론 그러한 난관쯤은 두려워할 두 사람이 아니었으나 청년의 양친이 거액의 지참금과 고관의 자녀라는 데 현혹되어 동요하기 시작한다. 마침내 청년은 강제로 약혼을 하게 된다. 이제는 모든 희망과 삶의 의욕조차 잃은 명옥은, 기도했던 자살에도 실패한 패잔의 몸을 그 부호의 아들에게 맡기게 된다.

사치와 부유와 안락 속에서 평양 갑부 ○○○ 씨의 자부 명옥이는 한낱 산송장에 지나지 않았다.

그러던 중 명옥은 풍문에 애인의 결혼을 들었는데 그렇게 기묘한 결혼식은 없었더란 것이다. 즉 신랑의 실종으로 결혼식이라고는 말 뿐이요, 신부는 눈물로 신방을 지켰다는 것이다. 이 풍문은 명옥이에게 한 계시가 되었다. 명옥은 그 부유한 혼가를 벗어나와, 동경으로 건너가 면학에만 골몰을 하였다.

8·15 해방이 되자 고향으로 돌아간 명옥이는, 인텔리가 공산주의 사회에서 얼마나 살아가기 어려운가를 통감하였으므로 재산을 비밀리에 정리한 후, 앞서 말하던 배를(먼저는 한 척밖에 안 되는 것이 두 척으로 늘었다) 사 가지고 월남을 하였던 것이다.

상경한 지 보름쯤 된 무렵, 그녀는 두 사람 사이를 잘 아는 애인의 옛 친우를 만났다. 그 사람은 현재 중앙청의 모 국장인데, 명옥의 애인 역시 일제시대 고문을 통과한 수재답게 고직에 앉아 있다고 전해주는 것이었다.

그날 밤 회고에 잠 이루지 못하는 명옥이를 찾는 신사가 있었다. 사회적으로 출세한 옛 애인 그 사람이었다. 명옥은 저도 모르는 사이에 문을 탁 닫아걸고 울며 쓰러졌다.

“그 사람은 애원했어, 다기가 너무 약했다구…… 밤둥꺼디 가디 않구 문 열어 달라구…… 아 참 죽갔더라.”

하고 명옥이는 한숨을 쉬었다.

그 애인은 자기의 명예 가정의 행복 처자들의 운명 그러한 것을 다 희생시키더라도, 애달픈 옛 인연을 다시 맺겠다고 한다는 것이다.

“난 그래두 그러딘 못 해. 난 깨끗하던 명옥이가 아냐? 또 그이의 가덩을 휘덧기두 싫어…….”

요즈음 와서는 점점 무서운 생각이 든다는 것이다. 이 이상 더 버틸 수 없도록 남자의 정열이 강해만 가기에— 이윽고 그 애인의 상세한 초상과 성격 묘사가 있었다.

누구라면 다 아는 그런 사회적 명사 D씨. 후리후리한 키에 해사한 얼굴, 높은 코, 맑은 눈, 남자로서는 지나치게 고운 입매…… 그래도 학생 시대에 운동 선수였던 만큼 넓은 어깨 재학 중에 양과 통과를 한 명석한 두뇌—

주근깨가 빈틈없이 덮이고 자라목의 귀 뒤에 때가 낀, 명옥이를 그러한 완전무결한 인물의 애인으로— 그것도 남자 쪽이 적극적인— 생각하니 어색하여 미안한 일이었으나, 명옥이의 그런 애달픈 비극이 희극으로 보여 하는 수가 없었다.

저녁상이 들어왔다. 십팔 관의 ‘베아트리체’의 왕성한 식욕은 삽시간에 한 그릇 밥과 국 한 대접을 널름 치워 버렸다. 경주는 어깨로 숨을 쉬는 명옥이를 보고 문득 가엾은 생각이 들었다.

경주에게는 사랑이라든가 생식이라든가 하는 것이 어쩐지 부끄럽고 죄스럽게 생각되는 반면, 사람이나 짐승이나 무엇을 먹는 모습같이 딱하고 구슬프게 보이는 것이 없는 것 같았다.

십팔 관의 '베아트리체'는 고귀하고 아름답고 이지적이 되려고 애를 써도 십팔 관의 생리가 어찌할 수 없는 비희극이 거기 있었다.

명옥이는 가끔 찾아왔다. 무엇을 하고 지내는지 알 수 없는 일이었으나, 그의 말을 들으면 XXX지사가 외삼촌이고 XXX국장이 또 어떻게 친척 관계가 되고 XXX사장이 당숙이 되고— 그 사람들은 하나같이 자기를 대단히 사랑하므로 예의 배가 오지 않는 한이 있더라도 유사시에 자기를 버려둘 리는 없다는 것이었다.

경주로서는 이 돌연히 출현한 옛 친구의 신원을 캘 생각은 없다. 차림새나 행동거지가 이상한 만큼 거의 날마다 찾아오다시피 하는 그녀를 그녀가 말한 그대로의 인물로 수긍하지 않고는 지내기가 여러모로 어려웠다. 남편이나 시집 식구들에게도 그녀의 고백에서 추린 몇 가지를 소개하고, 더구나 그녀가 D씨의 구애를 상대편의 가정의 평화를 위하여 극력 거절하고 있다는 점을 강조하였다. 그것은 경주가 오랫동안 섬기고 있는 시숙모의 마음에 특히 든 점이었다. 소시부터 시앗을 본 이 노부인은 명옥이가 상대편 처자 생각을 해 주는 것이 신통하다고 칭찬하고, 그녀가 버릇없는 상스럽지 않은 행동을 해도 탄하지를 않았다. 명옥이는 퍽 붙임성이 있어 노인의 비위도 잘 맞춰 주곤 하여 이런 점은 명옥이 자신을 위해서가 아니고 경주에게도 다행한 일이었다.

동경에서는 의전에 다니는 한편 문학 공부도 했었노라는 명옥이의 말의 진부는 알 길 없으나, 그녀의 용어 중에 곧잘 의학적 술어가 나오고 문학도 〈신곡(新曲)〉까지 통독했다면 어지간한 실력이 아니련마는 경주는 그녀와 문학을 논한 일은 없었다. 선불리 그런 것을 화제에 올렸다가는 약한 신경으로 오히려 자기가 무안을 볼 것 같은 불안을 어렴풋이 알았던 까닭인지도 모른다. 그것이 명옥이의 창작이라 할지라도 그녀와 교분을 이어 가려면 경주 자신부터 '속아 주지' 않으면 안 되는 일이었다.

명옥이가 역시 보통 학교 동창인 연숙이네 집 사랑채에 들게 되었다는 말을 듣고 경주는 한편 짐을 벗어난 것 같은 안도감을 느끼면서도 한편 좀 마음이 거리꼈다.

연숙이가 명옥이에게 맹렬한 호기심을 가지고 있는 것이 의외이기도 하는 동시에 앞손이 처진 것 같은 느낌도 없지는 않았다. 명옥이의 우정이 그토록 소중하여서가 아니고 어디까지나 주관 문제로 파탄을 두려워한 나머지 진정을 가지지 못한 격이 되어 뉘우쳐졌다.

더구나 연숙이와 명옥이는 서로를 기억하고 있지 않은 것을 우연히 경주네 집에서 부닥친 둘을 경주가 새삼 인사를 시키다시피 한 사이라, 일이 그렇게 되고 보니 두 사람이 다 커다란 집을 지닌 자기를 냉담하다고 비난하는 것 같은 피학감(被虐感)까지 가져지는 것이었다. 허나 명옥이가 언제까지나 떠다니지 않고 친구집 사랑채에나마 자기 방을 가지게 된 것은 다행한 일이었다.

혼자 쓰는 방이 생겨서 일을 할 수 있다고 한 말이 진실이었던지, 명옥이는 발이 좀 멀어졌다.

가을이 깊어 가는 어느 날 어스름에 명옥이가 오랜만에 찾아왔다. 얼마 안 보았던 까닭인지 명옥이는 더욱 뚱뚱해 보이고 입은 옷도 전보다는 훨씬 나아져 있었다.

그이가 그러면 속죄의 의미로 공부라도 시키겠다는 성화에 의과대학 졸업반에 적을 두는 한편 동네 사람들의 청에 못 이겨 야간 진료 따위도 하고 있다는 것이었다.

저녁을 같이 한 후 경주는 명옥이를 전차 정류장까지 배웅을 하였다.

밝은 달이 찼다.

좀처럼 오지 않는 전차를 기다리며 뜨문뜨문 말을 주고받고 하는 동안 경주의 시선이 문득 명옥이의 옆얼굴로 갔을 때 그녀는 기이한 느낌을 받았다. 첫인상부터가 '짱구'에 쥐꼬리만한 머리 — 그것이었었는데, 지금 보는 명옥이의 두골은 후두부가 극히 편편하다. 엄청나게 두부가 큰 것은 변함없으나 그것은 좌우로 퍼져 그런 것이고, 단발을 한 뒤통수는 깎은 듯이 납작하다. 옛일은 덮어두더라도 최근만 해도 수십 번은 만났는데 여지껏 모르고 지내왔던 것이다. 안다는 것은 결국 이러한 것이라고는 풍자로운 생각이 들어 우스웠다. 전주에 기대선 명옥이는 달을 쳐다보며 갑자기 한숨을 쉬었다.

"아아 수도원에나 들어갈까?"

그 말이 너무 호들갑스럽게 발음되어 경주는 반사적으로 그 얼굴을 응시하였다. 순간 전무후무한 일이었으나 달빛을 정면으로 받은 명옥이를 경주는 아름답다고 생각하였다. 달빛이 주근깨가 닥지닥지 붙은 불결한 피부를 정화시킨 얼굴에 오뚝 솟은 콧날, 든든한 턱, 애교 있는 입매가 인상적이었다. 뜯어보니 귀염성스러운 얼굴이었다. 그 후부터는 그저 회화를 보는 것만 같던 명옥이의 연애에 약간 실감이 생겼다. 그러한 표정을 하는 순간이면 연애도 할 수 있으리라 하는 생각이 들었던 것이다.

연숙이가 찾아온 것은 그 이튿날이었다.

"애 말마라. 난 그런 더러운 년, 첨 봤다. 늙은 게 그렇게 남의 남자에게 꼬릴 치구. 젤 아이들 교육 때문에 문제야. 개네 아버지가 또 뭐랄까 걱정이구."

그녀는 백팔십도로 전환하여 신이야 넋이야 명옥이의 욕설을 퍼부어 대었다.

"넌 속구 있어, 속구 있어요오. 걔헌테 돈두 주구 했다지? 경주가 이러구 저러구— 절 그렇게 도와 준다구 자랑하더라."

경주에게는 별로 놀라운 사실이 아니었다. 올 일이 왔다는 느낌 이외에 아무것도 없었다. 명옥이의 언행과 사상은 기상천외인 만큼 꼬리가 잡히기 쉬웠고, 그것은 절망과 희망, 영화와 궁핍 사이를 왔다갔다 하기 때문에 걷잡을 수가 없었다. 새삼스러운 연숙이의 노여움이 오히려 유치하였다.

"뭘 면허가 있다고 산과 개업을 또 했단다. 그런데 대엿새 전에 어떤 사람이 갤 찾겠지. 마침 외출 중이라 없댔더니 면허증두 없이 개업했다구 위법이라나 뭐라나 한바탕 떠들썩했어."

그것은 초문이었다. 경주는 속으로 혀를 찼다. 다른 것은 고사하더라도 그런 일은 인명에 관한 일이니만큼 좀 지나쳐 못마땅했다.

"꼭 한 번 얼뜬 봤지만 사낸 근사해. 어쩌다 오는데 남의 눈을 그리두 꺼리는 태도가 비겁하더라. 그런 날 저녁이믄 내가 챙피스러워 문 꼭꼭 닫아걸구 앞마당에두 내려서기 싫어. 굉장허거든." 하고 침을 밷다시피 하였다.

경주는 '베아트리체'가 문득 머리에 떠올라 또 입가에 고소가 일었다. 그 근사한 명옥이의 애인을 경주도 볼 기회가 있었다. 그러나 그것은 명옥이의 추잡하고 불행한 연애를 위해서나 또 경주의 결벽과 의분을 위해서나 들추기 싫은 일이었다. 그 짧은 시간을 통하여 경주는 모든 것을 번개같이 이해했던 것이다.

애인의 사회적 지위나 초상(肖像)에 한해서만큼은 명옥이의 말에 거짓은 없었다. 그러나 그들의 처지는 완전히 도착적(倒錯的)인 것이고 명옥이의 고백은 다만 이마에 주름을 잡기 시작한 그 체중만큼은 불행을 지닌 못생긴 중년 여성의 꿈과 희망에 지나지 않았다는 것은 의심할 여지가 없었다. 이 사회적 명사인 단려한 외모를 가진 신사는 동물이 되는 순간에만 명옥이를 찾았으리—이런 생각이 스치자, 동물이 될 수밖에 없는 명옥이가 진실로 가여웠다.

그 후 명옥이는 웬일인지 발을 끊다시피 하였다.

명옥이를 못 본 지 두어 달 가량 되는 어느 날 연숙이가 앵두를 사들고 왔다. 둘이 만나면 언제나 화제가 명옥이에게 떨어지는 것은 이즘 버릇이었다.

"명옥이가 말야, 애 대활약을 했단다. 어디라던가 어느 지방에서 그 사내가 국회의원 출말 했다나. 그런데 그 선거 운동을 개가 맹렬히 했대. 말은 왜 곧잘 허잖아?"

그 뚱뚱한 몸집에 단발을 한 꼴을 하고 순 평안도 사투리로 연설에 열중하는 명옥이의 모습이 떠올랐다. 청중들의 조소과 경멸에 찬 눈초리도 경주는 외면을 하고 싶은 심정이었다.

그 애인이라는 자를 본 후로는 어쩐지 불쌍해만지는 명옥이었다.

"그런데 본부인이 또 남편의 뒤를 따라 그리루 내려갔더래. 그래서 거기서 맞부딪쳐 대판 싸움이 벌어졌다나. 본처는 이쁘다더라."

있음직한 일이었다. 명옥이는 애인의 아내를 무식하고 못생긴 여자라고…… 그래서 아무리 재산이 많아도 신랑이 결혼식을 앞두고 실종을 한 것이라고 한 것이었으나, 그것 역시 불쌍한 명옥이의 도착과 희망이라는 것은 말을 들은 순간부터 짐작했던 일이었다.

"그런 선거 운동이 성공할 리 있어? 미역국 먹었지 뭐야."

연숙이는 깨가 쏟아지는 모양이었다.

"전명옥이라는 분을 아셔요? 동창이라던데……."

간밤부터 열이 난 아이를 데리고 간 허 박사 병원에서였다. 처녀 때부터 사귄 분이라 언제나 병원엘 가면 약이 조제될 때까지 잡담이 벌어졌다. 그러나 허 박사의 입에서 명옥이의 이름을 들으리라고는 뜻하지 않았던 일이었다.

"선생님이 어떻게 명옥일 아셔요?"

허 박사는 그것이 버릇인 윗입술을 마는 듯한 웃음을 보이며

"친구의 따님이라……."

하고 보니 허 박사 역시 평양 출신이었다.

"걔가 어떡했어요?"

경주는 웬일인지 걱정이 앞섰다.

9·28 수복 후에 사회부에서 잠깐 본 후 소식을 모르는 명옥이었다. 살아서 부산으로 무난히 피난을 왔다는 것은 반가운 일이었으나 아는 사람마다 도리질을 하는 중에 그래도 자기만큼은 한 번도 그를 헐어 말한 기억이 없는데 찾지 않는다는 것은 섭섭한 일이기도 하였다. 오랜 피난 생활에 인정에 굶주린 탓도 있긴 하겠지만.

허 박사는 물음에는 대답이 없고

"그 분이 동경 약전을 나왔나요?"

한다.

"글쎄요?"

경주는 말끝을 흐릴 수밖에 없었다. 아니라고 단정하는 것은 그를 비방하는 것 같고 그렇다면 거짓말이 되었다.

"아니 동창이라며 모르셔요?"
"왜 그러세요?"
이번에는 경주가 대답을 않고 되물었다.
"아니 사변통에 졸업 증명서를 잃어버렸다구 보증을 좀 해 달래서……."
경주는 저도 모르는 사이에 또 쓴웃음을 지었다. 근엄하고 견실하고 신중한 허 박사의 성격을 그렇게도 몰랐던 명옥이가 가엾기도 우습기도 하였다.
"졸업 증명선 왜 또 그렇게 필요한가요?"
"무슨 신약을 발명했다나요. 특허(特許) 신청을 하는데 추천두 좀 해 달라드먼요."
"그래서요?"
"뻐언하지요. 미국 같은 나라에서 구비된 시설과 연구와 원료를 갖추어서 발명된 것두 신약이라면 심중히 신중히 실험한 결과 학회에 제출한 후 확인을 받고 발매를 허는데……."
하고 허 박사는 빙그레 웃었다.
명옥이의 신발명 약에 대해서는 또 한 군데서 같은 말을 들었다. 애초부터 부산서 남편이 개업을 하고 있었던 역시 동창인 숙자를 노상에서 만났는데 꼭 같은 이야기를 했던 것이다. 경주는 그 때도 어정쩡 얼버무릴 수밖에 없었다.
"개 뭐 국회의원의 부인이래재? 남편이 납치되어 갔다며?"
부산 사투리를 섞어 가며 숙자가 물었다.
"글쎄?"
"기가 맥히는 양옥에서 금수저로 밥을 먹었다며?"
"모를 일이지."
경주는 웃을 수밖에 없었다.

피난 내려온 후 연락이 없던 연숙이를 만난 것도 역시 노상에서였다. 화제는 역시 명옥이에게 떨어져 갔다.

"사내가 납치된 것은 본처 때문이라나. 본처와 이혼허기루 되어 있어, 약이 잔뜩 오른 본처가 밀고를 한 것이래. 누가 알 일이야 뭐?"

거지가 되다시피 된 명옥이가 펄펄 뛰며 하더라는 것이다.

"그런데 얘 병연이 생각나니? 왜 그 용하디 용하던. 걔가 부산 어느 중학교 선생님 부인이라나. 걔가 명옥이 말에 홈빡 넘어가 방을 한 칸 치워 주었더래."

하고 갑자기 깔깔대고 웃었다.

연숙이는 호들갑스럽게 고개를 설레설레 흔들었다.

"내 뒬 밟은 것이 되지 뭐야. 아이구 진저리야……."

경주는 그 후 명옥이의 소문을 알지 못했다. 누구에서인가 약국을 내고 괜찮게 지낸다는 말을 들은 것 같기도 하였지만.

지루하게 비가 내리던 끝에 어쩌다가 햇볕이 비낀 날이었다. 경주는 밀렸던 볼일을 보러 거리에 나섰다. 사람마다 비에 잠겨 있으리 했더니 거리에는 여전히 사람들이 물결을 이루고 있었다.

자유 시장 입구에서이다. 어린것을 업은 뚱뚱한 여인이 이쪽으로 뒤뚱뒤뚱 걸어오는 것이 눈에 띄었다. 불그스레한 블라우스에 검정 스커트, 맨발에 고무신을 끌었다. 명옥이였다. 어린애를 업은 명옥이— 너무나 뜻하지 않은 그의 모습이었다. 경주는 저도 모르는 사이에 그를 맞이하듯이 발길을 그리로 옮겨 갔다. 명옥이도 이쪽의 시선을 느꼈는지 눈을 들어 확실히 경주를 본 모양이다. 반가웠다.

그러나 명옥이는 시선을 돌리고 시장 쪽으로 길을 꺾어 들었다. 경주는 얻어맞은 것처럼 발길을 멈추고 눈으로 그의 뒤를 좇았다.

명옥이의 걸음걸이에는 확실히 배후(背後)를 의식하는 그 무엇이 있었다. 어머니가 된 명옥이, 경주에 있어 그것은 마치 타격이나처럼 큰 감명이었다. 그는 뒤를 쫓으려 하다가 그 자리에 도로 서 버렸다.

뙤약볕에 양산도 없이 등에서 곤드라진 어린애를 업은 명옥이의 모습이 그날같이 비참하게, 그러기에 그날같이 훌륭하게 진실하게 보인 적은 없었다. 비참으로 말미암아 어린것을 업은 그의 모습은 진실에 차 있는 것 같았다. 인사 없이 그저 가게 두어 버리는 것이 얼마만큼 명옥이에게 대한 대접이 될는지 모른다고 경주는 생각하고 명옥이의 뒤를 지키기만 하였다. 어린애를 업은 명옥이의 모습은 시장의 잡답 속에서 어른어른 보이다가, 이내 그 속에 묻혀 사라져 버렸다.

(1953. 5.)

얼굴

명희의 얼굴에— 아니 마음에 그런 그늘이 찍히기 시작한 것은 아마 열두 살 나던 해 봄부터인가 봅니다.

딸 셋, 아들 둘, 오남매가 고스란히 잘 자라다가 명희 아랫동생인 여희가 급성폐렴으로 허무하게 가 버렸을 때입니다. 여희는 그렇게 일찍 죽을 아이라서 그랬던지 진줏빛 살결을 가진 인형같이 아름다운 소녀였습니다.

여희뿐만 아니고 명희네 남매는 미인이라고들 떠들었다는 어머니를 가진 까닭인지 모두 곱고 기품 있는 얼굴을 하고 있습니다. 명희의 언니인 경희는 벌써부터 그 미모가 남의 입에 오르내리고 있었고, 오빠들도 수려한 모습들을 가지고 있었습니다.

그런 중에 이것은 또 무슨 조물주의 장난인지 명희 하나만이 투박한 아버지를 닮아서, 아주 못생긴 얼굴을 가진 소녀인 것입니다.

그러나 어린 명희는 행복한 가정에서 충실하게 자라나, 자기 얼굴 생김생김 같은 것에 신경을 쓴다거나 아름다운 다른 동기에게 시기를 한다거나 하는 일이 없는 명랑하고 건강한 소녀였습니다.

그런 명희였으니 얼마나 어린 아우의 죽음을 슬퍼하였겠습니까?

여희의 장례가 끝난 후, 아주 병든 사람같이 자리에 누워 눈물만 흘리는 어머니에게 명희는 정성껏 시중을 들곤 하였습니다. 웬일인지 가슴이 벅차

"어머니 저희들이 있어요, 너무 슬퍼하지 마셔요."

이렇게 하고 싶은 말을 참았습니다.

여희가 죽은 후 엿새쯤 되던 날인가 봅니다. 어머니의 사촌 형님이 위로를 하러 왔습니다.

어머니는 흐느껴 울며

"글쎄 없어도 좋은 못생긴 것은 저렇게 피둥피둥 살아 있고, 하필 그 귀여운 것이— 아이 언니, 참 너무해요."

하고 몸부림을 쳤습니다.

제깐에는 아주머니를 대접한다고 사과를 방으로 나르던 명희는 어머니의 이 말소리를 들었습니다.

"없어도 좋은 것……."

이 한마디 말이 그녀의 귀를 때렸습니다. 눈앞이 아찔합니다.

—피둥피둥 살아 있는 없어도 좋은 것—

물론 어머니는 명희라고 지적하신 것은 아니었지만 명희는 반사적으로 그 '없어도 좋은 못생긴 것'이 자기인 것을 깨달았던 것입니다.

명희는 어떻게 그 사과 접시를 처리하였는지 도무지 기억이 없습니다.

이때부터 '없어도 좋은 못생긴 것'의 낙인이 명희의 마음과 얼굴에 찍혀 버려진 것이었으며, 이 낙인은 고스란히 열등감이 되어, 명희의 존재를 짓누르는 것이었습니다.

명희는 아주 조용한 소녀가 되었습니다. 얼결에 그런 말을 하셨지만 어머니도 명희를 미워하는 것은 결코 아니었었고, 언젠가 명

희가 성홍열(猩紅熱)을 앓았을 때는 며칠 밤을 새기까지 하셨습니다.

명희는 거울을 보기 싫어합니다.

그러나 보지 않아도 자기 얼굴은 뭉툭한 코, 지나치게 시커먼 눈썹 아래 뺑하게 뚫린 눈, 남자같이 길게 찢어진, 남자같이 억세게 다물어진 입—이런 것들을 잘 알고 있었습니다.

명희는 두뇌 역시 아버지를 닮아 공부를 잘합니다.

국민 학교를 우등으로 나와서 중학교에도 우수한 성적으로 입학하였습니다. 그러나 그런 우수한 성적도 그녀의 열등감을 덜어주지는 못하였습니다.

여학교에 들어가면 상급생들이 신입생들 가운데서 제각각 교제 동생을 물색합니다. 명희는 그런 것을 초월하는 체하면서도 역시 자기에게는 그런 신입이 없는 것이 섭섭한 것입니다. '없어도 좋은 못생긴 것'의 숙명이 다시 가슴을 파고드는 것입니다.

"얘 명희네 집 근사하더라. 피아노도 있구."

정순이가 떠들어대었습니다. 하늘하늘 하는 고운 머리를 이마에서 자른 정순이는 꿈꾸는 듯한 눈을 가진 미소녀입니다. 공부를 못하여 보결로 들어왔다고 친구들이 입을 삐쭉이는 아이였지만 그 아름다움 때문에 여왕같이 오만한 소녀였습니다. 명희는 정순이를 볼 적마다 어떤 아픔을 느낍니다. 아픔에 가까운 동경을—

정순이의 이 말을 듣고 친구들의 시선이 명희에게로 모입니다. 클레파 양복이 새삼스럽습니다. 그러고 보니 가방도 고급제, 구두도 말쑥합니다. 어머니가 그렇게 정성껏 거둬 주시는 대로 차리고는 다녔지만 명희는 그런 것들이 구성지게만 느껴집니다.

그러나 그런 것으로 정순이의 환심을 살 수 있다면 오히려 다행이라고 명희는 얼굴을 붉히는 것이었습니다.

명희는 정순이를 위하여서는 무엇이든지 하게끔 되었습니다.

정순이가 명희네 집에 간 것은 명희에게 대수 숙제를 가르쳐 달라고 간 것인데 이것은 오히려 명희에게 있어서 큰 영광이요 기쁨이었습니다. 그녀의 외로움을 아름다운 정순이가 채워 주었던 것입니다. 정순이는 종종 명희네 집을 찾았습니다. 그런 날이면 으레 명희는 그녀의 부탁 때문에 잠이 부족하고 몸이 괴롭고 하였지만, 그 희생과 소모가 그녀의 보람과 흡족이 되는 것이었습니다.

아아 걸핏하면 샐쭉하는 정순이 때문에 명희는 얼마만큼 마음을 쓰리게 하였는지—힘에 겨울만한 일감을 갖다 맡기는 것은 그녀에게 있어 오히려 기쁨이었으나, 공연히 샐쭉하여 본 체도 아니하는 것을 당할 때에는 교문에 들어서는 데조차 고문 같은 아픔을 느낍니다. 명희가 정순이보다 그렇게도 두뇌가 맑다는 것, 한 번도 학교 방침에나 선생님 말씀을 어긴 일이 없다는 것이 두 사람 사이에서는 완전히 역설(逆說)이 되는 것이었습니다. 명희에 있어 정순이는 없어서 안 되는 절대의 존재였습니다만 정순이로서는 명희가 '없어도 좋은 못생긴 것'임에 틀림없었던 것입니다.

어느 가을 일요일이었습니다. 명희네 반 소녀들 몇은 교외로 소풍을 가기로 하였습니다. 이럴 때면 선두가 되는 정순이가 명희를 끼게 한 것은 근라까지 가사 숙제인 테이블센터를 갖다 주기로 된 까닭입니다.

명희는 과로와 수면 부족으로 까무잡잡한 얼굴이 더욱 까칠해졌습니다만 그 모임에 참가할 수 있는 데 마음이 밝았습니다.

"애썼다. 참 잘 됐어."

정순이는 숫제 잘 펼쳐 보지도 않고 치사를 합니다.

며칠을 두고 정성스레 수놓고 꾸미고 한 그것을 그렇게도 간단히 처리해 버린 것에 대하여서도 무관심한 명희입니다.

'그 잎사귀빛 말이야, 진 연둣빛보담 쑥색이 날 것 같아 내 실로 그렇게 했다.'

그녀는 이렇게 그 쑥색이 얼마나 효과적이었던가를 말하고 싶었으나 그냥 혀로 꺼 버립니다.

아주 쾌청한 날씨입니다. 소녀들은 각자가 마련한 과자랑 과일이랑 사진기랑을 들고 버스를 탔습니다. 합해서 여섯 명— 모두 열네 살 아니면 열다섯 나는 꽃다운 소녀들입니다.

말수도 적고 표정도 없었으나 명희는 이 행사에 제일 가슴을 뛰게 하고 있습니다. 교외 소풍쯤이야 무엇 그리 대단한 일도 아닙니다만 이 자신 없는 모범생에게는 큰 모험이 아닐 수 없었던 것입니다. 이 모임의 여왕격인 정순이의 마음을 그 테이블센터로 흐뭇하게 해 놓은 떳떳함이 있었습니다.

버스에서 내려서도 정순이는 명희에게 다정하였습니다. 곱고 높은 음성으로 고개를 흔들며 노래를 부르고선 명희의 손을 흔들기도 하였습니다. 명희는 행복이라는 것은 이런 찌릿한 것인가 하고 그저 황홀만 했던 것입니다.

높은 하늘에 솜구름이 떠갑니다. 들국화가 섞인 풀단풍 속에서 벌레가 울었습니다.

들 향연이 벌어졌습니다. 소녀들은 종다리같이 재재거리며 서로의 점심밥을 펼쳐 놓고 즐거운 식사를 하였습니다. 명희는 자기가 마련해 온 음식이 제일 잘 풀리는 데 너무 흐뭇하여 식욕조차 잃었습니다.

메뚜기가 풀 속에서 뛰어나와 과좌 위에 앉기도 하는 들 향연—

식사가 끝난 후 노래를 부르기도 하였습니다. 명희는 여희가 죽은 후부터 음성이 변하였습니다. 드디어 차례가 돌아왔습니다. 명희는 제복 단추가 들먹거릴 만큼 가슴이 뛰었습니다. 그러나 오늘만은 끝내 노래를 부를 수 있을 것 같습니다. 숨을 들이쉬었습니다.

깊어가는 가을밤에

나 홀로 앉아서—

약간 떨렸습니다만 제대로 소리가 나왔습니다. 명희는 무슨 굉장한 무대에나 선 것처럼 긴장하여 노래를 이어 갔습니다.

그리워라—

그 때였습니다. 명희는 자기를 쏘아보는 정순이의 시선을 아프게 느꼈습니다. 순간 그녀는 당황하지 않을 수 없었습니다. 자기 앞에서의 우월을 허락지 않는 차디찬 정순이의 눈초리—

—나 살던 곳—

소리가 갈라져 막혀 버렸습니다. 음성이 들쭉날쭉하여 더 들을 수가 없게끔 됩니다.

명희의 이마에 진땀이 솟습니다. 얼굴이 찌그러집니다.

처음에는 웃으며 들었던 친구들의 표정이 굳어졌습니다. 그녀들은 그 찌그러진 얼굴에서 엄숙한 무엇을 느꼈던 것이지요.

침묵이 흘렀습니다. 노래가 끝나도 잠시는 아무도 입을 열지 않았습니다. 물소리만이 마음을 씻듯이 흘러내렸습니다.

"얘, 노래는 그만두자. 우리 '사랑합니다'하고 놀까?"

침묵을 깨뜨리듯이 정순이가 제의합니다.

"그래 그래."

모두들 웃으며 찬성입니다.

'사랑합니다'라는 것은 모두들 제멋대로 종이조각에 여러 가지 말을 쓴 것들을 모아서 한 사람이 심문관이 되어 묻는 놀이입니다.

심문관이 종이쪽지를 들고 차례로 묻습니다.

"당신은 사랑하십니까?"

그러면 물음을 받은 사람이
"네 사랑합니다."
라든지
"아니에요. 사랑하지 않습니다."
라고 대답합니다.
지극히 단순한 놀이입니다만 그 종이조각에 쓰는 문구에 따라 정말 재미있는 놀이이기도 합니다. 예를 들면
'꿀돼지'라고 쓴 종이를 펼쳐 들고
"사랑합니까?"
라고 묻습니다.
"네 대단히 사랑합니다."
할 때에 이 얼마나 우스운 일이겠습니까?
"아니에요. 진실로 진실로 싫어합니다."
라는 대답에 대하여 물음이 '우리 어머니'라고 나올 때 심문관은
"아! 불효시구먼요."
하고 상을 찌푸립니다.
이 '사랑합니다'를 여섯 소녀들이 하고 놀기로 하였습니다.
종이가 돌려져 여럿이 모두 고개를 기울여 서로 기기묘묘한 문구를 써넣었습니다.
정순이는 심문관이 되었습니다.
"사랑하십니까?"
"네 진심으로 진심으로 사랑합니다."
하고 허리를 굽힙니다.
"생선 뼈다귀를 사랑하신다고요. 우리 집 쓰레기통에 많으니 갖다 잡수십시오."
정순이가 눈썹 하나 움직이지 않고 대꾸를 합니다.
"왓 하 하…… 읏흐흐……."

웃음이 터졌습니다.

"사랑하십니까?"

다음 사람이 심문관 앞에 섭니다.

"아니에요. 보기도 싫어요."

"네 문화인이 아니시구먼요."

"커피 한 잔을 싫어하시다니."

또 웃음이 터집니다.

"사랑하시나요?"

"네 지독하게 일시도 잊지 않고 사랑합니다."

"네 그러십니까? 아마 귀에다 유성기를 장치하신 게죠."

"신명희씨의 갈라진 음성이 좋으시다니."

정순이가 끊어 말했습니다. 이번에는 웃음 대신 서릿발 같은 공기가 흘렀습니다.

이런 지독한 악의적인 장난을 하리라고는 아무도 예측하지 않았던 것입니다.

친구들은 명희의 얼굴을 볼 용기를 잃었습니다만 그녀의 질린 추한 모습은 눈에 보듯이 환하였습니다.

"사랑하십니까?"

정순이가 놀이를 계속합니다. 명희 차례였습니다. 명희는 뜻밖에도 무표정한 얼굴입니다.

"네 사랑합니다."

"신명희씨는 어쨌든 성녀(聖女)야"

"종로 깍쟁이를 다 사랑하시니."

정순이가 빈정댑니다. 그러나 친구들에게는 이 말이 가슴에 가 닿았습니다.

우연히 나온 말이지만 흥을 깨뜨리지 않으려고 죽을힘을 다하고 있는 명희의 태도에 마음이 동하였던 것입니다.

명희는 마음으로 끓는 물을 몇 번이고 잠자코 마셨습니다. 들놀이는 이미 그녀에게는 고행에 지나지 않았던 것입니다.

소녀들은 제각기 바랑을 메고 풀단풍 속에 틔어진 들길을 걸었습니다.

그녀들이 시내로 들어가서 고갯길에 이른 것은 이미 황혼 무렵이었습니다.

좁은 고갯길은 혼잡하였습니다. 교통사고가 난 모양입니다.

소녀들도 하는 수 없이 머물렀습니다.

앞에서 길이 트이기를 기다리던 사람들은 이 꽃송이 같은 소녀들에게 눈이 쏠렸습니다.

정순이는 그들의 눈초리를 의식하고 얼굴을 번쩍 들고 새침한 표정을 지었습니다. 넘어가는 해의 남은 광채가 그녀를 모란꽃같이 호화롭게 물들여 주었습니다.

꽃에 싸인 잎사귀같이 싱싱하게만 보였습니다.

누가 보아도 아름다운 한 송이 꽃 같은 얼굴이었습니다.

그러나 꽃 같은 정순이 그늘에 선 명희의 얼굴에도 넘어가는 햇살은 들이붓고 있었습니다. 우묵한 눈, 넓은 이맛전, 꾹 다물어진 입—정순이를 미(美)의 화신이라 하면 명희의 그 침침한 모습은 추(醜)의 형용일 것입니다.

소녀들 앞에 호화로운 승용차가 머물러 있었습니다. 차 안에는 늠름한 신사가 한 사람 타고 있었습니다. 신사는 그 늠름하고 칠칠한 차림에도 불구하고 시름에 싸인 얼굴을 하고 있습니다.

세상에는 남 보기에 퍽이나 호화로운 차를 타고 있습니다만 수습할 수 없는 기업체를 간신히 지탱하고 있는 사람이었습니다. 파산(破産)은 이미 정해진 사실인데 그는 그것을 받아들일 수 없었습니다.

급한 일로 교외에 사는 사람을 찾았던 길이 교통사고로 막히고 보니 신사는 초조하였습니다.

담배를 붙였다가는 끄고 운전사가 좀 전부터 보고 있는 쪽으로 눈을 돌렸습니다.

"……."

거기 서 있는 소녀—

공작같이 아리따운 친구 그늘에 다소곳이 서 있는 소녀—명희였습니다. 아니 명희의 못생긴 얼굴에 깃든 엄숙한 희생과 참을성과 괴로움의 모습—그것이 신사의 의욕과 허영에 헤매이는 초조한 마음을 친 까닭입니다.

신사는 몸을 고쳐 세우고 안경을 벗어 손수건으로 훔쳤습니다. 자기 마음을 그토록 친 소녀의 정체를 좀더 뚜렷이 보려고나 하듯이—

그러나 신사가 안경을 다시 썼을 때는 길이 풀렸는지 차와 사람의 고였던 흐름이 터지기 시작하여 소녀들은 사람의 물결 속에 감겨 들어가 버린 뒤였습니다.

신사가 탄 차도 움직이고 있었습니다. 그는 무슨 계시나 받은 사람같이 가슴이 거뜬해짐을 느끼는 것이었습니다. 이젠 파산도 무섭지 않다.

자기의 양심에만 거리끼지 아니한다면—

그는 지나는 차중에서 소녀의 얼굴을 또 더듬었습니다. 그러나 그 공작같이 아리따운 얼굴은 치켜져 있어 쉽사리 눈에 띄었습니다만, 그 얼굴—그렇게도 감동적인 못생긴 얼굴은 숙여져 스며드는 황혼에 묻혀 찾아낼 수 가 없었습니다.

(1954. 11.)

돌

너무나 많은 '나'가 있는 것 같다. 우선 웃옷의 '포켓'만 뒤져 보더라도 '시민증'이라는 것이 있어, 마포구 용강동 XX번지에 사는 당년 서른네 살의 '신승균'이라는 자가 '나'이고, 같은 케이스 속에 끼어 있는 제이 국민병 수첩에는, 소집 대상자로서의 '나'가 꼬박꼬박 점호를 받아야 한다.

이사 때마다 번다한 수속을 면치 못하는 기계류에도 '나'가 있는 것이고, 직장엘 가면 건축 기사 XX과장이 '나'인 것이다. 그러한 등록된 '나'를 제쳐놓더라도 '나'는 무던히 발호하고 있는 것 같다.

내 방에는 헐값으로 사 온 날림 거울이 걸려 있는데 수은(水銀)이 고루 칠해지지 못했는지, 경면(鏡面)에 둔덕진 곳이 있는지, 그 앞에 설 때마다 틀려 보이는 모습을 '나'라고 하는 것이다.

바로 전번 토요일 저녁의 일이다. 아무 생각 없이 거울 앞에 서 본 일이 있었다. 그랬더니 갑자기 한 번도 보지 못한 말상[馬面]이 거기 나타나 무심했던 만큼 적지 않게 당황하였다.

비켜서려다가 별스러운 생각을 한 것도 아니었지만 목을 움츠려보았다. 하니깐 경면의 '나'가 갑자기 길이를 줄이고 폭을 퍼뜨렸다. 재미가 나서라기보다 거의 무의식중에 고개를 드리웠더니 이

번에는 코의 길이만이라도 한 뼘이 넘는 것이다.

얼굴을 옆으로 돌이키고 곁눈질을 해 보았을 때는 더욱 어이가 없어졌다. 저도 모르는 사이에 쓴웃음이 일었는지 거울 속 찍배기 얼굴의 입이 쭉 찢어졌던 것이다.

의식해서 성난 표정을 지어 보았다. 그러니까 이번에는 뜻밖에도 단정한 슬픈 얼굴이 이쪽을 잠잠히 건너다보고 있는 것이었다. 창으로 새어드는 햇살이 어느덧 황혼으로 옮겨가고 있었던 모양으로, 거울 속의 눈은 분노를 태울 만한 빛을 얻지 못하고 있어, 부릅뜬 것이 올빼미의 눈처럼 차라리 허막하고 서글펐다. 언제나 지나치게 꼭 다물어 그것이 험상궂은 인상을 주던 입술이 힘없이 반쯤 열려져 어렸다. 진정 거기에는 힘없고 외로운 사나이가 그렇게 방심한 얼굴을 흐리고 서 있었다.

처음 보는 얼굴이었다. 그러면서 왠지 낯 설은 그 얼굴은 정녕 '나'인 것만 같았다. 그러자 나는 무심하게 시작한 장난이 갑자기 무슨 의미를 띠게 되는 것을 느끼기 시작했던 것이다.

그러나 성난 얼굴과 슬픈 얼굴은, 어느 쪽에서 먼저 표정을 흩트렸는지 다음 순간에는 거울 속의 얼굴이 이지러지기 시작하여, 비웃는 듯이 입귀를 쳐뜨렸다.

다시 애써 먼저 지었던 성난 표정을 꾸며 보았다. 그리고는 거울 속을 노렸다. 분명 같은 표정을 지었다고 생각했는데, 진과는 다른 '나'가 이것은 또 지나치게 넓은 이마 너머로 침울한 눈길을 이리로 던지고 있다. 좀 전에는 그렇게도 애절하게 보이던 입모습이 악의를 품고 악물려져 있다. 그러나 그러면서도 그 모습은 역시 '나'였던 것이다.

형수가 식사를 권하며 방문을 열지 않았던들, 나는 더 '나'의 여러 모습을 보았을는지 모른다.

그러나 장지가 벌떡 열리더니 이내 호들갑스러운 그녀의 음성이 울렸던 것이다.

"아아니, 누구허구 약속을 허셨기에 저녁때에 그렇게 모양을 내시는 거예요?"

나는 쓴웃음이 입가에 경련처럼 이는 것을 어찌할 수 없었다.

계(契) 친구만 해도 이십여 명이 넘는 사교가인 형수다. 폭격으로 아내와 어린 아들을 잃은 후 형의 집 방 한 칸에서 이내 혼자 견디어 온 나는 그네들에게 익히 알려져 있는 존재이다. 그녀들 사이에 화제가 진하면

"우리 시동생 말이야. 중병을 치르고 나더니 심경에 변화가 생겼나 봐. 전에 없이 모양을 낸다우. 저번에도 글쎄 넋을 잃구 거울을 들여다보구 있군 그래. 퍽 막막했던 거지."

이런 말이 나올 법도 하다. 어쩌면 개구 일번 벽두에 화제가 될는지도 모를 일이다.

그러면 또 하나의 '나'가 생겨 횡행하게 되는 것이 아닌가.

그러고 보니 '나'가 너무 벅차다. 다섯 자 일곱 치 열여덟 관의 육체가 '나'의 전 내용이라고 긇어 생각해 온 것은 물론 아니다. 그러나 '나'가 이렇게 벅차고 보니 어떤 것이 짜장 '나'인지 흐러터분해지는 것이다.

어젠가 해질 무렵 강에 비낀 무지개를 본 일이 있는데, 그렇게도 치밀하게 결합되었던 '빛[光]'이 일곱 가지 색으로 찬란하게 흐트러지는 것에 넋을 잃었다. 그것은 아름답다기보다는 황홀하였다. 아침해에 아롱지는 풀 이슬같이 불안한 아름다움이기도 하였다. 무지개는 오 분을 그대로 지탱하고 있지 못하여 이내 사라지고, 무지개가 사라진 하늘에 엷은 구름이 모래처럼 흐르고 있었다.

허전하고 아쉬우면서도, 무지개가 사라지고 언제나와 같은 하늘

이 거기 그렇게 펼쳐져 있는 것을 보았을 때, 체념이라고 할까, 무슨 안도(安堵) 같은 느낌이 가슴에 번져 갔던 것이 잊혀지지 않는다.

그런 것이 삶일지도 모른다고 그런 우발(偶發)된 현상을 삶에 비겨본 것은 훨씬 나중의 일이었지만, 사실 삶이란 허망한 하나의 과제(課題)이고 '나'라는 것은 무지개처럼 그것을 다양화(多樣化)하고 산일(散逸)시킬 따름인 존재일지도 모르겠다.

몇 해 전만 하더라도 그런 것이 안타까웠다. '나'라는 것이 없어져도 결코 공간이 생기지 않을 것이라는 것, 내가 사라진 후에도 해는 빛나고 바다는 출렁거릴 것이라는 것, 말하자면 '나'라는 것은 있어도 없어도 좋은 존재라는 것, 그런 상념이 참기 어려웠었다.

그러기에 지난 몇 해를 텅 빈 꺼풀같이 살아왔던 것이 아닌가. 장성한 조카와 아내와 어린 아들의 죽음을 한꺼번에 겪으면서도 여전히 먹고 입고 잔다는 것, 바꾸어 말하면 그들의 죽음을 시인(是認)한다는 것, 그들의 죽음에 익어 버린다는 것, 그런 것들에 대하여 나는 '나'를 용서할 수가 없었던 것이다.

형수는 농 삼아 흔히 열부(烈夫)라는 말을 하는데, 여지껏 재혼할 의사를 가져 보지 않았던 것을 그렇게 참혹하게 죽은 아내에의 추모와 수절로 해석받는다는 것은 오히려 귀살쩍다. 털어 말하면, 어머니의 눈에 들어 싫도 좋도 않은 평탄한 심정으로 맞은 아내다. 고운 정 미운 정 다 들이기에는 두 해가 채 못 되는 부부 생활이 너무 짧았다. 아이로 말하더라도 백날 전의 핏덩이니 눈에 밟히는 재롱을 받아 본 일도 없다. 사실 이제 와서는 그들의 얼굴조차 아슬할 때가 많다.

다만 잊을 수 없는 것은 그들의 임종 시의 그 신음 소리인 것이다. 그토록 많은 출혈을 하면서도, 스물다섯 살의 젊음이 사흘을 뻗쳤다. 쌩쌩거리는 포탄 속에서 죽어 가는 그들을 나는 지켜보는 이외에 어찌할 도리가 없었다. 그러던 나 역시 어깨에 입은 총상으로 의식이 흐려지곤 하였던 것이다.

아내가 숨을 거둔 것은 음력 팔월 보름날 밤이었다고 추측된다. 조카와 갓난이는 이미 주검으로 옆방에 굴러 있는데, 자신도 심한 부상으로 몸을 가누지 못하는 사나이가 옆에서 죽어 가는 아내를 지키고 있었던 것이다.

폭격으로 펑 구멍이 뚫린 지붕 위에 차도록 맑은 달이 비껴 있었다. 무서운 고요였다. 시간이 인간과 더불어 시작한 것이라면, 그 시간조차 시작되지 않았던 태고에나 있음직한, 그런 공백(空白)의 밤이었다. 그 고요 속으로 죽어 가는 아내의 신음 소리가 흐르고 있었다.

의식을 잃은 지 오래인 아내의 입을 새어 나오는 그 신음 소리는 육체의 고통을 하소연한다기보다는 오히려 영혼이 앓고 있는 소리 같았다. 무력한 인간의 서글픔과 의지 없는 외로움이 마지막의 표현을 거기 실리는 것 같아, 가슴이 빠개지는 것이었다.

아내는 내가 의식을 잃은 후에도 얼마쯤 그렇게 신음을 하고 있었는지 모른다. 그러나 며칠 만인가 내가 어느 병원인 듯한 이층에서 정신을 돌렸을 때에는 이미 그녀는 이 세상의 사람은 아니었고, 창 아래 신작로를 국군이 행진해 들어오고 있었다. 얄궂게도 우리는 그렇게도 기다리던 UN군의 입성을 사흘 앞두고 그들의 폭격을 받아 쓰러졌던 것이다.

무거운 군화 소리, 육중한 탱크 바퀴의 울림, 만세 소리가 와와 하고 일어났다. 그러자, 그러한 거리의 소음을 막거나 하려는 듯이 창을 가리고 서 있던 형수가 왁 하고 갑자기 울음을 터뜨렸다.

돈암동에서 뛰어와서 그때껏 치마끈을 못 푼 채 있는 모양인 그녀도 어지간히 초췌해 있었다. 들먹이는 어깨가 앙상하였다. 그러나 나는 흐느껴 우는 그녀를 보고도 아무런 감각이 느껴지지는 않았다. 다만 뚫어진 지붕 위에 비껴 있던 달이, 그 태고의 공백의 달밤이, 내 위에 휑하니 펼쳐져 가고만 있는 것이었다. 이윽고 그 공백감은 뒤이은 몇 해 동안의 나는 진실이었고 동시에 경력이기도 하였다. 사실 어두운 재같이 식어 버린 가슴에는 절망에 필요할 만한 정열도 없었고 보니 공백만이 진실이 아니고 무엇이었던가.

언젠가 청상과수로 늙어 온 큰 누님이 유복녀 외딸을 여의는데, 내가 그 결혼식장에 참례를 하지 않았다고 호되게 야단을 친 일이 있다.

"온 사람이면 그럴 수가 있나. 사람이면."

하고 큰 누님은 자못 분개를 하였는데, 그런 의리 치레의 입장에서보다 행복에의 의욕을 끊이지 않는 것이 인생이라면, 그런 견지에서 볼 때 나는 이미 인간으로서 실격하고 있었는지도 모른다.

그러나 그러면서도 나는 살아왔다. 아침이 오면 어쩔 수 없이 하루가 시작되고 얼마 있다 그날이 저물고 그런 날이 쌓여서 몇 해가 흘렀던 것이다.

대체로 우리는 생각하기 전에 살아가는 것인가 보다. 아니면 산다는 것은 온갖 비참한 것들을 제해 버리더라도 더욱 남는, 알지 못할 무엇을 가진 것인가.

얼마 전부터 형수는 걸핏하면 앓고 나더니 사람이 달라졌다느니, 옥수암(玉水庵)에서 무슨 일이 있었던 모양이라느니 하고 곧잘 농을 하려 드는데, 중년 여자의 그런 천한 호기심이 젖은 넝마쪽처럼 감기는 것은 징그러운 일이었으나, 그녀의 말은 바른 곳을 쏜 것이라고도 할 수 있을 것 같다.

옥수암을 떠난 것은 타는 노을 속에서였는데 서울에는 깊어 가는 밤거리에 가을비가 내리고 있었다.

행장을 풀지도 않고 자리에 누운 나는 그렇게 피로해 있었으면서도 잠이 오지 않았다.

그런 나의 마음에 밤비가 뿌리다가는 멎고, 멎은 틈을 타서 언덕 아래 강물이 높이 출렁거려 들려오는 것이었다.

얼마 후에 형수가 그날 밤의 일을 놀란 듯이 말해 주었는데, 늦게 먼 길에서 돌아온 내 소행이 하도 심상치 않아 이슥해서 몰래 장지문을 열어 보았더니, 자지는 않는 모양인데 잠긴 눈귀에 눈물이 줄을 지어 있었더라고 한다.

나는 울고 있었던가? 아니다. 나는 나를 던지고 있었던 것이다. 그렇게 마구 던져진 내 발 밑에는 출렁거리는 강물이 있었고, 내 머리 위에는 무지개가 사라진 뒤의 그 하늘이, 언제나와 같이 무심한 그 하늘이 펼쳐져 가고 있었던 것이다.

이윽고 전에는 그렇게도 견디기 어려웠던 상념, 즉 내가 없어져도 이런 것들은 변함이 없으리라는 그런 상념이, 지금은 오히려 마음을 메워 가는 것만 같은 것이었다.

사실 그러한 불역(不易) 속에 인간의 생사라든가, 희로애락에 대한 그러한 완전한 무관심 속에, 우리들 약한 인간의 구원이, 또한 지상 생활의 운행과 완성이 깃들어 있는 것일는지도 모를 일이 아닌가.

안타깝게 아쉬운 사람들을 잃고도 살아가게 마련이고, 또 그렇게 할 수 있다는 것이 인간이 살아갈 수 있는 힘일지도 모르겠다.

그렇다. 형수의 말같이 나는 이미 달포 전에 집을 떠나던 내가 아니었다. 나는 내용을 가졌던 것이다. 설사 그것은 결국은 불가해(不可解)라는 인간의 중핵(中核)에 부딪쳐 버린 것이라 할지라도 나는 사랑을 알았던 것이다. 그리고 사랑을 체험했다는 것은 목숨을 체험한 것이고, 주체스러운 '나'를 모아 완전한 '나'를 갖추는 것이기도 하였던 것이다.

아무도 완전하게 자기 자신이었던 사람은 없다고 한다. 그러나 나는 그녀 앞에서 완전히 '나'였었고, 또한 그 '나'는 지금도 내 내부에 살고 있는 것이다.

그런 '나'이기에 이제 와서 허망한 짓을 허망한 그대로 받아들이는 것이고, 선(善)도 역시 악(惡)과 같이 벌(罰)받는 것이라는 역리(逆理)를 몸부림치는 일 없이 따르게 되는 것일지도 모른다.

그러나 울퉁불퉁한 거울에 어린 모습처럼 '나'가 흐트러질 때가 있어, 그럴 때마다 내 눈앞에 어쩔 수 없이 떠오르는 것이 '돌'인 것이다. 그녀는 이미 나에게는 시계(視界) 밖의 사람이고 '돌'은 그녀와 나와의 사이에, 나의 시계의 끝에 숙명처럼 서 있기 때문인가?

돌은 장자못[長者池]을 굽어보는 언덕 모퉁이 늙은 느티나무 밑에 서 있었다.

언덕 너머 천마산(天馬山) 중허리에 있는 옥수암(玉水庵)으로 올라가는 산길은 돌이 서 있는 산모퉁이에서부터 옥수암 맑은 물이 흘러내리는 솔숲 사잇길을 접어들 때까지, 언덕 등성이를 탄 거의 평탄한 길이다. 그러므로 암자를 나서 숲속 길을 벗어나면 한참은 그 느티나무와 돌을 바라보며 걸어야 한다.

혹 이른 아침 풀 이슬이 반짝거리는 언덕길을 거닐며 눈을 앞으로 던지면, 저만치 서 있는 느티나무 밑의 그 돌은 무엇인지 숙명적인 것을 느끼게 하였고, 낙조 때 장자못에 지는 석양을 역광(逆光)으로 받은 모습은, 저물어 가는 하늘 아래 그리움과 고독이 그대로 굳은 것 같았다.

이 돌이 내 마음 한구석에 호젓히 서 있게 된 것은 바람이 몹시 불던 그 늦가을 어스름부터인가 보다. 스물네 살, 마을에서 옥수암까지 십리 산길을 삼십 분으로 걸어 올라가, 숨결 한번 거세진 일이 없는 육체였다. 지난 팔월에 맞은 해방의 감격과 흥분이 채 사라지지 않아 희망은 차라리 벅찼다.

그러나 모진 바람 속을 옥수암으로 향하는 마음은, 패잔자(敗殘者)의 그것이었다. 실컷 고문(拷問)이라도 받고 싶은 심경이었기에, 마구 광란하듯 불어제치는 바람에 함부로 몸을 맡기는 것은 오히려 흐뭇하였다. 패잔자니 고독이니 하는 비통(悲痛)한 가설(假說)이 술보다 마음을 취하게 하는 나이였다. 툭하면 홀연히 서울집을 나서 옥수암 산길을 그렇게 더듬곤 하였던 것이다.

바람은 동풍이니 남풍이니 하는 그런 것이 아니었다. 동에서 서에서 남에서— 마구 불어 일어나, 서로 부딪치고 악물고 미끄러지고 하며, 언덕에 타오른 풀 단풍을 헤쳐 흔들고 짓이기고, 풀포기 아래에서 다시 일어 회오리를 그리며 뛰어올라가 다른 데서 불어오는 바람과 맞부딪쳐 엉엉거리는 것이었다. 나는 두 손으로 바바리 깃을 귀 밑에서 누르며 저도 모르는 사이에 어느덧 뒷걸음질을 하고 있었다. 천마산을 내리훑는 성난 바람이 정면에서 얼굴을 때렸기 때문이리라.

지나온 쪽 하늘에는 아직 노을이 사라지지 않고 있어, 바라다보이는 장자못에는 거센 바람이 일으킨 파도가 잔광 속에서 마치 산 것이 나처럼 팔딱거리고 있었다.

해는 넘어가 보이지 않았으나 못에 어린 잔광이 언저리를 희미하게 밝히고 있어, 모진 바람에 느티나무가 마구 물어뜯기도 있는 것이 멀리서도 눈에 띄었다.

들과 언덕길을 제멋대로 뛰어다니던 바람은 그 가지에 가 걸려 빠져 나오려고 기를 쓰고 있는 모양이었다.

바람이 가지에 가 엉클릴 때마다 언제나 또렷이 서 있는 나무 밑의 돌의 윤곽이 흩어지곤 하였다. 등으로 바람을 밀고 가며 그런 것들에게 무심히 눈길을 던지고 있던 나는, 점점 이상스러운 상념에 사로잡히기 시작하였다. 즉 느티나무가 바람에 찢겨 허덕거리고 있는 것이 아니라, 그 돌이 형용키 어려운 고뇌와 절망으로 몸을 꼬고 있는 것 같은 느낌이 자꾸만 드는 것이다.

하나의 몸짓, 하나의 미음(美音)이 신화(神話)를 꾸며 내는 경우가 있다. 이 비정(非情)의 돌에, 전설이 감도는 것은 누구인가가 어느 신비의 순간, 돌의 생명을 돌의 감정을 보았던 까닭이 아니었던가.

나는 그런 순간을 가졌던 것이다.

아득한 옛날 장자못 자리에 박장자라는 간악한 일족이 번영하여 그 영화가 사위에 떨쳤다. 금력과 권세는 동요가 되어 무심한 초동의 입에까지 오르곤 하였으나, 박장자 집에서는 좁쌀 한 줌의 적선도 한 일이 없었다.

어느 날 지나던 늙은 중이 시주를 청함에 박장자는 크게 노하여 하인을 불러 손찌검까지 하였다. 장자는 거지 중이 감히 자기 집 문전에 서려던 소위가 괘씸하였던 것이다. 무지스런 하인의 발길에 채여 넘어져 쓰러졌던 중이 몸을 채 일으키지도 못하고 있었을 때, 고운 젊은 한 여인의 옆에 와서 몹시 죄스러운 듯이 고개를 수그리며 무엇인지 수건에 싼 것을 내미는 것이었다. 여인은 장자 일족 중 단 하나의 어진 마음을 가진 며느리이며, 수건에 싼 것은 자기 몫으로 정하여져 있던 보리밥 덩어리였다.

궁상스럽던 중의 얼굴에 갑자기 위엄이 서렸다. 사흘 후 한낮 좀 지나 해무리가 있을 것이니, 그 조짐을 보거든 일순의 여유도

말고 혼자 집을 뛰어나가, 뒤에서 무슨 소리가 들리더라도 결코 돌아보지 말라는, 늙은 중의 말은 그대로 명령이었다.

그 사흘 동안을 장자집 며느리가 어떻게 지났다는 것은 전설에는 없다. 다만 그는 대사의 영을 그대로 지켜, 과연 해무리가 시작되자 어쩔 수 없는 힘에 끌려 집을 뛰쳐나갔던 것이다. 허위단심 느티나무까지 이르렀을 때였다. 갑자기 천지가 깨어지는 듯한 벽력 소리가 뒤에서 일어났다.

찰나 그녀는 대사의 당부를 잊고 저도 모르는 사이에 뒤를 돌아보고 있었다. 거기에는 자기가 버리고 온 집, 고래등 같은 와가는 간 데 없고, 보지 못하던 못이 음침하게 하늘의 해무리를 어리고 있는 것이었다. 이윽고 자신은 그 순간의 충격을 그대로, 돌로 굳혀 가며 있었다.

'돌'의 전설은 누구에게 들었는지 기억이 없다. 누구에게 들었는지 모르는 대로 내리 이야기하고 보니, 한꺼번에 지난 몇 해 동안에 한 말 전체보다, 더 많은 말을 한 것 같았다. 갑자기 고요가 몸에 사무쳐 나는 그제야 옆에 서 있는 영란에게 시선을 돌렸다.

영란은 나뭇잎을 새는 햇빛으로 표범의 껍질처럼 아롱진 땅에 눈을 떨어뜨리며, 긴 이야기가 끝나도 단정한 옆얼굴을 보인 채 말이 없었다. 말없이 한참을 그렇게 서 있다가, 꽤 높이 떠오른 해를 받아 짤막한 그림자를 이쪽으로 기울이고 서 있는 돌을, 마치 체온이나 더듬듯이 조심스럽게 만져 보는 것이었다. 놀랄 만큼 가는, 비치도록 흰 손이었다.

그 바람 불던 늦가을 어스름부터 어언 십 년이 지난 이 언덕에는 지금 꽃찔레가 한창이고, 칡넝쿨이 얽힌 바위는 태고 이래의 해와 마주 앉아 묵묵히 스스로의 위치를 지키고 있을 따름, 들새의 소리조차 들리지를 않았다.

그 고요 속에서 나는 장자못을 굽어보며, 돌의 전설을 영란에게 들려주고 있었던 것이다.

찔레와 풀향기를 싣고 스쳐 가는 오월의 바람이 상기된 뺨에 싱그러웠다.

나는 흥분하고 있었다. 그리고 나에게는 자기가 아직 그렇게 흥분할 수 있다는 것이 신기스러웠고, 어느 한구석에 재워 두었던 무엇이 포시시 머리를 드는 것 같은 즐거움과 놀라움이 몸에 감기는 오월의 바람처럼 신선하였다.

그런 느낌은 오랜 정신의 공백 속에 다시 깃들기 시작한 그림자라기보다는 오히려 사람이 된 후로 처음 맛보는 짜릿한 향기라고 하는 것이 적절하였을는지 모른다. 확실히 나에게는 하나의 계절이 열리고 있었던 것이다.

얼마 전 패잔자로서 거품 같은 몸을 옥수암으로 이끌어 왔던 나였기에, 돌이켜보면 십 년 전 이 언덕길을 옥수암으로 향하며 도취하던 고독과 패잔자의 심경, 그것은 어쩌면 청춘의 가설이 아니고 다가오면서 있었던 것들의 재빠른 투영(投影)이었을는지도 모른다.

해석할 수 없는 것은 모두 기적(奇蹟)이라는 말을 들었는데, 정녕 '나'를 버리는 셈으로 왔던 옥수암에서 영란을 만났고 그런 생명의 열을 얻게 되었다는 것은 나에게 있어 놀라움이라 아니할 수 없었다.

사변 이후 이내 심신에 금이 갔던 나는 금년 들어 건강 상태가 몹시 나빴다. 나뭇가지에 물 오를 무렵부터 원인 모르는 고열이 계속되어, 고개를 들었을 때에는 수양 가지가 제법 멋들어져 있었다.

열이 내리기는 하였으나 다리에 힘이 없어 집에서 뒹굴고 있는

데, 뜻밖에도 옥수암의 혜정(惠貞) 스님이 찾아왔던 것이다. 승려에 흔히 있는 좌골 신경통을 참다못해 젊어서 버린 서울땅을 다시 밟았노라고 그는 겸연쩍게 미소를 지었다.

혜정 스님은 속세의 척분으로는 나의 작은 누님의 시누이뻘이 되었다. 사돈집 부인이었지만, 돌아간 어머니가 만년에 불교에 귀의하신 까닭에 형수들과도 친분이 자별하였다.

혜정 스님은 업고(業苦)도 그럭저럭 다해 가는 모양이라고 건강이 좋지 못하다는 의미를 비쳤으나, 몸은 오히려 전보다 부해 보였다. 나의 처지도 풍설로 들어 알고 있음직한데, 그는 짐짓 그러는지 그런 일에는 저촉지 않고 그저

"젊은이가 몸이 너무 수척했구먼— 나무관세음보살."

하며 초췌한 나의 얼굴을 측은한 듯이 보는 것이었다.

혜정 스님은 흔히 불문에 있는 사람들이 입버릇같이 외는 '관세음보살'이란 말을 독경 때나 예불 때 이외에는 입에 올리는 일이 드물었다. 적어도 나와의 대화에 있어서는 나무 관세음보살이라는 말을 쓴 것은 그 때가 처음이 아닐까 싶다.

하루를 묵은 후 혜정 스님은 약수도 마시고 수양도 할 겸 옥수암에 얼마 동안 와 있으면 어떻겠느냐고 권하고, 늘 와 있던 정자 밑 별당을 치워 놓겠노라고 하며 서울을 떠났다.

심부름꾼 계집애 하나를 데리고 병구완까지 해 주는 형수의 수고가 민망스럽던 차라, 혜정 스님의 말이 나는 고마웠다.

혜정 스님이 떠난 후에도 나의 건강은 시원치 않았다. 흔히들 말하는 신경 쇠약이랄까 두드러진 병은 없었으나 깨끗치가 못하였다. 그렇게 시름시름 앓으니 신경만 날카로워지는 것 같아 차라리 옥수암으로 가서 숨어 버리고 싶은 생각이 간절해 홀연히 집을 나섰던 것이다.

내가 처음으로 옥수암을 안 것은 혜정 스님의 조카인 북으로 가버린 영민이를 통해서인데, 당시 스님은 사십을 바라볼까말까 한, 어중된 나이의 조용한 여인이었다. 회색 바지저고리에 파르무레하게 머리를 깎은 승형(僧形)이었기에, 웃으면 덧니가 드러나는 귀염성스러운 입매하며, 비치듯이 맑은 살빛이, 무언지 세상을 등진 이 여인이 걸어 온 길을 더듬어 보고 싶게 하는 충동을 주었다.

옥수암에는 삭발한 사람이라고는 혜정 스님 이외에, 갑자기 일어난 화재로 어린것을 둘이나 한꺼번에 잃었다는, 관자놀이에 불에 덴 자국이 있는 스님 또래의 여승이 한 사람뿐이고, 나뭇단 같은 것을 해 들이는 늙은 부목살이와 정지간에서 일하는 중년 여인은 속세의 차림새대로 읍하고 사람을 맞았고, 불반(佛飯)을 짓는 손으로 합장하며 관세음보살을 외었다.

절이라기보다는 박행의 가인이 인생을 비켜 사는 산장(山莊)이라는 느낌이 더욱 짙어, 우리는 곧잘 거기가 법당이라는 것을 잊곤 하였다.

혜정 스님이 치워 놓겠다고 약속한 정자 밑 별당은 암자 뒤를 흐르는 이름 그대로 옥수같이 맑은 계류를 낀 정자로 올라가는 오솔길목에 외따로 있는 초암(草庵)이었다. 어떤 고덕한 여승의 수양처였다는 두 칸 남짓한 방으로, 한쪽 벽에 낡은 탱화(幀畵)가 붙어 있었다.

남성 금제의 여승방인 까닭도 있었지만 한갓져서 좋을 것이라고 옥수암엘 갈 적마다 혜정 스님은 으레 그 방에서 묵게 해 주었다.

외따로 있다 해도 돌틈마다에 파랗게 돌나물이 돋아 있는 장독대 다음은 바로 불두화 철쭉 국화 축회화 나리꽃 같은 꽃들이 철마다 피었다 지는 화개였고, 비가 올듯말듯한 습기를 머금은 날이면,

문을 닫은 방에까지 나리 향기 국화 향기가 스며들도록, 방은 그 화개와 다가 있었다. 장독대 있는 무렵에서부터 저쪽으로 물러나 흐르고 있는 계류가 여기서는 초암의 기둥을 씻다시피 하였다. 방안갓 집 아이 어쩌다 문 닫는 날이면 오히려 잠들기 어려워한다는 격으로 옥수암에서 한 달 동안을 묵고 난 후면, 그 물소리가 들리지 않는 서울집이 덤덤하게 느껴질 만큼 나에게는 정든 방이기도 하였다.

그러나 그 방을 치워 놓겠다고 약속한 혜정 스님은 자기가 그렇게 오기를 권했으면서 나를 반기는 태도에 어색한 빛을 보였다.

그녀는 피로했을 터이니 좀 쉬어야 한다고, 수다스러울 만큼 전에 없이 서둘러 법당 옆 약방에 자리를 깔아 나를 눕게 하고 밖으로 나갔다.

언덕 위에 피어 흐드러진 산철쭉 속을 헤치고 아련한 추억처럼 송진 냄새가 풍기는 솔숲 사잇길을 걸어온 피로가, 나는 오히려 쾌적하였던 모양이었다. 어느덧 잠이 들어 있었던 것이다.

얼마를 잤는지 어렴풋이 깨어 가는 귀에 옆방에서 소근거리는 소리가 들려왔다. 무슨 말인지 확실치는 않으나, 이럴까 저럴까 망설이고 난처해 하는 어조들이다.

나는 그 바람에 완전히 잠이 깨었다. 귀를 기울여 보았다. 그러나 옆방 말소리는 이내 그치고 두 사람이 다 밖으로 나가는 모양이었다.

기침 소리 한 번 새어 본 일이 없는 여승들이었다. 나는 부쩍 궁금증이 났다.

자리 위에 앉아 보았다. 어찔해진다. 역시 먼 길을 떠난 것은 무리였나 보다고 도로 드러누우려는데, 그새 몰라보게 늙은 관자놀이에 불에 덴 자국이 있는, 그 여승이 살며시 문을 열었다.

불을 켜 줄까 하고 묻는 것을 대답하지 않고 무슨 일이 생겼느냐고 덮어 물어 보았다. 그런 말은 왜 또 하느냐고 시치미를 떼는데, 기척이 수상하니 께름칙해서 있을 수 있겠느냐고 몰아붙였더니, 그제서야

"전 선상님 방(이 무던히도 순박한 여승은 정자 밑, 그 별당을 전에는 학상 방이라고 했었는데)에 말이유, 며칠 전부터 서울 손님이 와 계셔유."

하고 말끝을 얼버무렸다.

스님이 서울서 돌아오시자, 오래 비워 두었던 그 방을 여럿이서 깨끗하게 치워 놓았는데, 난데없는 사람들이 가로채어 버렸다고 떨떠름한 표정이었다. 누구냐고 물었더니

"스님의 조카 따님 양주라나유. 부잔가 봐유."

하고 못마땅한 듯이 고개를 흔들고 유경에 불을 붙였다.

이, 나를 앞질러 정자 밑 별당을 차지한 사람들이 혜정 스님의 조카딸인 영란과 그의 남편이었던 것이다.

그날 저녁부터 다시 열이 오르지만 않았더라도 거처를 잡지 못한 나는 옥수암을 떠났을 것이었는데, 저도 모르게 몹시 몸이 쇠약해졌던 모양으로 그만 여행을 이기지 못하여, 몸살열이 심하게 났던 것이다. 혜정 스님의 처지가 딱했지만, 하는 수 없이 법당 옆방에 앓아누울 수밖에 도리가 없었다.

몸만 추스리게 되면 곧 떠나려고 마음먹고 있던 중에 서울서 왔다는 사나이가 찾아와 별당이 수선하더니, 갑자기 영란이의 남편이 떠나게 되고 뒤에 처진 영란이는 고모 옆으로 옮겨 별당을 나에게 내어 주었다.

영란은 나의 작은 누님의 전실 딸이어서, 나는 움으로 그의 외삼촌이 되는 셈이었다. 누님은 중성적인 걱실걱실한 성격을 가진 부

인이라, 내 배 앓아 낳은 딸이 아니라고 구박을 하거나 들볶거나 할 사람은 아니었지만, 그래도 들이비치듯이 흰 피부에, 간들간들한 목을 가진, 풀어 보이도록 검은 눈동자의 어린 영란은 보기에 애련한 느낌을 주었다. 온순하고 말수가 적은 다정한 소녀여서 계모에게나 배다른 아우들에게나 끔찍이 굴었다.

그러나 어린 나이 깐으로 그렇게 마음을 쓰는데 오히려 어느 감정의 굴절(屈折)을 짐작할 수도 있다고 그 때의 나는 생각하곤 하였던 것이다.

서로의 나이가 들어서부터는 작은 누님의 집이라기보다 친우인 영민이의 집으로 그의 집에 자주 드나들던 나는, 어쩌다가 누님이 나를 가지고

"네 외삼촌이……."

따위의 말을 할 때면, 적지 않게 어색스러움을 느끼기도 하였다.

내가 영란을 마지막으로 본 것은, 영민이가 북으로 넘어간 지 얼마 후니깐, 그럭저럭 칠팔 년이 되나 보다.

매부가, 그러니깐 영란이의 아버지가 사업에 실패를 하고 홧병이 났다는 소문이 퍼뜩퍼뜩 들릴 때인데 갑자기 뇌일혈로 쓰러졌다는 기별이 와서 달려가 보니, 누님은 뒷마루에 걸터앉아 넋이 빠져 있고, 어린것들은 문 밖에서 흙강아지가 되어 뒹굴고 놀고 있는데, 영란은 수돗가에서 쌀을 씻고 있었다. 얼마 보지 않은 동안에 약간 야윈 것이 더욱 애련해 보이는 얼굴을 옆으로 보이며 말끔히 씻겨진 쌀을 자꾸 되씻고 있었다. 누님의 처지라든가 멀거니 허공을 보고 있는 매부의 정상도 딱하고 무거운 일이었으나, 가냘픈 어깨와 야윈 얼굴을 옆으로 보이며, 쌀알이 부러지도록 자꾸자꾸 물을 갈아 헹구고 있던 영란의 모습이 오래도록 가슴에 남았다.

영란이 어느 부잣집 후취로 출가했다는 소문을 들은 것은 그 후 반년쯤 지난 뒤였는데, 그 결혼식에 참례하였던 형수들의 말을 듣는 것이 까닭 없이 고통스럽던 생각이 난다.

병 든 아버지와 나 어린 두 아우 때문에 몸을 팔다시피 한 것이라고 수군수군들 하였는데, 그의 결혼 후 얼마 가지 않아서 아버지가 돌아가고 이 년쯤 지나, 작은 아우가 티푸스로 죽어 폭삭해 버린 나의 누님은 중학 사학년이 된 큰아들 하나를 믿고 쓸쓸하게 지내고 있었다. 불 꺼진 집같이 을씨년스러웠으나, 그래도 영란이가 어지간히 돌보아 주는 모양으로 헐벗거나 굶주리는 것 같지는 않았다.

그렇게 아들 하나를 힘으로 살아가던 누님도 그 아들이 의용군으로 끌려간 채 소식이 끊어지자 이내 속병을 얻어 시원치가 않다가, 피난처에서 세상을 떠나고 말았다. 말하자면 영란의 희생, 협잡과 방탕으로 유명하다는 아버지만큼이나 나이가 들어 보이는, 그 징그러운 뚱뚱보에게 꽃다운 몸을 던지지 않으면 안 되었던 그녀의 희생은 완전히 무의미한 것이 되고 말았던 것이다. 한편 그녀의 큰 집이 아들 형제의 사상 때문에 흩어져 버리고 만 지금에 와서는, 영란에게는 혈육이라고는 속세를 등진 이 혜정 스님 한 사람밖에 남지 않고 있어, 생각하면 외롭고 서글픈 여인이었다. 그러나 '희생'이라고 생각하던 것은 나의 착오였었는지도 모른다. 나로서는 다시없는 불쾌한 사실이었으나, 남녀의 결합이라는 것은 한쪽이 남자이고 다른 한쪽이 여자라는, 원시적이고 동물적인 조건만으로도 이루어지는 것인 모양으로 얼마 동안 그들 부부의 생활을 엿보아 왔는데, 개기름이 흐르는 추하게 늙은 남편을 섬기는 영란이의 태도는 그렇게도 정성스러운 것이었고, 자기 위치에 불만이라든가 회의를 품어 본 일은 한 번도 있었을 듯싶지가 않았다. 그런 영란을 볼 때마다 나는 무슨 배신이나 당한 것 같은 노여움에 가까운 느낌을 어쩌는 수가 없었다. 그럴 수가 없는 것 같았다. 물론 꼭 서글프게 설레야만 된다는 이유는 없다. 하나 영란의 경우 그녀가 그렇게 자족하고 안주하고 있다는 것은 아무래도 서투른 일인 것만 같았다.

생활이 윤택한 까닭인지 성격이 그래선지, 영란은 무척 차림새에 마음을 쓰는 모양이었다. 그리고 그런 영란이 나는 안타까웠다. 그렇다면 그런 풍유한 외적 조건으로 말미암아 보다 더 본질적인 것을 제쳐 버렸단 말인가.

그러나 어쨌든 간에 한 번도 생산을 한 일이 없는 까닭인지 소녀같이 가냘픈 몸을 그렇게 곱게 거두고, 한 무릎을 세워 약간 몸을 꼬듯이 앉을 때라거나, 독특한 손놀림으로 치맛자락을 감쌀 때의 그녀에게는 서른이 갓 된 성숙한 여인의 자태가 무르녹아, 나는 그런 영란이를 보는 것이 괴로운 것이었다.

몸이 몹시 쇠약해져서 옥수암의 약수를 먹으러 온 것이라는 혜정 스님의 말이었으나, 약수터에 나가도 영란은 그리 물을 마시는 일이 없었다. 큰살림을 맡아 하는 사람으로 듣고 있었으므로 정지깐 노파의 말을 들을 때까지는, 나는 그녀의 태도를 납득하기가 어려웠다.

묻지 않은 말을 정지깐 노파는 이렇게 늘어놓았던 것이다. '영감'이란 자가 너무나 난봉이 심해, 계집이 두름으로 묶을 지경이라는 것이다. 요즘 와서는 그 대머리가 따갑지도 않은지 그야말로 손주딸 같은 여자 대학생한테 넋이 빠져 사흘에 한 번 집에 들어오기가 어려웠다는데 자기가 아쉬우니깐 흥, 하고 곡절이 있다는 것을 비치고, 이어, 꽤는 희떱게 살아온 모양이지만 예까지 비켜 온 것을 보면 뭐 곧 알아볼 일이 아니냐고 하는 것이었다. 댁네가 지나치게 뼈 없고 무던해서 하고 뒤를 흐린 말은, 칭찬인지 안타까움인지 알 수 없었다.

그제껏 남을 헐어 말하는 것을 들어 본 적이 없었던 만큼 심산 속 이름 없는 낡은 절간에서 늙어 온 이 어리석고 착한 노파의 말에는 오히려 무게가 있었다. 말하자면 그러한 남편에게 대한 영란이의 정절(貞節)이란 그의 결혼과 마찬가지로 무의미하다는 것이다. 하물며 결혼 후 칠팔 년이 지난 여지껏 입적(入籍)도 시키지 않고 있다는 것이 아닌가.

눈치로 안 일이지만 전번에 찾아왔던 사나이라는 것이 실은 영감이 일본으로 뺑소니를 칠 수 있도록 서두른 자인 모양인데, 그렇게라도 하지 않으면 안 되게끔 일이 절박하게 된 것 같은 것은 아랑곳없는 일이지만

"글쎄 뒷일을 댁네헌테 틀어 매끼구 간 모양이라유, 어쩌자구 글쎄."

하고 체머리를 흔들었다. 댁네는 어떻게 할 작정일지는 몰라도 전실 며느리들이 오히려 시어머니보다 나이가 많아 뜨세가 이만저만 해야지 하고, 또 머리를 흔드는 것이었다.

그러나 이튿날 약수터에서 만난 영란이는 언제나처럼 곱고 단정하고 명랑하였다. 그렇게 끔찍한 일에 눌려 있는 사람이라고는 도저히 보여지지 않는 싱그럽고 밝은 얼굴에 귀염성스러운 웃음까지 띄우고 있는 것이었다.

나는 그러한 영란이가 새삼스럽게 기이하게 보였다. 여자란 그렇게 부자연한 부부 생활에서도 애정을 가질 수 있는 것인가. 아니면 물질적인 여유라는 것은 그렇게도 인간성을 흐리게 하는 것인가.

몸을 추스르면 이내 떠나려던 나는 열이 내린 후 오히려 한 달

남짓 남은 어머니의 제사 때까지 쉬어야겠다고 마음을 늦추었다. 사실 오월의 옥수암에서 얼마를 지내는 동안 나의 건강은 눈에 뜨이도록 좋아져 가고 있어, 서울을 만난 보람이 확실히 있었던 것이다. 가물가물 끊어졌다가 다시 이어지는 독경 소리에, 물소리와 산새 소리가 와 얽히는 외진 산 절의 적멸위락(寂滅爲樂) 그대로의 아침저녁은 나의 황폐한 심신을 고이 지켜 주는 것 같았다.

그러면서 왠지 나는 자꾸만 외로워 가는 것이었다. 이 몇 해를 텅 비워 두었던 가슴에 무엇이 들어오기 시작한 것 같았다. 고독이 — 그리고 나의 경우 고독이란 천상과 지상의 모든 것을 자기 가슴 깊이 글어 두기 위하여 스스로가 마련한 수도자의 준엄한 고독이 아니고, 길 가다 쓸러진 나그네가 쓰러지는 순간에 자각하는 고독, 그것은 차라리 무한한 공간 속에 팽개쳐져 있는 두려움이었다. 그러므로 그 두려움에 물려 버리는 것보다는, 자기를 해치려는 적이라도 있어 주기를 원할 만큼, 타협적이고 애끓는 고독이었다.

그런 나였기에 수유(須臾)에 엿본 그녀의 절망과 슬픔이 그렇게도 내 것처럼 사무쳤던 것이 아니었던가. 진정 영란은 그 때부터 나에게 있어 잊혀지지 않는 사람이 되었다기보다 오히려 또 하나의 '나'를 품는 존재가 되었던 것이다.

그날 저녁은 유달리 노을이 붉었다. 우리는, 혜정 스님과 영란과 나는 어스름해 가는 법당에 앉아 언제나처럼 말없이 저마다의 생각에 잠겨 있었다.

분향 냄새가 흐르는 법당은 언제나 어둡게 마련이었는데, 그날 저녁 따라, 타는 노을이 법당 안을 기웃거리는 것 같았다. 그 무렵이면 으레껏 스며드는 어둠에 잠겨 가는 벽의 탱화의 오백 나한(五百羅漢)이 어렴풋이 떠 보이는 것이었다. 낙조는 거기서 그렇게 망설이더니, 갑자기 불단 위에 서 있는 관세음상에 가서 딱 머물렀던 것이다. 불도 켜지 않은 어스름 속에서 관세음보살을 우러러보고 있었던 것도 아니었는데, 어째선지 나는 그 찰나의 관세음보살을 눈으로 보았다기보다 전신으로 느꼈던 것이다. 그것은 정녕 합장한 자세의 불상임에 틀림없었다. 그러나 열어 제친 법당 문으로 쏟아져 들어오는 낙조를 정면으로 받은 그 모습은 죄 많은 중생(衆生)에게 자비를 베푸는 지선(至善)의 보살이라기보다는 인간의 번뇌를 석자[三尺]가 못되는 전신에 그대로 서려 넣은 아름다운 여인의 그것이었다. 반안(半眼)으로 내려다보는 눈도 인자하다기보다는 차라리 슬픔을 담은 것이었고, 세월에 낡아 도금(鍍金)이 후락된 모습은 어쩔 수 없이 늙어가는 서글픈 여인의 운명을 연상시키는 것이었다. 어깨에서 흘러내리는 능라(綾羅) 밑으로 끝만 보이는 발이 연화대(蓮花臺)를 밟고 섰는데, 발톱을 보일듯말듯 안쪽으로 구부린 양은 밟고 선 것이 꽃잎이 아니라 가시라고 이르는 것 같았다. 그러면서도— 아니 그렇게 인간의 괴로움을 그대로 괴로워하는 모습이기에 그 찰나의 관세음상은 그지없이 나의 가슴 속으로 파고드는 것이었다.

나는 저도 모르게 합장하고 있었나 보다. 그러기에 내 옆에서 속삭이듯이 외우는 염불을 들으면서 처음에는 그것이 자기가 외우고 있는 소리인 것처럼 착각이 갔던 것이다. 그것은 또한 내 마음과 자세가 새어 흐르는 소리였기도 하였기 때문이리라.

나무관세음보살.

얼마만큼 괴로운 영혼이면 그토록 비원과 체념과 탄식이 얽힌 애절한 음성을 가지는 것일까. 그것은 염불이 아니고 신음이었다. 언젠가의 그 '공백의 달밤'에 들은, 죽어 가는 사람의 입에서 의식 없이 새어 나오던 신음이었다.

얼마가 지났는지 모른다. 법당에 찼던 낙조가 물러가고 있었다.

낙조가 물러가고 있는 법당에 영란의 흰 얼굴이 떠 보였다. 연화대 위의 관세음보살처럼 눈을 게슴츠레하게 반쯤 감았다. 약간 뒤로 젖힌 얼굴은 우러러보는 모습이었고 잔광(殘光) 속에서 빛을 잃어 보이는 입술이 '己' 음(音)을 발음한 채로 다무는 것을 잊고 있었다.

그러면 여태껏 '관세음보살'을 외우고 있었던 것은 영란이었던가. 순간 또 하나의 여보살이 가슴을 파고드는 것을 나는 어찌할 수가 없었다.

나는 그 얼굴에서 바로 전에 관세음상에서 느꼈던 것과 같은 것을 읽었던 것이다.

백팔번뇌(百八煩惱)라 한다. 구태여 인간 번뇌가 백여덟 개 있으란 법이 있을 것인가. 다만 백(百)이라면 어지간히 끔찍한 하나의 단위(單位)인데, 그 단위를 채우고도 상기 여덟이나 남음이 있다는 데 여운(餘韻)이 큰 것이 아닐까. 그 벅찬 번뇌를 나는 이 두 여인 하나는 시공을 초월한 연화대 위의 불상이고, 다른 하나는 덧없는 버린 육신을 지닌 길 잃은 여인이었지만, 그녀들의 우러르며 내려다보며 하는 얼굴에서 꼭 같이 느껴 받았던 것이다. 이윽고 그녀들의 번뇌는 또한 내 자신의 것이기도 하였던 것이다.

사랑한다는 것은 또 하나의 '나'를 가지는 것이라는 말은 진담인가 보다. 그러기에 그 순간 나는 분명히 영란이에게 '나'를 느꼈던 것이고, 그녀가 외우는 염불 소리를, 그녀의 그 애절한 음성을, 내 것으로 알았던 것이 아닌가.

공백감 이외에는 가진 것이 없는 패잔의 사나이와 무의미한 희생에 목숨을 깎아 가는 여인을 이 외진 산절에 쓸어 붙인 것은 무엇이었는지 모를 일이었으나, 어쨌든 혈연적으로는 아무런 관련이 없다할지라도 그녀와 나와의 관계는 속세의 척분으로 따져 숙질이 되는 것이었고, 그런 속병(續柄)이 다른 남녀들 사이 같으면 주목을 받을만한 행동가지도 어물어물 놓쳐 주어, 그것이 행이었는지 불행이었는지, 서로가 사랑을 자각하였을 때는, 이미 그녀는 내 자신조차 거기까지는 가 보지 못한 내 내부 깊숙이 들어와 있었던 것이다.

진실로 몇 해 만에 나는 살 의욕을 가진 것이었고, 또한 산다는 것은 나에게 있어 그녀와 더불어 하는 것을 의미하는 것이었다.

오월 중에서도 드물게 맑은 날이었다. 새삼스럽게 태양이 찬란하였다. 바람이 살랑 언덕의 풀을 쓰다듬고 지나간 끝을 좇으면 저만치 못가에 서 있는 미루나무가 살짝 하늘을 쓸었다. 그러면 하늘은 더욱 푸르게 맑아 가는 것 같았다.

영란은 전에도 옥수암에 온 일이 없지는 않을 텐데 장자못과 돌의 전설을 모르고 있었다. 오월의 바람이 일으킨 잔물결이 따가운 햇살을 되받아 반짝거리는 것을 가리키며, 산 것이 가물거리고 있는 것 같다는 그녀의 말에, 거기서 살고 있었던 사람들의 이야기를 하겠노라고 꺼냈던 것이 못과 돌의 전설이었던 것이다.

그러나 영란은 듣지 않고 있었는지 몰랐다. 아무런 대꾸 없이 조심스럽게 돌을 더듬고만 있는데, 그런 동작조차 거의 방심한 태도로 하는 것이었다. 부드러운 잔머리가 바람에 날려 이마 위에서 하늘거린다. 그런 그녀를 보자 나는 그제서야 흥분한 것이 좀 겸연쩍어 쑥스럽게 덤덤히 서 있노라니깐 영란이 장자못 쪽으로 몸을 고쳐 앉으며 이쪽은 보지도 않고 입을 열었다.

"그 전설은 교훈(敎訓)인가요?"

"교훈이라구? 그런 요소두 있겠지. 권선징악이랄까……."

"권선징악일 것 같으면 며느리는 무의미한 존재가 되어 버리지 않아요?"

"참 그렇군."

"그 전설의 주인공은 돌인데— 그렇지요?"

하고 영란은 이번에는 고개를 돌며, 내 얼굴을 정면으로 보는 것이었다.

"물론이지요. 오자 불구(傲者不久)라든가, 인과응보라는 관념으로 뭉친 그 전설 중에서 단 하나의 사람이니까."

"단 하나의 어진 자구요."

"단 하나의 어진 자라기보다 선(善)이란 관념 자체겠지."

"……."

영란은 무슨 생각을 하는지 눈을 내리깔고 한참을 잠잠히 앉았다가 다시 입을 열었다. 좀 전과는 달라진 음성이었다.

"그럼, 그럼, 선도 악과 같이 벌을 받은 거군요."

나에겐 영란의 말이 뜻밖이었다. 저도 모르는 사이에 그녀의 얼굴로 눈길을 모았다. 그러나 영란은 왠지 나의 그런 눈길을 피하려는 듯이 돌 쪽으로 시선을 돌리며 다시 입을 열었다.

"아까 그 며느리를 단 하나의 사람이었다구 허셨지요? 왜?"

"그럼. 그 며느리가 뒤를 돌아보았으니깐."

"뒤를 돌아보았으니깐."

영란은 나의 말을 그대로 받아 뇌이고 이어 나오려는 말을 삼키는 모양이었다.

"뒤를 돌아봄으로써 그 며느리는 사람이 된 것이지요. 허지만 교훈을 완성시키지 못한 데 이 전설의 묘미가 있는 것일지도 몰라."

하며 나도 손을 돌로 가지고 가 보았다.

옆에서 보는 돌은 사람 키만한 어떻게 보면 목같이도 보이고, 팡파짐한 엉덩이같이도 보이게 들어가고 나온 데가 있을 따름 그저 밍숭한 돌이다. 그러나 나에겐 돌이라도 좋았다. 진흙더미라도 좋았다. 영란의 옆에서 같은 사물을 앞에 두고 더불어 생각하는 것만이 즐거웠던 것이다.

"뒤를 돌아보지 않았으면 그 며느리는 행복했을까?"

나즈막한 영란의 말이었다. 남에게 하는 말이라기보다 자신에게 묻는 그런 속삭임 같은 말이었다.

"행복의 의미가 뭣인지 모르지만 적어두 이 전설에선 뒤만 돌아보지 않았더라면 이루어지는 무엇이 있었을 것 아닐까?"

영란이는 대꾸가 없다가 한참 후에야 말하는 것이 무척 힘이나 드는 것처럼 한마디 한마디를 끊어 가며 하는 것이었다.

"그렇게 착한 사람이었지만, 그런 돌이 되어 버리지 않으면 안 되는 운명이었나 보지요."

딴사람처럼 낮은 쉰 듯한 음성으로 던져 버리듯이 하는 말이었다. 나는 까닭 없이 섬뜩하며 눈을 들어 그녀를 응시하였다. 순간 그제서야 그의 시선을 포착한 것 같았다.

오월의 강한 햇살을 비스듬히 받은 야윈 얼굴에 음영이 짙었다. 그리고 그늘진 눈은 돌 쪽으로 향하고 있었으나 그는 돌을 보고 있던 것이 아니고 그런 자세로 자신의 생활을 들여다보고 있었던 것이 아니었던가.

"왜 인생을 짓밟는 것만을 운명이라구 불러? 그러면 운명은 처벌(處罰)이란 말인가?"

내 어조가 격렬했던지 영란이는 대답이 없이 눈을 내리깔고 옷고름만 만지작거렸다.

"영란이, 나는 운명을 전능하다구 보구 싶지 않어. 처벌을 물론 아니구. 오히려 운명은, 우리에게 부채(負債)를 지구 있다구 생각해."

하며, 나는 더욱 그녀의 옆으로 다가갔던 것이다.

그러나 서로의 옷자락이 스치려는 순간, 영란은 젊은 표범이 나처럼 미끄럽게 몸을 일으키고 머리를 뒤로 젖히듯이 흔들었다. 이윽고 엉뚱한 말이 그의 입에서 새어 나왔던 것이다.

"그래, 옥동 살 때였으니까 아직 제가 국민 학교 때 일이군요. 한 번은 영민이 오빠를 찾아오셔서 막 떠들어 대신 일이 있었는데, 그 때 정신의 부채란 말씀을 자주 하셨어요."

아까와는 아주 딴판으로 명랑한 음성이었다.

"그래서 어린 마음에 정신의 부채란 무슨 뜻인가 허구, 정신이 흐릿해졌을 때 부치는 부챈가 허구— 호호……."

갑자기 영란이는 높은 소리로 히스테리컬하게 웃기 시작하였다. 그러나 그 가늘고 높은 웃음소리에는 사람의 가슴을 파고드는 것 같은 슬픔이 깃들어 있었다. 순간 나는 이 몇 주일 동안 내 내부에 가득히 서리고 있던 무엇이 하나의 의지로 굳어 가며 있는 것을 또렷이 느꼈던 것이다.

그는 통하여, 그의 불행과 슬픔을 통하여, 인생과 화해(和解)하고, 그와 더불어 인생과 재회(再會)를 해야겠다는 희망과 의지가.

사흘 후 어머니의 제삿날을 이틀 앞두고 나는 옥수암을 떠났다. 절문 밖까지 배웅하는 절 사람들 틈에 끼어 섰던 영란이 자연스럽게 나의 뒤를 따랐다. 언덕길까지 배웅을 하겠다고 그 앞날 약속을 하고 있었던 것이다.

그런 영란에게 혜정 스님은 흘끗 눈을 던졌다가 시선을 나에게로 옮겼다. 인자한 얼굴에 미소가 떠올랐으나 눈에는 빛나는 것이 있었다. 나는 그의 말없는 당부를 잘 알았다는 표시로 역시 말없이 고개만 끄떡여 보였다. 웃는 모습이 영란을 연상시켜, 어쩔 수 없는 혈연을 깨닫게 하는 이 수업의 여승이 인생을 헛디딘 젊은 조카딸을 자기가 몸을 던진 불문에 끌어들이지 않고, 그렇게 다른 길을 가게 해 두는 것이 나에게는 흐뭇하였던 것이다.

간밤에 내린 비로 길에 박힌 자갈들이 드러난 언덕길을 우리는 말없이 걷고 있었다. 우리에게는 이미 말이 필요치 않았던 것이다.

지난 며칠 동안의 그녀와의 대화가 그대로 가슴에 남아 있었다. 하필 나라는 특정(特定)한 사람이 아니었더라 해도, 일찍 어머니를 잃은 외롭고 다감한 소녀가 자주 집에 드나드는 청년을 그리운 사람으로 가슴속에 간직하게 되었던 것은 오히려 자연스러운 일이었을 것이 아니냐고 하는 것이었다. 소녀같이 애잔한 얼굴이었으나 그런 말을 하는 데 여하간 인생의 경험자라는 느낌을 주어, 그것이 오히려 마음을 가라앉게 하였다. 그녀는 곧잘 옛말을 하였는데 놀랄 만큼 상세한 그 기억은 또한 사랑의 고백이기도 하였다. 웬일인지 '모래[砂]'를 '몰래'라고 발음하는 버릇이 있었던 나를 기억하고 있어, 혀끝으로 그 말을 굴려 보곤 그럴 때마다 밀회나 하듯 가슴이 설레었다고도 했다. 항상 가슴 한편에 나라는 존재가 서 있어 그 죄악감 때문에 그런 결혼 생활을 배겨 낸 것일지도 모른다는 말 이외에는 지난 일에 대해서는 말이 없었으나, 그녀의 환경을 알고 있는 나는 그 한 마디만으로 그의 과거를 짐작할 수가 있었다. 그 이상한 명랑성과 만족한 빛은 절망에서 온 것이었던 것이다.

소생 하나 없고, 장남한 전실 자녀들은 계모 대접을 거부하고 있는 버림받은 아내인 영란은 또 그만큼 매인 곳이 없는 신분이기도 하여, 그런 것이 지금 와서는 오히려 다행이었다. 내가 앞서 서울로 올라가고 며칠 후에 그녀가 내 뒤를 좇아오기로 되어 있는데, 두 사람이 만나는 장소와 시일까지 이미 짜여져 있었던 것이다.

흐렸던 날이 개어 가는 모양으로 여기저기 푸른 바닥이 드러나기 시작한 하늘에 바람에 쫓기는 구름이 거세고 간간히 마른천둥이 울리기도 하였다. 간밤의 비바람에 떨어졌는지 언덕에 피어 있었던 찔레는 푸른 잎만이 무성해 보이고, 거센 하늘에 간간히 강렬한 해가 비껴 그럴 때마다 풀꽃들이 확 타오르듯, 시야에 들어왔다 간 다시 음산하게 그늘지곤 하였다. 그러면 엷게 화장을 하고 새하얗게 소복한 영란의 단아한 옆얼굴도 역시 그늘졌다 밝아졌다 하는 것이었다. 나는 그런 영란을 보며 어째선지는 몰라도 자기가 대학 공과를 나온 건축 기사이고, 학생 시절부터 남들에게 어지간히 촉망을 받아 본 일도 있었다는 것들이 상기되어 새삼스럽게 '나'가 고쳐 보여지는 것이었다. 그래도 학생 시절에는 제 나름으로 이상도 가져 보았던 '나'를 그녀의 앞에서 다시 느꼈던 것이다.

장자못이 눈 아래에 눕고 멀리 흰 물거품을 문 동해가 트였다. 우리는 느티나무 밑에 이르자 약속이나 한 것처럼 돌 옆에서 걸음을 멈추었다.

돌 옆에 서면 자연 장자못을 굽어보게 되는 것은 돌의 위치 때문이었지만 잠시나마 이별을 앞두고 말이 거두어졌던 우리는 어깨를 나란히 하여 그쪽으로 눈을 던졌다. 장자못에는 바람이 일으킨 잔물결 위에 바람에 쫓기는 구름과 얼굴을 내밀었다가는 이내 가리워지는 처창한 하늘이 어려 있었다. 못에 어리는 그림자가 그렇게 달라져 가곤 하는 중에, 꼭 하나 그것이 제일 무거운 것이었던지 바람도 쫓지 못하고 있는 먹구름이 가운데 뻗히고 있어, 그 뒤에 해가 숨은 모양으로 엄청난 그 구름 언저리가 금빛 선이나 두른 깃처럼 찬란하였다.

소나기가 올지도 모르겠다고 영란이 쪽으로 시선을 옮기려는데 먼곳에서 또 뇌성이 울렸다. 순간, 영란의 전신을 어떤 전율이 흘러내리는 것 같았다.

나는 저도 모르게 절박한 음성으로 그녀를 불렀다.

"영란이!"

"네?"

영란은 눈에 뜨이도록 몸을 오므리며 이쪽으로 얼굴을 돌렸다. 그러나 생각하면 그렇게 절박하게 그녀를 불러야 할 일이 없어 나는 싱겁게 몇 번이나 되풀이한 말을 다시 뇌었다.

"그럼 토요일날 하오 두 시에 XXX에서 응?"

영란은 말없이 고개만 끄덕여 보였다. 거기서부터는 모퉁이를 돌아야 했다. 날씨도 험상하니 그만 돌아가라는 나의 말에 그녀는 입술 만으로 웃으며 오히려 나의 길을 재촉하는 것이었다.

모퉁이를 돌아 얼마를 가면 길은 다시 되돌아 산골짜기 너머로 '돌'과 마주서게 된다. 영란은 내가 그 건너 길에 나타날 때까지 기다리려는 모양이었다.

한참 후 나는 땀에 젖으며 건너편 길에서 '돌'을 쳐다보고 있었다. 거기서부터 마을까지의 길은 발 아래 바다를 끼고 가게 되어 비 온 뒤의 바다 냄새가 짙었다. 바다에서 불어오는 바람에 달았던 몸을 식히며 나는 두 손으로 나팔을 지어 영란의 이름을 불렀다. 까마득하게 보이는 건너편에 소리가 들렸을 리는 없건만 그녀도 나를 보자 손을 흔들었다.

금시 한 줄기 할 것 같던 날씨는 어느새 개고 기울어져 가는 해를 역광으로 받아 이미 옆에 서 있는 '돌'과 진배없이 '실루엣'만 보이고 있었으나 나는 그녀가 그 자리를 떠날 때까지 머물 양으로, 길섶에 주저앉았다. 그러니까, 건너편의 '실루엣'이 하나가 되어 버리는 것이었다. 무슨 내기가 하듯 건너편에서도 영란이 돌에 기대 앉은 모양이었다.

그러나 그 순간, 나에겐 그런 영란의 태도가 귀엽다는 생각보다 무엇이라고 형용할 수 없는 상념이 자꾸만 머리를 드는 것이었다 — 왠지는 몰라도 그녀는 절대로 나에게로 오지는 않을 것이라는 상념이— 그것은 거의 확신이었다. 왜? 내 내부에서 무엇이 소리없이 허물어져 갔다. 이윽고 나는 달포 전에 이 길을 옥수암으로 걸어갈 때의 그 허막감이 되살아오는 것을 어찌할 수 없었다.

바람이 다시 일기 시작하여 발 밑에서 출렁이는 단조한 바다 소리가 높아져 갔다. 길섶의 풀이 유록색으로 보여 정신을 차리고 보니 둘레에는 황혼이 내리고 있었다.

나는 눈을 들어 건너편을 바라다보았다. 무수한 가지로 노을이 타는 하늘을 조각치고 있는 늙은 느티나무 밑에 어둠이 깃들기 시작하여 '돌'에 기대어 앉은 여인의 모습을 '돌' 속에 몰아넣기나 한 것처럼 이쪽에서 보는 눈에는 '돌'만이 호젓이 서 있는 것이었다.

나는 다시 일어서서 힘없이 걷기 시작하였다. 저도 모르는 사이에 언젠가 영란이 하던 말이 입에 떠올랐다.

'선도 악과 같이 벌을 받은 거군요.'

발부리에 돌이 자꾸만 채였다. 그러나 그것은 어둠이 짙어 온 탓만은 아니었던 것이다.

(1995. 9.)

월운(月暈)

그렇게 몸 달아 서두르던 고아원 인수의 전날 밤이었다. 거의 수삭이나 애쓴 끝에 이루어진 일이건만 홍 여사는 서류를 뒤적거리며 그리 신명이 나지 않았다. 어쩐지 남의 집에 앉아 있는 것 같아 마음이 편편치 않은 것이다.

날이 궂으려는지 하루살이가 램프에 성가시게 덤비곤, 이내 홍 여사가 벌여 놓고 있는 자질구레한 서류 위에 수두룩이 죽어 떨어지는 까닭인가. 그것뿐만도 아닌 성싶다. 다른 때 같으면 벌레가 날아들지 않게 문을 못 닫느냐고 금순이를 때려잡았을 것인데, 왠지 그렇게까지 해서 잔글씨를 더듬고 싶지가 않았다. 무엇이, 눈에는 보이지 않지만, 무엇이 집 안에 들어와 꽉 눌러앉아 있는 것 같아, 함부로 북새를 떠는 것이 저어되는 것이다.

홍 여사가 집에 돌아온 것은 어스름해서였었는데, 집안 꼬락서니를 그 따위로 해 놓고 금순이란 년의 도도한 태도란, 발칙하다기보다 차라리 어처구니가 없었다. 골목으로 꺾어들 때부터 섬찍해진 것은 달이 뜬 지도 한참인데 대문이 빼끔히 열려 있었기 때문이었지만, 한달음으로 골목을 빠져 집에 들어서 보니, 사람의 그림자는 보이지 않으나 어딘지 소란하다. 옥네네가 들어 있는 문간방 앞 툇마루에는 콩나물 바구니가 그냥 나자빠져 있고, 연탄 화로에서는 된장찌개가 마구 넘고 있었다. 댓돌에는 신짝들이 어수선하고.

암만해도 무슨 변이 난 모양이라고 걱정보다 어른의 분부를 어기는 소위가 괘씸하여

"금순아!"

하고 '호랑 할머니'의 별호 그대로의 소리를 질렀다. 그랬더니 그제서야 이것은 또 어울리지 않게 명랑한 소리로 길게 대답을 하며 뒤곁에서 금순이가 톡 튀어나왔다.

홍 여사는 금순이에게는 그것이 당장에 박살을 당하는 것보다 나을 것 없다고 늘 생각되어지는 그 넌짓한 눈흘김을 쓰윽 한 번 던지고 안방 미닫이를 득 열었다.

그야말로 죽으려고 날을 받았는지 방안 꼴 역시 말이 아니다. 윗목에는 나갈 때 그대로 청동화로가 삼발이를 꺼꾸로 틀어박은 채 둥그러져 있고, 삼층장 중간 서랍은 넝마 조각이며 노끈 같은 것을 너절하게 늘어뜨리며 열린 채 있다. 다음날 인수식 때 입을 양으로 모처럼 새로 지은 옷을 옥네네보고 다려 놓으라고 이르고 나갔는데, 그것도 구김살을 펴지 못한 채 그대로 걸려 있는 것이다.

언제 들어온 것인지 방 한가운데 지저분한 밥상이 뎅글 굴러 있는데 숟가락이 밥그릇에 꽂혀 있는 것을 보니 아직 식사가 끝나지는 않은 모양이다. 상발 밑에는 숭늉을 흘렸는지 미닫이에 붙여진 유리 조각으로 비쳐 들어오는 달빛을 받아 그 자리만이 반짝 밝다.

여덟 살 난 진표는 동창 미닫이 훤한 쪽으로 머리를 두고 밥상을 지다시피 한 자세로 웅크리고 앉아, 방바닥에 널브러진 종이조각에 어지간히 골몰하고 있어, 고모가 돌아온 것도 모르고 있는 것이다. 또 늦도록 딱지만 치고 놀았던 것이다.

홍 여사는 그만 한꺼번에 피로가 날아가 버렸다. 저도 모르는 사이에 어린 조카의 얇은 어깨를 움켜잡으려는데, 이런 때면 생쥐 구멍에 숨듯이 부엌에 박혀 있는 금순이가 방까지 따라 들어와서, 무슨 큰 치레나 하듯이

"뒷방 색시가 애기를 낳는대요."

하는 것이다.

홍 여사는 그래서 이 소동이었구나 하는 짐작이 가자 그만 울화가 왈칵 치밀었다.

그야 아무리 한 번도 생산을 한 일이 없기로서니, 해산을 한다는 것이 수월한 일이 아니라는 것쯤은 홍 여사도 모를 바 아니다. 다만 뒷방 색시 같은 주제에, 온통 주인집까지 뒤집어 놓는다는 것은, 좀 지나친 일이 아닐까 하는 것이다.

그렇다고 뒷방 색시가 할머니에게 척질 짓을 한 일은 한 번도 없다. 오히려 마루턱 대머리 복덕방 영감의 말대로, 기왕 세를 놓을 양이면 짐짓이라도 그런 자리를 구하고 싶을 만큼, 조촐한 살림이다. 남편이라는 사람은 무엇을 하는지 안 들어오는 날이 많았고 집에 있을 때에도 기침 소리 하나 내지 않았다. 시골 출장이 잦다고 색시는 묻지 않는 말을 하고 얼굴을 붉혔다.

스물 대여섯이나 될까, 이맛전과 눈썹이 고운 상냥스러운 얼굴이 웃으면 덧니가 들어나 귀염성스러웠다. 달마다 그믐께는 그 귀염성스러운 웃는 얼굴을 붉히며 방세를 가지고 오는 것이다.

그렇게 꼬박꼬박 세를 내고 들어 있는 이상 좀 더 떳떳이 굴어도 좋으련만, 죄 진 사람처럼 방에만 들어박혀 있었고, 말할 때에는 으레 얼굴을 붉히며 'Z'음이 몹시 귀에 거슬리는 '저어'를 연발하는 것이다. 방세를 들여 올 때만 해도 무슨 어려운 청이나 하듯이 머뭇거리다 돈을 치르곤 하였다.

그런 것들이 다 수상한 일이라고, 옥네네는 콧등에 주름을 잡았다.

문간방에 들어 있는 옥네네는 입과 손이 맞섰다. 귀에 걸면 귀걸이 코에 걸면 코걸이 어제 상두(喪輿)꾼 오늘 새신랑 초롱 밝힌다고, 엊그제 수의(壽衣) 짓던 손으로 오늘 삼을 갈랐다. 그렇게 뜨내기로 떠돌아다니는 까닭인지 동네 안 일에 환한 것이다. 풍도 섞이긴 했지만 안 땐 굴뚝에 연기 올린 일은 없었다. 설마 하고 들은 말도 알고 보면 전혀 터무니없는 소리는 아니었다.

그런 옥네네가 하는 소리인 것이다.

이사 온 지 일곱 달이 넘었는데, 어리친 강아지 새끼 하나 찾아온 것을 보았느냐는 것이다. 숨어 사는 사람이 아니고선 그럴 수가 있겠느냐는 것이다. 시골 출장이 잦다고 묻지 않는 말을 한 것도 제 발이 저려서 그런 것이지, 돈암동께에 있는 시골인지 누구 알까 보냐고 찡긋거렸다. 하지만 남의 작은집치곤 지나치게 얌전하고 공손하다고, 덧붙이로 말하기도 하는 것이었다.

그러나 홍 여사가 뒷방 색시를 못마땅해 하는 것은 옥네네의 말을 들은 까닭도 있겠지만, 언젠가 그런 일이 있었던 후부터인 것 같다.

색시네가 옮겨온 지 달포쯤 되었을 무렵인가 보다.

헛간에 볼일이 있어 뒤채에 갔다 오는 길에 색시방을 지나치려는데, 방 앞에 놓인 연탄 화로 위의 양솥이 사뭇 기관차 소리를 내고 있었다. 뚜껑을 열어 보니 언제부터 올려놓은 것인지 솥바닥이 지글지글 타고 있다. 아무리 두 식구 끓여 먹는 솥이라 해도 물 한 솥 끓다 졸려면 한참을 걸려야 하는데 방에 있고서야 그렇도록 내다보지 않을 리 없을 것이라고 우선 솥을 내려놓고

"있수?"

하고 소리를 쳤다. 대답이 없었다. 요즘 세상에 방을 채우지 않고 방을 비웠나 하고 사르르 방문을 열어 보았다.

순간 홍 여사는 질겁을 하고 매무새를 고치는 색시보다 더 당황하여, 메어붙이듯이 미닫이를 닫고 방 앞을 떨어졌다. 아직 퇴근시간도 되지 않은 대낮에 '신랑'이 방에 와 있을 줄이야 참말 몰랐다. 무안은 오히려 이쪽이 더 당한 것 같았다. 가슴이 두근거리고 어찔어찔해지는 것이다.

홍 여사는 안방으로 뛰어 들어가 벽에 기대 앉아 눈을 감았다.

캄캄한 시야 안에서 알쏭달쏭한 동그라미가 뱅뱅 돌았다. 그러다가 감은 눈 속이 화안해 오는 것이었다. 가지가 휘도록 몰켜서 활짝 핀 벚꽃이었다. 봉오리 하나 남기지 않고 그 여린 꽃잎 하나 흐트리지 않는 무슨 절정(絶頂)을 연상시키는 꽃모습이었다. 코에 오는 향기가 숨가빴다. 벌이 윙윙거리며 들락날락하면 꽃들은 오들오들 떨다가 견디다 못하듯이 노오란 꽃가구를 호르르 날리는 것이었다.

쳐다보고 있는 동안에 홍 여사는 가슴이 두근거리고 어찔어찔해졌던 것이다. 어느 무르익은 봄날의 일이었다.

바로 그 때 느꼈던 현기 같다고 홍 여사는 생각하는 것이다. 엉뚱한 연상일는지 모르겠다. 그러나 어딘지 불안스럽고 비밀스러운데, 공통된 인상이 있었다.

홍 여사는 그 때부터 그렇게 왈칵 몰켜 핀 꽃이 징그러워졌고, 또 그만큼 색시가 잡스럽게 생각되는 것이었다. 이십 안 청상과부로 고스란히 수절해 온 결벽에서인지 혹은 동물이나 식물이나 생식 행위라는 것은, 산다는 것과 마찬가지로 무언지 죄 같은 것을 풍기는 까닭인지 알 수 없으나, 하여튼 홍 여사는 색시에 대해선 그만 생각이 전도되는 것이다. 색시보다 먼저 뒷방에 목공소 직공을 넣었다가 진저리를 낸 일은 까막 잊어버리고 있었다. 개구쟁이 선머슴이 넷이나 되는데 일거리가 시원치 않다고 반 년 이상이나 세를 못 내고 있어 방을 비게 하는 데 진땀을 빼었건만, 좀처럼 바랄 수 없는 입에 맞는 떡이라고도 할 수 있는 색시한테 방을 빌려 주는 것이 그렇게 유세스러운 것이다.

그러기에 좀 전에 산실(産室)에 들어가 본 것만 해도, 무엇 우러나는 정이 있어서 그랬던 것은 아니었다. 빤히 아는 일이기에 숨을 모으는 것 같은 신음 소리도 그리 겁날 것은 없었다. 젊은 것이 더구나 그 처지에, 그렇게 퍼더버리고 안간힘을 하는 것이 오히려 밸이 꼴려, 지루한 시간도 끌 겸 옛날에 아무개는 보리방아 찧다가 부리나케 방으로 들어가더니, 이내 애기 우는 소리가 나더라고, 남에게 들은 말을 본 것처럼 할 양이었었는데 방에 들어서자 말문이 막혔다.

산실에는 서너 군데서나 양초가 타고 있었다. 식사 때 외에는 책상으로 쓰여지는 모양인 소반 위와, 젊은 산모의 머리맡과 발치께에. 후덥지근하고 습습한 방 공기 까닭인지, 바람도 없는데 촛불들은 찌찌거리며 꺼질 듯이 불꽃을 오므려뜨렸다간, 다시 벌렁벌렁 살아 일어나곤 하여, 그럴 때마다 서로가 던지는 그림자가 천장, 벽 할 것 없이 얽히며 어른거리는 것이었다.

방문을 열던 순간부터 무엇인지 신경에 와 닿는 것이 있었던 것은, 그렇게 흔들리는 불빛 아래 역시 흔들거리는 여러 개의 그림자를 지고 있는 색시와 옥네네의 모습이 퍽이나 기이하게 보였던 까닭인가. 아주 상스럽지 않고 어슬픈 방 공기인 것이다.

홍 여사가 들어가도 색시는 숫제 본 척도 안 했고, 옥네네 역시 약간 벽켠으로 물러가 앉을 자리를 내어주었을 뿐, 대접이 시시풍덩하였다. 그리곤 한다는 말이

"선상님 옷 참 못 대렸사와요. 글쎄 점심 전에 이슬이 뵀다 해서……."

금순이란 년과 꼭 같은 태도다. 홍 여사 같은 것은 안중에 없다는 얼굴인 것이다. 이런 일은 일찍이 없었다. 여사는 들어오자마자 그렇게 의기가 꺾이고 보니, 남 따라 모르는 집에 간 것처럼 어색해지는 것이었다.

하여간 서 있을 수도 없고 들어온 이상 바로 나갈 수도 없어 거북스럽게 앉아 보았다.

색시는 눈을 감은 채 앓는 소리를 하며 개킨 이불 위에 엎드려 있었다. 잠이 들었나 하면 갑자기 무엇에 찔린 것처럼 소스라쳐 몸을 비꼰다.

뽀오얀 손이 갈고쟁이 같은 옥네네 손에 얽혔는데, 그럴 적마다 손마다에서 가는 뼈 꺾이는 소리가 나는 것이었다. 그래도 옥네네는 눈살 하나 찌푸리지 않았다. 아프기도 하련만 손을 맡긴 채, 그리 '헛심' 주면 안 된다고 타이르기만 한다. '이슬'이니 '헛심'이니 하는 것이 무엇인지 여사는 모른다. 다만 흔들리는 불빛 아래 상금 끔찍한 일이 진행되고 있다는 인상만이 지친 머리속에서 자꾸만 커가는 것이었다.

"여북해야 아이 아범 신발 갖다 버리랄까. 하늘이 돈짝만 해 뵌다지 않우. 허지만 뉘나 다 겪는 일이니깐."

하며 옥네네는 색시의 등을 쓸었다. 웬 아이 일곱을 낳고 삼할머니로 불려 다닌 지 십여 년의 경험이 시키는 침착한 말투였다.

그러나 색시에게는 그런 말이 들리는 것 같아 보이지 않았다. 모로치떴다간, 다시 꽉 감고 하는 눈도 그렇게 뚫려만 있었지, 무엇이 어려질 것 같지 않는 것이다. 언제나 상냥스럽던 얼굴도 확 달아올랐다간 이내 핼쓱해져서 아주 딴사람이었다. 색시는 거의 제정신이 아닌 것 같았다. 수줍음도 외면치레도 없었다.

마구 식은땀을 흘리는 까닭인지 산모의 체취가 사뭇 짙었다.

여사는 가슴이 답답해 왔다. 한구석에 이불이며 옷 그릇 같은 것을 쌓아 올린 간반 방은, 요 깐 자리를 빼놓고는 몇 사람 앉기가 협착도 하였으나, 방이 좁은 탓만도 아닌 것 같다.

그것보다도 그렇게 신음하고 있는 색시를 지켜보고 있으려니깐 딱하다기보다 왠지 등골이 오싹해지는 것이다. 더구나 빰이 달아오를 때에는 더욱 빛을 잃어 보이는 입술이 몸을 뒤채어 꼴 적마다 말려 올라가, 단단해 보이는 쪽 고른 이가 드러나면, 거기 그렇게 신음하고 있는 것이 한 젊은 여인같이 보이지가 않는 것이다. 무슨 성숙된 암짐승과 같다고나 할까. 양이라든가 여우라든가 하는 그런 구상적인 짐승이 아니고 그저 짐승이란 명칭으로 총괄되는 산 것 그런 느낌을 주는 것이다.

그러나 그것은 홍 여사가 문란한 것을 볼 적마다 흔히 입에 올리는 '금수 같은 것'이란 말이 의미하는, 그런 동물과도 다른 것이었다.

당황한 인상이었다. 거기엔 잡스러움이 하나도 없었다. 오히려 살벌하리만큼 긴장되고 무슨 제전(祭典)을 연상시키는 외포(畏怖)가, 진통이라든가 분만(分娩)이라는, 동물적 공포 위에 서려 있는 것이었다.

흔들리는 불빛 아래 흔들리는 여러 개의 그림자를 지고 뼈마디가 꺾이도록 산모에게 손을 잡힌 채 앉아 있는 옥네네의 모습이 진지하고 위엄스러웠다. 마치 그가 지키고 있는 것은 색시가 아니고, 보다 소중한 무엇이나 되는 것처럼. 홍 여사는 그만 일어서서 밖으로 나와 버렸던 것이다.

홍 여사는 돋보기를 벗고 서류 위를 덮은 하루살이의 주검을 턴 후 불을 껐다. 열 시는 넘었을까, 약간 이지러진 달이 제법 높이 떴는데 달무리가 넓게 자리를 잡았다. 밝은 달이었으나 물기를 먹어선지 고운 은가루를 뿜어나 놓은 것처럼 자욱한 달빛이다. 우물 뒤에 서 있는 대추나무가 온통 구슬을 꿰어 단 것 같고 그 옆에서는 하루살이 기둥이 돌고 있었다. 성가시게 불에 덤비던 하루살이는 거기서 날아온 모양으로 꺼진 램프 둘레에서 맴돌던 것들이 다시 되돌아가는지, 기둥은 점점 더 굵어져 갔다.

조금 전까지도 앞집 높은 지붕의 그림자가 위협이나 하듯 낡은 행랑채 지붕을 덮고 있었는데, 달이 높아질수록 물러나가 먼 개짖는 소리까지 무엇을 회상시키는 밤이었다.

언제 나왔는지, 옥네네가 걸쌍스럽게 금순이를 불렀다. 호되게 야단을 맞고 볼에 밤을 물은 채 부엌에서 부스럭거리고 있던 금순이는 대답이 없었으나, 옥네네는 거푸 나중에 허둥대지 않게 자배기에 물을 좀 퍼 놓라고, 소리를 지른다. 자기 집 부리는 것이나 되는 것처럼 마구 도도한 호령이었다.

금순이는 이내 뛰어나온 모양이다. 두레박 소리가 들리더니, 출렁출렁 물소리가 났다.

옥네네는 달을 쳐다보았다. 그리고는 입속에서 중얼거렸다.

“첫 애기니깐.”

그래서 어렵고 더디다는 말인지, 머리를 저어보이고 뒤꼍으로 되돌아갔다.

뒷방에서는 또 색시의 신음 소리가 높아져 갔다.

물것이 덤비는지 닭장에서 닭이 푸드덕거렸다. 도로 부엌으로 들어가 박혔는지 우물가에는 금순이가 보이지 않고, 다만 방금 자배기에 길어 부은 물 위에, 달무리를 두른 달이 떠 있다.

홍 여사는 점점 마음이 이상해져 가는 것을 어찌할 수 없었다.

무얼 믿고 그러는지 옥네네가 금순이란 년의 태도가 우습지도 않고, 밤낮 죽어지내던 색시가 아주 자기를 싹 무시해 버린 까닭인가, 아침부터 지치도록 돌아다닌 까닭인가.

그것보다도 홍 여사는 아까부터 앞집 지붕 그림자가 물러 나간 후, 흰 헝겊 조각이나 걸친 것같이 희뿌옇게 달빛을 받고 있는 행랑채 지붕에 자주 눈이 가지고, 그것이 자꾸만 어떤 연상을 부르는가 하면, 자배기에 퍼 놓은 물 위에 떠 있는 달무리가 억지로 그를 지난날로 끌고 돌아가려는 것 같아 견딜 수 없는 것이었다.

— 망인(亡人)의 옷을 지붕 위에 올리고 초혼(招魂)하는 광경이었다. 사초롱이 어른거린다. 거적 깔고 짚베개에 엎드린 머리의 석류잠을, 누구인지가 빼어 주었다. 다시는 꽂지 못할 석류잠이었다.

열아홉, 아홉수가 나쁘다고 꺼리던 것이 진담이 되어, 그렇게 첫머리를 남편상에서부터 풀었던 것이다.

묵어 내려온 반명가의 법이 무서워, 다홍 치맛자락이 그제껏 조심스럽게 젊은 아내는, 작은사랑에서 숨을 몰고 있다는 남편을 간호할 길이 없어, 그저 안채에서 그의 임종을 벌써 열흘이 넘도록 기다리고 있을 뿐이었다.

아내보다 한 살 아래인, 열여덟 나는 어린 남편은 성례 후 반년이 못 가서 부족[肺病]에 걸려 삼 년째 내려오는 단방(斷房)이었다. 병세가 부쩍 더해졌다는 소리에, 교전비(轎前婢)로 데리고 온 유모가 그렇게 서둘러 주지 않았던들, 새신랑의 키가 그렇게 늘씬하고, 갸름한 얼굴이 밀랍같이 맑고 희어, 오싹해지도록 아름다웠던 것을 모를 뻔 했다.

엄격한 시아버지가 종중 제사에 참사하러 간 틈을 타서, 도둑질이나 하듯이 만나 본 남편이었다. 삼년 전의 아이 티가 가시고, 코

밑에는 엷게 수염까지 자리를 잡았다. 가슴이 떨렸다. 스스럽고 부끄러웠으나 벅차오르는 것 쪽이 더욱 컸다.

아내는 떨리는 손을 가만히 앓는 남편의 이마에 가지고 갔다. 타는 듯한 열이었다. 지그시 눌렀다. 그러니깐 이번에는 남편이 가슴 위에 얹었었던, 역시 타는 듯한 야윈 손을 올려 아내의 손 위에 놓고 수척한 몸의 어디서 나오나 의심되리만큼 센 힘으로 지그시 덮어 누르는 것이었다. 아내의 손자국을 이마 위에 새기기라도 하려는 듯이. 아내의 손은 끓는 이마와 손 사이에서 이내 화끈 달아올랐다. 이윽고 뜨거운 것이 전신을 굽이쳐 흐르는 것이었다.

그날 저녁부터 아내는 밤이면 정안수를 떠놓고 빌었다. 정밤중 우물가에 떠놓은 정안수 대접 속에서 달이 차 갔다가 다시 이지러졌다.

정안수는 어느 초여름 달무리 지는 밤에, 달무리 하는 달을 어리곤 거두어져 버렸다. 어린 남편의 죽음과 동시에 거두어져 버린 정안수는, 남편의 죽음을 기다렸던 것 같기도 하였다.

이리하여 홍 여사는 과부로서 긴 생애를 지내지 않으면 안 되었던 것이다. 그리고 사십 년이 가까운 오늘날까지 여사는 남자의 살을 몰랐다.

날이 쌓여 해가 감에 따라 지난날 밤에 그 타는 듯한 이마와 손의 뜨거운 촉감도 식어 가고, 어쩌다 '남편'이란 말이 머리를 스칠 때에도 그 말이 밀랍같이 희고 맑은 아름다운 얼굴을 가진 열여덟의 소년과 연결되지가 않는 것이었다.

남편의 이름은 '박우양'이라고 불렸었으나, 정부 불견 이부(貞婦不見二夫)의 부도가 어엿한 이상, 여사에게는 '박우양'이건 '남우양'이건 매한가지인 것이었다.

그저 아름다운 소년이라고만 기억할 뿐이지, 외삼촌을 그대로 빼어 썼다고들 하는 생질을 보아도 되살아오는 감개가 없는 것을 보면, 남편의 인상(人相)조차 또렷이 붙들지 못했던 것 같아 쓴웃음이 일었다.

여주에 있는 남편의 무덤에 언제고 여사는 합분(合墳)되기로 되어 있으나, 짜장 귀신이 있다면 어린 소년인 남편과 파뿌리 흰 머리의 노파 아내는, 서로 몹시 놀라고 당황할 것이 아닐까. 참으로 어이없게 그런 남편과 더불어 홍 여사의 인생도 묻혀져 버렸던 것이다.

그러나 육십이 되는 오늘까지, 홍 여사는 한 번도 그런 일에 생각을 뻗어 본 일이 없었다. 애꾸눈이 없어진 눈 성화하지 않듯이 과부라는 뜨세로 오히려 걸쌍스럽게 살아왔다.

뜻하는 일에는 그대로 덤벼 갔다. 남편의 삼년상을 치른 후 친정으로 돌아간 것도, 계집 버리는 곳이라고 남들이 꺼려하던 학교에 들어갈 속심에서였다.

몸을 던지다시피 하여 공부한 끝이 ×× 여학교 가사 선생이었고, 그대로 쭉 내리 이십 년을 근속하여 돈푼이나 좋이 모았다는 소문이었으나, 흰 옥양목 적삼이 아니면 치마와 같은 회색 세루 저고리에 검은 세루 치마를 두르고, 부리는 사람들 먹는 것까지 살필 만큼 규모를 부렸다.

젊은 사람이 좋아서 중매하는 것이 낙이라고 떠드는데, 왠지 제자들이 중매를 부탁하는 일이 없었고, 얌전하고 온순한 양자 내외가 배기다 못해, 맨몸으로 나간 것은 벌써 사변 전의 일이었다.

사변통에 고아가 된 친정 조카 진표를 데려다가 기른 후부터는 두 마디째에는

"저것을 사람 맨들어 놓기 전에는!"

하는 시름이었으나, 진표는 고모 앞에만 나서면 저절로 가는 목

이 어깨 속으로 파묻혀 들어가는 것이었다.

어느 관상쟁이가 한 말대로 팔자는 세었으나 남 위에 설 상이었는지, 누르는 힘이 있었다.

반장을 맡아 보게 된 것은 학교를 그만둔 후부터인데 기껏해야 남의 심부름하는 것밖에 되지 않는 일도, 홍 여사가 맡아하면서부터는 무슨 벼슬자리나 되는 것처럼 위엄을 가졌다.

일정 시대 때 소위 애국 반장으로, 조선 신궁 돌층계를 세우 오르내리던 정성이 해방 후에는 고스란히 예수교로 모여, 지금 와서는 홍 집사님으로 통하고 있었다.

이번에 인수받게 된 고아원도, 교회 덕으로 된 일이기는 하지만 무던히 애를 먹었었다. 그 나이까지 살아오는 동안 크고 작은 기다림도 숱하게 많았으나 이번에는 일이 좀 큰 데다가 여러 가지 장해도 있었던 것이라 도장이 턱 찍힐 때까지는 마음이 놓이지 않았다. 잠이 올 것 같지도 않아 색시의 산고는 오히려 시간을 끄는 데 십상일 것이라고 은근히 마음먹은 것인데 생각이 그렇게 미끄러져 갈 줄은 몰랐다.

그날 밤같이 달무리하는 초여름 밤인데다가, 소리 없이 술렁거리는 불안 속에 그날 밤같이 신음 소리만이 판을 치는 까닭인가? 아니면 목숨이란, 날 때나 죽을 때나, 사람 자신의 일이면서 사람을 넘은 사람이 추측할 수조차 없는 신비 그것인가.

홍 여사는 저도 모르게 고개를 흔들었다. 벽에 걸린 낡은 시계가 졸린 소리로 열하나를 쳤다.

머리 위보다 약간 서쪽으로 기울어진 달의 윤곽이 아까보다 좀 번져 보였다. 자배기 물 위에는 여전히 달무리가 어려 있었으나, 하루살이 기둥은 보이지 않았다.

비 오기 전이면 흔히 그렇게 서는 하루살이 기둥 이야기를, 아직

학교에 다닐 때 익살꾼 박물 선생한테 들은 것 같다. 하루살이는 사실 하루를 못 산다는 이야기— 공중에서 그렇게 기둥을 이루어 몰려 날으며 교미하고, 땅에 떨어져 이내 수컷은 죽고, 암컷도 산란(産卵)한 후, 역시 즉시 죽는다는 이야기— 그런 이야기들이 상기되는 것이었다.

그러면 아까까지 공중에서 광란하듯 맴돌던 하루살이들은, 그 새 할 일을 다하고 죽어 버린 것인가. 생각하면 성가시게 불에 덤비다 타 죽은 것이나, 기둥을 이루며 할 일을 다 하고 죽은 것이나, 불과 한 시간의 차도 없이 다 같이 죽음에 빠져 버린 폭이었다. 그러나 이 벌레의 종족에 있어서는 이 두 가지의 죽음 사이에는 엄청난 차이가 있는 것이 아니겠는가. 옛날에 들었던 그런 말들이 실감을 가지고 여사의 머리에 되살아오는 것이었다.

홍 여사는 오늘 저녁의 옥네네나 금순이의 태도가 어렴풋이나마 이해되는 것 같았다. 그들은 '생명'에 참례하고 있었던 것이 아니었던가. 그러기에 그렇게 도도하고 떳떳해진 것이 아닐까.

홍 여사는 채찍질이나 받은 것처럼 일어섰다. 색시가 남의 작은 집일지 모른다든가, 해산을 한다는데 애기 아버지 되는 사람이 들어오지 않는다든가, 하는 일은 이미 아무것도 아니었다. 도덕이라든가, 질서라든가 하는 것보다 더 절실한 순간이었다. 아까 느끼던 짐승, 말하자면 짐승의 위치에까지 내려간 자연의 생명으로 돌아가서 이루어야 할, 가장 진실한 과제(課題)가 앞에 놓여 있는 것이다.

홍 여사는 청 아래로 내려섰다. 바로 그 때였다. 뒤채에서 찢어지는 듯한 비명이 울려 나오더니, 이어서 약하디 약한 짐승 같은 울음소리가 들려왔다.

순간, 홍 여사는 아직도 달무리가 떠 있는 자배기 물이 정안수나 되는 것처럼, 마음속으로 그 앞에서 손을 모았다.

공연히 뜨거운 것이 앞을 흐리는 것 같은 심정에, 여지껏 기다리고 있었던 것이— 기다리는 동안에 지나가 버렸던 것이, 이런 것이 아니었던가 하는 상념이 스치는 것이었다.

갑자기 피로가 엄습해 왔다. 그것은 아침부터 뛰어다닌 끝의 피로라기보다 여지껏 겪어 온 인생의 피로였을는지도 몰랐다.

(1955. 6. 6.)

천사

어쩌다가 문득 하나의 관념(觀念), 하나의 현상(現象), 몇 마디의 말 같은 것 앞에 머물게 될 때가 있다. 오랜 시일일 두고 눈에 익고 귀에 젖어 아주 몸에 배어 버렸다고 생각되었던 것이, 갑자기 처음 보는 것 같은 새로운 느낌으로 다가서는 것이다.

바로 며칠 전 일이다. 보통 학교 때부터 "임마야!" 하면 "점마아!" 하고 어울렸던 대나무집 영덕이를 읍내 가는 길에서 만났다. 읍내에 나간다면서 검정 무명 두루마기에 새하얗게 동정을 갈아 달아 입고 있었다. 그리 낡지 않은 모자를 내리눌러 써서 그런지 턱이 이상하게 길어 보였다. 동행을 얻어 반가웠던 모양으로 두루마기 괴구멍에 꽂았던 손을 빼며 씨익 웃었다. 나는 잠시 동안 어리벙하고 그의 얼굴을 고쳐 보고 있었다. 참말이지 영덕이가 그렇게 잇몸을 드러내고 웃는다는 것을 처음 알았던 것이다. 희끗희끗한 수염에 덮인 윗입술이 말려 올라가 침에 잔뜩 젖은 다혈질(多血質)의 잇몸이 그대로 드러난 몰골은 사람이 좋아 보인다기보다 차라리 딱한 생각이 들었다. 그런 딱한 생각을 영덕이한테서 느낀 것은 처음이 아니다. 영덕이라면 으레 딱하다는 생각이 이어 왔다. 무엇 때문인지 그저 막연히 그렇게 생각해 왔는데, 그제서야 빼드러진 이틀과 드러나는 잇몸에서 오는 인상인 것을 알았던 것이다. 죽마고우랄까 그런 사이다. 그가 웃는 것을 처음 보는 것도 아닌데 어떡해서 그제서야 비로소 깨닫게 되었단 말인가. 우스운 일이지만 머리에 문득 솟은 것이, 꼭 있어야 할 불가결의 요소가 결여되었던 것이 그 순간에야 갖추어진 것이라는 엉뚱한 생각이었다. 즉 나의 경우, 영덕이의 얼굴을 생긴 그대로 보려면 꼭 그렇게 검정 두루마기에 달린 새하얀 동정이 있어야만 했고, 그렇게 모자를 눌러 써서 턱이 이상하게 길어 보여야만 되었던 것이다.

버스가 읍내에 이를 때까지 나는 몇 번이고 사람 하나를 격한 자리에서 졸고 앉아 있는 벗을 곁눈으로 훔쳐보고는, 그럴 법도 있을 일이라고 마음으로 고개를 끄덕였다. 하나의 인상(印象)이 성숙(成熟)하는 데 걸리는 시간과 조건— 그런 상념이 얼핏 스쳤던 것이다.

하긴 이런 일도 있기는 하였다. '아까보— 아까보…….' 하고 외치는 소리가 요란했을 때니깐 그럭저럭 십 년 전 일인가 보다. 당시 고모가 살고 있던 마산을 들러서, 서울로 올라가던 기차 안이었다.

무척 달이 밝은 밤이었다. 삼랑진서 해질 무렵 부산을 떠난 차에 올랐는데, 타고 내리고 하는 수선 속에서 자리가 잡힐 때까지 통로에서 있는 동안, 모로 보이는 동쪽 좌석에 앉아 있는 여인에게 문득 시선이 갔었다. 반사적으로 무언지 가슴에 온 것이 있었던 것은, 만삭이 가까운 몸을 한 그 여인이 겨우 스물을 나올까말까 한 어린 모습을 가졌던 까닭이었는지— 차 안의 흐린 전등과 창으로 밀려들어오는 달빛을 반반씩 받아, 음양이 짙은 얼굴이 인상적이었다. 반쯤 열린 입모습이 어머니가 되기에는 너무 어렸다. 핼쓱한 얼굴에 눈을 내리깐 것은 유착한 몸에 먼 길이 겨워서인 듯한데, 그러고 있는 자태는 괴로워 보인다기보다 오히려 그런 방심(放心) 속에서, 자기 내부의 것을 소중히 지키고 있는 것 같은 느낌을 주는 것이었다. 앞섶이 벌어지도록 부른 배 위에 얹혀져 있어서 그런지 새하얀 손가락이 애처롭게 가늘었다. 무언지 슬펐다. 슬픔이 서려 아름다웠다. 앉은 모습이 너무나 잔잔하여, 그녀가 앉아 있는 곳이 붐비는 차 안이라는 것이 기이하였다. 허지만 더 난잡한 곳이면 어떻단 말인가. 어느 곳에 놓여진다 하더라도 그녀는 그저 그런 자세로 자기 내부에 배태(胚胎)하고 있는 것들— 새로운 생명과 죽음— 그 두 가지를 지키고 있었을 것이 아닌가.

불과 삼 분에 미치지 않는 시간이었다. 그러면서 그 뒤숭숭한 광선과 분위기 속에서 어린 임부(妊婦)의 아래턱에 찍혀 있는 조그만 검은 점까지 놓치지 않았던 것은 무슨 까닭이었던지 모르겠다. 그럭저럭 자리를 잡은 후에도 한참은 생각이 그녀에서부터 떠나지를 않는 것이었다. 입었던 옷이 무엇이었던가는 기억에 없었건만 어쩐지 흰옷이어야만 될 것 같았다.

삼십여 년을 같이 지내 내려온 샛동무의 얼굴을 새삼 고쳐 보다시피 한다는 것은 헐어하는 말이 아니라도 무척 데면하다고 할 수 있는데, 그 주제에 그 혼잡 속에서 지나는 결에 스쳐본 남모르는 여인의 모습을 이렇게도 세세히 기억하고 있는 것은 웬 까닭인가. 흔히 있는 일처럼 보는 사람의 주관이 추후에 채색(彩色)한 환상이었었는지, 아니면 영덕이의 경우같이 서서히 익혀 가야 할 성질의 것이 아니고, 익은 그대로를 드러낸 모습이었었던 까닭인지 모를 일이다.

하기야 모든 열매가 같은 시간에, 다 같이 익어야만 된다는 법은 없는 것이 아닌가!

얼마 전까지만 해도 나는 '송 선생(宋先生)'이었다. 교편을 잡은 일이 있는 것도 아니고 선생 존칭을 받을 만한 인격이나 학식을 갖춘 바도 아니지만 왠지 남들이 '송 선상'이라고 불렀고, 내 자신도 '영덕이'가 '영덕이'라고 불려 대답을 하듯이 '송 선상'이라면 아무런 부자연한 느낌 없이 그대로 나를 이름하는 것이라고 듣고 지나쳤다.

그렇게 익혀 내려오던 '선생'이란 말 앞에서 언제부터선가 주춤거리게 된 것이다. 서산머리에 해가 지고 갈가마귀까지 집을 찾는 황혼이 되면 누구나 무엇인가가 끝나 버렸다는 아쉬움과 안도 같은 것을 안게 되는데, 어째서 하필 일몰(日沒)이 '낮'의 끝만을 뜻할 것인가. 그것은 '낮'의 끝일 뿐더러 동시에 '밤'의 시초도 될 것이다.

같은 이치로 인생도 시시각각 속에 '끝'과 '비롯'을 동시에 내포하고 있는 것이 아닐까.

"송 선상도 인자아는 좀 바람을 잡았나 보재?"

동내 사람들의 입초 시에 이런 말이 오르내리고부터도 칠팔 년은 좋이 지났나 보다. 내던지고 돌아다녔던 아내가 버스 정류장 옆에서 잡화 나부랭이를 벌여 놓고 풍족하지는 못하나마 억척스럽게 살림을 꾸려 나가고 있었고, 그러는 동안에 일곱 살 다섯 살 세 살 갓난이— 이렇게 너절하게 아이들이 생겼다. 성가스레 '송 선생'을 들먹거리고 오던 형사들이 보이지 않아 평온했다. 또 예술이니 문학이니 하는 따위 때문에 신경질을 부리지 않게 되니, 집사람들의 조심이 덜려져서 무사했다. 집에 들어가면 돼지우리 같다고 후다탕거리던 것이, 벌건 묵은 오줌이 끔찍스레 찬 요강을 뚜껑도 않고 윗목에 놓은 채 숟갈을 들었다. 일곱 살 난 놈이 감나무에 올라가다가 나뭇가지에 걸려 한 눈을 굿혔을 때도 아이 어미가 소리를 질러 울면서 먹피가 흐르는 아이의 빰을 때리는 것을 보고 배우지 못한 년이라 할 수 없다고 나무랐지만, 털어 말하여 애비에게는 그만치 난폭해지도록 기찬 사랑이 없었던 것이 아니었던가. 하여튼 모든 것에 그렇게 희망을 잃은 정신이 육체까지도 헤어날 수 없는 절망 속에 끌어들여, 거기서 간신히 나는 이완(弛緩)된 안정을 지니고 있었던 것이다. 절망에 익어 버린다는 것은 절망 자체보다도 무서운 일이건만. 내 것 네 것을 가리는 타산에서가 아니라 가게는 아내가 하는 것이지 내가 알 바가 아니었고, 어쩌다 아내가 없는 동안 손님이 와서 사람을 찾을 때도 마지못해 일어서서 나가기는 하는 것이지만, 아내 대신 물건을 판다는 것보다 떠드는 소리가 듣기 싫은 심정이 더 커서였었을 것이다. 그런 마음이고 보니 흥정에 에누리나 실랑이가 있을 리 없어, 남들이 '송 선상'은 점잖다고들 하는 모양이었다.

마을에서 무슨 모임이 있으면 꼭 참석하는 것이 버릇이 되었는데, 해방 후부터는 그런 자리에서 제법 열변을 토하는 청년들이 늘어, 가끔 충돌이 생기곤 하였다. 어째선지 그럴 때면 양편에서 나를 찾아 서로의 사정과 주장을 호소하는 것인데 그런 일에 개입하기에는 너무나 내 정신이 탄력(彈力)을 잃고 있는 것이다. 그러면서도 그런 일을 내가 알까 보냐고 잘라 말하지 않고 그저 되는 대로 두라고 무슨 암시나 하듯 얼버무리는 것은, 무슨 일을 안 된다고 단념할 만한 정열조차 없어서 그러는 것인지, 그래도 자기를 가식하려는 교활심이 그런 어정쩡한 태도를 취하게 하는 것인지는 나 자신도 알 수 없지만 하여튼 원만하다는 평을 듣는 것이다. 어떤 때는 여럿이들 모인 좌석에서 정신이 흐리텅해질 때가 있어 그럴 때면 내 눈이 능동적인 시력을 가지는 것이 아니고, 무슨 거울이나처럼 거기서 왁자거리고 있는 사람들을 수동으로 어리는 것인데, 우연히도 그럴 때 무슨 말썽이 있었던 모양으로 거기에

끼지 않았다 하여

"나락 이삭도 익으면 고개를 숙이잖나베."

이런 터무니없는 찬사를 들었다.

이렇게 따지고 나가 보니 존어를 거푸 포개서 비칭(卑稱)으로 쓰는 일어(日語)의 '기사마[貴樣]'란 말이 생각나 우습다. '선생'이란 말 앞에 마주 서고 보니 나의 경우 그것이 존칭이라는 것이 수긍되지 않기 때문이다.

그러고 보면 '송 선생'이라는 칭호는 허세(虛勢)라든가 철저한 치행(痴行) 같은 것이 진정한 영혼의 위대함과 동렬(同列)로 보일 때가 있듯이, 나의 철저한 무능과 무기력을 그들이 착각한 데서 온 것 같기도 하다. 이를테면 폐제(廢帝)의 훈장이라고나 할까, 서글프고 무내용한 것일 것이다. 지금 저렇게 썩고 있지만 한 때사 좀이나 쩡쩡했었던가. 두멧사람치고 대학에까지 간다는 것을 도방 사람 공부하는 것과 한가지로 볼 일인가. 천재가 아니고야 어림없는 일이지. 신문잡지에도 이름이 자주 났었겠다. 민족 운동을 하다가 잡혀 갔을 때 일은 세상이 와르르 하던 대사건이기도 하였다. 마음이 그렇다면 그만한 공을 세웠겠다. 감투도 꽤 묵직이 쓸 뻔한데 위인이 통 허욕이라는 게 없거든. 이러는 것이다. 말하자면 나의 삶의 여백(餘白)— 즉 '했더라면' 하는 가능성(可能性)— 그런 것에 대한 과대망상인 것이다. 그들에게는 불우의 천재라는 것이 현재의 나의 위치였고 그런 선입관 때문에 나의 무위(無爲)가 오히려 무슨 절조(絶操)로 보이는 것이다.

나로 말하자면 의식해서 그런 것은 아니지만 얼마만큼 자기의 한계를 알고 있는 것이어서 선불리 서둘러 자기를 폭로시키지 않을 정도로는 슬기로웠던 모양인데, 나 역시 무언지 부당한 일을 당하고 있다는 생각이 의식 밑에 깔려 있어 그런 것에 매달려, 그렇게라도 살아 나갈 수 있었던 것일는지 모른다.

그러기에 떳떳할 수 있는 아무런 이유도 없으면서 집안의 주인이었고, 아내나 어린것들이 어려워하는 존재일 수 있는 것이다. 하는 일이라고는 하나도 없으면서, 무슨 불만 같은 것이 항상 무거운 머리에 서리고 있는 것이다.

이즘은 아주 익어 버려 무감각이 되어 버렸지만 그래도 간혹은 눈만 감으면 코를 고는 아내, 손가락을 머리속에 넣어 빗질하듯 긁어내리는 버릇이 있어, 언제나 손톱 사이에 때가 끼어 있는 아내, 그런 아내를 볼 때 '나는 저것을 참고 있는 것이다.' 하는 생각이 밀어 나오는 것이다. 그럴 때면 타다 남은 초라한 의욕의 찌꺼기에 일순간 확 불이 붙어, 이 지상 어느 곳에는 그래도 몇몇 사람들 사이에 보다 뜻있고 따뜻하고 서로 이해하고 사랑하는 보람 있는 삶이 있을 것이라고 느끼곤, 아프게 그것에 동경하는 것이었다.

소녀는 그런 때 왔다.

읍내에 있는 미군 부대에 다니는 조카가 꽤 되는 석유를 가지고 와서, 그것을 끌어들이느라고 부산을 떨어, 집안이 뒤숭숭하였을 때다.

아내는 몹시 흥분하고 있었다. 마침 어린것에게 젖을 물리고 있었을 때 물건이 닥쳐들어, 매무새를 고칠 사이도 없었다. 부스스한 풀머리에 은비녀가 빼어질듯 삐딱하게 꽂힌 것이 허리통을 드러낸 꼴에 제격이었다. 펴더버리고 거래할 수 있는 종류의 물건이 아니기 때문에 식구들이 서둘 수밖에 없는 일이었지만, 일곱 살 난 아이까지 배가 덜 차 까르르거리는 젖먹이를 누가 시킨 것도 아닌데 부둥켜안고 어르고 있었고, 꼬리를 외로 말아올린 누렁이까지 일 보탬이나 하듯 마구 짖어 대었다. 그럴 때면 아내는 바야흐로 여장군이 된다.

"참, 억시기도 심도 몬 쓴다. 거드는 기인지 훼방 놓는 기인지, 쯧쯧."
하고 혀를 차나 하면
"보래애, 두리애이 전방에 나가 앉았꺼래이."
하며 명령을 내린다. 여느 때는 공연히 켕겨 하는 나에 대한 어렴성이 가시는 것도 이런 때다.
"나매(남자)가 머 그런교. 앗다 마 비키이소. 저 문이나 좀더 열어주든지."
드럼통 한쪽 언저리를 쥔 내 손을 고무장갑이나 낀 것처럼 수북한 손으로 밀어젖힌다. 보기에는 고무장갑이나 낀 것처럼 수북하고 소담한 손인데, 촉각은 부드럽지 않다. 뼈마디가 장골처럼 억세다. 나는 꾸중 받은 개처럼 드럼통에서 손을 떼고, 더 열 필요도 없는 문에 손을 대는 것이다.
서둘러 끌어들이는 물건이 여섯 식구의 호구(糊口)감이 되는 것이라 그만큼 아내는 도도한 모양인데, 그럴 때 내가 그처럼 뼈 없이 구는 것은 그런 생활 의식에서가 아닌 것이다. 억지로 말한다면 아내가 만족해할 때면 더욱 추해 보이는 까닭이라고나 할까.
언젠가 이런 일이 있었다. 처갓집 무슨 잔치에 갔었을 땐데, 점심때가 되어 국수상을 차려서 가지고 나온 아내의 얼굴이 가관이었다. 그래도 집을 나올 때는 거센 살에 어쩌다 바른 분이 잘 먹지 않아 먼지같이 떠 있기는 하였지만 우선 매무새가 흩어지지 않고 있었고 풀머리나마 머리도 기름으로 다듬어져 있었는데, 뜨거운 김이 서린 부엌에서 볼 일을 한 탓도 있겠지만 이마하며 콧등 목덜미 할 것 없이 얼쑹덜쑹 온통 얼룩이 져 있는 것이다.
입 언저리가 구지레한 걸로 미루어 여태껏 음식 양념을 맡아 간을 보고 있었던 듯한데, 늘 듣는 말이지만 새말댁이 음식 솜씨라면 도방 사람 빰치지 않겠느냐, 너무 간이 싱거워 '앵 꼽아' 견딜 수 없는 도방 음식에 겨눌 것이냐— 그런 말들이 또 되풀이된 모양으로 그녀는 사뭇 들뜬 얼굴인 것이다.

허리끈이 실부들해져서, 치마가 흘러내리려는 것을 질끈 맨 중동매로 가까스로 지탱하고 있느니만큼 앞배가 여느 때보다 더 나왔다. 그 모양으로 방에 들어설 때부터 괜히 섬뜩해지는데, 남편이 있는 자리라 그러는지 그대로 주저앉는 것이다.

주재소 축들 면소 축들 학교 축들— 말하자면 마을에서는 행세하는 사람들이 모여 잇는 자리다. 만나서 한두 해 된 것도 아니요, 가게를 벌이고 있느니만큼 오래부터 낯익은 사람들 앞이건만 새삼스레 창피하다 할까 그런 생각이 들어 자꾸만 시선이 흐트러지는데, 비빔국수치고 이 집 것 같은 건 먹어 본 일이 없다고 면장인지 순경인지가 떠드는 바람에 저도 모르는 사이에 눈길이 아내에게로 갔던 것이다.

어지간히 들어 온 찬사였지만, 그런 사람들의 입에서 나왔다는 것이 그녀로서는 흐뭇했던 모양으로 참을 수 없는 웃음이 입술을 밀고 나오고 있었다. 두터운 윗입술이 들리고 넓적한 이가 나오는데, 그 이에 가서 고춧가루라 몇 갠가 붙어 있는 것이다. - 누가 무어라고 말하든지, 나는 그때 뒤이어 온 감정을 일종의 쾌감(快感)이라고 하겠다. 일순간 무엇에 찔리기나 한 것처럼 멈칫하고 외면했던 나는 입가에 웃음 같은 것을 띄우며 아내를 지켜보고 있었다. 어쩌면 내가 아내의 솜씨를 자랑스러이 알고 있는 것이라고 그녀가 착각할 수도 있는, 그런 흐뭇한 듯한 얼굴로— 사실 나는 어떤 쾌감에— 복수적인 쾌감에 젖어 있었던 것이다. 아내의 연상 빙글거리는 입술 밑의 지저분한 이, 얼쑹덜쑹한 얼굴, 지리뚱한 허리— 차라리 여러 아이가 빨아서 늘여뜨려 버린 쇠불만한 추악한

젖퉁이까지 내놓았으면— 하는 충동이 일어나는 것이다. 그렇게 철저하게 추악해져야만 무엇인가가 완성이 되는 것이 아닐가 하는 엉뚱한 생각이 자꾸만 솟는 것이다.

그런 일이 있고부터는 아내의 언행이 무지하고 추해 보일수록, 또 집꼴이 말이 아닐수록, 이상하게 마음이 너그러워지곤 하였다. 그뿐더러 어쩌다가 그의 탓할 수가 없을 만큼 모든 것이 제법 되어 있을 때면, 오히려 무슨 침범이나 당한 것 같은 느낌이 오는 것이다. 이를테면 내가 철저하게 처참할 수 있는 절대적인 조건(條件)을 약화시키려 드는 것 같은 터무니없는 피해감(被害感)과 불만이 — 그 조건은 동시에 허황하나마 나의 존재를 주장할 수 있는 유일의 조건이기도 하였던 것이다. 그 위에 서 있기 때문에, 그것조차 없었더라면 주검과 진배없는 식은 마음에 이따금식 목숨과 동경의 불똥이 튈 수도 있었던 것이 아닌가.

그날도 나는 아내가 시킨다고 병신스럽게 헛간문을 여잡으면서, 흥분과 탐욕에 이그러진 그녀의 징그러운 모습을 잔인한 쾌감에 찬 눈으로 핥고 있었다. 그런 상태에 있었기 때문에 우리들은 얼마 전부터 가게에 손님이 들어와 주인을 부르는 것을 모르고 있었던 것이다.

젖먹이를 부둥켜안고 있던 큰놈이 "엄마아, 엄마야. 누가 왔데이." 하는 바람에 아내가 나에게 험한 눈짓을 했고, 그 눈짓을 받아 가게로 나간 것인데, 컴컴한 방을 지나서 거의 허리를 반절로 꺾어야 되는 가겟방으로 나가는 낮은 문으로 고개부터 내밀었을 때, 하마 이마를 찧을 뻔했다.

한마디로 말하여 색채(色彩)였다. 눈이 번쩍할 만큼 선명한 진홍(眞紅)— 이윽고 뒤뜰의 앵두꽃이 채 다 지지도 않았는데, 이것은 또 성급하게 굼치 위에서부터 드러난 새하얀 팔인 것이다. 첫눈

에 너무 현란하여 미처 얼굴을 볼 사이도 없는데
"저— 양초 없을까요?"
하고 고개를 갸우뚱한다. 어미(語尾)가 올라간 서울말이다. 부드럽고 윤이 있고 애애하고— 아니 구구스러운 그런 것들을 제쳐놓더라도 우선 귀에 설은 말이란 이유만으로, 나에겐 소녀의 말이 무슨 음악이 나처럼 울렸던 것이다.
— 소녀는 종종 들렀다. 사가지고 가는 것은 대체로 양초 성냥 빨랫비누 램프 심지 치약— 그런 것들이었으나 때로는 솔이라든가 부삽 같은 부엌 물건도 찾았다. 차차 안 일이지만, 소녀가 그렇게 자주 가게에 들리는 것은 옆에 있는 자동차부에 왔다가 가는 길이지, 물건을 사러 일부러 오는 것이 목적이 아니었던 것이다. 어디서 오는 편진지 연달아 오는 편지를 찾으러 며칠 만에 한 번씩 차부엘 들리는 모양인데, 몇 번 오가는 동안에 버스가 늦든지 하면 가게 마루에 걸터앉아 기다리게쯤 우리는 사귀게 되었다.
인중이 몹시 짧아, 언제나 가볍게 열린 아담한 입이 그녀가 한 번 끌고 온 일이 있는 암염소의 젖꼭지처럼 연분홍색이다. 부스스 윤기가 없는 피부다. 낡아서 윤기가 가신 것이 아니고 윤기가 흐를 만큼 채 자라지 못한 솜털에 덮인 어린 피부인 것이다. 대체로 강팔라 이마에서 자른 역시 솜털같이 보드라운 머리털 아래의 얼굴에도 살이라곤 없다. 그러면서 물같이 연해 보인다. 뼈[骨] 자체가 보드라운 것인가. 잠잠히 있을 때와 움직일 때의 표정이 너무 다르다. 검은 자위가 꼭 찬 눈만 하더라도 샛별같이 총총한가 하면 이내 빛을 지워버린다. 약간 끝이 올라간 코도 광선에 따라 단정하게도 보였다가, 약간 이즈러지게도 보였다가 하여, 대체로 포착할 수가 없다. 그러면서 단 한 가지 인상만이 고정되어 있는 것이다. 기묘한 일이지만 언젠가 차 안에서 본 그 어린 임부가 꼭 새하얀 옷

차림으로서만 떠올라오는 것처럼, 나에게는 언제나 소녀는 '진홍 스웨터의 소녀'인 것이다.

소녀는 일주일이나 보이지 않는가 하면, 사흘돌이로 나타나기도 하였다. 갑자기 안 나가던 가게에 줄곧 앉아 있기가 켕겨서, 전 같으면 무엇보다도 귀찮았던 아내의 외출이 기다려지는 것이었다.

차를 기다리는 지루함을 잊기 위해서인 듯, 소녀는 가끔 책을 들고 오기도 하였다. 그러나 읽는 일은 없었고 그런가 하면 오는 길에서 네잎 클로버를 얻었노라고 쪽 고른 이를 있는 대로 드러내기도 하는 것이다.

사귀던 첫 무렵에는 화제라곤 별반 있을 리가 없었다. 그러나 그의 보드랍고 애애한 음성을 듣는 것만이라도 나는 부드러운 무엇인가가 사풋이 마음에 얹혀 오는 것을 어찌할 수 없었다. 그것은 거의 도취(陶醉)였다. 격렬한 운동 끝에 오는 건강하고 싱싱한 흐뭇함이 아니고 'euphoria'랄까 차라리 무슨 마약 같은 것에 취하는 심정— 말하자면 생명이 황홀하게 중절(中絶)되는 것 같은 느낌이었던 것이다.

앵두꽃이 지고 푸른 자방(子房)이 날로 부풀어 가며부터, 소녀는 어느덧 나를 '선생님'이라고 부르게 되었다. 내가 동리 사람이 전하는 말에 인하여 그녀의 신분— 일인이 가졌다가 두고 간 맥고개 과수원을 산 서울 피난민으로, 돈깨나 좋이 있는 듯하다는 집의 막내딸이라는 것을 안 것과 거의 같은 무렵에, 소녀도 누구의 입에서부터인지 나의 처지를 들었던 모양이었다.

이윽고 내가 그처럼 무심이 흘려듣던 '선생'이란 말 앞에서 주춤거리게 된 것도, 소녀의 입에서 구르듯이 흘러나오는 예의 어미를 약간 추킨 '선생님'이란 말을 듣고서부터인 듯싶다. 마치 영덕이의 모습을 몇십 년 만에야 비로소 제대로 보이게 했던, 그 흰 동정을 갈아 달은 검정 무명 두루마기와 눌러 쓴 중절모가 그러하듯, 내가 나를 일컫는 '선생'이란 존칭의 부조리성을 깨달으려면 꼭 그같이 부드럽고 애애하고 윤이 있는 소녀의 음성을 빌려야만 했던 것처럼. 하여튼 '선생'이란 말과 마주서고 보니 모든 것은 착오(錯誤)에서 출발한 것이고, 하나의 착오를 벗어나면 또 하나의 착오로 들어가, 그런 것들이 쌓여서 헛된 삶이 흘러 버린 것 같다. 애당초 그래도 인생에는 무슨 의미가 있을 것이라고 믿었던 것이 착오였다. 무(無)를 백 번 곱해 보았댔자 결국 무(無)밖에 되지 않는 것이 아닌가.

길가에 굴러 있는 유리 사금파리 같은 것에 어쩌다가 지나는 햇살이 떨어져, 일순 황홀하고 신비스러운 보옥마냥 찬란하게 빛난 일이 있다고 그 유리 사금파리가 그런 햇살의 장난스러운 은총으로 말미암아, 그대로 신비스러운 보옥이 되어 버리는 것이라고 하면 누가 웃지 않을 것인가. 그러나 그렇게도 황당하고 어리석은 착오가 나의 인생의 출발이 되었던 것이다.

보통 학교 오학년 땐가 보다. 열세 살— 허리띠가 자꾸만 헐겁게 벗어져 고의춤을 한 손으로 움켜쥐고 다녀야 하는 장난꾸러기— 읍내로 가는 삼등 도로에 굴러 있는 돌멩이만큼이나 보잘것없고 흔한 촌아이들 중의 하나였다. 그러면서 무언지 즐거웠었다. 오월이라 그랬던 것인지. 하여튼 보리 누룽지가 유일한 간식이 되는 두메에서도 백양나무 잎이 기름이나 바른 것처럼 윤이 흐를 무렵이 되면 아이들에게는 즐거운 시절이 오는 것이다. 산딸기 찾기에는 아직 짬이 있었지만, 그래도 백록(白綠) 가루나 뿌려 놓은 것같이 소롯이 보리 이삭이 피어 오른 넓은 들판이 넉넉히 시름거리가 되었다.

산 아래 두어 채 서 있는 초가집 대문이 뒷집 두봉이 대문니만큼 보일 정도로, 저만치 앞을 막고 서 있는 나직한 풀동산까지 온통 바다처럼 푸르른 들판이었다. 정신이 나도록 반짝 맑은 날이면 언덕에 오를 것도 없이 그 푸른 들 끝을 곱게 은빛으로 선을 친 것이 눈에 뜨이는데, 그것이 바로 이 넓은 들을 풍옥하게 하는 낙동강 줄기가 햇빛을 되받으며 흐르는 모습이었고, 그 줄기는 그렇게 산 아래를 감돌아 동으로 반원을 그리며 뻗쳤다가 이리로 꾸부러져, 얼마 전부터 일인들이 어린 과수 묘목(果樹苗木)을 가꾸기 시작한 마을 뒤 맥고개 언덕 밑을 씻고 있었다. 그러나 마치 비가 온 뒤면 낙동강 푸른 물줄기에 누런 흙탕물이 섞이듯, 바다마냥 푸른 들판에 누른빛이 번지기 시작하면 촌아이들은 물가에서 붕어 잡는 재미를 깜박 잊곤 하였다.

언덕 밑 바위 위에서 어른 몰래 베어 온 이삭을 그슬려, 매끈거리는 파아란 밀알을 검정이 묻은 손으로 입에 털어 넣는 맛만 해도 보리 누룽지에 비할 것이 아닌데다, 어른의 눈을 기어야 하는데 조마조마 아슬아슬한 재미가 얹히는 것이다. 거기다가 수가 좋으면, 밀포기 밑에서 꿩알까지 주워 낼 수 있는 것이다. 꿩알을 주웠댔자 안겨서 까보려는 것도 아니었고, 또 한목에 두어 개씩이나 고 또래 푸진 손아귀 속에 감추어질 만큼 작은 것이고 보니, 밀이삭 그슬리던 불이 남아도 구워 볼 염을 내어 본 적이 없었건만, 굴리다 터뜨려 버리면서도 얻으면 그저 좋았다— 무엇 때문에 멀리 뒤에 두고 온 어린 시절이 이즘 와서 이처럼 다가서는 것인가. 두봉이 영덕이 길진이 두리— 그런 조무래기 샛동무들 틈에 끼어서 지내던 시절이 그저 행복하기만 했다면 거짓이 되고 마는데, 또 읍내를 가지고 '대처(大處)'로 알면서 살다 죽는 두메 농군으로 종시했었더라면 하는 감개가 털어 말하여 결코 진심이라고 할 수는 없으면서, 돌이켜 자조의 쓴웃음이 이는 것이다.

그날도 그런 초여름의 화창한 날이었다. 설레이는 오월의 바람이 찔레꽃의 향기를 실고 창을 활짝 열어 제친 오후의 교실을 불고 지나가는데, 점심 뒤에 녹지근해진 심신이 자꾸만 졸려만 왔던 것이 기억에 남는다.

작문 시간이었다. 지난 사월에 갓 부임해 온 젊은 교사가 단 위에 올라서면서, 그것이 버릇인 낚는 듯한 고갯짓으로 앞머리를 추켜올리고는, 늘상 성을 내고 있는 것 같은 넓적한 입을 빙그레 벌렸던 것이다.

“나는 오늘 진심으로 이 기쁨을 너희들과 나누고 싶다. 내가 맡은 화원에 이처럼 충실하고 아름다운 싹이 돋을 줄은 몰랐다.”

가뜩이나 둔해 빠진데다가 졸음에 흐리텅해진 촌아이들이 이 연극적인 서두를 이해할 리가 있을 것인가. 그러나 젊은 교사는 무섭게 열광하여 자기 제가 중에서 그런 ‘천재의 편륜’을 발견한 기쁨을 누누이 늘어놓고, 졸음이 한꺼번에 달아나 버릴 만큼 비장하게 떨리는 큰 음성으로, 유치한 동시(童詩) 한 절을 낭독했던 것이다.

닫힌 문 틈새에서
뻗은 햇살은
하늘나라 먼 나라의
고운 선녀가
띠어 보낸 댕기가
아니일까요
들어 한번 흔들면
무지개 서고

들어 두 번 흔들면
꽃이 피어날—

선생님의 검붉은 목에 심줄이 불끈 솟고, 그 솟은 심줄 바로 위에서 끝에 노란 고름을 지닌 여드름이 하나, 불불 떨고 있었다. 구긴 작문 용지를 든 손은 그것보다 더욱 떨었다. 그 떨리는 손을 교탁 위에 눌러 얹고 이지러진 것 같은 얼굴로 쓰윽 한 번 교실을 훑었다.

모두들 어리둥절하였다. 솔직히 말하여 며칠 전에 그 서투른 동시를 쓴 나 자신도 열정에 떨리는 표준말로 외는 그 동시에, 자기가 쓴 것이라는 실감을 가질 수가 없는 것이었다. 말하자면 길가에 꽂힌 유리 사금파리에 지나는 햇살이 떨어진 것이었다.

그러나 나로서는 너무나 송구하고 분에 넘쳐, 두고두고 가슴을 누르는 존재가 되고 말았지만, 그 젊은 선생님은 나라는 '싹'을 기르기에 무서운 열정을 기울였던 것이다.

이미 들도 강도 나에겐 즐거운 놀이터가 아니고, 강제적인 교사의 지도로 정말 있는 것인지 없는 것인지 모르는, 나의 문학적 재능과 관찰력을 집중시켜야 할 대상에 지나지 않게 되었다. 그러나 서당 개 삼 년이면 어쩐다는 말대로, 물론 언제나 선생님의 정성스러운 수정이 끝난 것이기는 하였지만, 신문이라든가 잡지 같은 데 투고한 작품들이 상을 받게 되었고, 그런 일들이 거듭하여 엄두도 못 냈던 진학에의 길이 열리게 되었던 것이다.

십여 년 후 나는 서울에 있었다. 들어가기 힘들다는 T대학 졸업반에 적을 두고, 배우면 '무엇'이 되리라는 착오 때문에 또 자신이 보잘것없는 두메의 가난한 농군의 자식이라는 열등감과, 거기서 오는 반발심 때문에 몸을 축내도록 공부를 했다. 학비를 대어 주던 어느 육영사(育英社)의 경영자가 모 신문사 사장이었으므로 자연 작품 발표의 기회를 얻게 되었고, 활자화한 이름이 드문드문 남의 눈에 뜨이게쯤도 되어 있었다.

S를 사귀게 된 것은 그 무렵이었다. 가슴을 앓다가 작고한 고향의 은사를 강이 내려다보이는 언덕 위에 묻고, 서울로 돌아온 지 얼마되지 않았을 때라 마음이 암암하였다. 자손이 없었던 탓도 있겠지만 숨을 거둘 때까지 내 말만 했다는 사모님의 말에, 감사와 슬픔이 복받치면서 기묘하게 마음이 놓여졌던 나였다. 자손도 재산도 없는 은사였기에, 넘치게 받은 은혜의 보답으로 그의 노후(老後)를 보살펴야 할 처지에 있었기도 했지만, 그런 의무가 없어졌다는 데서 오는 안도감보다는 나에게 그리는 그의 과대한 기대가 짐스러워서였었다고 하는 편이 타당할 것이라고 생각한다.

고향에는 또 은사의 죽음보다 더욱 암담한 일이 있었다. 중학을 나오던 해 완고한 할아버지의 강제로 맞아들이긴 하였지만 애초부터 보기도 싫어, 짐작이 갈 만큼을 일러서 친정으로 돌려보내 놓고 온 아내가, 죽어도 송씨 집 귀신이 되겠다고 돌아와 어른을 섬기고 있었다.

그런 찌부드드하고 암담한 심경에 S의 강렬한 성격이 파고들었던 것이다.

문학청년들이 곧잘 모이던 다방 '마니또'에서였다고 기억한다. 계획한 모임이 아니고 어떡하다 어울리게 된 자리였다. 모두들 제대로 떠들어대는 중에, 한 청년이 눈에 띄었다. 파아란 갓을 씌운 스탠드의 광선을 왼쪽 밑에서부터 치켜 받은 까닭인지, 속눈썹이 긴 쌍꺼풀진 눈자위가 꺼져 보였다. 학생복 쓰메에리 위로도 한 치 가량이나 드러나 보이도록 미끈한 목이 해사했다.

탁자 위에 놓였던 화보 같은 것을 뒤적이며 떠들어대는 소리에는 귀도 기울이는 것 같지 않았는데, 갑자기 눈썹을 치키더니 그 치켜진 위치에서 보일까말까 하게 눈살을 찌푸리고, 끊는 듯이 한 마디를 던지는 것이었다.

"뭐 외견(外見)과 존재와의 경계(境界) 같은 것은 없는 거야."

이 말은 수긍하기 어려우면서도 웬지 내 마음에 꽂혔다. 얼마 전에 쓴 지독하게 낭만적인 시가 한 편 포켓에 들어 있었는데, 청년의 눈초리가 그 포켓 언저리에 머물러 비웃는 것 같아, 견디기 어려운 일이었다.

나는 급속도로 S와 가까워졌다. 내려오는 명문가의 외아들이라 했다. 어쩌다 그 집에서 묵는 날 아침이면 언제나 보는 일이었지만, 자리 조반에 양즙이 들어오지 않는 날이 없었다. 광목 호청이 무겁다고 홑이불까지 얼음같이 다듬은 명주인 것이다. 더덕은 위장에 좋다 하여 고기 양념을 한 더덕구이, 초고추장으로 무친 생채 더덕 같은 것이 상을 떠나지 않았지만, 녹두(綠豆)는 양기를 줄인다 하여 청포묵은 상에 올린 일이 없었다. 다칠세라 상할세라 위하고 아끼는 것이 현연하였다. 그는 곧잘 씹어 뱉듯이

"손(孫)을 이으니 뭐니, 남을 종마(種馬)루 아나 뭐. 뭐 그리 기맥힌 민족이라구 너절허게 씨만 퍼뜨리려는 거야."

이런 말도 하였고

"개(個)의 소멸이 곧 절대(絶對)의 소멸이 아닌가. 늙은이들이 어리석지 뭐."

하며 한쪽 어깨를 들먹여 보이기도 하였다.

그러면서 그는 혼정신성(昏定晨省)이랄까, 그런 예절도 깍듯이 지키는 효자였고

"이눔이 이젠 디디는 힘이 제법이란 말야."

하며 학생 신분에 난 지 대여섯 달 되어 보이는 아들 자랑을 펴

더버리고 하는 것이었다.

기생방 거래에 하도 환하기에 오입쟁이인 줄 알았더니, 카페 여급 앞에서도 얼굴을 붉히곤 하였다.

이 S가 'HP클럽'의 주도자였었다면 주제넘게 민족 운동이니 애국 운동이니 하지 않더라도 그의 강렬한 매력에 사로잡혀 있었던 내가, 컴컴한 감방 속에 굴러 있게 되었기로 오히려 놀랄 일이라고 할 수는 없었던 것이 아닌가.

독방이었다. 처음의 충격과 흥분과 공포가 사라지고 나니, 이 혼자라는 것이 견딜 수 없는 형벌이 되었다. 흔히 들은 옥살이 이야기에는 동거하게 된 흉악범들에게서 받은 고심담들이 많았는데, 나에게는 그런 시름조차 없었던 것이다.

서울에 붙이라곤 한 사람도 없는 데다, 사상범이니만큼 친구들의 면회는 이쪽에서 삼가야 할 형편이었다. 쇠창살이 꽂힌 높고 좁은 창이 하나 서쪽으로 나 있어, 석양 때면 그리로 새어 들어오는 햇살이 찌들은 벽에서 망설이듯 어른거렸다가 물러가면, 어둠이 오고 하루해가 저무는 것이었다. 사바(娑婆)에서는 계절이 바뀐 모양으로 간수의 제복이 경장(輕裝)이었다. 그러나 영어(囹圄)의 몸에는 우수와 고형의 계절뿐이 둘레에 있었고, 시간의 정지라는 의미에서 그 계절은 영원히 지속되어 가는 것이었다.

그러던 어느 날 나는 희한하게도 K라는 친구의 방문을 받았던 것이다. 면회 시간은 십 분에 지나지 않았지만 그날 밤부터 나는 잠을 이루지를 못하였다.

그럴 수가 없었다. 사건의 발단이 S의 자수에서 비롯했다는 것이다. S가 면회하러 오질 않았더냐는 물음에 고개를 흔드는 나에게 놀라 보이며

"저런— 허지만 저두 부끄러워서겠지. 암 지금은 뭐 녹기 연맹이

라든가 그런 데서 일을 한다지."

하고선, 괜히 남이 눈 똥에 주저앉을 것이 뭐 있느냐고, 은근히 전향(轉向)을 권하는 눈치였다. 뒤이은 며칠을 어떻게 지냈는지는 기억에 없다. 믿었던 하늘이 무너진 것이었다. 너무 벅찬 것들이 가슴에 오가서 범벅이 된 까닭이리라.

두 달 후 나는 경부선 남하 열차에 몸을 실고 있었다. 잡답하는 차안이 나에게는 그대로 광야였다. 그 고독 속에서 나는 S의 쇠진한, 그러나 너그러움을 잃지 않은 음성을 듣고 있는 것이었다.

새하얀 병실 하얗게 칠한 침대 위에서 그는 이미 이 세상 사람의 모습을 지니지 못하고 있었다. 심한 고문과 옥고에 주검과 진배없이 된 후에야 보석이 되었다는 것이다. 그는 아무도 책하지 않았다. 일경(日警)의 앞잡이가 되어 동지를 팔고 소위 전향 지도에 진력하고 있다는 K가, 이즘 양옥집을 샀다는 말을 하고 이를 가는 종제를

"하여튼 '1알씬'의 토지만이 필요한 것은 시체뿐이지, 산사람이 그것만으로 살 수는 없는 것 아냐?"

하고 가볍게 농쳐 버리는 것이었다. '톨스토이즘'이 고양되었던 시대였다.

"사람에게는 얼마큼의 토지가 필요한 것인가?"

라는 것을 두고 한 말인 모양인데, 그 자신에게는 이제 짜장 '1알씬'의 토지만으로도 족하였던 것이다.

그를 선산에 묻고 돌아오면서, 진부한 표현이지만 나는 정말 백일이 어두웠다. 캄캄한 마음에 또렷해 오는 것이, 결국 하나의 감옥을 벗어나 또 하나의 감옥에 들어간 것이라는 무서운 확신이었던 것이다.

남으로 남으로 달리는 기차 안에서 나는 나의 삶이, 기차의 속도

만큼이나 빨리 퇴색해 가는 것을 느끼고 있었다. 진정, 내가 뒤에 두고 오는 것은 '서울'뿐만이 아니었기 때문에.

베고 누웠던 목침을 밀어 놓고, 팔베개로 고쳤다. 목침이 딱딱해서가 아니다. 내 내부에 그렇게 몸을 뒤채이게 하는 것이 있는 것이다. 고쳐 눕는 바람에 눈길이 뜰로 갔다. 하아얀 마당이다. 저만치 장독대가 보인다. 뚜껑이 열린 장독이 대엿이— 옆에는 한창 무성한 감나무가 서 있다. 구름 한 점 없는 하늘 아래서 그런 것들의 그림자가 도려나 놓은 것처럼 선명하다. 그림자들이 바싹 오그라져 있다. 장독 그림자는 먼 데서 보면 장독을 받친 커다란 쟁반같이 보인다. 오정 무렵인가 보다.

소녀는 대개 오전이 아니면 석양 때 온다. 숨을 모았다 길게 뿜고 이쪽으로 돌아누웠다. 밝은 곳을 보던 눈이라 처음엔 아무것도 보이지 않는다. 차차 눈이 익어 온다.

언제나처럼 너저분한 방이다. 바로 옆에 백날이 갓 지난 어린 것이 지린내가 코를 쏘는 포대기 속에서 어르는 사람도 없는데, 혼자서 옹아리를 하다가는 두 팔을 푸드득거리며 웃곤 하고 있다. 무척 순한 아이지만, 두그렇게 표정이 수다스러워지면 뒤이어, 일쑤 울음이 터지는 것이다. 일으켜 달라는 의사 표시를 그렇게 하는 모양이다.

윗목에서는 일곱 살짜리와 다섯 살짜리가, 가게에서 몰래 훔쳐 온 것이 분명한 딱지로 후닥푸닥 야단들이었다. 무엇이 억울한지 작은 놈이 씩씩거리는가 하면, 큰 것이 으르릉댄다. 어린놈들이면서 경상도 사투리로 거센 음성들이다. 꽤 색스럽게 짜진 메리야스 셔츠를 사다 입히던 모양인데, 깃고대가 늘어나 때에 결어 더덕이 된 목덜미가 드러나고 고대가 늘어진 만큼, 소매가 능청거려 손등을 덮었다.

"이누무 자슥, 늬 야마시했재?"

형놈의 음성이 험해진다.

"와, 보글이 통통 나재애(용용 죽겠지)."

아우놈이 제법 으스대는데, 형놈의 약이 꼭두까지 오른 모양이다.

"머라꼬 머라꼬. 이누무자슥, 야마시해 싸 놓고."

눈을 딱 부라리는데, 바른쪽 눈이 희뿌옇게 멀었다. 딱지가 와르르— 쏟아지자 작은놈이 '이 —— ㅇ' 하며 울음을 터뜨렸고, 갓난놈이 보탬이나 하듯 까르르한다.

어린놈들의 싸움이건만 보고 있자니 제법 무시무시하다. 목숨을 걸다시피 덤빈다. 딱지라는 것이 그처럼 중한 것인가. 그래도 큰놈은 외눈으로 흘깃흘깃 내 눈치를 살핀다. 그러는데 밖에서 밀을 갈고 있던 아내와 뛰어 들어와, 우선 두 놈을 번갈래로 쥐어박고 난 후 갓난이한테로 가서, 잔뜩 성난 얼굴로 아이를 끌어안으려다가

"세 사아나 이기이 우얀 일고?"

급한 소리를 질렀다. 아닌 게 아니라 말이 아니다. 나부대는 통에 기저귀끈이 풀린 양, 온통 똥에 버무려 놓은 것 같다.

"머알라꼬 이런 년한테 태어났노. 알짱 같은 꼬친(사내아이)데 인물이 못났다 부재집 외아들로 태애나잖고오."

아내의 넋두리는 나보고 들으라는 소리다. 그러나 나는 미안하기커녕 울화가 치밀어 견딜 수가 없어지는 것이다.

이래야 되는 것인가. 억울했다. 분했다. 넋두리를 하면서 치마를 쓱 뒤집어 코를 핑 푸는 저 무지하고 추한 여자가 내 아내란다. 외눈이 섞어 굴같이 희뿌옇게 된 귀염성 없는 저 촌아이놈이 내 아들이란다. 이윽고 이 돼지울 같은 방이 내 방이고, 내 자신은 또

이 돼지우리 속에서, 짜장 돼지처럼 먹고 자고 자고 먹고— 얼마든지 뜻있게 보람 있게 지낼 수도 있었던 세월을 헛살아 왔다. 무엇인가가 내 내부에서 터졌다. 나는 저도 모르는 사이에 아내의 뺨을 후려갈기고 있었다.

이런 일은 이즘 와서 가끔 있었다. '송 선상'은 사람이 변했다고 남들이 수군거리는 모양인데, 진정 나는 나 자신을 태우는 불을 내 손으로 켜 들었던 것이다.

한바탕 벌어졌던 수라장이 거두어지자 나는 다시 팔베개를 하고 멀거니 천정을 쳐다보며 드러누워 버렸다. 처음에는 타일마냥 반듯반듯한 무늬가 놓였던 반자지에, 빈틈없이 파리똥이 깔겨져 있고, 구석구석에는 먼지가 솜같이 엉킨 거미줄이 걸려 있는 것이다.

벽으로 시선을 옮겼다. 역시 파리똥이 닥지닥지 앉은 찌든 벽이다. 그러나 보고 있는 동안에 눈시울이 뜨거워 왔다. 슬픔이 솟았다. 이 찌든 처참한 방이 그대로 나의 감정 풍경(感情風景)으로 보였기 때문이리라.

몇 해를 그저 감정을 놓고 살아왔었다. 찌든 벽에 그런 서글프고 삭막한 흔적이 남아 있는 것을 모르고 지냈다.

달포 전의 일이다. 한동안 보이지 않던 소녀가 찾아와, 사고가 있었는지 그날따라 두어 시간이나 늦어진 버스를 기어코 기다리고야 돌아갔는데, 그 두어 시간을 가게 마루에 걸터앉아서 시간을 꼈던 것이다. 아내가 읍내로 물건을 하러 간 틈이다. 나는 우선 내 자신에게도 소녀의 상대를 그렇게 해 주는 변명이 섰었다.

소녀는 시집을 들고 있었다. 나는 재빨리 그 시집이 먼젓번 차편으로 부쳐져 왔었던 것임을 깨달았다.

"시를 좋아하시는 군요."

나는 눈으로 시집을 가리키며 미소를 띄었다. 말치레가 아니라 종종 문학지 같은 것이 부쳐져 오기에 오래 전부터 소녀는 문학소녀일 것이라고 생각해 왔던 것이다.

"아녜요. 친구가 심심할 것이라구 부쳐 주는 것이에요."

하고 시치미를 딱 뗀다. 가까이서 보니 불그레한 귀뿌리에까지 솜털이 덮었다.

"친구가요오. 촌에 산다니깐 글쎄 치약 같은 것까지 부쳐 주잖겠어요?"

예의 어미를 추킨 애애한 음성이다. 새침하게 입을 옹쳐 물고만 있을 때도 있지만, 대개는 상대방의 대답을 기다리지 않고 조잘대는 것이다.

"그래서 접대 보복으루, 이쪽에서 럭스 비누를 한 다스 부쳐 주었답니다."

하고 생끗하더니 갑자기

"어머나 이거 옛날 잡지 아녜요?"

하며 호들갑스럽게 소리를 질렀다.

아내가 물건을 싸 줄 양으로 꺼내 왔는지 소녀의 말대로 낡은 잡지가 마룻바닥에 굴러 있었던 것이다.

"네 그런가 봅니다. 에— 십 년쯤 되는 거군요."

"십 년— 까마득하지요."

고개를 갸우뚱 눕히는 것이 귀여웠다.

"하하…… 십 년이면 산천도 변한다니깐. 보시구 싶으시면 가지구 가시지요."

"네 빌려 주세요, 재미있겠어요."

"아마 딴 데두 여남은 권 있을 겁니다. 다아 갖다 보시지요."

소녀는 무척 좋아하였으나, 막상 집으로 돌아갈 때에는 내가 일깨우지 않았던들 그냥 잊고 갈 뻔하였다.

그녀가 돌아간 후 나는 방으로 들어가 벽에 기대앉으며 눈을 감았다. 가슴이 박하잎이나 씹는 것처럼 쓰리고 쏴아하여 오는 것이다. 무척 지친 것같이 전신이 녹지근했다. 그러고 있는데, 싸리문 열리는 소리가 나고 이어 아내의 굵은 음성이 떠들어대는 것이 들렸다. 머슴이 지고 온 짐을 부리는 모양이었다.

내키지 않는 것을 그래도 그저 있을 수 없어 일어서려는데, 맞은편 벽 설주 위에 시선이 갔던 것이다. 넘어가는 해가 거기까지 햇살을 뻗고 있어, 벽면이 환하였던 까닭인가. 하여튼 그 자리만이 같은 무늬의 좀 덜 찌든 벽지를 오려 붙이기나 한 것처럼 너비 여덟 치, 길이 다섯 치, 기량으로 색이 달라 보이는 것이었다. 순간, 나는 발에 못이나 친 것처럼 그 자리에 서 버리고 말았다.

그림틀을 걸었던 자리임에 틀림이 없었다. 그 그림은 요절한 친구의 작품이어서 소중히 간직하려고 마음먹었던 것이었는데, 그것이 없어진 것조차 모르고 있었더란 말인가. 정녕 내 영혼까지도 그 그림과 더불어 잃고 말았던 것이 아니었던가.

확 몸이 달았다. 그 때서부터 '송 선상'은 사람이 달라졌던 것이다.

그 그림틀 자리는 볼 때마다 어느 연상을 불렀다. 그 '진홍 스웨터'의 소녀의 모습이다. 거기에는 또 늘 애애하고 부드럽고 윤이 흐르는 서울 사투리가 곁들였다.

아까부터 내다보던 뜰에 또 눈을 주었다. 바싹 오므라 붙었던 장독 그림자가 동쪽으로 길게 삐져 나와 있다. 소녀는 오후에 들리는 날이면 대개 이 무렵에 왔다. 자꾸만 가게 쪽으로 귀가 기울여지는 것이다. 그러다가 이내 황혼이 번지기 시작하면 나는 그만 훌쩍 들로 나가곤 하였다. 아랫도리가 휘청거렸다. 이런 날이 벌써

근 열흘이나 계속되었던 것이다. 열흘 전 나는 그에게 내 영혼 자체를 주고 만 것인가 보다. 그 시고(詩稿)들과 함께.

중복날이었다고 기억한다. 낙동강 명물인 뱀장어 굽는 냄새가 가게까지 흘러나오고 있었다. 며칠 만에 들린 소녀는 서퇴(暑退) 후에 온 것이라고 하며, 돌아갈 때가 염려스러워 데리고 왔다는 일꾼인 듯한 굳건한 소년이 뒤를 따르고 있었다.

차부에 들러서 우편물을 찾은 후 생글거리며 들어와서

"저어기 선생님, 그 옛날 잡지 말이에요. 얘가 온 김에 들려 갈 테니 다아 제게 팔아 주세요."

하는 것이었다.

"먼젓 건 다 읽으셨나요?"

하는 나의 물음에는 대꾸를 않고

"못 허신담 헐 수 없지만, 마침 기회가 좋으니깐 말이에요."

하고 대답도 하기 전에 거절이나 당한 것처럼 한걸음 물러섰다.

"아니 뭐 다 읽어 버린 거고, 어차피 휴지로 나갈 거니깐."

나는 당황히 일어서서 잡지 뭉치를 챙기러 방으로 들어갔다. 시렁에 올려놓은 채 오래오래 버려 둔 것이라, 내리는데 먼지가 목구멍을 쏘는 것이었다. 소녀를 위하여 한권 한권 정성스레 먼지를 털어 주고 있는데, 책 틈에서 나온 것이 시고 뭉치였었던 것이다. 사건 직전에 S가 서둘러 출판하기로 되어 있던 시집의 시고였던 것이다.

서투르나마 그것은 나의 영혼이 읊은 나의 청춘이었다. 아니 유일하게 남아 있는 나의 영혼의 불씨[火種]이기도 하였다.

무슨 생각으로 그렇게도 안타까운 것들을, 그냥 그 헌잡지에 얹어 소녀에게 넘겼던 것인지 나도 모르겠다. 설사 소녀의 신선한 눈이 그 슬프고 낡은 노래를 읽으며 젖는다 할지라도, 그것이 나로

하여금 인생과의 재회(再會)를 갖게 할 수는 없을진대, 나이 불혹(不惑)에 무엇에 씌기나 한 것처럼 그 시고들을 그대로 소녀에게 내어주게 될 것은 무슨 까닭이었던지 진정 모르겠다.

젊었던 시절, 어느 여학생에게 연문을 띄워 보내고, 사흘 동안 잠을 이루지 못한 일이 있다. 두렵고 초조하고 가슴이 아려 식욕조차 가셨으나, 그러면서 무엇에 취하기나 한 것처럼 벅차 오르는 것이 있었다. 그 때 그 심경이라면 웃을 것인가.

그러나 그 후부터 싹 발을 끊어 버린 소녀를 나는 그 때의 심정 그대로를 가지고 기다리고 기다리고 있었던 것이다.

언덕에는 가을이 짙어 가고 있었다. 양지밭 비탈을 풀단풍이 덮었다. 하얗게 칠한 목책을 두르고 과수나무들이 고요 속에서 가을을 익히고 있었다.

보이지는 않아도 어디서인지 어린 염소 우는 소리가 들리고, 구름 한 점 없는 파아란 하늘에 솔개미가 한 마리 점잖게 원을 그리고 있다.

저만치 높이 과수원 주인의 집이 서 있다. 일인들이 두고 간 두메에서는 보기 드문 양옥집이다. 최근에 수리를 한 듯 붉은 슬레이트 지붕 밑의 창들이 산뜻한 흰 페인트로 칠해져 있다. 그리고 그 창에 햇빛이 맞비쳐 반짝거리고 있는 것이다.

진정 행복이, 그리움이 살고 있는 것 같다.

언젠가 읽은 어느 북구(北歐) 작가의 작품이 머리에 떠오른다 — 소박한 스칸디나비아의 전설이다. 아무래도 정들일 수 없는 타향의 남의 집을 살아 내야만 했기에, 그러면 정을 옮겨 온다고 들어온 대로 자기 집 노변(爐邊)에서 타고 남은 재를 끌어 모아 주인집 노변에 뿌리는 이야기였다. 그리움이 그대로 타향의 그 집으로 옮아 가, 그 집을 살 수 없이 된 소녀는 이제 낮에나 밤에나 재를 뿌려 놓고 온 그 타향의 집을 그리곤 눈물지었다는 것이다.

나도 그런 그리움으로 여기까지 온 것인가 보다. 나는 내 그리움을 그 낡은 시고(詩稿)에 실어 저기 서 있는 붉은 지붕 밑으로 띄워 보냈던 것이 아니었던가. 소녀를 편모(片慕)하며 기다리다 기다리다 참지 못하여 예까지 온 것은 아닐 것이다. 어쩌면 그 때부터 이내 내 앞에서 사라져 버린 그 소녀는, 내 가슴속에 무덤을 파서 거기에다 그리움을 묻고 간 요정(妖精)이었었을지도 모른다.

발을 멈추고 눈을 위로 던졌다. 언덕이라야 숨찰 정도의 높이는 아니다. 그러면서 가까이 가는 것이 저어되는 것이다. 차고 삼엄해서가 아니다. 더럽힐 수가 없다는 심정에서다. 바람이 이는 모양이다. 은빛으로 한창 팬 억새가 손짓을 한다. 결단이나 내리듯 걷기 시작했다.

그리 가파른 길도 아니건만 이마에 땀이 솟았다. 소매 끝으로 누르고 손쉽게 목책과 같은 빛으로 칠한, 낮은 문을 열어 과수원 안으로 들어섰다. 무서운 개가 있을 것인데 주인이 데리고 나갔는지 둘레는 고요한 채 있다. 낮닭 울음 소리만 한가하게 들리고.

공기가 짙다. 그러면서 신선하고 향기롭다. 잔뜩 성숙하고 절박한 공기인 것이다. 나무 아래를 거닐어 보았다. 나무마다 가득 찬 것들을 안고 겸손하게 무엇인가를 기다리고 있는 것 같다. 바람이 지나간다. 그러면, 과수원 전체가 쏟아지는 파도처럼 철렁거리고, 소중스럽게 종이로 싼 열매들이 잎 그늘 사이에서 고개를 내미는 것이었다.

가지가 휘도록 열매를 단 나무가 눈에 띄어, 그 밑으로 가서 나무 위를 쳐다보았다. 다른 나무보다 큰 까닭인지 유달리 바람을 받는다. 바람이 지나간 후도 한참은 흔들리고 있는 것이다. 그 흔들리는 나뭇가지에 매달린 하나하나 정성스럽게 열매를 싼 종이가 색스러웠다. 낡은 미국 잡지를 잘라서 만든 봉지인 모양이다. 미끈한 여배우의 다리가 무릎에서 잘라져 있나 하면, 눈 위는 없는 묘령의 여성이 빨갛게 칠한 입술로 요염하게 웃고 있기도 하다. 그렇게 서서 보고 있자니 과수원 전체에 무슨 축제(祝祭)가 벌어지고 있는 것 같은 느낌이 드는 것이다.

또 쏴아 바람이 불어왔다. 잎이 지기 시작한 가지가 흔들려, 윗가지를 새는 햇살이 낙엽과 더불어 마구 떨어져 오는 것이다. 그 떨어져 오는 햇살을 받아 또렷이 눈에 띄는 종이 봉지들이 있었다. 울긋불긋한 미국 잡지장이 아니다. 가느다랗게 칸이 쳐 있다— 원고 용지였다. 잉크 빛이 퇴색한 가는 펜글씨지만 한눈으로 그것이 무엇인가를 알아차렸던 것이다.

천사
내가 만일
종다리를 데리고
구름 속에 집을 지어 산다면

나는 먼저
종다리를 기르는
어머니가 되고

다음에는
구름이 어디로 흐르는가를
눈여겨보겠다.

또 그다음으로는
눈물 뿌리며 고향을 이별하는 슬픔으로
하늘에
고운 무지개를 걸겠다—

무엇이 눈앞을 칵 막았다. 하체가 건드렁하는 것을 이를 악물어 참으며, 몸을 사과나무 둥지에 기대고 눈을 감았다. 그제서야 계사 앞에서 개 짖는 소리가 들려오고 있었다.

얼마 후, 나는 낭끝에 튀어나와 있는 바위 위에 앉아 있었다. 눈 아래를 흐르는 강이 잔광(殘光)을 되받아 금속처럼 번들거리는데, 강가에 우거진 갈대에는 벌써 황혼이 깃들며 있었다.

강 복판에 고기잡이배가 하나 버려진 것처럼 떠 있다.

건너 강변에 엎드려 있는 초가에서 저녁연기가 떠 오른다. 갈가마귀가 몇 마리 떼를 지어 이리로 날아들고 있었다.

바람이 자기 시작하여 아늑한 황혼이다. 그 아늑함이 그대로 내 가슴에 안겨 오는 것이다.

동녘 하늘에 초저녁별이 나왔다. 이윽고 그 별 저쪽으로 영원을 향하여 하나의 창이 열리는 것이었다. 이 정밀과 안온은 어디서 오는 것인지 나도 모르겠다. 참기 어려운 일을 당한 타격과 절망에서 오는 것일지도 모른다. 그러나 거짓 없는 말로 내 몸과 마음이 잠잠히 가라앉아 오고 있는 것이다.

기묘한 일이지만 그 열매를 싼 종이 봉지 틈에 내 묵은 시고를 보았을 때의 심경은 꼭 경악과 절망과 굴욕뿐만이 아니었었다. 최초의 감정의 폭풍이 가라앉은 뒤에 형용할 수 없는 안도감(安堵感)이 왔던 것이다.

— 마땅히 있어야 될 곳에 있게 되었다는 그런 안도감이— 그것

은 체념(諦念)이 아니고 차라리 겸허한 기쁨 같은 것이었다. 이윽고 지난 수십 일 동안 그처럼 거세게 나를 휘잡았던 초조와 흉폭이 잠잠히 가라앉아 가고 있는 것을 느꼈던 것이다.

강물은 흘러가면 다시 옛 강변에 되돌아오지 않고, 그 강가에 초가집 짓고 초조한 연기를 올리며 살다 죽는 사람 역시 덧없이 사라져 버리는 것이지만, 강은 유구히 흐르고 시간은 영원히 이어지는 것이 아니겠는가. 그리고 우리는 밤이면 자고 아침이면 일어난다는 지극히 평범하고 무의미한 삶의 영위로써, 그 영원성에 참가하고 있는 것일지도 모를 일이다.

아까 나왔던 별이 빛을 더해 간다. 건너 강변 초가에도 불이 켜졌다. 나는 낭끝 바위 위에 앉아서, 황혼과 더불어 짙어 가는 허무 속에 몸을 맡기며 겸허하게 흐뭇함을 느끼고 있는 것이다. 무엇이든 완전하고 영원한 것에 젖어 버리고 싶은 심경이었고, 허무란 그 영원하고 완전한 것의 한 형태였기 때문에—

다시 일기 시작한 바람이 강을 건너와서 낭끝을 쓸고 간다. 어느덧 서쪽 하늘에서 노을이 사라지고, 들도 강도 과수원도 또 나 자신도 하나로— 어두움으로 풀려 들어가고 있었다.

(1956. 5. 21)

그대로의 잠을

그것은 진실도 허위도 아닌, 그러나 경험된 세계인 것이다. 어디까지나 감각(感覺)으로써 받아들여야 될 것인지, 형식 논리의 테두리 안에서 증명할 수는 없다.

우선 계절감(季節感)이다. 무슨 까닭인지 언제까지나 한여름이 계속되는 것이다. 그것도 검푸르게 무성한 나무들의 여름이 아니고, 그림자까지 빨아들일 듯 새하얗게 마른 모래사장을 내리쪼이는 폭양의 여름, 잠잠한 가운데 얼마든지 횡포할 수 있는 격정의 계절인 것이다. 어린 영호의 남저고리 빛이 좀 더 기이하게 보이려면, 그러한 격정으로 빛을 잃은 둘레가 있어야 되었기 때문인가.

영호는 유월 유둣날 한낮에 세상 빛을 보았다. 집 식구 생일도 미처 외지 못하는 주제에 그의 생일만은 새겨 두었던 까닭은, 단독으로 출산에 손을 빌려 준 최초의 영아였기 때문인지도 모르나, 그 밖에도 인상에 남을 만한 일이 없지 않은 것이다.

우선 그 집에 들어섰을 때 코를 찌르던 기름 냄새다. 불도를 숭상하는 집안이라 산고가 보일 때까지 유두 치레로 밀전병 부치고 지짐질을 한 탓이라고 아이 할머닌지 백발의 노파가 부채질을 해주는데, 바람을 보내 주려는 것인지 기름 냄새를 흩으려는 것인지 어정쩡한 손놀림을 하던 것이 기억에 남아 있다.

산실에 들어가서 놀란 것은 산모가 중년을 훨씬 넘어 보이는 점이었다. 일찍 두었던 자녀를 여럿 잃은 후에 단산한 줄만 알고 있었던 끝이라, 무척 소중하고 기다려지고 있는 애긴 데다가, 노산이고 보니 조심스러워, 전 같으면 남들이 '산파(産婆)' 손만 빌려도 '죽은 파(芭)'는 아니고 '산 파(芭)'냐고 빈정대던 노인들도 서둘러 산파 의사를 부탁한 것이라고, 이것은 나중에서야 안 사단(事端)이었다.

때마침 일요일이어서 원장이 골프장으로 나간 뒤라, 마지못해 불려가기는 하였으나 마음이 놓이지가 않았다. 살벌한 군대 생활 몇 해에 사람이 죽어 가는 것만 보아 오던 끝이라, 새로운 사람이 이 세상에 태어난다는 것은 여간 신기하고 불안한 일이 아니었다. 어지간히 생사에 초연할 수 있다고 자부하게 되었지만, 결국은 그렇다고 생각한 것에 지나지 않았던 모양이다. 따져보면 종말감(終末感)에 출발점을 둔 의식을 그렇게 착오했던 것일지 모르겠다.

하여튼 거북한 자리에나 앉아 있는 것처럼 얼떨떨하여, 익숙한 솜씨로 척척 준비를 하는 간호사가 옆에 없었던들 그만 뜨고 싶은 마음 뿐인데, 바스스 장지문이 열리더니 이번에는 머리는 그리 세지 않았으나 끔찍할 정도로 주름이 누비질한 얼굴이 조심스럽게 이쪽을 보고 눈짓을 하였다. 나오라는 뜻으로 받고 대청으로 나가니까, 더러 남아 있는 이가 오히려 거추장스러워 보이는 입에 손을 대어 소리를 죽이고 아직 짬이 있는 것 같으니 좀 들어 보라고 속삭이며, 노리께 하게 결은 화문석 위에 밀전병에 콩국, 오미자 화채와 자두를 곁들인 상이 놓여 있는 앞으로 끌어다 앉히는 것이었다. 이윽고 거듭 '유둣날'이라는 말을 들었는데, 이런 것으로 해서 영호의 생일날이 또렷이 새겨지게 된 것인지 모른다.

기이하게도 노인이 많은 집이었다. 장독간 옆에 잇대어 소소한 화단이 있는데, 그 앞에 흰 모시 고의적삼을 입은 반백의 노인이 웅크리고 앉아, 새하얗게 마른 모래땅에다가 조약돌로 무엇인가를 썼다가는 지우고 지웠다간 또 쓰고 하며 있었다. 어떻게 보면 무척 한가로운 모습이었으나 기실은 어쩔 수 없는 기대와 초조를 그렇게 달래고 있는 것이라고 짐작이 갔다. 애기 아버지라는 것이었다.

모든 것이 어딘지 좀 기이한데, 더욱 이상한 것은 그런 모습들이 왠지 어색하게 느껴지지 않는 점이었다. 언젠지는 몰라도 먼저도 한 번 본 일이 있는 아니 퍽 눈에 익기조차 한 광경이라고 느껴지는 것이다. 오정을 바라보는 폭양이 뜰의 노인의 그림자를 바짝바짝 그의 발밑으로 오므라뜨리고 있는 것을 보고, 비로소 땀을 흘렸던 것을 깨달아 수건을 이마에 가지고 갔다. 그러나 마치 바짝 단 솥에 조금 남아 있는 물이 자글자글 졸아붙듯, 땀은 흐르기 전에 살 위에서 말라 버려, 이기지 않은 가죽처럼 까칠한 피부가 남의 살같이 느껴졌을 따름이었다.

그런 더위 속에서 첫 울음을 울린 영호는, 이제 어쩌다가 노상에서라도 마주칠라면 아이 보는 계집애 등에서 거의 덜어져 내릴 정도로 몸을 뒤로 젖히고 깨욱거리며 반긴다. 언제나 남저고리를 입히운 채— 아이 보는 계집애도 같이 사귀어, 영호가 미처 이쪽을 보지 못하고 있기라도 하면 겨드랑 밑으로 애기의 얼굴이 가도록 가로 뉘어업곤 "독 사아려" 하다가 "와아" 하며 알은 체를 시킨다. 그 계집아이가 품속에서 군밤을 꺼내 먹고 있는 것을 본 것도 한두 번이 아닌데, 어째선지 계절감은 여전히 한여름인 것이다. 마치 시간의 마디가 어긋나기가 한 것처럼.

그러나 그것보다도 짜장 기이하고 무서운 일은 따로 있었다.

미국 가 있는 누이의 둘째딸이 한복을 한 벌 해 보내 달란다고

같이 나가자기에 따라 나선 길에서였다.

짜앵하게 개인 날이어서 모든 것의 그림자가 도려나 놓은 것같이 선명했다. 하얗게 소복한 누이는 폭 넓은 치마로 자기의 그림자를 살살 쓸며 걷고 있었다. 왠지 통행인이 보이지 않고, 길에 굴러 있는 조약돌이 내리쪼이는 햇볕을 받아 빤짝했다간 이내 곧 빛을 거두곤 하였다. 큰길로 갈리는 길목까지 왔을 때, 문득 담배 생각이 나서 웃주머니에서 백양을 하나 빼어 물고 붙인 후 그대로 앞서 걷는 누이의 뒤를 따랐다. 누이의 길에서까지 담배를 입에서 떼지 못하는 것이 불만이다. 여느 때 같으면 식사 후에 숭늉이 나오듯이 무슨 절차처럼 언제나 같은 표정과 같은 말이 나오는 것이다.

"온 늦게 배운 도둑 새벽 밝는 줄 모른다더니…… 정말 용굴뚝이야."

그리곤 뒤도 돌아보지 않고 걸음을 빨리 하는 것이 버릇이었다.

그러던 그녀가 큰길에 들어선 채 머물고 있는 것이다.

이윽고 곧 뒤를 따라붙은 아우에게 무슨 비밀이나 속삭이듯이

"얘! 얘로구나!"

하는 것이었다. 묻는 어조가 아니다. 단정(斷定)하는 어조다. 그런데 어처구니없는 일은 거의 반사적으로 대답이 나왔다는 것이다.

"네, 바로 개랍니다."

이렇게 대답을 해 놓고는 왠지 소름이 쫙 끼쳤다. 무엇이 '개'야 했고, 또 '바로'라는 말은 무슨 의미로 발언되었단 말인가? 하여튼 두 사람의 상념이 그것이 어떤 미망(迷妄)에서 빚어진 것이었든, 어떤 예지(叡智)에서 온 것이었든, 이 순간 완전히 호흡을 같이했던 것만은 사실이었다. '데이몽이 깃드는 시간'이라고도 할까.

어린 영호는 언제나처럼 남저고리를 입고 아이 보는 계집아이

등에 매달려 있었다. 비탈이 되어 있는 넓은 길 가로수 밑에 서서 이쪽으로 등을 보이고 눈 아래 누운 시가에 눈이 팔려 있었기 때문에, 미처 알은 척을 할 사이도 없었을 뿐더러 누이가 애기를 본 일은 물론 없었고, 그의 모습에 대하여 들은 바가 있었던 것도 아닌데, 영호는 '바로' '개'임에 틀림이 없었던 것이다.

하긴 영호의 출산에는 좀 상스럽지 못한 일이 있긴 있었다. 십 년 이상이나 단산 상태에 있었던 후라 염려하였던 골반의 골격 경화도 그리 심하지 않아, 영아는 노인의 애기답지 않게 자리에 떨어지자 이내 우렁차게 첫 울음을 울었고, 아들이 없던 집안인 만큼 온통 환희의 빛이 한꺼번에 집안에 퍼졌는데, 간호사의 손을 빌려 서라기보다는 간호사가 주가 되어 제대(臍帶)를 결찰하려던 찰나였다. 후진통도 없이 갑자기 태반(胎盤)이 박리되어 나와 순식간에 애기는 쏟아져 흐르는 피를 머리에서부터 뒤집어쓰고 말았던 것이다. 예기하지 못했던 일이라 싸움터에서 어지간히 피에는 익어 왔던 터이면서도 적지 않게 당황하여, 핏덩이로 돌변해서 킥킥거리는 영아를 저도 모르는 사이에 두 팔로 싸안았다.

모르는 것이 약이라고, 분만 후의 처치를 마치고 대문을 나서면서도 배웅하는 노인들의 갑자기 침통해진 것 같은 표정을, 그저 가운하며 바지 와이셔츠까지에도 피가 튄 것이 미안해서 그러려니 하고

"그러잖아두 빨게 되어 있었어요."

하며 어울리지 않게 너스레를 쳤던 것이다.

병원에 돌아가 보니 누이가 와 있었다. 작은집에 오는 것이 신기할 까닭도 없는데, 웬일이냐고 건네는 인사말 소리가 전에 없이 높았다. 흥분하고 있구나 하고 멋쩍은 웃음이 기어오르는 것을 누르고, 우선 피 묻은 옷부터 갈아입어야 되겠기에 앉지도 않고 세수

터로 갔다. 한참 후 내실로 가 보니 간호사가 왕진 가방에 쑤셔 넣고 온 피묻은 가운을 막 목욕간으로 가지고 가려는 중이었고, 얼굴빛이 질린 듯 이상한 표정을 한 누이가 성난 듯이 들어서는 사람을 쏘아보는 것이었다. 가운데 묻은 피가 끔찍스러웠으려니 짐작이 가서

"날 적부터 피의 세례야. 영웅이지."

하고 농을 하려니까

"닥치지 못해!"

무엇이 비위에 거슬렸는지 사뭇 노성이 되는 것이었다.

그것뿐이었던 것이다. 가운데 묻은 피의 연유를 말했던 것도 아니다. 입 싼 간호사가 왕진 가방 속에서 가운을 꺼내며 가만히 있었을 리 없었고, 어렸을 땐 고춧가루만 묻어도 피가 났다고 잉— 울었다는 누이니깐 가운에 묻은 피가 끔찍도 하였으리라 하고 지나쳤던 것인데, 거의 백일이 가까운 이날 와서 한 번도 보지도 못한 애기를 '바로 개'라고 알아보고 또 그렇다고 대꾸가 나온 것이다. 지극히 자연스럽게—

애기는 계집애 등에서 잠이 들어 있었다. 계집아이는 애기의 고개가 반쯤이나 젖혀져 있는 것도 모르고 무엇엔지 어지간히 정신이 팔려 있었다. 눈살이 찌푸려졌다. 이 폭양에 언제부터인지 이 어린아이에게 비상한 애착을 갖게 되어 있었던 것이다.

"애기 잘 봐 줘야지."

저도 모르는 사이에 꾸짖는 말이 나오는데, 그제서야 알아본 계집아이는 핼끔 뒤를 돌아다보더니 언제나 같으면 호들갑을 떨 처지건만 눈을 커다랗게 뜨고 얼굴을 쏘아보면서 손가락으로 시가 쪽을 가리키는 것이었다.

"불, 불이 났어요."

어디쯤 되는지 시가 한복판에서 불이 타고 있었다. 밤 같으면 온통 하늘 언저리까지 벌겋게 물이 들었으리라. 불꽃은 찬란한 햇볕에 빛을 잃은 채 검은 연기 속에서 마구 광란하고 있었다. 푸르스레한 연기가 악(惡)의 의식(意識)이나처럼 자꾸만 번져 가고 있었다. 대낮의 불이란 밤의 것보다 끔찍스럽지는 않아도 좀 더 처절(凄絶)한 느낌을 준다는 생각이 드는데, 누이가 옆에서 넋을 잃은 소리로 입속에서 뇌었다.

"큰 불이로구나!"

큰 소리로 아니었는데 잠들었던 영호가 부시시 눈을 떴던 것이다. 애기는 낯선 부인이 자기 옆에 바짝 서 있는 것이 채 깨지 않은 눈에 이상하게 보였든지, 와아 하고 울음을 터뜨렸다. 퍽이나 순한 아인데 웬일인지 누이가 달랠수록 도리질을 하곤 울기만 하는 것이었다. 무서운 것을 본 어린 짐승이 올 듯, 공포가 서린 음성이라고 까닭도 없이 그렇게 생각하면서 계집애 등에서 애기를 풀어 안았다.

불은 점점 화세를 더해 가고 있었다.

그런 일은 요즘 와서 곧잘 있었다. 처음 보는 광경, 처음 듣는 말이건만 일찍부터 알고 있었던 것 같은 느낌이 드는 것이라든가, 또는 전연 무자각 상태에서 알지 못했던 내용을 거의 정확하게 받아넘긴다든가, 자기 의사보다도 말이 앞서 나온다든가 하는 일이다. 어린 영호의 경우만 해도 그렇다.

문제는 누이가 말하는 그런 어처구니없는 황당한 치우(痴愚)가 아니고, 왜 거기에 거의 반사적으로 동조하게 되었나 하는 데 있는 것이다.

한참을 지난 후에야 누이한테서 영호가 '바로 개'라는 것을 알아

차린 까닭을 들었는데, 기이하게도 처음 듣는 그런 말들이 이미 알고 있었던 것같이만 여겨졌던 것이다. 그러면서 호된 분노가 솟구쳐 오르는 것을 어찌할 수 없었다.

제대의 분리(分離)가 끝나기 전에 태반이 박리되는 경우는 그리 흔한 일은 아니다. 그러나 어쨌든 태아의 분만이 끝나면 자궁에서부터 떨어져 나오게 마련인데, 시간이 좀 일렀다고 거기다가 흉칙한 의미를 붙인다는 것은 언어도단이 아니겠는가. 하여튼 어린 영호는 그들의 해석을 따르면 그런 것으로 하여 장차 살인을 범하게 되는 운명을 지녔다는 것이다. 그러므로 아가는 그 운명을 피하기 위하여, 백날 동안을 그 깨끗하고 천진한 몸에 천형(天刑)의 수의(囚衣)인 일곱 벌의 남저고리를 입어야만 했다. 진실로 불행은 아가의 출생 시 그런 상스럽지 못한 일이 일어났다는 것보다 징그러운 일곱 벌의 남저고리를 입힘으로써 하나의 미망(迷妄)의 세계를 빚어내었다는 데 있는 것이다.

고리타분한 성격이라 격정하는 일이란 별로 없는 사람이, 남의 일에 흥분하여 마구 음성이 높아지는 것을 보자 누이는 말을 삼키고 이쪽을 응시했다. 잔주름에 싸인 눈에 공포 같은 것이 담겨 있었다.

그런 말을 들은 후부터 기다려지는 일이 하나 생겼다. 또 한 번 영호 같은 경우를 당해 보았으면 하는 것이었다. 다른 사람도 또 애기에게 남저고리를 입히려 들 것인가, 아니면 좀 이상한 일이 있었다는 정도로 흘려버릴 것인가 궁금했다. 남저고리를 입히우고 있는 영호가 측은했다.

그러나 그런 일은 다시없었다. 백일이 지나자 애기에게서는 그 징그러운 남빛 저고리가 벗겨졌고 어느덧 모두 남저고리를 잊어버렸다. 이윽고 어느 날 골목에서 크림 빛 스웨터를 입은 영호를 보았을 때, 그렇게 줄기차게 계속되던 여름이 끝나는 것을 느꼈던 것이다.

그녀가 병원에 찾아온 것은 그 무렵이었다고 기억하나, 어쩌면 훨씬 오래 전 일일지도 모른다. 손질을 잘못한 파마머리가 어색한 어리디 어린 소녀의 젖가슴만이 불쑥한 것이 잘못된 거나 같아, 어딘지 정시할 수 없는 애처로움을 가졌다. 안색이 무척 나빴다. 그러나 진찰을 받으러 온 것은 그녀가 아니고, 인조 포대기에 싸안은 애기였다.

생후 3주일 될까 말까, 영양 상태가 꽤 좋았다. 다만 눈을 뜨지 못한다는 것이다. 애기 아버지는 군인인데 전방에 있노라 하고 낯을 붉힌다.

애기는 병원을 잘못 찾아온 것이었다. 농루안(膿漏眼)이었던 것이다. 원장이 XX안과를 찾아가 보라고 일렀다. 열성이 보이지 않는 권고다. 그녀 앞에서 원장은 여느 때보다 더 커 보인다. 기름진 손가락이 책상 위를 더듬어 아무렇게나 걸리는 대로 신문을 들어올렸다. 가라는 태도다.

여인은 나쁜 짓이나 한 것처럼 송구해 하며 애기를 다시 포대기에 싸안는다. 힘없이 일어섰다. 선 채로 어리둥절하고 있다. 찌든 고무신에서 버선을 신지 않은 발을 한쪽 빼어 한쪽 발 위로 포갠다. 엄지로 발등을 문지른다. 빈대에 물렸는지 벼룩에 뜯겼는지 발등뿐이 아니다. 애기 얼굴은 말할 것도 없고, 엄마 목덜미하며 말이 아니다. 발을 도로 고무신에 꿰곤 원장 쪽으로 한 번 눈을 보낸 후, 무슨 도움이나 바라듯 간호사를 쳐다본다. 요금을 내고 가고 싶은 표정이다. 목불인견이란 이럴 때 쓰는 말이 아닌가 싶어 저도 모르는 사이에

"그만 가시죠."

해 버리고는 이어

"참 대학 병원 안과에 친구가 있습니다. 소개장 하나 써 드리죠."

어린 어머니는 고맙다는 말도 할 줄 몰랐다. 무슨 귀한 것이나처럼 애기를 안은 손끝에 소개장을 받쳐 들고 나가는데, 아랫자락이 윗자락보다 축 늘어진 엷은 여름 치마가 몹시나 쓸쓸했다. 가을이 왔다고 느꼈다.

여인은 다시는 병원을 찾지 않았다. 아이의 증세로 미루어 엄마도 치료를 요한 것만은 의심할 수 없는 일이었으나 그런대로 잊고 말았고, 일신상의 일이 분주해 옴에 따라 병원에는 어쩌다 들렀기 때문에 훗일은 알 길이 없었다.

누이라고는 하나 엄니가 열여덟에 난 맏이와 마흔다섯에 난 막내아들이고 보니, 27년이나 차가 있는데다가, 노산으로 유도가 부족한 어머니를 대신해서 자기 딸을 젖혀 놓고 젖을 먹여 기른 사람이기도 했다. 아버지는 당시 육십이 가까웠다. 늦게나마 아주 단절되는 줄 알았던 가문을 이을 자식이 생겼다고, 남들이 다 낳는 아들을 가지고 봉의 알이나 얻은 것 마냥 법석들이었다 한다.

아버지를 여읜 것은 돌 전이어서 기억에 있을 리 없으나, 한시도 아들에게서 눈을 떼어 본 일이 없는 어머니가 세상을 떠난 것은 국민 학교 입학하던 해이고, 이후 누이는 그들의 마음을 그대로 물려받아, 나이로 보나 마음 쓰는 것으로 보나 누이라기보다 차라리 어머니라는 편이 나았다. 아버지의 완고 때문에 초등 교육도 받지 못한 그녀는 철저한 불교 신도이다. 배우지는 못했으나 솜씨 있고 상냥하고 부지런하고 철저하게 무식한데다가, 선불리 재산깨나 지니는 처지라 편견이 심하다. 무엇 그리 '알량'한 집안이라고 자나깨나 가문 타령만 하는 것이다. 친정만 바친다면 그도 할 수 있는 말이나, 누이로선 조실부모한 단 하나밖에 없는 아우를 어떻게 해서든지 훌륭하게 성장시켜 가문을 잇도록 해야겠다는 마음이 깊은 사명감같이 골수에 배인 모양이었다. 일찍부터 마치 데릴사위나처럼 처가 일을 돌보고 온 매부란 사람도 용하디 용한 위인이기는 했지만, 그런대로 수단도 있는 모양으로 이조 때부터 내려오는 큰 물주집이라고는 하나, 어색하기 짝이 없는 골기와집 2층에 난간 친 고옥을 제법 웅장한 5층으로 갈아 지은 것도 이 사람이었다.

미국 유학 건만 하더라도 누이가 서둘기 시작한 일이다. 그러고 보니 그저 골고루 좋은 성적에 이렇다 할 특기가 없었던 까닭도 있긴 하지만, 의과에 들어가게 한 것도 누이의 주장이 컸기 때문이었다. 말썽 없고 온순하고 공부는 일등만 하고— 이것은 누이의 입버릇이 된 자랑이지만 따져보면 얼간이라 할 수밖에 없다. 사실 너무 황송한 불만일지 모르나 일요일 오전 같은 때 아침 식사를 마치고 2층 방으로 올라가서, 어느새 자리가 걷어져 있고 말쑥하게 소제가 끝나 있는 것을 보면, 확연치는 않으나마 아무도 뒤를 거두어 주는 이가 없는 처지보다 오히려 부자유하다는 느낌이 들곤 하였다. 누이로선 식사가 끝나기 전에 서둘러 치워 놓는 것이겠지만, 이럴 때마다 자신이 거미줄 같은 데 얽히거나 한 것 같은, 또 그것을 털어 버리려고 애를 쓰면 쓸수록 더욱 엉켜드는 것 같은 부자유를 느끼는 것이었다. 남들이 부러워하는 윤택한 환경 속에서 지내 왔건만, 여지껏의 내적 경험의 총화(總和)는 결국 이러한 부자유였고, 표면상의 침착 온건— 이런 태도는 그것을 호도하려는 비열에 지나지 않았던 것이다.

이 부자유한 느낌은 그즈음 부쩍 심해져 있었다. 무언지 몰라도 분주했다. 만날 사람이 많았고 준비할 일이 꼬리를 물었다. 떠나기 전에 약혼을 해 두는 것이 좋을 것이라고, 누이와 그녀의 동서되는 원장 부인이 서둘러 그녀들의 계 친구인 어느 토건업자 부인의 딸하고 소위 맞선을 보아야 했다.

부끄러운 일이지만 여지껏 동정인 것이다. 딴은 부끄럽다고 생각한 것은 현재의 감정이지 앞서까지는 가소롭게도 그것이 자랑이기도 하였던 것이다. 어쨌든 좋은 신랑감이라는 것이다.

규수는 내년 봄에 대학을 나오게 될 스물두 살 난 처녀로 웃으면 덧니가 애교 있는 앳된 얼굴이었다. 이내 미국으로 가게 하고 저쪽에서 결혼해도 좋고 돌아와서 해도 좋고— 이것이 모두의 의견이었다. 어떻게 오해를 했는지 장모감이나 색시는 무척 흡족해 했고, 이쪽에서도 청순한 소녀의 모습에 이끌리기도 하여, 우선 겉맞은 신랑신부란 말을 들으며 깜짝 놀랄 만큼 가늘고 녹식녹신한 손가락에 약혼반지를 끼워 주었던 것이다.

하루는 그녀와 덕수궁을 거닌 일이 있었다. 때를 넘긴 국화가 그래도 더러 남아 있었다. 다리를 뻗고 앉은 시든 잔디밭에 초겨울 햇살이 엷은 대로 다사로웠다. 귀여운 말들이 귀여운 웃음을 섞어 속삭거려졌고, 지극히 자연스러운 동작으로 그녀의 손이 이쪽 어깨에 와 닿았다. 어디가 예쁘다고 꼬집어 말할 수는 없으나 귀여운 소녀— 마치 꽃 형태는 묘연하면서 포근한 정감을 담은 봄의 들꽃 같은 소녀였다. 어깨에 사뿐히 얹힌 손에 눈이 갔다. 연지색 가죽 장갑에 꼭 싸인 손의 질감(質感)이 겹쳐 입은 옷을 통하여 직접 살에 느껴졌다. 저도 모르는 사이에 한쪽 손이 움직여지며 그것을 잡으려 할 때였다. 마치 어깨 위에 앉았던 여지색 작은 새가 무엇에 놀라 파르르 날아가 버리기나 한 것처럼 그 손은 잽싸게 떨어지더니

"아이 으스스해. 나가 보실까요?"

하는 고운 음성과 함께 옷에 붙은 마른 풀잎들을 팔딱팔딱 터는

것이었다.

너무나 창졸간의 일이라 당황하여 따라 일어서며, 순간 연지색 그 고운 손이 새처럼 날아가 버리지 않고 그대로 그녀의 팔에 달려 있는 것이 기이하게 느껴졌던 것이다.

소녀는 아무것도 깨닫지 않았던 양 여전히 쾌활했다. 그러나 쑥스러운 것은 어쩔 수 없었고 마음이 자꾸만 안으로 기어들어갔다. 동정이 아니었다면 그런 꼴사나운 짓은 안 했으련만— 일찍이 생각도 못 미쳐 본 이런 상념이 치솟는 것이었다.

그런 일은 그 후 가끔 있었다. 어느 날 밤 색시 집으로부터 저녁 초대를 받았었을 때다. 장인 되는 사람이 농담을 좋아하여 식사는 끊일 새 없는 웃음으로 진행되어 마음들이 모두 너그럽게 풀려 있었다.

식사를 마치고 색시 방으로 들어가자 둘은 공연히 얼굴을 마주 보고 깔깔 웃었다. 그 여세로 이쪽 팔이 벌려지며 가냘픈 허리를 껴안으려는 순간이었다. 탁상의 전화가 큰일이나 난 것처럼 따르르르…… 울렸던 것이다.

그것으로 그만이었다. 물론 신경을 쓸 아무런 근거는 없다. 그러나 설사 우연에서 혹은 외부에서 오는 장해로 말미암은 것이라 할지라도 신경에 닿는 것이 있었다. 지극히 평범한 행위, 남에게는 일상(日常)이 되는 행위가 이처럼 어려운 것인가. 마치 서투른 배우가 뜻하지 않은 사태가 벌어졌을 때 수습을 못 하여 무대를 망쳐 버리듯 변에 응하는 주변이 없는 것이다. 이리하여 약혼녀의 손 한 번 잡으려 하지 않는 시속 청년으로는 희유한 점잖은 약혼자가 되어 버렸고, 그 이름 아래 발버둥치는 초조가 있었다.

소춘(小春)의 어느 날 색시의 친구가 개인전을 열고 있다 하여, 그것을 둘이서 보러 가기로 한 일이 있었다. 그날은 모처럼 병원에도 들러 볼 생각이어서 올라갈 마음은 없었지만, 차라도 한 잔 들고 가라는 바람에 마지못해 신발을 벗었었는데, 나오며 구두에 발을 꿰려고 보니 구두가 말쑥하게 닦여져 있는 것이었다. 살뜰하게 뒤를 거둬주는 누이가 구둔들 소홀히 할리 없어, 사실 다시 닦을 필요가 있었을 리 없긴 하나 더럽지 않은 구두를 거듭 닦아 주는 것도 정성의 하나라도 보면 그도 고마운 일이었다. 그러나 좀 어려운 일이 생겨 있었다. 실은 새 구두라 아직 발에 익지 않아 새끼발가락이 쓸려 발끝에다가 솜을 막고 왔었던 것인데, 구두를 닦으며 그것을 북더기로 알았던지 빼어 버려 한 걸음마다 아픔을 참아야만 했던 것이다.

무엇이 우스운지 재재거리는 색시 친구들에 싸여 너무나 나무랄 데 없이 뒤를 거두어 주는 누이에게 느끼는 막연한 부자유감 — 그것이 자꾸만 상기되어 우스웠다.

색시는 다른 친구들도 모였기에 같이 어울리게 하고 헤어져서 병원에를 들렀다.

군에서 나온 후 잠시나마 일을 도왔던 유명한 산부인과는 누이의 시동생 집이었다. 웬 바람이 불었느냐고 어린 딸아이가 특히 반기는 것을 떼치고 나와 차를 잡으려는데, 무슨 까닭인지 이날따라 지나는 차가 없다. 한참만에야 무슨 행진이 있어 교통이 두절되어 있다는 것을 알았다.

발이 아파 그렇지 차 탈 필요도 없는 거리다. 다만 큰길이 막혀 있어 여느 때 같으면 지나기를 꺼리는 골목길을 잡아야 했다. 거기에는 사창굴 중에서도 제일 끔찍한 양동 천막촌이 있었던 것이다.

어두운 골목에 들어서자 악 하고 소리를 칠 뻔했다. 한동안 보지 못한 영호가 여전히 계집아이에게 업혀 거기 있었던 것이다. 초겨울이라고는 하지만 봄처럼 다사한 날씨다. 나와 노는 것이 변될 것 없지만 장소가 장소이다. 그러나 놀란 것은 그 때문이 아니다. 밝은 곳에서 갑자기 어두운 데 들어서서 눈이 익지 않았던 까닭으로 그랬던지, 그 순간 귀여운 영호가 다시 그 징그러운 남저고리를 입고 있는 것같이 보였던 것이다. 흔히 있는 시각 현상이지만 꺼림칙한 일이었다.

눈이 익어 오자 영호는 포근한 초록색 새 스웨터를 입고 오는 것을 알았다. 한동안 보지 못했건만 무척 반가워한다. 자꾸만 손을 뻗기에 포대기를 풀어 안아 주며 계집아이를 나무랐다.

"너 이런 데 애기 업구 오면 안 돼."

계집아이 눈이 똥그래지며,

"선상님, 우리 집 할머니한테 일러바치지 않으시죠? 네, 우리 집 할머니 아시면 막 야단하세요."

하고 올려다본다. 표정을 읽어 내고야 안심하였는지 언제나처럼 호들갑스럽게 수다를 떨기 시작했다.

선상님 저기 저 아이 말예요. 눈이 날 적부터 멀었대요. 근데요오, 저어기 군밤 장사 할아버지가요오, 가차이 가믄 옮는대요."

가리키는 쪽을 보니 아이를 업은 여인이 이쪽으로 등을 보이며 쪼그려 앉아 길가에서 무엇인가를 빨고 있는 모양이었다. 어린것은 등에서 고개가 발딱 젖혀진 채 눈을 감고 있다. 손질을 하지 않은 퍼머머리 뒤꼭지가 어수선했다. 깡통을 이어 붙여 만든 대야에 넝마 같은 빨랫거리가 꽤 담겨져 있고, 빨래를 이길 때마다 등에 업힌 아이의 고개가 흐느적거린다. 눈은 감고 있었으나 아이는 자고 있지는 않았던 모양이다. 어머니가 방망이질을 시작하였을 때 드디어 울음을 터뜨리고야 말았다.

어머니는 몸을 흔들어 두어 번 얼러 보다 아이를 업은 채 앞으로 돌려 젖꼭지를 물렸다. 아이는 더욱 보채는 모양이었다. 여인은 하는 수 없다는 듯이 젖꼭지를 물린 채 일어났다. 이윽고 그녀의 얼굴이 이쪽을 향했을 때, 언젠가 아이 병을 보아 달라고 산부인과 병원을 찾아왔던 그 어린 어머니를 보았던 것이다.

집안이 어수선했다. 묵어 내려온 상가(商家)에서 자랐건만 장사일은 잘 모른다. 그저 들썩들썩하면 오히려 활기를 띠고 있는 것으로 알고 왔다. 그러나 그런 활기와는 좀 분위기가 다르다. 간밤의 꿈자리마냥 뒤숭숭만 하는 것이다. 나쁜 술에 취한 끝에 든 잠이라 숱한 꿈을 꾸곤 모조리 잊어버린 뒤에 오는 두통과 허전감만이 남아서 그런가.

전방에서는 대 소제날로 정해져 있었든지 총동원으로 상품 정리에 법석들을 하고 있었다. 전방에는 잘 나가지 않는 누이부터가 수건 쓰고 중동매 매고 오동통한 팔을 팔꿈치까지 드러냈다.

지껄지껄 와글와글 시끄럽다. 가쁜 숨결들— 그러면서 어떤 이완(弛緩)이 보인다. 안전한 위치에서 끔찍한 것을 즐기는 흥분. 음성들이 높았다.

"싸아악 쓸었단 말이야. 싸아악."

늘 심부름만 다니느라고 상점에는 붙어 있는 일이 드문 복행이가 상품을 한 아름 안은 채 노랫조다.

"경칠 놈 같으니, 이 추위에 털려 나온 사람들 생각두 해 줘야지."

손님 접대가 능란하다는 순성이는 나무라는 어조다.

"형씨 아쉬워하는구려?"

한쪽 눈이 거짓말같이 잽싸게 감겨졌다. 미끈한 순성이 얼굴에는 표정이 없다. 여자처럼 고운 손끝이 날쌔게 움직일 뿐이다. 무엇이 화제가 되어 있는지 알 수 없어 어리둥절하고 있는 앞을, 바쁜 손놀림 발놀림들이 어지러웠다.

"사람두 죽었대요."

"그런 큰 불이었으니깐!"

당연하다는 대답은 누이의 음성이었다.

"몹쓸 에미년 같으니. 아무러 더러운 똥갈보년이기로서니, 그래 새끼를 버리구 제 년만 살겠다고 뛰쳐나간담? 하늘이 그냥 둘 줄 알았나?"

분개를 털기나 하는 것처럼 총채 끝을 잽싸게 놀린다. 무엇을 분개하고 있는지는 모르는 대로 우선 큰 불이 난 것, 사람까지 죽은 것, 그런 것들에 짐작이 갔다. 그러나 코끝이 아릿하게 매워 왔다. 좀 전부터 욱신거리던 골이 맵싸해지며 뇌수의 주름 틈으로 감겨드는 연기(煙氣)를 느꼈다. 현기가 나며 헛기침이 터졌다. 그 바람에 누이의 얼굴이 이켠으로 돌려지며

"아니, 그 소동에 무슨 잠이니 그래."

하고 혀가 차여졌다.

간밤에 큰 시장 건너 양동 사창굴에 큰 불이 나서 누더기 같은 천막집들을 거의 쓸다시피 했다는 것이다. 화세가 하도 심하여 연소가 염려되므로 상품들을 일단 피접시켰기 때문에 다행히 연소는 면하였다 하여도, 불난 뒤 못지않게 뒷정리에 이 소동이라고, 송구한 말 내용보다는 오히려 재미라도 보고 있는 태도였다.

엄청난 수의 이재민에 비하여 거짓말처럼 적은 손해액, 당국이 철거에 골머리를 앓던 누더기가 제바람에 뜯겨진 것이다. 누이로선 말만 들어도 눈살이 찌푸려지는 악의 소굴이고 보니, 돈독한 불교도인 그녀의 두터운 자비심도 이런 곳에서는 천수 부동명왕(千手不動明王)의 손아귀에 쥐어진 시퍼런 주악(誅惡)의 칼끝이 되는 모양이었다. 흥분하고 있기도 하였지만 누이의 지병(持病)이

라고도 볼 수 있는 편견이 이날따라 심한 것은, 사창굴이란 구더기가 득실거리는 거름통이라 애초 침부터 먼저 뱉고 시작한 수작인 까닭이라고 보였다. 묻지 않는 말이 악의를 품고 검은 연기처럼 자꾸만 쏟아져 나왔던 것이다.

불탄 뒤를 정리해 본즉 갓난애 것으로 짐작되는 백골 하나와 반쯤 탄 여인의 소사체가 발견되었다는 것이다. 동리 전체가 판자벽에 레이션 상자 지붕이 아니면 제대로 쳐지지도 못한 천막— 말하자면 북더기 불쏘시개에 불이 당겨진 격이다. 불은 삽시에 퍼졌다는 것이다. 길이라곤 꼬부랑꼬부랑 움막 틈으로 누벼 이어진 틈새라고 불러야 옳을 골목이다. 죽음이 둘 밖에 나지 않았다는 것이 오히려 기적이라 하겠다. 또 그런 곳에서 죽음이 났기로니 누이처럼 도도하고 정숙한 부인으로선 구더기가 터진 정도로밖에 여겨지지 않을 법도 한데, 이날따라 어디가 잘못되었던지 그 추잡한 구더기를 발꿈치로 짓이겨 터뜨리고 싶은 잔인한 충동을 이기지 못하고 있는 모양이었다.

화세와 연기에 막혀 소사하는 경우 희생자가 하나 아닌 때는 거의 모두가 한자리에 엉켜서 발견되는 것이 보통인데, 반나마 타다만 만큼 더욱 끔찍스러운 여인의 시체는 새다리보다는 가냘픈 어린 해골이 팽겨쳐 있는 곳에서 얼마쯤 떨어진 곳에 엎드려져 있었다 한다. 그 위치와 자세가 누이의 분개와 멸시와 혐오를 자아내고 있었던 것이다.

어린 해골은 마땅히 어미 품에 있어야 했고, 어미의 자세는 끝까지 불길로부터 아이를 가리듯 아이 위에 꾸부정해 있어야 할 것이 아닌가. 의심할 여지도 없이 무도한 어미는 천막에 불이 붙은 후에야 잠이 깨었고, 일이 급한 것을 알자 아이는 버려둔 채 혼자만 뛰어나가려다가 무엇에 걸려 쓰러진 것임에 틀림이 없었다. 더구

나 알고 보니 아이는 날 적부터 소경이라지 않는가— 신이 오른 듯이 떠들던 누이가 갑자기 말을 끊고

"왜, 어디가 어떠냐?"

하며 미간을 접었다. 안색이 변해 있었던 모양이다.

아이를 옆에 뉘어 놓은 채 몸을 판 더러운 어미, 금수에게도 모성애는 있는 것인데— 그런 말들이 텅 빈 머리속에 우글거렸다. 모성애— 처음 그 산부인과 병원에 눈먼 아이를 안고 온 그녀가 그토록 애초롭게 보인 것은, 또 그 굴속 같은 움막에서 오히려 경건(敬虔)이랄까, 무언지 삼가는 마음을 갖게쯤 한 것은 무엇이었던가. 그렇다! 확실히 그것은 존재(存在)의 영점(零點)에 서서, 그래도 끓고 있는 강한 모성애였던 것이다.

말하지 않고 있으면 그것도 속이는 것이 된다지만, 하여튼 누이 모르게 지난 20여 일 동안을 그 움막에 드나들었다. 처음 발을 들여놓게 된 것은 언젠가 그녀가 골목에서 아이를 업고 빨래를 하던 날 저녁때였다. 나쁜 짓을 하다 들킨 아이처럼 얼굴을 붉히며 당황해 하는 그녀에게 알은 체를 하며 다가섰을 때, 우선 놀란 것은 아이가 먼저 보았을 때보다 무척 파리해진 점이었다. 젖을 제대로 못 빤다는 것이다. 아구창(鵝口瘡)이었다.

초산은(硝酸銀)을 가지고 다시 찾아갔었을 때의 그녀의 모습은 그야말로 붓으로 그려 낼 도리가 없는 것이었다. 어리디 어린 얼굴에 먼지같이 뒤집어쓴 어색한 화장, 눈썹이 짝짝이로 그려진 것은 솜씨가 서툴러서가 아니고, 움 속이 너무 어두웠던 까닭이라고, 이것은 나중에야 짐작이 갔다. 그렇게 해야만 곱게 보인다고 생각한 모양이었으나 원형으로 칠해진 볼연지, 짙은 입술하며 서커스 걸 같은 희극적인 차림은 우습다기보다 왈칵 슬픔 같은 것을 솟게 하였다. 다시 찾아간 것이 그녀에게는 청천의 벽력이나처럼 여겨졌

던 모양으로, 거의 질린 표정을 보자 무척 해로운 일을 하러 간 것 같은 송구함을 느꼈다.

천막 속은 두어 평가량이나 될까, 한 켠으로 놓여진 나지막한 마루같은 것에 암페라를 깔아 거기가 방으로 쓰여지는 모양으로, 납작한 이불때기가 구석에 개켜져 있었다. 종이로 바른 사과 궤짝 위에, 앞에 켜져 있는 등잔불이 어린 손거울이 있었고, 그 앞에 난한 포장의 화장품 병들이 둘레와 어울리지 않게 놓여져 있어 그녀의 생활을 말해 주고 있었다.

양동은 사창굴 속에서도 가장 끔찍한 곳이라고 들어 왔다. 일선에서 돌아온 가난하고 굶주린 졸병들, 꿀꿀이죽으로 끼니를 잇다시피 하는 노동자들, 간혹 돈 없는 학생들, 그런 사람들이 급한 일이라도 보러 가는 것처럼 간다는 것이다. 낭설인지 진담인지는 모른다. 다른 여자들은 어쩌고들 있는지는 더욱 모른다. 그러나 그녀의 천막 속을 보고 있노라니 인간의 본능이란 약점에 까닭 없는 긍련이 느껴지는 것이었다. 그토록 그 곳에선 음탕이라든가 분홍색 홍분 같은 것을 느낄 수는 없었다. 인간이 지니는 어쩔 수 없는 끈적끈적한 비린내, 그런 것이 배어 있는 것 같아 오히려 처절하였다.

암페라를 깔지 않은 쪽 맨땅에 연탄 화로가 하나, 이것은 아이를 얼리지 않으려는 필사적인 어머니의 정성을 말해 주는 듯, 이런 곳에서는 끔찍한 사치라고 할 수 있는 연통을 껴서 참다랗게 놓여 있었다.

아이의 용태는 생각한 것보다도 말이 아니었다. 병원에서 보았을 때는 꽤 좋은 영양 상태였었는데, 거미처럼 파리했다. 그 거미처럼 파리한 팔다리에 손거울 앞에서 가물거리고 있는 등잔불마냥 가냘픈 목숨이 붙어 가물거리고 있었다. 사실 아이는 죽음과 싸우고 있는 것이 아니라 목숨과 싸우고 있다는 느낌을 주었다. 무엇보다도 가슴을 친 것은 아이 옆에 놓여 있는 젖그릇이었다. 유량이 유달리 많다 한다. 아구창을 앓는 아이는 그 풍족한 젖을 빨 수가 없어 어머니는 그렇게 일삼아 젖을 짜 버릴 수밖에 없다는 것이었다. 침침한 등잔불을 받아 노리께하게 윤이 흐르는 기름 엉킨 젖그릇— 이 언어를 절한 가난 속에서 단 하나의 호사스러운 낭비는 그런 이유로 있었던 것이다.

천막을 나와 집으로 돌아가는 길에서 바라본 서쪽 하늘이 잊혀지지 않는다. 장미빛으로 고요한 하늘이었다. 정(靜)의 빛이라고 느꼈다. 무릇 인간의 삶에 철저하게 무관심한 고요였다. 먼 언덕 위에 서 있는 교회의 첨탑이 실루엣으로 보였다. 참으로 대지는 위대한 기적(奇蹟), 억만 가지의 삶을 싣고 덤덤할 수 있는 기적이라고 두려움 같은 것이 솟는 것이었다.

다음날은 눈도 보아 줄 마음으로 붕산과 페니실린까지 가지고 천막집을 찾아갔다. 다음날도 또 다음날도. 그것은 동정이라기보다 인간의 괴로움에의 공감이라고 하는 것이 옳았다. 사실 괴로움을 본다는 것은 사람을 가까이하는 것이다. 더구나 당하는 본인이 그것을 의식하지 못하는 경우, 알 수 없는 애착까지 생기는 것인지도 모른다.

있는 대로의 시대(時代)의 슬픔과 괴로움이 덮쳐 있는 그녀는 그런대로 무척 밝은 성격을 가지고 있었다. 솔직히 말하면 이 명랑성에는 처음 적이 놀랐다. 그야말로 다 죽어 가는 중환자가 일어서서 비틀거리지 않고 걸어 나가는 것을 본 것 같은 놀라움, 그것이었다. 그것은 삶을 '참고' 있는 것이 아니고, 분명 '살고' 있는 모습이었기 때문이다.

그러한 삶, 그릇된 것임에도 틀림없으나 그런대로 피가 엉킨 삶을 볼 때 돌이켜지는 것이 있었다. 여지껏 살아온 것이 아니고 끌려 왔다는 느낌이었다. 너무나 안이하고 평탄한 삶, 스스로 책임져 행동한 일이 없었다. 그러므로 어떤 행동이고 그 여인의 그것처럼 숙명이 되는 일은 없었고, 그저 간단히 기입된 경력(經歷)의 책장이 수월하게 넘겨졌을 따름이었던 것이다.

천막촌에 드나들면서부터 또 하나 얻은 것이 있었다. 즉 사람은 어떻게서라도 살 수 있다는 확인이었다. 그녀만 하더라도 아이를 옆에 뉘어 놓은 채 손님을 맞는 모양이었으나, 그것을 추악하다든가 용인할 수 없다든가 하는 노여움은 가져지지가 않았다. 실로 존재한다는 것은 모든 윤리에 선행(先行)하는 것이 아니겠는가.

눈은 몰라도 아이의 아구창은 확실히 조금씩 나아갔다. 그러나 솔직히 말하여 눈먼 이 아이에게는 영호에게 쏠리는 그런 애정이 가져지지 않았다. 회복함에 따라 차차 살이 붙어 오는 것을 보면서, 아무래도 자기가 해로운 짓을 한 것만 같은 느낌이 드는 것이었다. 마치 장질부사를 앓고 난 환자가 쇠고기 먹고 싶어하는 것을 보고 사다 먹인 것 같은 후회가 간혹 스쳤다. 사실 눈먼 이 아이는 어쩌면 병들고 가난한 어린 어머니에게 있어 장질부사 같은 존재일지도 몰랐다. 그러나 그녀의 경우 그 장질부사는 죽어야만 완치될 수 있는 질병이었다. 그토록 아이에 대한 그의 정성은 극진한 것이었던 것이다.

"몹시 안색이 나쁘구나. 감기라두 든 것 아냐? 떠날 날이 가까운데……."

누이는 계속해서 안색을 살피고 있었던 모양이다. 거듭 걱정스러운 듯이 말을 건넨다.

정신을 돌려 보니 어느덧 끝까지 탄 담배가 손끝을 그을리고 있었다. 그것을 발밑에 던지며 일어서는데, 진열장 앞으로 가려던 점

원 하나가 두 팔에 잔뜩 안고 있던 상품으로 등을 밀었다. 비실거려지는 것을 걸음으로서 옮기며

"잠이 좀 부족한 모양이에요. 한잠 자구 나면 낫겠죠."

하니깐 누이의 눈이 치떠지며 이마의 흉한 주름이 누벼졌다.

"아아니 잠이 부족허다구? 얘애두! 불이 그만했으니 다행이지 여기까지 건너 퍼졌다면 타 죽을 뻔했다. 얘. 그 소동에 깨지 않았던 건 너뿐이야."

이 말은 왠지 뒤통수를 때렸다.

방으로 돌아가 보니 자리가 그대로 있다. 일찍이 없던 일이다. 그러나 다시 누울 마음은 없었다. 들어간 얼음으로 창 옆에 가 섰다. 입 속이 가득했다. 혓바닥이 까실까실 강판 같다.

창밖엔 눈이라도 올 듯한 무거운 잿빛 하늘 아래 음산한 지붕들이 다닥다닥 붙어 있었다.

군데군데 이은 곳이 있는 양철 지붕, 더러 깨어진 곳이 있는 기와 지붕, 빛이 아주 바래 버린 붉은 슬레이트 지붕, 묵은 상가(商街)라 그런지 낡고 지저분한 지붕들이었다. 내려다보고 있노라니 문득 그 지저분한 무수한 지붕들이 마치 헌데 딱지같이 보여 와서 견딜 수가 없어졌다. 벗겨 젖혀 보면 피고름이 줄줄 흐르는 헌 자리가 나올 것 같은 환각이 자꾸만 앞에 와 섰다.

이마를 짚어 보았다. 싸늘했다. 두통이 심했다. 개키지 않고 있는 자리에 가서 아무렇게나 쓰러졌다. 누우니깐 더욱 까부라지는 것같이 피로가 왔다. 그러면서도 잠이 올 것 같지는 않았다.

방으로 올라오면서 들은 누이의 말이 되살아 왔다. 그대로 두었더라면 타 죽을 뻔했다— 번개 같은 것이 홱 지나간 느낌— 저도 모르는 사이에 눈을 부릅뜨고 반신을 일으켰다.

불이 난 것은 몇 시경이었던지, 그 골목에 들어섰을 때도 초저녁

은 아니었다. 일찍 떴던 달이 넘어간 후의 캄캄한 골목 어구에 군밤 장수 노인이 아주 종이로 가린 호롱불 아래 웅숭그리고 앉아 졸고 있었다. 내뿜는 숨이 하얗게 얼었다. 그러나 몸이 확확 달고 있었다. 친구들이 열어 준 송별회에서 돌아오는 길이었다.

몹시나 외로웠다. 마신 술이 과했던 탓만은 아니었다. 군복을 입고부터 배운 술이지만, 두주를 사양치 않는 주량이다. 주사를 부려 본 일도 없다. 이때 따라 기분이 거칠어 있었던 것에는 이유가 있는 것이다.

뜻밖에 쓸쓸한 송별회였다. 어쩌면 결혼식도 못 볼지 모른다고 약혼자까지 청해다 놓은 자리에 온다던 친구들의 얼굴이 보이지 않았다. 기다리다 지쳐, 늦게서야 김이 나간 음식들을 들기 시작했던 것이다. 애초부터 사람 수를 줄잡았던들 그처럼 어색하지는 않았으련만 선불리 바랐던 것이 나빴다. 십조 방을 두 개, 사이장지를 떼어 통하게 해 놓았던 것이다. 합계 일곱 명으로는 방 하나만이라도 오히려 넓었다. 술을 못 하는 소녀는 외투를 입고서도 입술이 새파래서 달달 떨고 있었다. 밤이 으슥해 오며 엉성하게 지은 요릿집 방에는 냉기가 돌기 시작하여, 떼었던 장지를 도로 들여야 했다. 보이들이 한참 서두는 틈을 타서 변소에 갔었을 때였다.

입을 보고 돌아오는 길에 주방으로 통하는 콘크리트 복도를 막 돌아 나오는데 동창인 K와 R의 말다툼 같은 소리가 들렸다. K가 짜증이 섞인 음성으로 왜 잘 알지도 못하면서 그렇게 미리 예약을 해 놓았느냐고 책하고 있었다. R은 설마하니 이럴 줄은 몰랐다고 난처해하는 모양이다.

"글쎄, 나두 나오구 싶어 나온 줄 알아. 자식 술을 들이부어 두 쌍판 하나 달라지지 않구. 기름 조개 겉은 수재(秀才) 낯짝 갈겨 주구 싶은 걸 참구 있는 거야."

요릿집 측에서 무슨 말을 했는지, 둘이 다 잔뜩 불쾌한 눈치다. 술이 한꺼번에 깨는 것 같았다.

방으로 돌아가자 막 술을 퍼마셨다. R의 말대로 조금도 얼굴에 오르지 않았다— 나를 수재(秀才)라는 이름 속에 가두어 버리려는 구나— 노여움이 왔다. 지나간 일이 조명탄이나 던져진 것처럼 망각의 어둠 속에서 떠올라 왔다.

언제나 반장을 맡아야 했다. 국민 학교 시절부터 줄곧 으레 반장이라는 굴레가 씌워졌었다. 한참 장난도 하고 싶은 나이에, 반장인 까닭에 의젓하게 일처리를 해야만 했다. 그래서 친구들은 자기들 편에 넣어 주려 들지 않았다. 그러면서 단체적으로 잘못이 있을 때면 그들을 대신하여 반장이 질책을 받아야만 했다. 반장이 그런 짓을— 이런 말 때문에 어렸을 때의 즐거움을 모조리 빼앗겼다. 도대체 누가, 또 무슨 까닭으로, 원치도 않은 반장을 만들었단 말이냐, 소리를 지르고 싶었다.

술자리에 살기가 돌았다. 아무리 떠들지 않았다.

겁을 잔뜩 먹은 눈을 한 약혼녀를 집까지 바래다 준 후도 그대로 집으로 돌아갈 마음은 없었다. 울상을 하며

"그렇게 약주 많이 잡숫는 줄 몰랐어요."

하던 그녀의 말이 신경에 걸렸다. 왜 수재면 술도 못 마신대— 친구끼리 술을 먹은 후면 곧잘 어울려 간다는 곳, 그런 곳에 오늘 저녁에도 친구들은 기분 나빴던 술을 마신 뒷가심으로 갔는지 모른다. 그리고 보니 품행 방정이란 그런 축에 낄 수조차 없는 돌림쟁이의 대명사라는 생각이 들었다.

그러나 천막촌에는 그런 목적으로 간 것은 아니다. 걷다 보니 골목 앞에 와 있었던 것이다. 문득 요 며칠 분주한 대로 가보지 못했던 그녀의 생각이 났다. 그래서 골목길에 들어섰던 것이다.

그런 시간에 그 곳에 간 것은 처음이었다. 밤이 늦어 그런지 골목광경이 들은 바와는 좀 달랐다. 그저 완연히 허세라고 짐작이 가는 주정꾼이 두서넛 떠들며 앞에 가고 있었고, 얼굴을 푹 숙인 연령 불명의 사나이가 하나 옆을 스쳐 가는 것을 보았을 뿐이다.

그녀는 혼자 자지 않고 있었다. 늦었대야 통행 시간에는 아직 짬이 있었다. 그런 사회는 어떻게 짜여 있는지 들은 말밖에 없으나 기다리고 앉아 있었던 모양이다.

그러나 찾는 사람이 누구인가를 알았을 때 그녀는 못 볼 사람이나 본 것처럼 자지러져 놀랐다. 등잔불이 아니고 촛불이 켜져 있었다. 심지가 찍찍거리며 불꽃이 흔들려 그녀의 경악에 찬 짙은 화장을 한 얼굴에 어룽어룽 얼룩 같은 그늘을 짓는다. 뒷벽에 도깨비같이 큰 헐은 머리 그림자가, 그림자 임자는 움직이지 않고 있는 데도 흔들흔들 흔들리는 것은 겨울 찬바람이 천막 벽에 마구 거세게 부딪치는 까닭이리라.

그녀 쪽에서는 불빛을 역광(逆光)으로 받은 이쪽 얼굴이 어떻게 보였었는지 모른다. 그 추위에 땀이 나 있었던 것을 기억한다. 얼마쯤 둘은 그렇게 말없이 마주보고 서 있었다.

이윽고 먼저 그 자세를 흩은 것은 이편이었고, 먼저 입을 연 것은 저편이었다. 움직인 것은 뜻이 있어서가 아니었으나 그녀는 그것을 다르게 보았던 모양이다.

"선상님, 못쓰십니다. 댁에 가셔서 주무시래요."

고향이 어딘지 그녀의 말투는 억양이 귀설었다. 그것이 이밤 따라 심했다. 순간 왠지는 몰라도 그 말투에 '창녀'를 느꼈다.

욕정과는 동떨어진 횡포한 충동이 등을 움켜잡았다. 이윽고 숨막히는 긴장이 왔다. 겁을 먹고 뒷걸음을 치는 그녀를 암페라가 깔린 데까지 몰고 갔을 때, 그녀는 잽싸게 출입구 쪽으로 몸을 피하려 했다. 알 수 없는 격노가 솟아 한걸음으로 뒤를 쫓았다.

"왜 못써, 왜 못써?"

씨근거리며 나오는 말이 자기 음성 같지 않았다.

"선상님 같은 분이, 선상님 같은 분이……."

창녀는 여전히 저항하며 할딱거렸다.

— 선상님 같은 분……? 너는 또 어떤 영어(囹圄) 속에 나를 가두려는 것이냐? 사나이이면 또 기백 환 돈이면 병신이라도 너를 가질 수 있다고 들었다. '같은 분이'란 말은 무엇을 의미하는 것인지는 모르나, 이 말은 그 찰나 인생에의 참가(參加)를 거부하는 말로 들렸다.

걷잡을 수 없는 격노가 터졌다. 사람을 죽이는 것은 이런 순간이리라. 이때 그녀는 흥분에 겨운 눈에 한낱 가난하고 무력한 창녀로 보이지는 않았다. 이윽고 얼마 후에야 어린 창녀를 난타하고 있는 자기를 발견했던 것이다.

그녀는 그렇게 맞으면서도 소리 하나 지르지 않고 깎아 세운 돌사람같이 마구 떨어지는 주먹이 멎을 때까지 그러고 서 있었던 모양이다. 자기로 돌아가며 망연(茫然)해지는 눈 아래서 그녀는 토막같이 아무렇게나 쓰러져 갔다.

그대로 뛰어나온 것은 자기에 대한 구역질 같은 혐오에서였다. 골목을 빠져 나올 무렵해서 통금 사이렌이 길게 울었다.

— 깨지 않고 그대로 두었더면 타 죽었을 거야— 누이의 말이 또 되들려 온다. 뒤이어 또렷이 떠오르는 광경— 저기 저만치 문 앞에 실신해 쓰러진 여인이 있다. 바깥은 불바다 아비규환이다. 이쪽 암페라 위에서 애기가 깨어 운다. 여전히 잠잠한 어머니, 천지를 뒤덮는 듯한 처절한 음향도 어머니의 정신을 돌리지는 못하는

모양이다. 갑자기 천막 안이 확 밝아진다. 애기의 울음 소리가 소스라쳤다. 이내 멎는다. 불의 광란— 소름이 쪽 끼쳤다. 벌떡 일어나 한달음으로 아래층으로 뛰어 내려갔다.

상점에서는 여전히들 분주했다. 누이가 보이지 않았다. 안에 들어갔다 한다. 안으로 뛰어 들어갔다. 안도 역시 소란했으나 모두를 상점에 있는지 누이 외에는 아무도 없다.

누이를 보자 선 채 선언이나 하듯 말을 던졌다.

"누님, 그 여자 내가 죽였어요. 타 죽은 것 아냐."

"그럴 리 없어, 그럴 리 없어."

누이가 거의 반사적으로 소리를 치며 일어난다. 얼굴이 창백하다. 눈이 들떠 있었다.

"넌 넌 넌……."

자꾸만 더듬는다. 누이의 흥분을 보자 오히려 마음이 가라앉아 왔다.

"누님은 구더기 같은 창년 줄 알지만……."

하고 누이를 노렸다. 말을 꺼내고 보니 얘기가 술술 나왔다. 두 사람이 다 선 채였다.

얘기가 끝나자 듣고 있던 누이가 오히려 피로한 듯한 숨을 내뿜었다.

"그건 네가 한 게 아냐."

"결과적으로 마찬가지죠."

"아냐 아냐, 넌 넌 그렇게 되어 있었어. 그걸루 그걸루 때워 버린 거야."

"때우다니 때우다니, 뭐 뭣을……."

말이 같이 더듬어 나왔다. 무서운 예감이 등살에 칼같이 꽉 꽂혔다.

"으으으……."

하고 싶던 말이 신음(呻吟)으로 흘렀다.

"그럼 그럼, 그랬던 거야."

누이의 말이 악마의 환호성같이 들렸다.

무엇이 그럼이고 무엇을 그랬단 말인가? 무서운 일이었으나 짐작이 가는 것이다.

"우리가 할 노릇은 다 했다. 너무 생각나겠지만 어머닌 약하시구…… 내가 이 손으로 모든 것을, 좋다는 일은 다아 했었다."

누이의 음성은 이제 가라앉아 있었다.

"백날 안에 남저고리두 일곱 벌 해 입히구……."

남의 일같이 빈정대는 입가에 자꾸만 경련이 일었다.

"그럼 그걸 빠쳤겠니?"

누이가 태연히 받았다. 눈이 번들거렸다. 마치 기다리고 있었던 것이 실현이나 된 것같이 광열적인 얼굴이었다.

북받쳐 오르는 분노, 있는 대로의 벽마다에 머리를 부딪쳐 부숴 버리고 싶었다.

모든 것을 이제야 안 것이다. 막연히 느껴 오던 그 거미줄에 얽힌 것 같은 느낌, 언제나 문턱에서 거절당하는 인생에의 참가, 남들이 일상(日常)이 그리도 어려웠던 일들— 그렇다. 한 벌 한 벌의 남저고리가 입혀질 때마다 한 인격으로부터 자유와 주체성을 박탈해 간 것이다.

숨이 가빠 왔다. 어디로든 우선 그 곳을 떠야 했다. 발에 무엇인가가 걸리는 것을 아무렇게나 차 버리고 밖으로 뛰어나갔다.

달은 없으나 창 너머 바라보는 밤하늘에 별이 차갑게 빛나고 있다. 그러나 여기까지는 못 오는 별빛, 저만치 북쪽 하늘에 돋아난 일곱 개의 보석들, 아 얼마나 많은 아름다운 오해가 저 별들을 두고 이어져 왔던 것인가.

사람은 저마다의 별을 가지고 왔다고 들려준 옛이야기들, 별을 두고 점친 옛 철인들— 그러나 오늘의 과학이 그런 일들을 황당하다고 일러준다 하더라도, 어쩌면 오늘 밝혀진 진실이라는 것이 실은 새로운 오류(誤謬)일지도 모른다. 다만 알려진 범주 안에서의 진실을 우리는 받아들이는 것이다.

그렇다. 이제 착각을 두려워하고 싶지는 않다. 자학이 아니다. 양심의 가책에 못 이겨 벌을 받음으로써 죄를 한정(限定)시키고 싶었던 것만도 아닌 성싶다.

영호를 낳던 그 더운 날의 광경이 눈앞에 떠오른다. 이윽고 그 깨끗한 어린 몸에 입혀졌던 남저고리, 앞으로 올 날들이— 그에게도 터부가 많이 생기리라. 슬기롭고, 힘이 다른 아이보다 세더라도 골목 대상이 되어선 안 된다. 골목대장이란 억세고 잔인성을 가지는 것이 일쑤니까. 그리하여 이니셔티브를 잃어버리리라.

무엇에든 흥미와 탐구심을 가져 사물의 있는 모습을 알고 싶어 해도 안 된다. 장난감이라든가, 기계 같은 것의 구조가 알고 싶어 그것을 뜯기라도 해 보라. 어른들은 그런 행위에 흉행(兇行)의 징조를 보고 기겁하여 말릴 것이다. 아이는 모르는 사이에 사물에 대한 관심을 잃고 밍숭하고 착한 아이가 되어 버리리라.

이리하여 그는 건강한 인생의 제수(除數)가 될 수는 없어진다. 이윽고 어느 날 자각(自覺)이 와서 자기가 객체(客體)에 지나지 않는 것에 놀랄 것이다. 그러나 때는 이미 늦고 미망(迷妄)의 뿌리는 깊어, 진실을 찾으려는 노력이 어느덧 자기가 선 자리를 헐어 버린 것을 알게 되리라—

어둠에 익은 눈에 이 음산한 건물을 에워싸 둘려진, 더욱 음산한 높은 담들이 보인다. 차가운 겨울 별 하늘 아래 컴컴하게, 마치 밤

자체가 결정(結晶)이나 된 것처럼 흉흉하게 서 있는 담— 이 안에서는 인간의 죄가 상품으로 바뀌어진다. 얼마만큼의 죄에는 얼마만큼의 형기(刑期)— 사람들은 그것으로 양심에서 풀려 나와 지금쯤은 저마다 찬 마루 위에서 고달픈 대로 깊은 잠에 들어 있을 것이다. 양심은 사람을 재워 주지 않아도, 벌을 받았다는 의식은 사람을 재울 수 있는 것이니까. 증거 불충분이라 오히려 정신 상태를 의심받고 있는 것이다. 그런 일로 자수를 하다니 말이 안 된다는 것이다. 자살행위라고 펄펄들 뛰었다.

그러나 죽는다는 것은 받는 것이지만 자살한다는 것은 행위(行爲)다. 자신으로서의 행위를 갖고 싶은 것이다. 설사 범행(犯行)은 없었다 할지라도 그날 밤 그녀에게라기보다 그녀의 거절이 연상시킨 모든 것에 대한 살의(殺意)와 그 결과에 대하여 당당히 책임을 지려는 것이다.

약혼자의 곤경, 누이의 통곡, 그런 것도 이제 와서 이 마음을 굽힐 수는 없다.

푸른 수위를 두른 미결수, 한동안 만날 길도 없었으나, 들은 바에 의하며 누이도 병상의 사람이라 한다.

그렇다. 사제(司祭)도 지쳤다. 악마의 말을 빌린 미사도 이제 끝난 것이다. 이윽고 할 일을 다한 사람같이 평온한 마음, 죽음과 삶에서 동시에 해방된 마음— 쉬고 싶다.

철창 이쪽에 끼워져 있는 창 유리에 겨울 밤이 빙화(氷花)를 얼리는 소리를 들으며 언젠가 읽은 불란서 상징파 시인의 시 구절이 떠올랐다.

나를 잠재워 다오.

그대로의 잠을 재워 다오.

(1958. 2.)

축제와 운명의 장소

요령(搖鈴) 소리는 여전히 귓전에서 울리고 있었다. 그리고 그 구슬픈 가락도.

인제 가시면 언제나 오시요
동지섣달 설한풍에
멍석 딸기가 피면 오시요—

먼 먼 옛날의 먼 먼 고향 황톳길을 상여가 간다. 요령잡이가 구성진 음성으로 또 가락을 뽑는다.

북만 산천이 머다 해도
건넛산이 북만산이요
이 길 한 번 떠나면
영결종천 마지막이다.
어— 어 하아아 어 하아아

상두꾼들이 구슬프게 받아 목청을 뽑는다.

유소보장(流蘇寶帳) 꽃수레가 양장(羊腸) 같은 황토 산길의 기복에 따라 흔들리며 간다.

하늘은 구름 한 점 없으면서 푸른빛은 없고 노르께하고, 원색(原色) 꽃술을 두른 꽃상여도 찬란한 오색 위에 한 꺼풀 노란 물을 씌운 것처럼 노란 빛에 묻혔다. 마른 황톳길에 이는 노란 먼지 속을 흰 옷의 사람들이 가는 것이다.

전옥희 여사는 나무에 기대서서 상여를 눈으로 좇았다. 상여가 가는 길은 고향의 황톳길인데 서 있는 곳은 보지 못하던 땅이라고 느꼈다. 그러고 보니, 자기는 고향 언덕길에서 칡뿌리로 입 언저리를 더럽힌 채 상여를 바라보던 종종머리 조무래기가 아닌 것이다.

젊어서 즐겨 입던 자주 치맛자락이 눈 아래에 흘러 있었다. 여기가 어딜까? 눈을 들어 보았다. 보지 못하던 하얀 꽃들이 머리 위를 덮고 있다. 희고 향기도 없으면서 요염한 꽃송이가 은빛 꽃술을 무겁게 달았다.

옥희는 저도 모르게 소리를 쳤다.

"아이 고와, 무슨 꽃일까?"

누군가가 속삭였다.

"은행꽃이야, 은행꽃."

"은행꽃이라구요? 나는 처음 보아요."

옥희는 손을 꽃 쪽으로 뻗쳤다.

순간 그는 으악 비명을 질렀다. 하얀 꽃 쪽으로 뻗었던 자기 손이 그대로 백골(白骨)이었던 것이다.

모진 바람이 일어나며 꽃이 마구 떨어졌다. 그는 힘없이 꽃 위에 쓰러졌다. 땅에 떨어진 꽃잎은 그대로 노오랗게 단풍진 부채 모양의 은행잎들이었다.

거쪽편 황톳길을 가는 상여에서 요령 소리가 쩔렁거렸다. 그러다가 그것은 아주 귓전 가까이에서 마구 소란을 떨었다.

"훅."

전옥희 여사는 눈을 떴다. 천장 한가운데에 양 끝이 꺼멓게 탄 형광등이 켜져 있고, 요령 소리는 한 칸 건너 침대에서 요란하게 울리고 있었다.

창 가까운 구석 침대에 누워 있는 언제나 말수가 없는 복막염 환자를 빼놓고는 모두 잠이 깨어 있었고, 더러는 팔꿈치로 베개를 누르고 상반신을 일으킨 사람도 보였다. 중이염 수술을 한 손녀를 간호하고 있던 마산 할머니는 침대 아래에 놓았던 깡통에 소변을 보고 나서 잠이 덜 깬 소리로

"귓구멍이 매키잇나, 저리 종을 흔들어쌌는데 모르는 척하기이가."

하고 혀를 찼다. 그리고 고쟁이 뒤를 여미며 종소리가 나는 쪽으로 다가갔다.

"와, 또 아파 오능교? 오기 싫어하지만 참말로 몬 참게 아푸문 내가 간호사한테 가 주꾸마?"

환자는 대답이 없다. 어두우면서 파아란 형광등빛 아래 눈이 움푹팬 얼굴이 촉루같이 여위었다.

굳게 감긴 눈은 주름에 묻히고 주먹 쥔 왼손의 엄지를 앞니로 물고 있다. 오른편 손이 머리맡의 종을 움켜쥐고 흔들고 있는 것이었으나, 그것은 사람을 부르려고 그러고 있는 것이 아니라 아픔을 견디려는 안간힘으로 보였다. 담석증 환자인 그녀는 돌이 내릴 때마다 그렇게 숨이 끊어질 것 같은 아픔을 겪어야 하는 것이었다.

마산 할머니가 부르러 가기 전에 문이 열리고 깡마른 간호사가 들어왔다. 당번의 의무이기는 하지만 새벽 두 시의 호출이 달가울 리는 없다. 백의(白衣)는 입었지만 천사(天使)의 표정이라고는 할 수 없는 얼굴이다.

"아니 주사한 지가 두 시간두 못 됐는데 어쩔 도리가 없잖아요. 숙직실은 떨어져 있구, 숙직 선생님이 오신다구 별 수 없으실 거구."

당연한 말인지 모르나 듣는 쪽에서는 무성의하게만 들려, 몇몇 쌍의 눈들이 험한 빛을 띄우며 그녀의 얇은 입술을 지켰다. 간호사는 짜증만 나는 모양이다.

"하여튼 사람을 보낼 테니 종은 고만 흔들어요. 남까지 잠을 못 자게 뭐예요?"

"그게 간호사의 말이에요?"

말을 받고 나선 것은 당자가 아니고, 가운데 침대 위에 앉아 있던 여직공이다. 나이는 스물들, 방직 공장에서 일하다가 벨트에 팔이 말려 들어가 왼팔을 자르지 않으면 안 되었다는 처녀다. 야무진 얼굴에 남은 것은 독밖에 없다. 나가려는 자세로 얼굴만이 이쪽으로 돌린 채 간호사는 싸악 긴장한다.

"그럼, 어떤 말이 간호사의 말이죠?"

"좀 친절하란 말이에요. 뭐예요? 무료 환잔, 그래 사람이 아니란 말이야!"

"뭐라구요?"

간호사는 몸 전체를 바르르 떤다.

"너희 돈으로 치료해 주는 거야? 나랏돈이야! 너희 걸 쓰구 있는 게 아니란 말이야. 나랏돈 먹긴 너나 우리나 마찬가지란 말이야."

이쪽은 독이 올라 남은 손으로 삿대질까지 한다. 중이염 수술을 한 열 살짜리 소녀가 눈이 똥그래지며 할머니 손으로 꼬옥 쥐었다. 반쯤 열린 문 밖에 어느새 사람이 모이기 시작한다. 그 사람 틈을 헤치고 좀 나이 든 간호사가 들어오더니, 입술이 새파래져서 바르르 떠는 젊은 간호사의 어깨를 밀어 방 밖으로 내보내고, 악을 쓰고 있는 외팔 여직공 쪽은 무시한 채, 담석증 환자 침대머리 앞에 가 섰다.

"당번 선생님이 곧 오실 거예요. 그러니깐 잠깐만 참아 주세요,

네?”

간호사는 부드럽게 타이르고 자세를 고치며

“지금은 새벽 두 시예요. 모두들 남에게 방해가 되지 않게 조용해 주세요.”

하고는 조용한 얼굴로 복도로 나갔다. 복도의 사람들도 자기 방으로 흩어져 들어가고, 소란 속에 묻혔던 담석증 환자의 신음 소리가 다시 또렷해 왔다.

당번 의사는 좀처럼 오지 않았다.

“흥, 불여우 같은 년! 의사한텐 연락두 않구.”

여직공이 또 씹어 뱉듯 말을 던진다.

그러나 아무도 대꾸가 없다. 소동 바람에 잠이 깨어 각기 소변을 보는 둥, 목을 축이는 둥 하던 사람들도, 새벽 두 시의 곤한 잠에 다시 말려 들어가고 있었다. 장본인인 담석증 환자까지도 진땀과 신음 속에서 괴로운 잠에 빠져 갔다. 입 안에서 종종거리던 여직공의 숨결도 깊은 잠에 빠진 고른 호흡이 되었다.

후두둑— 창유리를 때리는 바람 소리가 두드러져 왔다.

전옥희 여사는 다시 잠을 이룰 수가 없었다. 꿈에서 본 은행꽃이 눈앞에 떠올랐다. 맑고 향기도 없으면서 요염하고 무거운 꽃모습, 그것은 유계(幽界)에서나 필 듯한 꽃들이었다.

“은행꽃은 아무도 모른 새에 핀단다. 죽어 갈 사람 눈에만 보이지, 산 사람은 보아도 보이지 않는 거야.”

어려서 옛 노인에게 들은 말이 되살아 왔다. 그러면서 잔잔한 대로 있는 마음을 자기도 알 수 없었다.

병들어 이곳에 몸을 의탁한 지도 달포가 넘었다. 죽음은 손에 닿는 곳에 있는 것이 아니고 손안에 있는 것이었다. 그러나 사람은 아무도 손에 새겨진 손금을 평상시에 의식하지는 않는다. 손금이 문제가 되는 때란 거기서 어느 의미를 읽으려는 때인 것이다.

전옥희 여사는 사람이 손에 손금을 쥐며 무심하듯, 죽음을 안고 죽음을 생각지 않는다.

다만 가슴이 답답하다. 의사는 기관지가 좀 상한 모양이라고 할 뿐, 대수롭지 않은 표정을 지었다. 별다른 처치를 하는 것도 아니지만 가끔 불려 가서 엑스레이를 찍고, 혈액과 대소변 검사가 되풀이된다. 어쩌다가 갖다 주는 대로 이름도 모르는 약을 그녀는 충실히 먹는다. 공연히 설사를 하기도 하고 까닭 모르는 열이 나기도 하지만, 그 정도로 침대에 누워 있긴 송구스럽다고 남몰래 생각할 때도 있는 것이다.

다만 지난날에 비하면 엄청나게 편한 생활이면서 몸이 급속도로 여위어 간다.

"긴장이 풀리니깐 오히려 살이 내리나 봐."

혼자 중얼거리며 들여다보는 손등에 검버섯이 솟은 것이 눈에 띄었다.

무료 환자로서 이곳에 처음 들어왔을 때의 굴욕감은 조금씩 사라지고 있었다. 저항(抵抗)을 잃은 마흔아홉이라는 여자의 나이가, 체념이라기보다 아무 감개도 없는 이완(弛緩)을 가져와, 그 이완 위에 치마끈을 푼 채 누워 버린 것이다.

그래도 구석에 끼어 남은 자존심과 허영의 찌꺼기가 칭얼거릴 때가 있으면, 그녀는 달이 갈리며부터 그 병동에서 일을 하게 된 귀여운 송 간호사에게 곧잘 자기 말을 하는 것이었다.

"글쎄, 내 병이 뭐 그리 중태유? 친구들이 좀 쉬라구 극성을 부려 들어오긴 했지만 헐일두 많구 이러구만 있을 때가 아니라우. 우정이 고마워 못 이긴 체하구 있는 거지. 글쎄, 우리 친구들은 내가 너무 청렴결백해서 고생을 한다구 안타까워서 야단들이라우."

그러면 갓 스물 난 송 간호사는 앳되디 앳된 얼굴에 의젓한 표정을 띄우며

"몸만 회복되시면 얼마든지 활동허실 텐데, 들어오신 김에 푹 쉬시는 거죠 뭐."

하는 것이었다.

전옥희 여사는 이 귀여운 어린 간호사에게 마음이 쏠려 가는 것을 어찌할 수 없었다. 그것은 일찍이 느껴 보지 못하던 감정이었다. 한 마디로 말하여 그것은 '사랑'에 '염려'를 곁들인 심정이었다. 그러므로 오늘 밤 소동 속에서 전옥희 여사는 송 간호사도 간호사인 이상 오늘 같은 봉변을 당하지 않으리라고 누가 단언할 수 있을 것인가 마음이 아팠다. 어린것이 한참 자고 싶은 나이에 밤을 새는 것만도 애처로운데 심야의 매리(罵詈), 폭언— 그녀는 고개를 젓고 감았던 눈을 떴다. 잠은 완전히 달아나서 돌아오지 않았다. 누군가가 이를 박박 간다. 중얼거리며 입맛을 쩍쩍 다시는 건 마산 할머니인 모양이다.

전옥희 여사는 변의(便意)를 느끼고 침대에서 내려섰다. 발로 신을 더듬어 신고 흐트러졌던 옷깃을 여몄다. 그녀는 이 방에서 깡통에 소변을 보지 않는 유일한 인물이었다. 복도 끝에 있는 변소는 언제나 좀 음산하지만 전옥희 여사는 깊은 밤에도 거기까지 가서 일을 보는 것이었다.

병실 문을 열자 언뜻 맞은편 서병동(西病棟) 복도에 사람들이 모여 있는 것이 보였다. 모두 말들이 없다. 말없는 군중이란 까닭 없이 무섭다. 더구나 심야의 병원 복도에 사람이 모인다면 뻔한 일이다.

예측대로 모였던 사람들이 두 갈래로 깔리며 들것을 마주 든 병원 잡역부가 나타났다. 들것 위에는 하얀 홑이불을 씌운 무거워

보이는 물체가 실려 있다. 전옥희 여사는 머리털이 곤두서면서 요의(尿意)가 더욱 강해지는 것을 누를 수가 없었다.

병실로 돌아왔을 때는 몹시 어려운 일이나 치른 뒤처럼 다리가 후들거렸다. 그녀는 다시 침대에 가 누웠다. 괴괴하다고만 생각했던 병원의 밤이 갑자기 갖가지 음향으로 차오는 것 같아 숨이 찼다. 공기가 너무나 불결하게 농밀하다. 멀고 가까운 방에서 기침소리, 신음 소리가 새어 나오고 있었다. 누르고 누른 오열 소리는 좀 전의 들것에 실려 나간 사람의 가족들로부터 퍼져 나오는 것이라고 느끼자 전옥희 여사는 정신이 혼돈해졌다. 그 혼돈 속에서 기묘한 상념이 떠오르고 있었다.

저마다가 저마다의 직물을 짜고 있다는 환각이었다. 삶을 날로 하고 죽음을 씨로 쉴 새 없이 짜는 인생이라는 직물— 절대로 완성이 있을 수 없는, 언젠가는 중단되어 툭 끊어져 버릴 허무의 직물.

전옥희 여사는 왈칵 두려움이 솟았다. 무참히 끊어져 실오라기가 얽히고 헝클린 채 먼지를 쓰고 있는 자기의 직물이 눈앞에 떠올랐기 때문이었다.

그녀는 거기 삶과 죽음에서 동시에 밀려 나가 있는 자기를 보았다고 느낀 것이다.

어디서부터인지 또 요령 소리가 들려왔다.

간밤에 당번을 맡지 않았던 미연은 흐뭇한 잠으로 흑진주 같은 눈이 더욱 맑고 곱다. 앞머리를 이마에 약간 내리고 눌러 쓴 간호모도, 새벽에 갈아입은 간호복도 눈같이 희다. 가슴에 환자들의 차트를 안고, 남은 손에 손잡이가 달린 뚜껑 없는 나무상자에 반창고로 칸막이를 만들어 체온계를 꽂은 글라스를 담아 들고 형식적인 노크 끝에 6호실로 들어섰다.

"안녕히들 주무셨어요?"

언제나처럼 맑은 음성으로 아침 인사를 건네며 미연은 어딘지 수상치 않은 공기를 재빨리 감춰했다.

여느 때 같으면 이른 아침 검온 땐 대개 환자들은 잠이 깨어 있지 않든지 눈을 떴더라도 이불 속에 누워 있을 텐데 오늘따라 모두 자리에 일어나 앉아 있고, 병원에서 입히는 몸에 맞지 않는 푸르뎅뎅한 환자복을 입은 외팔 여직공이 방 가운데 서서 무어라고 흥분하여 지껄이고 있었다.

"이것이 비인도적이 아니구 뭐예요! 네, 가난한 놈은 죽어서 시신두 제대루 지니지 못한단 말이에요? 우린 참을 수 없어요."

앞의 말은 듣지 않았으나 미연에겐 이내 짐작이 갔다. 간밤에 죽은 시료환자(施療患者)의 시체가 부검(剖檢)을 받게 된 것을 어디선지 듣고 와서 떠들고 있는 모양이었던 것이다.

활시위처럼 긴장이 오는 것을 느끼며 미연은 언제나처럼 명랑한 태도를 흐트리지 않았다. 다음이 바쁘다는 표정으로 재빨리 체온계를 하나씩 나누어 주고 그녀는 하얀 나비처럼 가볍게 병실을 뛰어나갔다.

그러나 마음이 내키지 않아 즉시로는 다음 방에 들어갈 수가 없었다. 그리고 급한 바람에 체온계도 거두지 못했다. 우선 검온으로 일단 험해진 공기를 약간이라도 누그린 후 다시 들어가리라고 마음먹고 잊었던 것을 찾으러 가는 것처럼 간호사실로 돌아갔다.

여느 때 같으면 아직 나타나지 않는 수간호사가 책상 위에 꽃을 고쳐 꽂다가

"아, 송 간호사, 아까 기숙사로 전화가 왔었는데."

하며 이쪽을 본다. 새벽 여섯 시에 전화라면 누구한테설까— 묻기 전에 수간호사가

"사촌 오빠라나, 점잖은 소리드먼."
그리고 필요 이상으로 손을 빨리 놀리며 꽃을 만진다.
미연은 귀뿌리까지 빨개졌다.
새벽 여섯 시에 기숙사에 전화를 걸다니. 대담하기두. 그러나 민감한 악기처럼 몸 전체가 행복에 차며 울리기 시작한 것만 같다.
"오빠가 무슨 일로 새벽부터……."
일부러 걱정스러운 듯 뇌이다가 발을 돌려 6호실 문을 두드렸다.
6호실의 공기는 어느 정도 가라앉아 있었다. 외팔 여직공의 적의에 찬 눈초리만 없으면 그대로 잠잠한 편으로 보였다. 담석증 환자도 이제는 고비를 넘겼는지 부석부석한 얼굴로 일어나 앉아 있다. 미연은 차례로 체온계를 거두어 열을 차트에 기입하고 맥을 짚었다.
창 옆에 누워 있던 전옥희 여사 차례가 왔다. 전 여사는 밭은기침을 하고 있었다.
"언제부터 그렇게 기침을 하시죠?"
미연은 전 여사의 여윈 손을 무게라도 다는 것처럼 조용히 들어올리며 물었다.
"뭐, 그렇게 심하게 하는 것 같진 않은데."
하며 전 여사는 간절한 눈으로 미연을 올려다본다. 혈색이 말이 아니다.
"잠은 잘 주무셨어요?"
"글쎄, 아무것두 않구 있으니깐 잠이 올 리 있수?"
"독서를 많이 하시는군요."
머리맡을 훑어보고 미연은 친밀한 시선으로 전 여사를 내려다보았다.
"독서라구 할 수 있을는지."

전 여사는 얼굴을 붉혔다. 가엾다고 미연은 생각했다. 며칠 전에 들었던 말이 상기되었기 때문이다.

지난주의 일이었다. 회진 전에 간호사실에 들른 과장 선생님이 전옥희 여사의 차트를 상세히 조사한 후,

"흐음."

하고 혼자서 고개를 끄덕였던 것이다. 궁금한 듯이 차트로 눈을 가지고 가는 레지던트에게 과장은 청결한 굵은 손가락으로 몇 군데를 지적하며 설명을 한 후,

"말기임엔 틀림이 없는데, 자각 증상이 좀……."

하고 말을 흐렸다.

그러나 미연이 전 여사를 가엾어 하는 이유는 그 차트에 쓰인 병명이 불치의 폐암이라서가 아니다.

어느 날 밤, 같은 방에 있는 황 간호사가 자기 전에 얼굴을 씻다가 문득,

"그 전옥희 씨 말이야. 불쌍하지?"

하고 비누가 묻은 얼굴을 들었다.

"왜?"

"폐암이야, 그이."

"수술할 수 없나?"

"수술이야 물론 하지, 허지만 살아서가 아냐."

"뭐?"

"그인 부검 받기루 돼 있어. 그렇게 서둘러서 자기를 병원에 넣어 주었다구 고마워하는 친구들이 말이야, 그래두 좋다는 약속을 암암리에 했대."

미연은 자리옷 단추를 끼던 손을 멈추고 눈을 크게 떴다.

"그럴 수가……."

"있으니깐 무서운 일이지."

황 간호사는 부르릉 얼굴을 헹구고 수건질을 하면서 책상 앞에 앉은 후,

"그이 때문에 친구들이 무척 골칠 앓은 모양이더라. 사람두 좋구 보통 여성보다야 교양도 있구. 허지만 곤란한 데가 있다나 봐."

"병실에선 제일 모범 환잔데."

미연이 입 속에서 뇌였다.

"허지만 좀 괴상하잖아? 시료환자가 너무 고상하게 굴려니깐 싸이지두 않구. 처음엔 그런 것두 좋아 뵈지만 어딘지 뭐랄까, 좀 곤란해. 하여튼 친구들두 한없이 도와 줄 순 없는데다가 암이구 보니 긴병에 누가 임종까지 봐 줄 수 있겠니. 반 년이 걸릴지, 일 년이 걸릴지, 친구들도 박절하다구만 헐 순 없어."

— 박절하다구만 헐 순 없어—황 간호사 말을 되새기며 미연은 창 쪽으로 체온계를 비쳐 보았다. 수은주는 6도 7부까지 올라 있었다. 그녀는

"열은 내렸어요."

하고 생긋 웃었다. 역시 마음이 아팠다. 자주 오는 설사, 때 없이 오르내리는 열이 반드시 병의 징후만이 아닌 것을 미연은 알고 있었던 것이다. 불치의 무료 환자에게 시험해 보는 갖가지의, 아직은 자신 없는 약들이 전연 부작용을 일으키지 않는다고 누가 단언할 수 있을 것인가?

미연은

"그렇게 여러 가지 약을 써 주시는데 열이 왜 내리지 않겠어요?"

하고 감사하다는 표정을 짓는 전 여사의 얼굴을 정시할 수가 없었다. 그녀는 창밖으로 시선을 옮기며,

"은행잎이 물들기 시작했어요."

하고 화제를 돌렸다.

"오늘은 참 날씨가 좋군요. 더러는 바람도 좀 쏘여 보시죠."

바쁜 아침 일과에 그만큼 한 대꾸도 큰 대접이었지만, 미연은 방을 나오며 왠지 '박절하달 수는 없지.' 하던 황 간호사의 말이 상기되어 저도 모르게 가볍게 머리를 흔들고 있었다.

새벽 여섯 시에 전화를 걸어오도록 성급해 보였던 종민에게서는 정오가 지나도 아무 소식이 없었다.

미연은 환자들의 배선(配膳)을 거들면서도 자꾸만 얼굴이 달아올랐다.

종민은 지난봄에 어느 쉬는 날, 여학교 때 친구들과 어울려 간 하이킹에서 만난 청년이었다. 미연의 친구의 대학 친구의 오빠라는 이 청년은 종시 말이 없었으나 은연중에 일행을 감시하고 있는 것 같았다. 값진 옷을 손질 않고 함부로 걸친 것이 어린 미연에게는 멋져 보였다. 그녀는 낡은 의복을 정성 들여 다려 입고 온 자신이 쑥스러워 부끄러웠다. 미연은 되도록 그 청년 눈에 뜨이지 않으려고 몸을 웅크리다시피 피해 있었던 것이다.

그러므로 이튿날 병원으로 자기를 찾아온 그를 보았을 땐 궁지에 몰리기나 한 듯 울상이 되어 있었다. 종민은 다갈색 폴로셔츠에 같은 색 계통의 바지를 아무렇게나 입고 어쩔 줄을 모르는 미연을 따뜻한 눈으로 바라보며 역시 말이 없었다. 그러다가 문득 생각난 듯이 주머니에서 초록색 수첩 하나를 꺼내어 그녀에게 건네며 단 한 마디

"찾으셨죠?"

하였던 것이다.

미연은 치명상이나 받은 것처럼 새파랗게 질렸다. 그것은 오늘 아침도 그녀가 찾고 있던, 언제나 그녀가 갖고 다니는 조그만 수첩

이었던 것이다. 종민은 볼 일이 끝났다는 얼굴로,

"그럼 안녕히 계십시오."

하고 대꾸조차 기다리지 않고 발을 옮겨 놓는 것이었다. 당황하여 뒤를 쫓으려는 미연에게 그는 별안간 장난스럽게 웃어 보였다.

"누구냐구 허기에 사촌 오빠랬지요. 하하……."

미연은 현기증이 나는 것처럼 눈앞이 아롱거렸다.

공무원이었던 아버지와 여학교 국어 교사였던 어머니를 사변 때 한꺼번에 잃고, 외가에서 자란 미연에게는 오빠도 사촌 오빠도 없다. 천애 무고의 고아면서 밝고 깨끗한 것은 역시 일종의 천성으로 보인다는 말은 언젠가 외숙모가 한 소리지만, 외로우면서 명랑한 소녀였다. 종민의 그런 태도는 오히려 상처처럼 아프도록 외로운 마음에 사무쳤던 것이다. 종민은 며칠 후에 또 찾아왔다. 역시 말수는 적고 손에 들고 왔던 포장지에 싼 책 한 권을 놓고 갔다.

끌러 보니 릴케의 시집이었다. 미연은 저도 모르게 두 손으로 그 책을 끌어안았다. 그 수첩에 써 놓았던 릴케의 시를 그가 읽은 것을 알았던 것이다.

사랑이 어떻게 너에게로 왔는가
햇빛처럼 꽃바람처럼
또는 기도처럼 왔는가

행복이 반짝거리며 하늘에서 풀려 와,
날개를 거두고 꽃피는 나의 가슴에 크게 걸려온 것을—

어머니의 일기장 속에서 보고, 어머니에의 뜨거운 마음으로 익혀오던 시였다.

아무를 위하여도 꽃피어 본 일이 없는 가슴이 이제 꽃피우기 위한 사람을 만난 것 같았다.

전쟁 때 싸운 일도 있다는 종민은 서른한 살이라고 했다. 건축과를 나와 아버지 회사 일을 돕고 있다는 것이었다. 그는 아무도 무엇도 꺼리는 일이 없었다. 마음이 내키면 새벽이건 밤중이건 마구 전화를 기숙사로 걸어 왔다. 곧잘 거짓말도 하였다.

고아로 자란 외롭고 어린 미연은, 그의 그런 태도를 자기에게 대한 사랑이라고 생각해 본 일은 없다. 그러면서 그녀의 앳되디 앳된 얼굴에 문득 그늘 같은 것이 스칠 때가 생기게 되었다. 그리고 흔히 있듯이, 소녀의 얼굴에 깃든 아련한 그늘은 잔잔한 표정에 다시없는 매력을 얹은 것을 미연은 깨닫지 못하고 있었다.

미연은 종민이라는 사나이를 알 수 없었다. 종민은 만나도 영화나 소설에서 보는 연인(戀人)처럼 달콤한 말을 한 일이 없다. 미연은 전쟁으로 고아가 되었지만, 고아도 되지 않고 싸움터에 나갔다 하더라도 다치지도 않은 종민은 미연보다도 더욱 전쟁의 상처를 받은 것 같이 보였다. 그가 전쟁에서 얻은 것이 있다면 아무것도 아무도 무서워하지 않게 되었다는 것뿐일지도 몰랐다. 그러면서 그는 미연에게 자주 전화를 걸었다. 때로는 만나도 담벼락을 대하듯 반응이 없기도 하고 문득 무서운 생각도 갖게 하는 그였으나, 외로운 미연은 그로부터 오는 전화가 단조로운 자기의 젊음을 채색해 주는 것처럼 마음의 탄력을 느끼는 것이었다.

병원의 시간은 언제나처럼 부산히 흘러갔다. 미연은 주식이 담긴 알루미늄 쟁반을 양손에 들고 6호실에 들어갔다. 외팔 여직공이 웬일인지 기분이 좋아 콧소리도 유행가를 흥얼거리고 있었다.

— 미남은 아니지만 어쩐지 나도 좋아—

순간, 미연은 갑자기 가슴이 조여 오도록 종민이 그리워졌다.

"아냐 아냐, 죽도록 좋아."

그녀는 속으로 부르짖었다. '어쩐지'라는 주체성(主體性) 없는 막연한 감정이 아니고, 확고하게 '죽도록' 사무치는 연정을 자각하였던 것이다.

"바람이 쌀쌀한데 밖에 있어도 괜찮아?"

동대문 시장에서 저고리 제품을 하고 있는 친구는 걱정스러운 듯이 전옥희 여사의 얼굴을 들여다보며 물었다. 노오란 은행잎이 깔린 병원 뒤뜰에서 둘은 아까부터 시들기 시작한 잔디 위에 앉아 이야기를 하고 있었다. 아무도 찾지 않는 전 여사를 그래도 이따금 보러 오는 사람은 이 친구 한 사람뿐이었다.

사회에서 몇 십 년 동안을 그러했듯, 전 여사는 좁은 병실 내의 몇 사람 되지 않는 요우(療友)들하고도 어딘지 어울리지 않고 있었다. 자포자기하여 독만 남은 여직공, 돌이 내릴 때면 야밤중에도 종을 마구 흔들며 법석을 떠는 담석증 환자, 남자 인턴이 들어와 있을 때도 예사로 엉덩이를 까고 깡통에 소변을 보는 마산 할머니, 팽팽히 부은 배를 안고 안간힘만 쓰고 있는 복막염 환자, 생각할수록 전옥희 여사는 자기가 어찌하여 이런 사람들 틈에 끼어 있게 되었는지 어처구니가 없어지는 것이다. 되도록 그들과 엉키지 않도록 창가의 침대 위에서 창 쪽으로만 얼굴을 돌리고 누워 책을 뒤적거리기도 하고, 정말로 참기 어려운 법석이 벌어질 때는 흐려가는 기억을 억지로 끌어 모아, 옛날에 책에서 읽은 위대한 인물들이 때를 만나지 못하여, 가난을 겪었던 일화 같은 것을 상기하려고 애를 쓰는 것이었다.

"아무래도 여기선 사람답게 지내진 못해. 하루바삐 사회에 나가서 인간답게 살아야지."

하루에도 몇 번씩 되풀이하는 것이었으나, 의식의 깊은 밑바닥 속에는 인간 이하의 경지에서도 살 수 있는 것이라는 안일과 방척(放擲)이 뿌리 깊게 깔려 있었다. 이곳에 들어올 때까지의 기막혔던 생활을 생각하면, 전 세계를 길이 여섯 자 너비 넉 자의 스프링이 늘어진 더러운 침대 하나에 축소시켜, 그대로 자기를 던져 버렸으면도 하였다.

그러나 그녀는 여학교 때부터의 친구의 얼굴을 보자 앞날을 위한 의논이 거침없이 나왔다.

"이젠 열두 내리구, 마음먹었던 일두 마쳐야겠구, 하루바삐 나가야겠어. 양지 바른 방 하나만 좀 구해 놔 주었으면 좋겠어."

전옥희 여사는 들뜬 사람처럼 빠른 말투로 내리뇌었다. 엷은 늦가을 햇살에 누런 진(疹)이 앉아 보이는 얼굴에 흩어진 머리카락이 더욱 병티를 내는 모습에, 친구는 우선 측은한 생각이 들면서도 어처구니가 없다. 인사만 한 사람한테까지 무던 폐를 끼치고, 애를 먹이던 그 버릇이 저 모양이 되어도 고쳐지지 않았군 싶어, 오히려 맥이 풀리는 것이었다.

그녀는 하는 수 없이 맞장구를 쳐 준다.

"글쎄 먼저보다는 좋아 보이긴 하지만……."

전옥희 여사는 밭은기침을 하였다.

"좀 써늘헌 모양이지? 기침이 심허군."

"아니 그리 심허진 않어, 좀 갑갑헐 뿐이야. 그저 한 번 실컷 기침을 쏟아 버렸음 싶어."

이것만은 거짓이 없는 말이었다. 가슴이 갑갑하여 혹시나 선약(仙藥)이 있다면 우선 기침을 그치게 하는 약보다, 이렇게 가슴속에 꽉 끼어 있는 기침을 몽땅 훑어 낼 수 있도록 시원스럽게 기침이 나오는 약이 있었으면 싶었다. 그러나 그녀는 그 상태를 친구에게 설명하려다 갑자기 말을 삼켰다.

그들이 앉아 있는 바로 앞을 송 간호사가 바쁘게 지나갔기 때문이다. 그녀는 전연 이쪽을 보려고도 않고 도톰한 귀여운 입술을 반쯤 벌린 채 눈만이 반짝반짝 빛났다.

전옥희 여사는 하던 말을 맺지 못하고 저도 모르게 자리에서 일어섰다. 송 간호사는 거진 달음박질로 병원 뒤 언덕으로 뛰어올라가고 있었다. 전 여사는 왠지 가슴이 덜렁 내려앉았다. 무슨 건물인지 요즘 새로 지은 하얀 집을 저만치 뒤에 하고, 제법 숲이 되어 있는 나무들 사이에 어느 청년이 주머니에 손을 꽂은 채 서서 그녀를 기다리고 있는 것이 보였기 때문이다.

먼눈이라서 그런지 전 여사는 청년의 태도가 마음에 걸렸다. 송 간호사의 거동으로 보아 그가 소녀를 불러 낸 것은 명백한데 도무지 열의가 없다. 뻣뻣하게 선 채 마지못해 당하는 일처럼, 오만하게 내려다보고만 있는 것이다.

송 간호사는 그런 것이 아무렇지도 않은 것 같다. 전신으로 반가움과 기쁨을 보이며, 눈 같은 간호복 자락이 낮은 나뭇가지에 두어 번 걸리는 것도 의식 못 한 채 그가 서 있는 앞까지 달려갔다. 그러나 그녀는 청년 앞에서 1미터쯤 떨어진 곳까지 가자, 갑자기 태엽이 탁 풀리거나 한 것처럼 딱 멈추어 서 버리는 것이었다.

송 간호사는 그 자리에서 턱을 약간 쳐들고 청년의 얼굴을 쳐다보았다. 두 손을 약간 벌린 채 가슴 앞에 얹은 그 모습은 한마디로 애련하다는 느낌을 주었다. 청년의 얼굴에 어떤 표정이 떠올랐는지는 멀리서 알 길 없었으나, 주머니에 손을 찌른 자세는 그대로 흩어지지 않고, 두 젊은 남녀는 한참을 한 폭의 활인화(活人畵)처럼 그렇게 서 있었다.

"얘, 바람이 점점 더 차 오는구나. 기침이 심한 모양이니 그만 들어가거라. 난 또 지금부터 셋째눔 학교엘 가야 돼.”

갑자기 말없이 멀거니 먼 곳만 바라보고 있는 친구와의 따분한 대좌(對座)가 견디기 어려웠던지, 찾아온 친구는 일어서서 치마폭에 붙은 마른 잔디를 턴다. 전 여사는 그제서야 정신이 돌아왔다.

“그래, 그럼 가봐야겠구나. 미안하지만 아까 부탁한 일좀 서둘러 줘. 추워지기 전엔 나가서 자리를 잡아야겠어. 지금 구상하구 있는 것만 되면 한꺼번에 신세는 갚겠다.”

친구는 앞일을 그래도 그리고 있는 그녀의 노랗게 결은 시들은 손을 보고 형용할 수 없는 감개에 잠긴다. 좀 안된 말이지만 동정보다 혐오(嫌惡)가 앞서 찾아온 것이 후회되는 것이었다.

마다는 것을 전 여사는 정문까지 배웅을 하고 비탈길을 병동 쪽으로 걸어 올라갔다. 숨이 찬다. 하늘이 자꾸만 내려앉아 오는 것 같아 현기증이 난다. 오래 드러누워만 있었던 탓이라고 스스로 새기고 그녀는 쉬엄쉬엄 발을 떼어놓았다.

머릿속에는 친구와의 대화는 남아 있지 않고, 성긴 숲속에서의 젊은 남녀의 자태만이 점점 커 가고 있었다. 언젠가도 본 광경이라고 느꼈다.

—역시 언덕의 성긴 숲속에서였다. 바다가 보였다. 언덕 저만치에는 선교사의 붉은 양관이 서 있고, 그 집 포치에 잠긴 하얀 덩굴장미가 먼 곳에서도 눈에 띄었다. 문살을 푸른 페인트로 칠한 창은 어쩌다가 광선의 각도에 따라 불이 켜진 듯 반짝였다가는 꺼지곤 하였다.

언덕 위는 온통 옥수수밭이어서, 달콤한 옥수수숲의 냄새가 바람결에 실려 오곤 하였다. ‘그이’는 이 언덕을 사랑하고 만날 때는 언제나 그 곳을 택했다. 흰 저고리에 자주 치마를 받쳐 입고 언덕으로 ‘그이’를 만나러 가는 옥희는 갓 스물이었다. 용모가 두드러지게 아름다운 것도 아니고, 또한 재질이 뛰어나지도 않았으나, 옥희는 왠지 자기는 친구들처럼 여학교를 마친 후에도 집에서 가사 같은 것을 익혀 평범하게 결혼을 할 수는 없다고 생각하고 있었다. 무엇인가가 되어야겠다고 생각하였다. 또 무엇인지는 몰라도 자기는 그런 살림때가 묻지 않은 여성이 되리라고 막연히 믿고 있었다. 소위 '희망(希望)'이라는 것—그것은 일종의 신앙이었다. 그것은 어느 가능성에의 신앙이 아니고, 젊음에의 신앙이었다. 누구나가 젊은 한 시절 가지는 것이나, 언젠가는 잃어버려야 하는 이 신앙에서 그녀는 빠져나올 수가 없었다. 이러한 사태는 그 본질의 비극성에도 불구하고 가끔 사람에게 실소를 자아내게 한다. 전옥희 여사의 존재는 이제 친구들의 빈축 거리도 못 되었다. 모두들 어이가 없어 던져 버릴 수밖에 없었던 것이다.

젊었을 때의 전 여사를 잘 아는 한 친구는, 친구들에게 폐만 끼치면서 아직도 무슨 여류 명사나 되는 것처럼 자처하는 그녀가 화제에 오를 때에는,

"그 왜, 그 사람 말이야. 지바[千葉] 형무소에서 죽은 그 작가, 그 사람 때문이다. 걔가 저렇게 된 것은—명사를 안다는 건 명사가 되는 거와는 달라. 그런데 걔는 명사를 찾아서 통성명을 하곤, 지가 곧 그 사람허구 동렬에 서는 줄 알거던."

사실 전 여사는 국내는 물론, 외국서 어쩌다가 이 나라를 찾는 모든 명사들에게까지 무슨 수단을 써서든지 가깝게 할 기회를 가졌다.

"XX씨하구 저번 날 차를 같이 마셨는데 다음 달에 구라파루 떠나신대요."

이런 말을 곧잘 하는 것이었다.

"XX화백은 화제(畵題)에 시들은 꽃을 즐겨서 그 아틀리에엔 언

제나 시들은 꽃을 꽂은 화병이 구석에 놓여 있지 않겠어요. 참, 그 댁의 흰 털고양이가 저번 날 약 먹은 쥐를 먹고 죽어 버렸어요."

이렇게 나오면 모르는 사람은 누구나 XX 화백과 전 여사가 굉장하게 가까운 사이인가 보다고 생각하는 것이었다. 그녀의 말을 빌리면 국내외를 통하여 명사 중에 모르는 사람이 없고, 또 모두가 자기를 아끼며 가장 가까운 벗으로 안다는 것이었다.

이런 그녀의 버릇의 동기가 되었다는 지바 형무소에서 옥사한 유명한 작가가 바로 언덕에서 옥희를 기다리던 '그이'였다.

'그이'는 이미 이름이 알려진 청년 작가였으나, 왠지 언제나 어둡고 외로워 보였다. 도서관에서 일을 하고 있던 옥희는 해변가에서 '그이'를 처음 만났다. 방학으로 도쿄에서 돌아온 사촌 오빠를 따라 나섰던 한여름의 일요일 오후였다. 그들은 시민들이 모여드는 목욕탕 같은 해수욕장을 피하여 산모퉁이를 돌아 크게 물굽이가 돌아간 좁은 만(灣)까지 발을 뻗쳤다. 모래사장이 좁고 조개껍질이 많이 섞여 해수욕장으로서는 적당치 않았으나 사람이 없어 좋았다. 다감한 옥희는 거기 흩어진 꽃조개가 고와 그것을 주워 모으는데 여념이 없었다.

얼마가 지났는지 모른다. 옥희는 옆에 인기척을 느끼고 고개를 들었다.

키가 후리한 청년 한 사람이 모래보다도 자갈이 더 많은 사장에 놓인 목선에 기대서서 이쪽을 보고 있었다. 강한 햇살에 잔뜩 눈을 찌푸리고 구긴 감색 바지 한쪽만을 걷어 올리고 선 모습은 형용할 수 없는 외로움에 차 보였다. 찌푸린 눈두덩 밑의 시선은 확실치 않았으나 옥희는 드러나 있었던 종아리를 짧은 자주 치맛자락으로 좀더 내려 가렸다.

눈앞에 흩어져 있는 자갈이랑 모래, 조개껍질들이 온통 꽃조개

같이 보였다. 좀처럼 찾기 어려운 꽃조개를 그렇게 보며, 등뒤의 시선이 너무 강하게 의식에 와 닿아 몸이 남의 것이기나 한 것처럼 거추장스러웠다.

얼마를 어색하게 웅크리고 앉아 있는데 등 뒤에서 사촌 오빠의 큰 소리가 들렸다.

"아니 이게 웬일이냐?"

대답은 들리지 않고 연거푸 같은 음성이 또 들렸다.

"언제 왔어? 온 사람두, 한 마디쯤 알려주지 않구."

역시 대답이 없다. 그래도 사촌 오빠는 기분이 상한 것 같지는 않다. 탄력이 있는 높은 소리로

"옥희야."

하고 불렀다.

너무 한군데 오래 머물렀기 때문에 모래 속으로 파묻혀 들어간 발을 그냥 꽂은 채인 옥희에겐 채 시선도 보내지 않고, 그는 성급하게 소개를 했다.

"누이야, 옥희."

그리고 누이 쪽을 보며

"현민(玄民) 군. 도쿄에서 같은 하숙에 있었지. 작가란다."

문학소녀라고 자인하고 있던 옥희는 작가라는 사람을 처음 보았던 것이다. 문학소녀라고 자처하면서 옥희는 작품들을 읽은 것이 드물었다. 도서관에 근무하고부터는 서적의 이름을 외우고 정리하는 것이 직업이 되었지만, 이런 일들은 더욱 그녀로 하여금 서적이 가지는 본질에서 멀어지게 하였다. 표제(表題)와 저자명을 수없이 익히는 통에 어느덧 그 숱한 서적들의 내용까지 알아 버린 것 같은 착각에 빠져 버렸던 것이다. 사람 입에 회자(膾炙)되는 작품이라면 그 내용보다도 그 작품이 이루어진 동기나 과정, 일화

같은 것에까지 곧잘 화제를 갖고 가곤 하였다. 요컨대 작품에 갈채(喝采)를 보내는 것이 아니고 그 성공에 경의를 표했던 것이다.

따라서 도서관의 도서 목록에 없는 현민의 작품을 옥희는 알 리가 없었다. 그러나 하여튼 그는 작가였다.

그리고 그녀 앞에 남성으로 선 최초의 사람이었던 것이다.

후일의 그녀가 남들에게 가장 참기 어려운 인상을 준 뻔뻔스러움은, 스무 살 때에는 귀여운 적극성(積極性)이었고, 평범한 소녀에게 활기를 주었다. 옥희는 무슨 구실이라도 찾아선 현민을 만났다.

현민은 말수가 드문 사나이였다. 할 말이 없어서가 아니고 할 말이 너무 벅차, 안으로 삼켜 버리고 있는 것 같은 어두운 눈을 하고 있었으나, 그 눈이 간직하고 있는 정열은 스무 살 난 옥희는 한 번도 읽어 본 일이 없다. 현민은 안으로 담고 있는 자기 사연은 물론, 자기의 작품의 어느 하나도 옥희에게 보여 준 일이 없었다.

현민은 고모의 집에 유숙하고 있었다. 식구가 번다한 서울 집을 떠나 어린 딸 하나를 슬하에 두고 쓸쓸히 지내는 고모 집에서 집필을 해 보겠다는 것이었는데, 고모의 집은 기생 조합(妓生組合) 바로 뒤여서, 종일토록 목이 쉬어 터진 노기의 구성진 가락에 얽힌 동기(童妓)들의 노오란 어린 창(唱)이며, 현금(弦琴) 소리를 들어야만 했다. 그런 일이 현민을 자주 바다가 보이는 언덕 위에 올라가게 한 것이고, 옥희의 추억은 언제나 바다와 아스라이 수평선 너머로 사라져 가는 배와, 창살에 파란 페인트칠을 한 붉은 벽돌의 선교사 집 주변을 배회하는 것이다. 둘은 자주 언덕에서 만났다. 약속이 없는 날도 언덕에 가면 현민을 볼 수가 있었다. 높은 미루나무가 세 그루 나란히 서 있는 풀밭에 하염없이 앉아 있는 자세는 언제나 안으로 굽어 있어, 그는 그런 모습으로 자기 내부를 들여다

보고 있는 것 같은 느낌을 주었다. 무위(無爲)의 자태면서 굽은 등에 긴장이 가시지 않았던 이유는 나중에 안 일이었다. 무료를 끄려고 바다를 내려다본 것이 아니었던 그를 옥희는 끝내 이해하지 못한 채, 미루나무가 바람을 받아쓰는 파아란 하늘, 사라져 가는 배, 일렁이는 물결에, 청춘과 낭만을 아프게 느꼈다. 그리고 바로 옆에서 현민은 잔잔한 몸가짐으로 같은 풍경을 앞두고 초려와 결의에 어둡게 불타고 있었던 것이다.

그의 그 상스럽지 않은 침착한 태도와 무표정—그것은 아직 행위로 옮기기 전의 활시위 같은 긴장이 깃들인 것이었으나, 스무 살의 첫사랑에 취한 소녀에게는 부드럽게만 와 닿아, 옥희는 그에게 몸을 던져 오히려 행복이라는 정의를 안 것 같았다. 열정의 순간에도 남자의 눈길이 대상을 너머 딴 곳으로 쏠린 까닭은 어쩔 수 없는 초려(焦慮)를 눈앞의 대상에게 마구 부딪쳐 처리한 것일지도 모를 일이었으나, 옥희는 그를 스스로 선택했던 것이다. 그리고 인생에 있어 선택이란 대개의 경우 숙명이라고 불리는 것과 일치되는 것이다.

현민이 지하 독립 운동 주모자의 한 사람으로 일본 지바 형무소에서 옥사한 것은 이듬해 봄이었다. 그리고 옥희는 초여름 어느 맑은 날에 여아를 사산(死産)했다. 옥희와의 사연은 순국 지사 현민의 경력의 일부에 지나지 않았으나, 옥희에게는 모든 일이 속절없는 운명이 되고 말았던 것이다.

전옥희 여사가 언제부터 딱한 인물이 되어 버렸는지 자세히는 아무도 모른다. 의젓한 말솜씨하며, 점잖은 태도에 끌려 대접을 해줄 양이면 그만 호되게 기대 오는 배짱에 학질을 떼어야만 했다. 그러면서 그녀는 언제나 도도했다. 현민이 작가로서나 독립 운동가로서나 잊지 못할 존재였다는 사실은 해방 후 처음 안 일이었으나, 그의 사랑을 입은 바 있는 자랑이, 찢기고 허물어진 그녀의 생존을 지탱해 주었던 것이다.

전옥희 여사의 말을 빌리면 왠지 무릇 남자들이 자기에게 관심을 가진다는 것이다. 사실 그녀는 숱한, 숱한 남자들과 어울렸다. 그러나 그런 일은 추문(醜聞)에까지도 이르지 못할 때가 많았다. 추문이란 줄곧 뭇사람의 입초 시에 오르내리게 마련이지만, 그녀의 경우 누구의 관심도 끌지 못한 채 대개는 상대방 남자들의 어처구니없다는 도리질로 끝이 났다.

첫사랑의 남성이 너무, 너무 기막힌 사람이었기 때문에 어느 누구에게도 느끼는 건 환멸 밖에 없다는 것이 전옥희 여사의 넋두리요, 또 확신이었다. 이마 양옆이 패어 올라가기 시작한 초로(初老)의 여자의 입에서 나오는 말치곤 그로테스크하다고밖에 할 수 없어, 듣는 사람 입엔 쓴웃음이 번진다. 이상의 남성을 찾느라고—이런 말이 곧잘 튀어나오는데, 오십에 손이 닿는 안면 근육은 연령에 충실하여 전옥희 여사의 진짜 나이를 알 수가 없어지는 것이었다.

그러나 지금 비탈길로 병실을 돌아가는 그녀의 얼굴에는 거짓 없는 표정이 아로새겨 있다. 순수한 감정이 밀착된 시들은 얼굴 가득히 퍼져 있는 것은 심려(心慮) 그것이었다. 그녀의 눈에는 아직도 언덕 위의 젊은 한 쌍이 어린 채 있다. 주머니에 손을 꽂은 채 미연을 맞던 그 청년의 무열의(無熱意)한 태도—이윽고 미연의 한들거리는 꽃술처럼 애련한 모습—그것은 하나의 절정이었다. 다른 말을 쓴다면 위기이기도 하였다. 하나의 운명이 결정지어지려는 순간—전옥희 여사는 현기증을 느꼈다. 스스로도 속고 있던 온갖 군더더기 투성이의 상념이 말끔히 걷히고, 체면 없이 외치고 싶은 말이 있었다.

"미스 송! 조심해! 여자란, 여자란 한 번밖엔 승부를 할 수 없는 거야. 아무에게두 져선 안 돼! 열정에두, 연인에두, 자신에두!"

그리고 또 얹어 마음으로 외쳤다.

'나를 보란 말야! 나를.'

이 말은 전옥희 여사가 일생을 통해 처음 외친 부르짖음이었다. 벌거벗은 자기를 스스로 정시한 외침이었다.

아무 일에나 건성으로 집적거리던 그녀가, 이처럼 어느 일에 심각하고 집요하게 관심하여 본 일은 일찍이 없었다. 그녀는 왠지 미연을 통하여 자신의 삶이 다시 한 번 허락되는 것 같은 착각을 가졌던 것이다. 허식과 굴욕과 멸시와 궁핍에 찬 자신의 삶을, 새로이 주어진 삶에서는 다시는 되풀이해선 안 되었다. 같은 오욕과 불행이 닥친다면 모처럼 허락된 두 번째의 인생마저 그녀는 구기고 찢어 버리는 것이 되지 않겠는가?

전옥희 여사는 숨이 차 왔다. 시계탑 앞에까지 가기가 아득하여 그녀는 외래 진찰소 모퉁이를 채 못 돌고 잔디 위에 앉았다.

어디서 떨어져 굴러온 것인지 노오란 은행잎이 발밑에 흩어져 있었다.

'후둑 후둑 둑 쏴아.'

저녁부터 불던 바람 소리에 빗소리가 섞이기 시작했다. 하얀 포플린에 동화(童話)에 나오는 그림을 아플리케한 커튼이 드리워진 조그만 방안은 바람과 빗소리로 오히려 아늑함이 더 느껴진다.

보라색 꽃무늬가 놓인 파자마를 입은 미연은 깍지 낀 두 손을 머리 밑에 받치고 눈을 감고 있었다.

황 간호사는 책상 위에 놓인 작은 경대 앞에서 화장을 지우느라고 부산하다. 화장을 하지 않았으나 저녁이면 얼굴을 씻고 자는 버릇이었지만, 오늘따라 나른하여 미연은 이내 자리에 든 것이다.

11월에 들어선 기후인데 방안에는 불기가 없다. 그러나 젊고 고른 체온이 넓지 않은 방에 퍼져 공기는 오히려 다사롭다. 낮에는 빛깔을 몸에 붙일 수 없는 생활인만큼 벽에 걸린 붉은 스웨터랑 하늘색 스커트 같은 것이 옷이라기보다 장식적인 것으로 보이는 고운 방이다. 이 고운 방에서 황 간호사와 미연은 밀어(蜜語)처럼 정다운 말도 하고, 때로는 병원 측에나 환자에게 대한 불평을 쏟아놓는다. 황 간호사는 곧잘 자신의 시연 이야기도 한다. 남의 이야기처럼 하고 한숨을 쉰다. 대개는 그가 말하고 미연이 듣는다. 이날 밤도 황 간호사는 입을 가만두지 않았다.

"애, 그 전옥희 씨 말이야."

그녀는 말을 꺼냈다가 얼굴을 거울 가까이 가지고 갔다. 입 언저리에 돋아난 여드름을 손톱으로 누른 뒤에 잊지 않고 말을 잇는다.

"오늘 교실에 갔었지. 내가 차트 들고 따라갔댔어."

미연은 대답이 없다. 흔히 있는 일이라 황 간호사는 개의치 않고 나간다.

"온 오십이 다 된 사람이 어찌나 수줍어하는지. 학생들이래야 아들이라두 몇 번째 아들은 될 텐데. 하여튼 좀 어색해."

그녀는 콜드크림을 편 얼굴을 손바닥으로 두드리기 시작했다. 잠시 말이 멎었으나 이내 또 입이 열렸다.

"그저께 또 엑스레일 찍었지. 근데 닥터 김이 그러는데 아주 말이 아니래. 양쪽 폐가 엉망인데 위까지 전위(轉位)가 됐다잖아. 애, 너 그이 요즘 붓기 시작한 거 몰랐어? 인젠 정말 얼마 남지 않았대. 그런데 그인 그렇게 보채지 않거든. 다른 사람 같음 고통이 굉장할 텐데. 신경이 둔한 건가? 참을성이 많은 건가."

미연은 여전히 대꾸가 없다. 황 간호사는 시들해졌는지 이마를 몇 번 더 두들기고 나서

"불 끌까?"

하고 묻는다. 대답이 없자,

'얘가 오늘은 왜 이렇게 곤드라졌을까?'

입속에서 중얼거리고 불을 끄곤 침대에 턱 몸을 던진다. 용수철이 한참 소리 내어 튀긴 후 잠잠해지자, 바람 소리가 다시 두드러졌다.

미연은 어둠 속에서 눈을 떴다. 좀처럼 잠이 올 것 같지 않았다. 누워 있는 침대가 자꾸만 솟아올라 누운 채 자기 몸을 솟구쳐 올리는 것 같은 이 느낌은 무슨 까닭일까. 미연은 바람 소리도 빗소리도 들리지 않았다. 종민이라는 이름이 부풀어 누리를 채우고 큰 음악이나처럼 그의 낮은 음성이 귓전에서 울리는 것이다.

내일은 일요일. 종민은 버릇인 아무렇지도 않은 무열의한 태도로 만나자고 했다. 장충단에 있는 아버지 집은 5백 평이 넘었으나 그는 홀로 집을 나와 하숙을 하고 있었다. 그 하숙이 서울에서 가장 더러운 동리의 하나인 중림동에 있다는 것이다. 언젠가 그는 혼잣말처럼 중얼거린 일이 있었다.

"내 내부의 풍경이 바로 그 동네와 같단 말이야."

미연은 무슨 뜻인지 모르는 대로 문득 무섭다고 느꼈다. 그러나 무섭다는 건 어느 경우 오히려 자력(磁力)을 지니기도 하는 것이다. 미연은 그 때부터 그 하숙이 궁금해졌다.

내일은 일요일. 종민은 심드렁한 말투로,

"내 하숙에 한번 와 보지."

하였던 것이다. 그러니깐 미연은 내일 종민의 하숙에 가게 된다. 언제나 종민의 말은 권유가 아니고 요구 아니면 명령이었던 것이다.

종민은 여태껏 미연의 손도 잡아 본 일이 없다. 몇 달을 만나

오며 그저 덤덤한 것이다. 그러면서 살뜰하다.

미연은 갓 핀 박꽃보다도 순결했지만, 종민의 그런 태도가 때론 불안하다.

—난 정말 매력이 없는 여잔가 봐—

그리곤 이내 얼굴을 붉혔다. 그는 왜 자꾸만 찾아오는 것일까. 정말로 자기를 사랑하는 것일까. 아니면 그저 장난으로 빈정거리는 것일까. 그녀는 알 수가 없었다. 사랑한다면 좀 표현이 있어야 할 것이고, 장난이라면 그토록 소중히 아껴 주지는 않을 것이다. 어쩌면 소설에서 읽은 돈환처럼 기교를 부리고 있는 것일까?

어쨌든 내일은 더러운 동네에 있다는 거의 누추하고 좁은 하숙방에서 단 둘이만이 얼마를 지내게 된다. 거절할 기력은 없다. 무슨 일이 벌어지려나. 불안한 것은 처녀의 본능이 가리키는 것이겠지만. 이 야릇한 기대는 몇 달을 손목 하나 잡지 않고 끌어 온 그의 기교 때문일지도 모른다.

미연은 종민을 알 수 없다. 부호의 맏아들이며 유능한 건축가란 외적 조건은 안다. 외적 조건만도 자기와는 엄청나게 먼 거리에 있는데, 좀 더 본질적인 점에 이르러서는 짐작도 할 수 없는 곳에 그가 서 있는 것만 같다. 열한 살이나 연령이 벌어져 있는 까닭만은 아닌 성 싶다. 인생의 하나하나가, 지나는 현상의 모습마다가, 경이(驚異)를 자아내는 자기의 어림에 비하여 언제나 시들먹한 그의 태도는 전연 상반된 경사(傾斜) 위에 각기 서 있는 것 같은 이질감을 주는 것이다.

그는 무슨 일이 있든, 전연 무관심한 태도를 취하였다. 인생이 이제부터 전개되리라고 믿는 미연 앞에서 그는 이미 모든 것을 겪어 버린 뒤의 덤덤해져 버린 인간처럼 보였다. 그러면서 그의 그 의식의 심층(深層) 속에 애정을 보려고 한 것은, 미연 자신의 애정이 그만큼 애틋하였기 때문일지도 모른다.

종민의 생활은 친구들 간에서도 상당히 유명했다. 변태자란 사람이 있나 하면, 그만큼 진실한 사람은 없다는 평이 돌기도 한다는 것이다. 하이킹에 같이 갔던 친구의 오빠는 그를,

"너무 깊이 너무 많이 보기 때문에 오히려 인생에서 빠져 나가 버린 진실한 사나이야."

라고 하더라는 것이다.

6·25 사변 때 고향인 재령에로 국군을 따라 올라갔다가, 후퇴하는 바람에 섬으로 몰려 거기서 UN군의 게릴라에 가입하여 3년을 지냈는데, 어학력 때문이었든지 나이 어린 그가 대장이 되어 본의 아니게 지휘를 하였다는 것이다. 서울서 가장 더러운 동네가 곧 자기의 내부의 풍경(風景)이라고 한 진의는 모르나, 하여튼 이 섬에서 그는 무엇인가를 잃고 다른 무엇인가를 얻은 것임에 틀림이 없다. 그것은 흔히들 말하는 부조리였을지도 모른다.

어쨌든 내일은 종민의 하숙에 간다. 언젠가 그가 역시 혼잣말처럼 뇌인 말이 머리에 떠올랐다.

"사람이란 일부러 자기에게 지독히 불리한 바보짓을 의식하여 하려는 때가 있지."

미연은 어둠 속에서 감았던 눈을 다시 떴다. 형용키 어려운 감동에 가까운 감정이 솟구쳤다. 그녀는 그 말을 이해할 수 있을 것 같았다. 그 말을 이해할 수 있다는 것은 사람이라는 것의 또 하나의 측면을 아는 것일 게라고 느꼈다. 이때 사랑은 그녀에게 있어 승부(勝負)가 아니고, 자신의 삶을 확증(確證)하려는 의지였던 것이다.

이상한 안도와 평화가 미연을 싸기 시작했다. 그녀는 포근함 잠 속으로 떨어져 갔다.

얼마를 잤는지 모른다. 옆에서 부산을 떠는 황 간호사의 소리에 잠이 깼다.

"애가 초저녁부터 곯아떨어져 놓곤 몇 신데 이때껏 늦잠이야. 밭을 매구 왔나, 논을 매구 왔나."

미연은 반은 감은 눈으로 미소를 지었다. 흰 커튼 너머 창밖은 여전히 어두웠다. 빗소리가 여전한 것으로 보아 날은 여전히 궂은 모양이다. 방안이 냉랭하다.

"얘 굉장히 추워졌다. 살얼음이 잡혔어. 궂은비 때문인가 봐."

황 간호사는 자리옷 위에 주책스러울 정도로 빨간 가디건을 걸치고 옹송그리고 서 있었다.

"그런데 네가 너무 곤히 자길래 아깐 깨우지 않았지만 너 오늘 외출 틀렸다. 오늘 당번인 주 간호사 말이야, 갑자기 어머니가 위독하셔서 네가 대신하게 됐어. 얘 늦었다. 빨랑 서둘러야지."

미연은 한꺼번에 잠이 깨었다. 외출이 불가능하게 되었다. 종민의 하숙에 가지 않게 된 것이다. 처음 스친 생각은 우선 안도감이었다. 긴장이 탁 풀리자 조금씩 조금씩 허전함이 스며들었다.

간호사로서의 엄격한 수련은 마음의 소재와는 달리 민첩한 행동을 취하게끔 되어 있었다. 의사(意思)의 전달 없이 그녀는 몸차림을 하고 병동 쪽으로 걸어갔다. 언제나처럼 가볍고 건강한 걸음걸이로. 이윽고 언제나와 같은 일과 속에서 그녀는 이제 완전한 간호사였다. 타인의 고통의 주변에서 살면서 때로는 혐오하며 때로는 함께 아파하는.

여섯 시가 되면 짧고 긴 두 개의 시계 바늘이 직선을 이루듯 어김없이 검은 시간이 된다. 미연은 차트와 검온계가 담긴 나무상자를 들고 6호실 문 앞으로 다가갔다. 황 간호사가 살얼음이 잡혔다고 떠들던 말이 새삼스럽게 떠오른다. 춥다. 와삭와삭 소리가 나도록 풀을 먹인 새하얀 간호복이 청결감보다는 쓸쓸한 느낌을 더 준다.

그녀는 한 번 으스스 떨고 문을 노크했다. 한 방에 여러 환자가 잡거하는 경우, 노크에 대한 대답은 기대키 어려웠지만 그녀는 반드시 노크를 잊지 않았다. 대답을 받은 것으로 치고 방문을 연다. 뭇사람의 체온과 병질이 가지는 독특한 취기가 여느 때같이 농후하지가 않다. 방에 싸늘하게 냉기가 도는 까닭이리라. 창이 희뿌옇게 밝아 오건만 아무도 자리에 일어나 있는 사람은 없다. 새벽부터 부지런을 떠는 마산 할머니도 국방색 군대 담요를 손녀딸과 함께 뒤집어쓴 채 둘이 눕기엔 좁은 침대 위에 떨어질 듯 떨어질 듯 위태로운 자세로 누워 있었다. 모두 침상에 들어 있으며 눈이 떠 있다. 방에 차 있는 것은 냉기라기보다 알 수 없는 두려움 같은 것이라고 막연히들 생각하고 있는지 몰랐다.

미연은 언제나처럼 창가에다 검온계가 든 나무상자를 갖다 놓았다. 이윽고 방에 있는 여섯 사람을 위하여 반창고로 칸막이를 한 유리 글라스에 꽂힌, 여섯 개의 검온계를 뽑아 침대마다에 돌렸다. 환자들은 한결같이 신열에 신경을 쓴다. 모두 소중히 받아 혀 밑에 수은주(水銀柱)를 조심스럽게 밀어 넣는 것이었다.

그러나 이날 아침 좀 색다른 일이 생겼다. 미연은 여느 때처럼 검온계를 침대마다에 나누어 주고, 끝으로 외팔 여직공 차례가 왔을 때였다. 여직공은 받은 검온계를 입에 물지 않고 한 쪽만 남은 손에 움켜쥔 채, 힘껏 침대의 틀쇠에 내리쳤다. 동강이 나 방바닥에 떨어지는 검온계를 보자 그녀의 광란은 더욱 불이 붙었다. 그녀는 한 팔을 잃고부터 균형 잡기가 힘 드는 몸을 기우뚱거리며 날쌔게 침대에서 뛰어내려 침대 밑에 흩어진 유리 조각을 마구 짓밟았다. 삽시간의 일이었다. 모두들 말을 잃고 그녀를 지켜볼 따름이었다. 여직공도 말을 하지 못했다. 흥분이 격하여 발성이 되지 않는 모양이었다. 침묵이 흘렀다.

한참만에야 마산 할머니 입에서 탄성 같은 것이 흘러 나왔다.

"아이고 씨 오마이야!"

그러자 여직공의 입이 열리고 수챗구멍에서 구정물이 마구 흘러나오듯 악담과 욕설이 쏟아져 나왔다.

"열은 왜 재는 거야. 돈 안 드는 일이니깐 이만큼 돌봐 준다는 표적만 보이겠다는 말이지. 우린 간밤에 얼어 죽을 뻔했다! 돈 있는 놈들이 들고 있는 특등실이랑, 일등실은 후덥지근하도록 방이 더워 문틈을 터서 환기를 해야만 했을 거야! 이 방에두 무료 환자만 있는 건 아냐. 삼등이라도 유료 환자두 있단 말이야. 있는 놈이나 없는 사람이나 겨울이 오면 춥다. 한 지붕 밑에서 어느 놈은 더워 허덕이구, 어느 놈은 추워 오그라져야 되나!"

복도가 소란해졌다. 음성이 너무 컸기 때문에 나이 지긋한 간호사가 달려오고, 경환자가 몇 사람, 간병인이 얼마, 구경삼아 문 앞에 모여들고 있었다.

나이 찬 간호사는 냉정했다. 파랗게 질린 미연을 가리듯 앞에서서 차분히 까닭을 묻는다. 이쪽은 까닭을 따지는 것이 아니다. 마구 흙탕물을 튀기는 심술이다. 처음엔 어느만큼 섰던 말의 조리도 떠드는 동안에 엉망이 되었다. 그러나 능한 간호사는 말을 가려 들었다.

"비가 내리더니만 갑자기 날씨가 추워졌군요. 아직 십일월두 초순이구 보니 스팀 때긴 이르구. 어중간해요. 곧 유단포를 넣어 드리기루 하죠."

"유단포? 쓰다 버린 링게르 병에 노는 불에 얹어 데운 물을 담아다 주겠단 말이지. 싫어. 우리 무료 환자가 있는 방에두 특등실처럼 스팀을 넣어 달란 말이야."

여직공은 흩어진 머리를 흔들며 한 손으로 마구 삿대질을 한다.

창 옆 침대에서 간밤의 추위로 부쩍 기침이 심해진 전옥희 여사는 나른히 누운 채 줄곧 미연 쪽을 지켜보고 있었다.

가슴이 떨렸다. 어리고 고운 소녀가, 그리고 언덕 위에서 그 무열의한 청년 앞에 애련히 서 있던 그 소녀가 이 더러운 말의 폭력(暴力) 앞에 어린 새처럼 떨고 있는 것이다. 여직공의 자포자기를 짐작 못할 바는 아니나, 개인의 불행(不幸)이란 깃발이 되어서는 안 된다. 영광스러움은 깃발이 되어 나부끼되, 불행의 깃발은 내리감아서, 잠잠히 양(量)으로 돌아가게 해야 되지 않겠는가.

전옥희 여사는 저도 모르는 사이에 상반신을 일으켜 여직공 쪽으로 시선을 던졌다. 이윽고 역시 무의식 상태에서 입이 열렸다. 참다 못 한 말이 새어 나왔다.

"억짓말은 말자구, 색시. 떠들어 여러 사람을 괴롭히지 않았으면 좋겠다. 지금은 특등실에두 스팀이 들어오진 않아. 기관실이 하나니깐 거기 스팀이 들어오게 되면 싫어두 여기두 들어오게 될 게 아뉴? 여러분들이……."

그녀는 숨이 찼다. 말을 끊고 간곡한 표정으로 미연의 얼굴을 지켜본 후,

"모두들 애써 돌봐 주시는데……."

그러나 그녀는 말을 마칠 수가 없었다. 홍수 때 흙탕물이 갑자기 방향을 바꾸듯, 여직공은 맹렬한 기세로 전옥희 여사 쪽으로 얼굴을 돌렸다.

"뭐 어쩌구 어쨌다구요! 이 얼간이 같은 노파가. 당신은 뭐예요. 무료 환자면서, 교양이니 지성이니 무슨 잠꼬대야. 혼자 귀족 같은 얼굴을 허구, 혼자만 점잖구 의젓허구. 기가 막혀서. 여봐요! 전씨

할머니, 당신의 처지가 지금 어떻게 되어 있는지 알기나 허슈?"

나이 찬 간호사가 당황이 그녀 앞을 막아섰다. 그러나 여직공의 기세는 더욱 높아만 갔다.

"잘 들어 두어요. 당신은 머지않아 죽는단 말이야. 폐암—하하…… 이왕 죽으려면 파편에 맞아 죽느니보담 원자탄에 맞아 죽는 것이 죽는 것 같거든. 시시한 병으로 죽는 거보담 폐암이면 떳떳허지요. 떳떳해."

방안에 침묵이 쫙 깔렸다. 금속성(金屬性)의 무음(無音)이 있다면, 바로 그런 긴장에 찬 침묵이 방 공기를 압축시켰다. 아무도 입을 열지 못하는데 여직공의 높은 소리가 다시 흘러 나왔다.

"그뿐인가 당신은 죽으면 부검(剖檢)을 받는 거야. 죽어 시신두 못 지닌단 말이야. 알량한 귀족이지."

처음, 전옥희 여사는 여직공의 말이 무엇인지 의미를 깨닫지 못했다. 치매(痴呆)처럼 눈을 멀뚱히 뜨고, 날치는 여직공을 우두커니 바라보고만 있었다.

그러나 전옥희 여사는 다음 순간 무엇에 얻어맞기나 한 것처럼 정신이 깜박거렸다. 갑자기 미연이 두 손으로 얼굴을 가리고 방 밖으로 뛰어나가는 것을 보았기 때문이다.

노골적인 여직공의 말은 그녀에게 충격을 주지 않았으나, 말없이 얼굴을 가리고 뛰쳐나가는 미연의 마음을 읽고 그녀는 사태를 직감할 수 있었던 것이다.

"노래자랑인 모양이죠?"

미연은 고개를 약간 갸우뚱하며 전옥희 여사를 쳐다보았다.

"노래 자랑?"

"네, 창경원에서 가끔 있어요. 벚꽃놀이 때랑 무슨 행사 때마다.

지금은 단풍놀이가 한창인가 봐요."
"바람결에 여기까지 들리는 게로군."
"네, 애기들의 합창 소리가 들려 올 때두 있어요. 동물들이 포효하는 건 늘상 들으면서도 기분이 좋지 않지만, 창경원이 이렇게 눈앞에 있는 건 참 즐거워요."
"그래, 뜻하지 않았던 단풍 구경을 할 줄은 몰랐어."
하고 전옥희 여사는 눈 위에 한 손을 얹어 햇살을 가렸다. 며칠 전에 났던 추위 소동이 믿어지지 않을 정도로 소춘(小春)의 다사로운 날씨였다. 비번(非番)이라는 미연이 그녀를 옥상에 데리고 올라간 것이다. 전옥희 여사는 옥상에 온 일이 없었다. 그러므로 바로 눈앞에 전개된 경치가 희한하다.
단청을 다시 올린 홍화문(弘化門)이 전찻길에서 볼 때와는 딴판으로 곱다. 원내(苑內)의 건물이며, 나무와 연못, 그런 것에 어울리는 것이 한눈에 들어오는 까닭인가. 미연의 말대로 단풍이 한창이다. 벚꽃놀이 때처럼 사람은 많지 않다. 저마다 다른 빛으로 단풍진 나무들이 구름 한 점 없는 파아란 하늘을 배경으로 타고 있다. 연못이 보이는 위치에 걸린 로프웨이를 케이블카가 움직임에 따라 햇빛에 반짝였단 이내 그늘졌다 하는 것이 흥미로웠다. 동물들은 보이지 않았으나 새 그물이 쳐진 쪽으로 새들이 검게 모여들고 있었다. 후조(候鳥)들이 먼 길을 가며 그렇게 잠시 날개를 쉬어 가는 것일까.
어디부터선가 돌 깨는 소리가 들린다. 대패질 소리, 망치 소리도 얽혀 들린다.
전옥희 여사는 시선을 당겨 병원 구내를 내려다보았다. 바로 눈밑 공터에 무슨 건물인지 오층 집이 지어지고 있었다. 공사장에는 목재, 석재, 그리고 알 수 없는 물건들이 너저분히 늘어져 있고,

굳건한 세 사나이가 돌을 타고 앉아 돌을 쪼개고 있었다. 반쯤 완성된 건물 안을 여러 사람이 들락날락한다. 인간의 영위(營爲)—생활이 거기 있었다. 전옥희 여사에게는 모든 풍경이 정답고 아름답게만 보인다. 언젠가 들은 말이 머리를 스친다. 결별의 눈으로 볼 때, 그 풍경은 진실로 아름다운 것이다—누구의 말인지는 몰라도, 누군가가 실감한 후 한 말이리라.

그러면서 아직은 죽음이 그렇게나 가까이 다가선 것 같지는 않다. 웃어 죽겠다. 좋아 죽겠다, 미워 죽겠다—이렇게 죽겠다는 엄청난 말이 일상어(日常語)가 된 나라에서 산 까닭인가. 아니면 죽음이란 순시에 결정되는 것이 아니고, 삶 속에 있는 것이어서 사람은 일순일순을 죽어 가고 있고, 그러니깐 일순일순이 죽음의 미분치(微分値)일지도 모르기 때문인가.

그 아침의 소동 이래 미연은 전옥희 여사에게 용태라든가 기분을 물은 일이 없다. 좀 더 정답게 소중히 돌봐 주게 된 이유는 그날 아침 여직공의 기세에 굽히지 않고, 자기를 위하여 바른 말을 해 준 고마움에 대한 보답이라고 하고 싶은 눈치였으나, 죽음의 직면에서 어떤 예지(叡智) 같은 것을 가지게 된 전옥희 여사는 어렴풋이 까닭을 알 것 같았다.

죽음이 가지는 어느 특권적 상대—그 속에 자기가 놓여 있는 것이다. 나무의 열매들이 열매마다 각기 다른 저 자신의 과핵(果核)을 갖고 있듯이, 사람도 저마다의 죽음을 가지는 것이 아닐까. 일생을 엉뚱하고 치사하게 남을 괴롭히며 살아온 그녀는 다섯 자가 약간 넘는 육신이 전 내용이었고, 확실성이었다. 다른 한계에 생각이 미친 일은 없다. 그러나 사람이란 누구나가 애당초는 거의 등량(等量)의 모든 것을 갖고 있는 것일지 누가 알 것인가. 전옥희 여사는 그 주책스러운 희망과 기획을 입에 올리지 않고부터 퍽이나 생각 깊은 인상을 주었다. 주책에 눌려 찌푸려졌던 슬기가 조금씩 자리를 찾기 시작한 것이기나 한 것처럼.

요즘 와서 전옥희 여사는 밤이 무서웠다. 부기가 눈에 뜨일 정도로 올 때가 많았다. 그럴 때면 요의(尿意)가 빈번해진다. 그러면서 시원스럽게 배설을 할 수 없는 것이 징후인 것인데, 전옥희 여사를 괴롭히는 이유는 딴 데 있었었다.

소변이 보고파 얕은 잠이 깬다. 일어나 용변을 해야만 되는데 그녀는 일어날 수가 없는 것이다. 자기가 큰 곤충이며 누군가의 손으로 채집되어 커다란 핀으로 꽂혀 있는 것 같은 공포에서 헤어날 수가 없다. 핀은 언제나 가슴에 꽂혀, 사지를 허위적거릴 뿐 그녀는 몸을 일으킬 수가 없는 것이다. 그러는 동안에도 배는 자꾸 시원히 쏟아 버리지 못하는 소변으로 불러 오르는 것이었다.

전옥희 여사는 밤에 잠이 깨어도 눈을 뜨는 것이 무서울 때가 잦았다. 병실 벽은 이등분하여 위는 흰 카세인을 바르고 아래는 연초록으로 칠했는데 두 가지 색이 잇닿는 데에 짙은 초록색으로 선이 쳐져 있다. 괴로운 잠에서 깬 눈앞에서 이 초록색 선이 꿈틀거리는 것이다. 꿈틀거리는 선은 어느덧 벽에서 벗어나와 그녀 몸을 감는다. 드디어는 꽁꽁 묶어 버린다. 그녀는 이 초록색의 공포에서 벗어날 수가 없다.

그 밖에도 깔고 누운 매트리스 속에 든 것이 아무래도 짚이 아니고 바늘만 같아 땀을 흘리기도 하였다. 그러나 웬일인지 부검에 대한 공포는 가진 일이 없다. 사람은 너무나 또렷한 현실엔 오히려 실감을 갖기 어려운 까닭인가.

전옥희 여사는 시선을 좀더 뻗어 한길로 옮겼다. 그리 번잡한 거리는 아니지만 전차가 간다. 버스, 시발택시, 세단, 자전거가 간다. 살아 움직이는 거리다. 창경원 돌담을 끼고 원남동 쪽으로 한

쌍의 젊음이 걷고 있다. 버젓이 팔을 낀 떳떳한 모습이다. 결혼한 사일지도 모른다. 그리 보아서 그런지, 한복 긴 치마를 느려 입은 여자의 복부가 약간 두드려져 보인다.

전옥희 여사는 신기한 것이나처럼 열심히 그쪽을 응시하고 있었다. 젊은 한 쌍은 젊은 걸음으로 이내 시야에서 사라졌다. 그러나 그들이 남긴 인상은 전옥희 여사를 놓지 않았다.

그녀는 옆에 서 있는 미연에게로 눈길을 돌렸다. 언덕 위에서 그 청년 앞에 섰던 모습을 보고 애태웠던 안타까움이 되살아 왔다. 그때 그녀는 미연을 통하여 다시 바른 삶을 멋들어지게 살아 보겠다는 도착(倒錯)에 빠져 바둥대었던 것이었으나, 봄처럼 다사로운 늦가을의 햇살 아래서 타는 단풍을 멀리 보고, 발 아래 인간의 영위하는 소리들을 들으며 어렴풋이 떠오르는 상념을 그녀는 더 밀어낼 수가 없었다. 그것은 점점 또렷해져 와서 확신으로 굳어 갔던 것이다.

미연이 그 청년에게 순결을 바쳤는지 아닌지는 잘 모른다. 그러나 언젠가는 일어날 일이고, 그 관능과 환희의 절정이 곧 부검에 이르는 여자의 운명에 직결되는 일이 있다 할지라도, 어느 시인이 말하듯 '성(性)'이란 인간의 귀속(歸屬)을 확증하는 축제의 자리임에 틀림이 없을 것이었다.

전옥희 여사는 현실적으로 자신에게 다시 한 번 인생이 주어진다 하더라도, 역시 같은 치우(癡愚), 같은 실수와 고통에 찬 길을 되풀이할 수밖에 없을 것이리라는 것을 뼈저리게 실감하였다. 그것은 패배를 정당화함으로써 인생을 긍정하려는 뜻이라기보다는, 죽음 앞에선 사람만이 가지는 하나의 깨우침이었다.

그는 어느 감동으로 몸이 떨렸다. 부드러운 음성이 자연스럽게 흘러 나왔다. 한마디 한마디가 조용히 눈같이 쌓여 가는 것 같은

느낌을 주는 어조로
"미연이라구 불러두 좋지? 내 아기."
뜻밖의 말에 미연은 놀라, 창경원 쪽으로 머물렀던 고개를 돌렸다. 전옥희 여사는 미소 짓고 있었다. 그러나 그 얼굴을 본 순간 미연은 저도 모르게 외마디 소리를 질렀다. 봄처럼 다사로운 늦가을 햇살아래, 누렇게 뜬 그 얼굴은 이미 이 세상 사람이 아니었다. 전옥희 여사는 나무토막처럼 옥상 콘크리트 바닥에 쓰러져 갔다.
들것이 날라져 왔다. 전옥희 여사의 심장은 아직도 가냘프게 뛰고 있었다. 우락부락한 두 사람의 병원 작업부 손으로 들것에 실려 가며, 전옥희 여사는 고향의 황톳길을 가고 있었다. 노오란 꽃수레에 타고 있는 것은 언젠가 보낸 정다운 사람 같기도 하고, 자기 자신 같기도 하였다. 은행잎이 한꺼번에 떨어져 버린 늦가을 오후의 일이었다.

(1962. 10.)

감정(感情)이 있는 심연(深淵)

무슨 까닭인지 유달리 돌이 많은 마당이었다. 그것도 모래땅에 구르는 동굴동글한 자갈 같으면 그렇지도 않으련만 시꺼먼 진흙땅에 반쯤 박혀 있는 뾰죽뾰죽한 돌이고 보니, 걸핏하면 발끝이 걸릴 법도 한 일이다. 그러나 그다지 넓지도 않은 마당인데 두 번이나 같은 실수를 한 것을 보면 어지간히 마음이 바빴던 모양이다. 사실 이 침울한 곳을 그렇게 벅찬 마음으로 찾는다는 것부터가 있을 수 없는 일이었고, 그런 만큼 희망이니 기대니 하는 심정보다 더욱 절박한 것이 있었던 것이다. 그러기에 여느 때 같으면 그 앞에서 버릇같이 망설이게 되는 출입구를 한달음으로 지나려 하는데 누구인지가 소맷자락을 붙들었다. 출입구래야 정면 현관이 아니고 북쪽으로 난 뒷문이다. 처음에는 별동이 있어서 본동과 별동 사이에 건네진 회랑(廻廊)이었던 모양인데 지금은 반 동강으로 끊어져 무슨 꽁지나처럼 무의미하게 본동에 곁붙어 있었다. 사람하나 겨우 다닐 만한 넓이로 개찰구 같은 느낌을 준다. 그 개찰구 같은 입구에서 옷자락을 잡힌 것이다.

"내일이 공판날입니다. 네? 내가 빨갱이가 아니라는 것을 증언해 줄 분은 선생밖에 없다는 거예요."

삼십 전후의 창백한 청년이다. 눈이 들떠 있었다. 손톱으로 쥐어뜯었는지 빰에 끔찍한 할퀸 자국이 있다. 턱 아래를 받을 듯이 바싹 다가와서 어미(語尾)에 힘을 주며 노려보는 것이다. 몇 달을 드나드는 동안에 어지간히 익어 버린 일이었지만, 왠지 이때만큼은 저도 모르는 사이에 몸이 뒤로 젖혀질 정도로 당황해졌다.

"……?"

"내일이 공판날이란 말이에요."

어조가 속삭임으로 변한다. 그제서야 겨우 마음이 가누어지고 말이 나왔다.

"아, 나두 잘 알고 있습니다. 그럼 내일 재판소에서 뵈올까요."

청년은 안심한 듯이 히죽이 웃고, 손을 내밀었다. 기다랗게 자란 손톱 밑에 새까만 때가 끔찍스럽게 끼어 있었다.

청년의 억센 악수에서 놓여 별동 안으로 발을 옮기며, 나는 마음이 자꾸만 안으로 기어들어가기 시작하는 것을 어찌할 수 없었다. 청년의 출현이 이때껏 내 내부에서 부풀어 오르며 있었던 감정을 중단시켰던 것이다.

하여튼 환자와의 면회를 청할 양으로 종업원을 찾았으나, 일요일인 까닭인지 진찰실, 접수, 처치실 할 것 없이 사람이라고는 보이질 않았다. 나는 남쪽으로 창이 난 진찰실 소파에 걸터앉아, 포켓 속에서 담배를 더듬어 꺼내어 물고 기다리기로 하였다.

여덟 평가량이나 될까 꽤 큰 방이다.

복도 켠 벽에 대여 침대가 놓여 있고 입구 가까이 새하얀 커버를 씌운 소파, 벽을 도려 판 조그만 제물장 속에는 알 수 없는 기구들이 들어 있다. 남쪽 창 옆에 자리 잡은 커다란 사무 책상 앞에 놓인 대소 두 개의 회전의자에도 깨끗한 커버가 씌워졌고 창으로부터 들어오는 햇살은 그 회전의자에까지 뻗쳐 있었다. 밝고 깨끗한 방인데 어째서 여태껏 어둡고 구질구질한 것으로만 생각하여 왔던 것인지 알 수 없는 일이었다.

어디서부터인지 낮닭 우는 소리가 들려 그것이 봄을 연상시켰다. 그러고 보니, 창 너머 올려다 보이는 언덕 위에 복사꽃이 노을처럼 퍼졌다. 갑자기 어깨에 걸친 봄코트의 무게가 느껴져서 소매를 빼려고 일어서는데 그제서야 담배에 불을 붙이는 것을 잊고 있었던 것을 알았다. 나는 담배를 문 입으로 쓰게 웃었다. 이것이 환자의 한 사람이었더라면 어떻게 되었을까. 빈 방에 우두커니 앉아 제딴으로는 담배를 피우고 있는 모양인데 불도 붙이지 않은 빈 담배를 넋을 잃고 빨고 있었다—카르테에 올릴 만한 증상이다. 병이란 환자에의 의혹으로부터 시작된다고 하던 말이 머리를 스쳤던 것이다. 그러나 이 상념은 곧 좀 전의 충격으로 어두어지려던 나의 마음을 얼만큼 누그려 주었다. 사실 이곳에서 간간이 느끼는 일이지만 정신이 평정상태에 있는 환자를 대할 때마다 석연치 않은 점이 없지 않았다. 물론 모두가 그렇다는 것은 아니다. 그러나 때로는 그 건전한 육체와 조용한 태도를 가진 사람들이 창살이 박힌 육중한 자물쇠로 채워져 있는 소라통 같은 병실에 갇혀 생활을 중절당하고 있다는 것이 무슨 잘못같이 여겨지는 것이다. 말하자면 의사들의 망상적인 정신 분석의 희생자들이라고도 할까. 좀 전의 그 청년만 하더라도 구내 산보가 허락될 정도로 회복기에 들어 있었기는 했지만, 며칠 전에 만났을 때에는 '드레퓌스 사건'을 아주 이론 정연하고 타당하게 평했던 것이다.

생각하면 모든 것은 해석하기 나름일지도 모르겠다. 국민 학교 때 코밑에 수염을 기른 늙은 교감이 있었는데, 엄격하고 완고한 이 교감은 천둥이 딱 질색이었다. 배를 내미는 것이 좀더 위엄을 주는 것이라고 알았는지, 그렇게 함으로써 더욱 앞배가 나오도록 항상 뒷짐을 지는 것이 버릇이었는데, 천둥소리만 들리면 뒤에서 굳게 깍지를 꼈던 손이 그만 머리 위로 올라가, 머리통을 얼싸안고 일학년 코흘리개 앞에서 쩔쩔매는 것이었다. 물론 남들의 놀림감이 되었지만 거듭하는 동안에 그것이 오히려 그의 인간성에 친밀감을 갖게 하였고, 그러다가 남들이 모두 흥미를 잃어버렸다. 그리고 보면 죄악 망상(罪惡妄想)이라는 병명으로 이 병동 어느 병실에 들어 있는 전아(典娥)가 죄를 지었기 때문에 침대 같은 높은 데서 잘 자격이 없다고 찬 마룻바닥에서 웅크리고 잔다 하여 그것이 절망적인 증세라고 할 수는 없는 것이 아닐까.

사유(思惟)가 이렇게 낙관적으로 흐르기 시작하자 나는 코트를 벗어 소파에 걸고 앉아 담배에 불을 당겨 눈을 지그시 감았다. 일전에 이 방에서 헤어진 전아의 애련한 모습이 떠올랐다.

해가 바뀌고부터는 아주 정상 상태에 돌아가 있었던 전아는 발작을 일으키고 있었을 때보다 야위어 가슴을 아프게 하였다. 그 아픔을 사랑이라고 하여야 옳았을 것인지 모르겠다.

나는 무슨 결단이나 내리듯 두어 모금 담배를 세게 빤 후 몸을 고쳐 앉았다. 가슴에 손을 대 보았다. 안 포켓 속에 딱딱한 것이 만져졌다. 여권이다. 이 몇 개월 동안 여러 가지 잡사들을 적어 넣는 메모장처럼 거기 들어 있던 여권이었다. 나는 담뱃불을 끄고 꽁초를 주머니에 넣은 후 여권을 꺼내었다. 한 번도 쓰지 않았는데 그것은 벌써 얼마큼 더러워진 것 같은 느낌을 주었다. 나는 표를 해 두었던 페이지를 열고 거기 기입되어 있는 영자와 찍혀 있는 스탬프를 보았다. 미합중국의 입국 사증이다. 지극히 사무적인 문구가 간결하게 씌어지고 커다란 스탬프가 또렷이 찍힌 무표정한 서면이다. 허나 이것은 이 몇 달 동안 나의 영혼과 생활을 회오리치게도 하였던 것이다. 하기야 한때는 이것이 거의 내 인생의 목적이 되다시피 하고 있었다. 스물일곱 살의 야심이 끓었다. 어쨌든 미국에 가야만 했다. 무엇이 되어야 했다. 그것은 나에게 있어서는 원대한 꿈이라기보다 차라리 잔인하고 집요한 복수 같은 것이었는지 모른다. 캐어 보면 그렇게도 라이너 대위—아니 예일 대학 고고학 교수 라이너 박사의 마음을 끌은 나의 악착같은 면학 태도도 순수한 학문의 탐구가 아니고 그러한 야심에의 한 수단이었던 것 같다. 하여튼 미국 유학을 앞두었기 때문에 나는 전아에 대하여 얼마만큼 떳떳했고, 모진 뿌리처럼 박혔던 굴욕감과 적개심 같은 것이 한결 가셔져 있었던 것이다.

전아의 집은 우리 지방 굴지의 대지주의 집이었다. 오릿골 큰 기와집이라면 오릿골을 모르는 사람들도 '아아' 하며 안다는 표정을 짓는 것이었으나, 소위 부재지주로 전아의 조모가 작고한 뒤에는 사당을 지킨다는 명목으로 그 집안 어려운 일가가 안채를 차지하고 아무도 받아 주지 않는 아니꼬운 거드름을 부리곤 하였다. 시향(時享) 때나 한식 추석 때 외에는 이 꾀죄죄한 일가 사람은 통 존재가 없었고 오릿골 실권은 마름을 맡아 보는 내 당숙이 쥐고 있었다.

풍류를 좋아해서 묵객 광개들이 떠날 새 없었다는 사랑채 방들은 구들이 빠진 채 그대로 광 대신 쓰여지고, 이끼가 파랗게 낀 기와 고랑에는 잡초들이 멋대로 나서 제법 노오란 꽃까지 피웠다. 오릿골 만경이는 큰 기와집 업이라고 남들이 이를 만큼 오히려 가혹하게 토지를 거두던 내 당숙도 무슨 까닭인지 그 큰 집에는 손을 대려 하지 않았던 것이다. 말은 하지 않았으나 그도 주인집 가족들이 다시는 그 집에 돌아와 살지는 않으리라는 동리 사람들의 쑥덕공론을 무언중에 시인하고 있었는지 모른다. 전아의 집에는 이상하게도 추문(醜聞)이 많았던 것이다.

두어 주일 전에 병원을 찾아왔을 때 원장의 허락을 얻어 둘이서 병원 뒤 언덕을 거닌 일이 있었는데, 울먹울먹한 얼굴이 자꾸만 숙여지는 것이 이즘의 버릇이 되어 버린 전아는 가느다란 소리로 이런 말을 했었다. 이런 데서 얼마를 지낸 이상 결혼을 할 자격은 영원히 잃은 것이 아니겠느냐고. 그것은 말이라기보다 차라리 저도 모르게 새어나온 탄식이었다. 나는 그만 그를 끌어안고 싶은 충동을 간신히 참았던 것이다. 그러나 그러면서 머리에 떠오른 상념이 있었다. 그것은 전아의 발병 이래 몇 번이고 내 머리를 스쳤던 것이고, 전아의 발병이 나로 인한 것인 이상 나로서는 결코 가져서 안 되는 생각이기도 하였다.

해방 직후의 일이다. 나는 처음으로 전아의 서울집엘 가 보았다. 완고만 하던 당숙이 불쑥 중학교에 넣어 주겠다고 데리고 상경했던 것인데, 그 때의 인상은 무어라고 형용할 수 없이 기이한 것이었다.

계동에 있는 전아의 서울집은 시골집같이 웅장하지는 않았으나, 더욱 규모가 짜여지고 호화로웠다. 가구들도 시골뜨기 소년의 눈을 휘황하게 하는 것뿐이었고, 얼음장같이 길든 장판하며 손톱자국 하나 없이 팽팽한 창호지라든가 문갑 위에 정연히 놓인 검은 장정의 몇 권의 책들(그것이 모두 종교 서적이라는 것을 안 것은 뒤에 일이었으나) 운치 있게 꾸민 정원에 핀 꽃들에 이르기까지 한가지로 이 집 살림이 부유할 뿐더러 알뜰히 꾸려져 있다는 것을 말하고 있었다.

두 주먹을 각각 두 무릎 위에 눌러 얹고 윗목에 꿇어앉았던 나는 이마 너머로 아랫목 쪽을 훔쳐보며 다리 아픈 것도 잊고 있었다. 아랫목에는 사십 전후의 늙은 누에를 연상시키는 해말갛게 생긴 부인이 줄곧 혼자서 말없이 희죽희죽 웃는 낯으로 앉아 있는 옆에,

그녀보다는 두어 살 손위로 보이는 건장한 부인이 내 당숙하고 말을 주고받고 있었다. 내용은 몰랐으나 당숙의 말이 그녀에게는 흡족한 모양으로 소담한 군턱이 두툼한 가슴에 닿을 정도로 서너 번이나 고개를 끄덕이곤 하였다. 이것도 나중에 안 일이었으나 이 건장하고 거만한 부인이 전아의 큰 고모였고 또한 이 집의 실력자이기도 하였다. 남자같이 활동적인 동시에 결단성 역시 못지않아 앞을 알아보거나 한 것처럼 일찌감치 친정집의 토지 전부를 넣어 재단을 세웠던 것이고, 이 날도 토지 관리를 맡아 보는 당숙과 무슨 용담(用談)이 있었던 모양이었다. 이윽고 그 용담 속에는 나의 진학 문제가 들어 있을 법도 한 일이었다.

열여섯이라면 중학 입학에는 연령이 넘은 데다가 나이보다도 멀쑥하게 큰 나는 그렇게 멀쑥하게 큰 것이 어쩐지 부끄러워 긴 다리를 주체스러워 하고 있는데 저녁이 되어 밥상이 들어왔다. 우선 첫눈에 섬뜩할 정도로 아리따운 삼십 가량의 여인과 중년이 넘은 식모인 듯한 마누라가 맞들은 두레상이 아랫목에 놓이고 뒤이어 열대엿 되어 보이는 처녀 아이가 아래채에 나가 들겠다고 한사코 사양하는 당숙 앞에 겸상으로 채린 밥상을 갖다 놓았다.

아름다운 부인은 눈도 들지 않고 밖으로 나가더니, 곧 이것은 또 꼭 자기를 빼어 닮은 열두어 살의 소녀의 손을 끌고 되돌아와 상머리에 소녀가 자리 잡는 것을 본 후에야 행주치마를 벗어서 개켜 놓고 자기도 상 앞에 앉았다. 그렇게 상 앞에 자리들을 잡았으니 곧 식사가 시작될 줄 알았던 나는 다음 순간 그만 눈이 휘둥그래지고 말았다.

그녀들은 숟갈을 들기 전에 모두 기도를 시작했던 것이다. 그 기도가 어이없이 오래 계속되는 것이다. 두레상을 둘러앉은 네 사람 중에 정면으로 얼굴을 보이고 있는 것이 당숙하고 말을 주고받던 그 건장한 부인이고, 해말간 중년 부인과 소녀가 옆얼굴을 보이며 마주앉고, 그 아리따운 부인은 이쪽으로 등을 보이고 고래를 숙인 채, 깎아 앉힌 것처럼 긴 기도가 끝날 때까지 미동도 하지 않고 있었다. 두 손을 가슴 앞에 모으고 미동도 하지 않고 있는 것은 그 부인뿐이 아니고, 옆에 앉은 소녀 역시 같은 모습을 지니고 있는데, 늙은 누에 같은 중년 부인은 남들이 하는 대로 깍지를 낀 손을 가슴 앞에 모으고 고개를 수그리고 있기는 하였으나, 옆에서 보기에도 그것은 기도의 자세가 아니었다. 내리깔았던 눈을 가느스름하게 뜨고 밥상을 훑어보다간 전아의 큰 고모 쪽을 이마 너머로 살금살금 흘겨보곤 하는 것이다. 전아의 큰 고모는 다른 사람들과는 자세부터가 다르다. 오히려 얼굴을 치켜들었다. 무슨 격심한 고통을 참고나 있는 것처럼 잔뜩 미간에 주름을 잡고 두 눈을 꽉 감았다. 무어라고 쉴 새 없이 입 속에서 뇌는 모양인데 입술의 달싹임보다 턱이 더 까불었다. 간간이 격분에 못 이기기나 한 것같이 어깨가 움직일 정도로 고개를 흔들고 깍지를 낀 손에 힘을 주는 것이다. 그것은 단란한 식탁 앞에서의 감사의 기도라기보다 오히려 거기 다소곳이 고개를 조아리고 대죄(待罪)하고 있는 아리따운 여인과 어린 소녀의 죄상을 주워섬기고 있는 고발자의 모습이었다. 이 기이한 광경이 그대로 어린 전아의 환경이었던 것이다.

나는 어느 사립 중학교에 들어가 왕십리에 있는 이모 집에서 통학을 하고 있었다. 워낙 집안이 모두 전아의 집에 붙어사는 형편이라 이모 역시 안잠을 자지 않았을 뿐 그 집 출입이 잦았다. 더구나 그녀는 전아의 유모이기도 하여서 그 집 사정에 밝았다. 그 늙은 누에같이 해말간 부인이 전아의 어머니고 전아를 난 후 산후발로 열이 심히 오르더니만 그 후부터는 병신이 되고 말았다는 것도 그녀에게서 들은 사실이었다. 그러나 시골에서 쑥덕거리는 큰 기와

집 최대의 추문—즉 행실이 부정해서 욕된 씨를 지으려다가 철창 신세까지 졌다는 사건의 주인공이, 그 아리따운 여인이라는 것을 알았을 때는 적지 않게 놀랐다. 어쨌든 나는 집에 돌아와서까지 '마님'이니 '애기'니 하는 이모가 미웠다. 자유가 없으면서 자유라고 생각하는 것이야말로 짜장 노예근성이 아니겠는가. 동급생보다 훨씬 연장이라는 것이 기묘하게 열등감을 가지게 하여 제 나이대로 진학할 수 있는 환경이 시새워, 나는 마음이 거세져 있었다. 당숙이나 이모가 전아의 집에 대하여 은고(恩顧)를 느끼는 점이 나에게는 그대로 착취로만 생각되는 것이다. 그러므로 그녀의 집이 그렇게 남에게 손가락질을 받고 있는 사실이 나에게 등골에서부터 자작자작 새어 나오는 것 같은 쾌감을 주기도 하였다. 물론 그러한 반감과 증오감은 전아의 집이라는 특정한 대상에 대한 것이 아니고 전아의 집이 대표하는 어느 계급에 향했던 것이라고 하는 것이 타당할지 모른다.

이모는 곧잘 전아의 어머니가 병신이 된 것은 산후발보다도 시어머니와 큰 시누이의 등쌀 때문일 것이라고 비치곤 하였다. 그러나 그것은 전아의 어머니에 대한 동정이라기보다 그녀의 큰 고모에 대한 반감과, 그 아리따운 부인—즉 전아의 작은 고모와 전아에게 가는 안타까운 정을 나무둥지나 다름없는—그러니깐 무해(無害)한—그녀에게서 일단 굴절시킨 따름이었던 모양이다. 이모는 뒤이어 그녀들의 처지를 못내 애달파 했다.

"온 과부 설움은 과부가 안다는데. 동기간에……."

어쩌다가 이모가 이렇게 중얼거리는 날이면 그 집에서 무슨 일이 있었다는 것이 짐작되었다. 오릿골 큰 기와집은 대대로 딸이 안 되는 집이라는 소문은 시골 있을 때부터 들은 말이지만 전아의 고모는 두 사람이 다 혼자되어 친정살이를 하고 있었던 것이다.

전아가 태어난 지 이듬해에 그녀의 아버지가 무슨 교통사고로 죽은 후 전아의 집에는 사변 때 별세한 전아의 조모를 비롯하여 노소네 과부가 남았다. 그 주동이 그녀의 큰 고모였는데 이 광신적인 기독교인같이 잔인한 사람은 예가 드물었다.

사람은 남으로써 죄를 지니게 된다는 것이다. 인생의 궁극의 목적인 영생에 이르려면 속죄를 하여야 한다는 것이다. 그녀의 말을 들으면 신은 지고의 사랑이 아니고 지고의 악의자(惡意者)라는 느낌이 더 커지는 것이었다. 전아는 이 고모 아래에서 항상 죄에 떨며 살아왔던 것이 아닐까. 어쩌면 어린 그녀는 사랑이란 말보다 '죄'라는 말을 먼저 들었는지도 모르겠다. 무엇보다도 이모의 반감을 산 것은 전아의 큰 고모가 악에 관용하다는 것은 신에의 배덕이라는 명분 아래, 그 아우의 비밀을 발겨낸 일인 모양인데 그보다도 더 소름이 끼치는 것은 죄의 끝을 보여야 된다고 열한 살 난 어린 전아를 그 공판정에 끌고 나간 사실이었다.

언젠가 밤늦게 전아의 집에서 돌아온 이모는 무슨 일이 있었던지 몹시 흥분해 있었는데 쏟아 놓은 말 중에 그 때의 광경이 끼어 있었다.

"글쎄 하얗게 핏기가 가시면서 내 팔 안에 이렇게 쓰러 넘어지지 않았겠니."

하고 그는 두 팔을 늘어뜨리고 넘어지는 시늉을 하였다.

푸른 미결수의 수의를 입고 용수 쓰고 수갑에 채여 끌려 나오는 고모를 보자 어린 전아는 그만 연한 나비나처럼 하늘하늘 힘없이 쓰러져 버렸다는 것이다.

그래도 나는 정상인이란다. 전아마냥 자기 감정의 경사(傾斜)를 끝까지 타고 내려가지는 않는다. 그러나 이 안타까운 심정—아무래도 내 품속에 그녀를 다시 품음으로써, 아니면 영원히 그녀를 잃음으로써 자신을 찾아야겠다. 나는 전아를 범한 것은 아니다. 사실 우리는 어느 쪽에서 먼저 끌어안았는지 몰랐던 것이다. 내 품속에서 그녀는 불타는 여인의 목숨 그것이었다. 내가 범했던 것이라면 그녀는 피해감과 분노와 원한을 가졌을 따름 거기에 죄악감을 느끼지는 않았으리라. 대체로 성(性)의 교합이란 서로 사랑하는 부부 사이에 있어서까지 어떤 처창한 감정이 따르는 것인지 모르겠다. 그러나 성은 생체(生體)의 내용의 하나가 아니겠는가. 구태여 죄라면 그 죄를 거듭함으로써 구원을 받을 수도 있는 것이 아닐까.

광란하는 전아를 이곳에 맡기고 그녀의 작은 고모와 더불어 돌아가며 나는 자꾸만 분노 같은 것이 치밀어 오르는 것을 억제할 수 없었다. 무엇을 탓하고 싶은 심정이었다. 그 탓하고 싶은 심정 갈피에서 노상 해죽해죽 웃고만 있던 그녀 어머니의 해말간 얼굴이 빼끗이 내다보이고, 그녀의 큰 고모의 험한 얼굴이 "뉘우쳐라 뉘우쳐라" 하며 이를 악물었다.

전아의 작은 고모는 종시 말이 없었다. 음산한 겨울의 구름이 끼어 무슨 악의(惡意)를 품은 것 같은 하늘 아래서 그녀는 여느 때보다도 더 조용히 발을 옮기고 있었다. 격한 마음에도 무언지 운명 같은 것을 느끼게 하는 모습이었다. 어쨌든 하나의 삶을 살아가며 있는 모습이 영광되건 욕되건 간에 자신의 삶을, 살고 삶으로써 자신을 더럽히고 자신의 죄를 지고 스스로 그것을 지으며 살아가는 모습이었다. 이모의 말을 들으면 한때는 무던히도 괴로워 몸부림도 쳤다는데 출옥 후에는 오히려 명랑해져서 그렇게도 이루지 못하던 잠도 곧잘 자게 되었다는 것이다. 형(刑)이 그녀의 죄를 한정시켜 그의 인간적인 괴로움을 덜었던 것인가. 하여튼 그녀는 그런 평온한 태도로 어린 조카딸의 양육에 전부를 바쳐 왔던 것이다.

전아의 집은 아무 일도 없었던 것처럼 고요했다. 그녀의 그 해말간 어머니는 이미 벌써 죽고 없었다. 높은 산에 눈이 내려 거기 쌓여 있거니 하여 오다가 어쩌다 눈을 들어 보았을 때 그것이 어느덧 사라져 버린 것을 깨달을 때가 있다. 그녀는 그런 죽음을 하였다. 나는 이날 새삼스럽게 눈을 들어 보았던 것이다.

둘이는 말없이 방으로 들어섰다. 언제나처럼 아담하고 정돈된 방 벽에 박힌 못에는 전아의 옷이 걸린 채로 있는 것이다. 까마귀 날개처럼 까만 슈트, 전아는 여기다가 눈 같은 블라우스를 얼마나 표정적으로 받쳐 입었던 것인가. 못 볼거나 본 것처럼 거기에서 시선을 거두려는데 문득 눈길이 깨끗하게 정돈된 책상 위로 갔다. 깨끗하게 정돈된 책상 위에 영어 잡지가 두서너 권, 그 위에 약간 큰 까만 수첩 같은 것이 얹혀 있는 것이다. 여권—며칠 전에 나온 입국 사증이 찍힌 전아의 여권이었다. 무언지 모르게 섬뜩해지는데 전아의 작은 고모가 무슨 신호나 받은 것처럼 두 손으로 그 종이쪽지를 받쳐 들며 느껴 울기 시작했다. 이윽고 그 눈물은 내 마음의 위치를 씻어 내는 것이었다. 길가의 돌멩이가 비에 씻겨 드러나듯이.

전아의 비자가 나오던 날, 우리 사이에는 꽤 오래 말다툼이 계속되었다. 말다툼이래야 전아는 그저 내 말에 동의를 하지 않았을 뿐, 나 혼자만이 뇌까려 대었던 것인데 그녀는 본시 말을 하지 않으면서 상대방에게 많은 이야기를 들은 것 같은 느낌을 주는 여인이었다. 대체로 전아의 성격은 무슨 액체(液體)나처럼 윤곽이 없었다. 기이한 환경 속에서 엄청나게 상이된 사람들 틈에 끼어 자라는 동안에 아무하고나 어울릴 수 있는 양순하고 고분고분한 성격이 되어 버린 것인지 모른다. 이것도 이모가 한 말이지만 애기 때 전아는 종일토록 버려두어도 칭얼거려 본 일조차 없는 순한 애기였으나 어린 대로 고집이 세었다 한다. 머리통을 바로 굳히려고 뉘일 때 무던 애를 썼건만 잠시만 보아 주지 않으면 어느새 고개를 왼쪽으로 돌리고 있었더란 것이다.

"그래 얘 왼쪽 뒤통수가 좀 비뚤어지지 않았든?"

하고 이모는 옥의 티라는 표정을 하는 것이었으나, 그런 결점을 의식해서 감추기 위해선지 우연히 그렇게 된 것인지는 몰라도 전아는 독특한 형으로 머리를 빗었다. 왼쪽으로 가리마를 타고 옆머리를 위로 약간 걷어 올렸다가 거기서부터 가볍게 물결치게 빗어 내려 귀 뒤에서 새가슴 털 마냥 호르르 부풀렸다. 그것이 그녀의 몽상적인 얼굴에 어울렸는데 그날따라 나는 그녀의 옆얼굴을 훔쳐보며, 그쪽으로만 고개를 돌려 눕더라는 이모의 말이 왠지 자꾸만 상기되는 것이었다. 그녀의 옆얼굴을 훔쳐보는 눈초리가 실망으로 흐려졌다. 나는 그녀가 못마땅했던 것이다.

그녀의 꼭 다문 아담한 입술이 시기스러웠다. 한마디만—꼭 한마디만 해 준다면 나는 마음이 후련해질 것 같았다. 빈말이라도 좋았다. 그녀는 그저 무슨 일이 있더라도 자기 혼자는 떠나기 싫다고만 해 주었으면 좋았던 것이다. 그러면 나는 그런 희생과 순정을 끝내 사양하는 관용을 가질 수도 있었던 것이다.

스스로의 행동에 비통하게 취할 수도 있었던 것이다. 그러나 전아는 빈말을 하는 사람은 아니었다. 꼭 다문 입술이, 발끝에만 집중시키고 있는 시선이, 기회를 놓치기 싫다고 끊어 말하고 있는 것이다. 나는 그 순간, 오릿골에서 갓 올라온 팔다리가 멀쑥한 시골 소년을 그대로 자기에게 느꼈다. 나에게 일별도 던지지 않던 어린 나비처럼 애처롭고 아름다운 소녀가 거기 있었다. 거리가 느껴지는 것이다. 그것이 현실이었다. 스물일곱 살의 이성이 좀더 일찍 알고 있어야 하는 현실이었다. 내게는 최대한이 그녀에게는 평상인 것이다. 내가 획득하려고 애쓰는 것을 그녀는 이미 가지고 있는 것이다. 언제나 그러했다. 이번 경우만 하더라도 나는 필생의 비원(悲願)이나처럼 애쓰고 서둘고 있는 미국 유학이 그녀에게는 무슨 당연한 과정같이 이루어져 가고 있는 것이 아닌가. 입국을 거부당할 정도로 험한 흉이 남도록 가슴이 나빴다면서 자신이나 남이나 모르고 지내 왔다는 엄청난 사실이 새삼스러운 굴욕과 분노가 되어 서글픈 낙오감에 심각하게 와 감겼다.

전아가 떠날 생각으로 있는 것은 당연한 일이었다. 그러나 뒤에 남게 되는 마음에는 그것이 어떤 배신같이만 느껴지는 것이다. 아니 배신이 아니고 농락이라는 쪽이 옳을지 모른다. 제 본심이 드디어 나타난 것에 불과한 것이다. 도대체 오릿골 큰 기와집 아가씨한테 일찍 어버이를 잃고 그 집 마름을 맡아 보는 당숙 손에서 겨우 자라난 거지나 진배없는 놈팡이가 당할 일인가. 어금니가 악물려진다. 눈에 힘을 주어 쏘아보았다. 약간 창백한 고상한 옆얼굴—무엇인가가 가슴 한구석에서 피를 토했다. 농락한 것이라도 좋다. 그대로만 속여 다오—눈앞이 조금씩 어두워져 갔다. 그 어두워져 가는 눈앞에 지난날이 얼룩거렸다.

휴전이 되던 해에야 나는 비로소 부산이란 곳을 가보았다. 거기 피난하고 있던 이모의 병이 심상치 않다는 소식을 받았기 때문이다. 이모는 전아의 집 사람들과 같이 기거를 하고 있었는데 피난살이고 보니 자연 사람을 여럿 둘 수도 없었던 것인지, 전아의 작은 고모와 둘이서 살림을 보아주고 있었던 것이다. 많지 않은 식구였으나 늙은 뼈에 힘이 겨웠던 모양이다. 그러나 이모는 무던히 명랑한 얼굴을 보여주었다. 통조림이니 미국 과자 같은 것을 적지 않게 가지고 간 조카가 자랑스러웠던 까닭이리라. 나는 당시 UN군 통역으로 있었던 것이다. 사변 직후 당시 중학 육학년이었던 나는 수복과 더불어 군에 들어 비교적 고생을 덜한 셈이었다. 대장이 앞에 말한 라이너라는 대위였는데 이 사람은 직업 군인이 아니고 소집을 받아 나온 젊은 고고학자였다. 우연히 그의 종졸로 있게 되었던 나는 이 진지한 젊은 학자의 지도를 받게 되어 악착같이 영어를 배웠다. 이년 후 부대가 대구 지방으로 이동이 되었을 때는 나는 제법 우수한 통역이라는 말을 듣게 되어 있었다.

라이너 대위는 틈만 있으면 나를 동반하여 가까운 데 있는 경주를 찾는 것을 낙으로 삼고 있었다. 자연 안내역을 맡게 된 나는 그의 눈에 들기 위하여 고적이나 고대 예술품에 대한 팜플렛 같은 것을 들추게 되었고 어느 정도 전문적인 지식을 받아넘길 수도 있게 되어, 그것이 라이너 대위를 무척 놀라게 한 모양이었다. 생각하면 내가 지금 고고학을 하게 된 것은 어디까지나 그런 우연들이 쌓여서 하나의 방향을 이룬 것이지 털어 말하여 아예부터 무슨 포부라든가 신념 같은 것에서 출발한 것은 아니다. 그러나 그런대로 하나의 길이 트인 것만은 사실이어서 제대하여 귀국한 라이너 박사의 호의가 나로 하여금 미국 유학에의 꿈을 실현시킬 수 있게끔 하였던 것이다.

피난 내려가던 이듬해에 등신이나마 어머니 되는 이를 잃은 전아는 몇 해 못 보는 동안에 놀랄 만큼 성장해 있었다. K 고녀 삼학년인 데 그림을 잘 그린다고 이모가 자랑하듯 일러주었다.

생각 이상으로 환대를 받고 돌아간 나는 그 후부터 부산길이 제법 잦아졌다. 어려서부터 거의 어머니 대신이 되어 온 늙은 이모를 보살핀다는 이유에서였고, 또 사실 이모가 그대로 눌러 있기를 원하므로 달리 거처 주선을 하던 것을 중지는 하였으나, 그 집에서 어느 정도 대접을 받을 수 있을 만큼 물질적으로도 도움이 되어 주고 있었다. 그러는 동안에 나는 어느덧 서울서 그 집에 갈 적마다 가졌던 열등감을 잊어버리게 되었다. 그것은 전아의 큰 고모까지 때로는 라이너 대위를 대동하는 일도 있었던 나를 전과는 달리 맞아 주었던 탓도 있었지만 그런 외부적인 이유보다 고만쯤의 어학력으로 한껏 오만해 있었던 나의 하룻강아지 같은 철없는 마음이 더 큰 이유가 되었다고 하는 쪽이 옳을 것이다. 그런 어줍잖은 나를 전아는 왜 사랑하게 되었는지 모르겠다.

환도한 지 이듬해 봄이었다. 우리는 안국동에 있는 어느 고물상엘 들렀다가 원남동으로 가는 길을 걷고 있었다. 전아는 예술 대학 이학년이 되고 있었다. 환도 후에 이어 미국 기관에 있었던 나는 전아의 큰 고모가 원장으로 있는 R 학원 복구 사업에 힘을 합하는 격이 되어 환도와 전후하여 죽은 이모의 생존 시보다 전아의 집 출입이 번거로웠다. 그러므로 전아의 대학 입시 준비를 보아주게 된 것도 지극히 자연히 시작된 것이었고, 그렇게 어깨를 나란히 하며 다니는 기회도 곧 많이 있었던 것이다. 미술 전공을 하고 있던 전아는 그 때부터 라이너 박사의 초빙을 받아 제 딴으로는 준비를 할 양으로 박물관이니 고물상 같은 데를 훑다시피 하고 있던 나를 적지 않게 도와주었다. 물론 사진기를 준비하고 있었기는 하였지만 나를 위한 전아의 사생(寫生)은 이상하게 깊은 인상을 주었다. 그날도 그런 일로 어느 고물상에를 들렀던 것이다.

돈화문에 이르렀을 때였다. 싹트기 시작한 가로수의 자줏빛이 도는 연두색 윗가지를 쳐다보며 전아가 낮은 소리로 이런 말을 했다.

"아까 그 백제 관음(百濟觀音) 말이에요. 난 그리면서 느꼈어요. 우린 지금 그것을 한 가지 유품으로만 취급허구 있지만 그걸 만든 사람은 하나의 의미를 그렇게 구상시킨 게 아니겠어요?"
무슨 말을 하려는 전제인지 몰라서 나는 그저 고개만 끄덕였다.
"그런데 다아 지나가 버리구 마는 거지요. 사람두 의미까지두!"
그녀는 말을 끊고 한참 잠잠하다가 이번에는 딴사람 같은 잠긴 듯한 음성으로 다시 나직히 말을 이었다.
"나두 어떤 의미가 되구 싶었는데—선생님헌테—."
"나헌테? 그야 말루 무슨 의미지?"
나는 어떤 기개 같은 것으로 음성이 겉떴다.
"글쎄 사랑일 것이라구 생각해 봤어요."
오히려 무감동할 정도로 조용한 어조였다. 단정하게 앞으로 향한 무표정한 옆얼굴이 창백하게 고상했다. 지금 내 옆을 거닐고 있는 바로 이 옆얼굴이다.
추억이 너무 아프게 생생하여 거기에서 벗어나려기나 하려는 것처럼 나는 잎이 진 가로수의 엉성한 그림자가 깔린 보도를 마구 빠른 걸음으로 걸었다. 하니깐 전아도 마치 나의 그림자기나 하는 것처럼 말없이 내 옆을 따라 걷는 것이었다. 서울 시내가 어느 보지 못하던 고장인 것 같았다. 생각하면 이맘때쯤은 둘이서 정말 보지 못하던 이국땅을 걷고 있어야 되었던 것이 아니었던가. 사실 계획 같아서는 이미 칠팔 개월 전부터 떠날 수속을 밟고 있었던 나는 앞서 미국에 가 있어야 했고, 지금쯤은 어지간히 그 곳 풍토가 습관 같은 데도 익어 있어 뒤이어 올 전아를 맞이하는 준비도 갖추어 있어야만 했던 것이다. 그러나 모든 것은 나의 신체검사의 결과로 말미암아 허물어지고 말았고, 그보다도 더욱 안 된 일로는 달포 전에 수속을 시작한 전아에게 먼저 비자가 나온 사실이 있었다.
이제 나는 그저 슬프다. 전아를 잃을 것이라는 기우가 이 순간이 인생의 최후의 순간이라고 따지고 있는 것이다.

나는 자꾸만 걸었다. 전아도 역시 자꾸만 따라 걸었다. 목적 없이 그렇게 자꾸 걷고만 있는데 어떻게 어떻게 꾸부러졌다 다시 곧장 갔다가 하는 동안에 나는 그것이 내 하숙으로 이르는 길이라는 것을 알았다. 그러면서 무엇에 씌기나 한 것처럼 자꾸 그 길을 걸었다. 전아도 역시 한 번도 와 본 일이 없는 그 길을 무엇에 씌거나 한 것처럼 자꾸만 나를 따라 걸었다. 그 길이 닿는 곳에서 우리는 천당과 지옥을 동시에 보았던 것이다.

—몇 시간이나 지난 뒤 지 거리는 저녁 시간이었다. 많은 사람들이 모두들 어드메로 가고 있었다. 우리도 길을 가고 있었다. 보도에는 넘칠 정도로 많은 사람들이 웅성거리고 있고 전차 승용차 트럭 자전거 등이 꼬리를 물었다. 그러면서 왠지 무성 영화마냥 음향이 없는 풍경인 것이다. 사위(四圍)가 이렇게 자욱한 것은 날이 흐르기 시작한 까닭인가, 저물어 온 까닭인가. 저기 켜져 있는 저 붉은 불은 또 왜 저렇게 앓고 있단 말인가. 모든 것이 눈설다. 세계가 변해 버린 것인가, 내 자신이 변한 것인가. 마치 외부에서부터 조여 들어오는 것 같은 공포같이 강열한 관능의 환희—이슥고 있는 대로의 모공(毛孔)으로부터 자신이 새어 빠져 버릴 것 같은 허탈감—그것일 것이다. 물론 나로선 처음이 아니다. 어째서 오늘따라 이렇게 갈피를 잡을 수 없단 말인가. 무서운 것이나 보는 것처럼 망설인 후에야 옆에 나란히 앉아 있는 전아 쪽으로 시선을 돌렸다. 희끄무레한 광선속에 단정한 얼굴이 창백하게 떠 있다. 미동도 하지 않는다. 커다란 눈이 텅 비었다. 그러면서 불타고 있는 것이다. 나는 여태까지의 불안이 그녀의 것이었다는 것을 안 것 같았다. 그러나 말을 걸 수는 없었다. 건드리기만 하면 순간에 와르르 해체(解體)되어 버릴 것 같은 그런 절박한 자세였기 때문이다.

정신을 돌리고 보니 타고 있는 차가 서 있었다. 십자로다. 가운데 교통순경이 서 있는 장난감 같은 집—그 근처에 사람들이 모여 있다. 교통사고가 난 모양이다. 둘레에는 차단당한 차들이 모여서 홍수를 이루었다. 우두커니 기다리고 앉았는데, 바른쪽 소매가 끌려지더니만 보드라운 허벅지가 다리에 와 닿았다. 전아가 바싹 옆으로 다가온 것이다. 이윽고 떨리는 손이 내 허리를 감싸 안았다. 아무래도 심상치 않아 전아의 얼굴이 향한 창밖을 내다보았다. 홍수를 이룬 차들 가운데 한층 높다란 GMC가 머물러 있다. 역시 신호를 기다리고 있는 모양이었다. 허리를 꾸부리고 좀 더 자세히 보고야 그것이 여수(女囚)들을 호송하고 있는 차라는 것을 알았다. 푸른 수의를 입은 스무 명 가량의 여수들이 웅성거리며 앉아 있는 둘레에 장총을 겨눈 자세로 든 간수가 두 명 지키고 있다. 간간이 거리에서 보는 광경이라 흥미가 없어 눈을 돌리려는데 운전석 문이 열리더니 운전사가 뛰어내려 차바퀴 밑을 들여다보기 시작하였다. 기다리는 동안에 이상한 곳을 보아 두려는 심산인 모양이다. 하니깐 두 명의 간수가 한 가지로 고개를 빼어 차 아래를 휘둘러 살폈다. 마치 무엇인가를 찾으려고나 하는 것처럼. 바로 그 순간이었다. 옆에 앉았던 전아가 괴이한 외마디 소리를 지르며 내 무릎 위에 쓰러져 왔다. 이윽고 사시나무처럼 파르르거리며 딱딱 맞부딪는 잇새에서 같은 말을 밀어내듯이 되풀이하는 것이었다.

"숨겨 주세요. 놓쳐 주세요. 빨리빨리……."

그러나 전아는 영영 거기서부터 놓여나오지를 못했다. 실신 상태에서 깨어난 그녀가 처음으로 입에 올린 것이 "못 찾구 가 버렸구먼요. 허지만 죄가 무서워."

하는 속삭임이었다. 그는 푸른 수의를 입은 여수들의 모습에 죄의 실체(實體)를 본 모양이었다.

"저 좀 보시유. 선상님!"

충청도 사투리의 여인의 음성에 나는 언뜻 정신이 들었다.

어지간히 때가 묻은 흰 환자복에 수건을 내려 쓴 오십 가량의 부인이다. 그쪽으로 돌아앉는 나를 보자 입을 오므리고 제법 수줍은 듯이 호호 웃었다.

"아까서야 경무대에서 기별이 왔잖겠어유—호호 기다린 보람이 있을게라구유—그야 뭐."

하고 손을 입에 대며 고개를 꼰다. 그 손을 그대로 가슴에 가지고 가서 매무새를 고치거나 하는 것처럼 다독거렸다. 가슴은 환자복의 앞단추가 하나씩 엇끼워져 보기에 거북살스럽다. 젊었을 때는 아름다웠으리라. 오뚝한 콧날에 눈자위가 꺼지기는 했으나 고운 눈매다.

"네에—그러십니까. 감축합니다."

나도 이렇게 대꾸하며 시치미를 떼었다. 대통령 부인을 자칭하는 이 과대 망상증 환자와도 어느덧 나는 낯이 익어 있었다. 그녀는 또한 간드리지게 수줍어하더니만 갑자기 미간에 주름을 잡고 걱정스러운 표정으로 변했다.

"근데 말씀이여유—글쎄 나랏일은 그렇게 모든 것이 까다로운 게비유. 대접해 드릴 준비를 하여야겠는데유. 그것이 또 어지간히 귀찮은 절차를 밟아야 된다는게비유—일은 내일루 다가왔는데유……."

나는 알아채고 안주머니에 손을 넣어 집히는 대로 십환 몇 장을 꺼내었다.

"걱정되시겠군요. 우선 이걸로……."

그녀의 얼굴이 사뭇 엄숙해졌다.

"급허니깐 사양 않겠어유. 허나 치부해 두시유. 내 훗날 몇백 갑절허리다이. 응, 영감을 만나거덩야이……."

나는 감사의 뜻으로 고개를 숙였고 그녀는 그것으로 만족하여 밖으로 나갔다. 아까보다도 더 맑아진 햇살이 회전의자에서 물러가고 있었다. 나는 손을 도로 안주머니 속에 넣었다. 그리고 좀 전에 지전을 꺼낼 때 묻어 나오려 하던 여권을 도로 제자리에 쑤셔 넣었다.

내가 그것을 받은 것은 어저께 일인데 얼른은 실감이 들지 않았다. 무슨 장난같이만 여겨지는 것이다. 몇 달을 이것 때문에 미쳐 다녔었다. 그야말로 소 갈 데 말 갈 데 다 쫓아다녔다. 끝으로는 이곳까지—인생의 외부에까지 와 버린 것이 아닌가. 지금 와서, 아주 모든 것을 단념한 지금 와서 잘못이나처럼 떨어져 온 것은 무슨 까닭인가. 우두망찰한 심경에는 내 자신이 재심을 받고 다시 결재를 신청한 사실조차가 생각나지 않아 이 오히려 당연한 필연이 우연같게만 여겨지는 것이다. 이윽고 우연은 나에게 어떤 기적을 바라게 하고 있는 것이었다. 우연이란 미신성(迷信性)을 띠는 법이다. 이것이 아귀를 쫓는다는 부적(符籍)이 되어, 전아를—나를 찾게 하여 줄 수도 있을 것이 아니겠는가. 기대와 희망이 고문처럼 몸을 저몄다.

복도를 울리는 구두 소리가 이쪽으로 가까워 왔다. 이윽고 오늘은 가운을 입지 않은 닥터 김이 들어왔다.

밖에서 갓 들어오는 모양으로 얼굴이 상기되어 있다.

"따뜻해졌군요."

이렇게 나는 간단한 인사 끝에 기후에 관한 말을 덧붙였다. 닥터 김은 좀 기분이 내키지 않는 얼굴이다. 즉시론 대꾸가 없다가, 책상 앞 회전의자에 가 털썩 주저앉으며 불쑥

"봄이라서요."

무슨 탓이나 하는 것 같은 어조로 던지듯이 말한다. 어딘지 거북해 하는 눈치다. 말이 끊어져 침묵이 왔다. 내가 먼저 침묵을 깨뜨려 전아와의 면회를 청하려는데 닥터 김이 드르륵 소리가 나게 책상 서랍을 열더니 그림 한 장을 꺼내었다. 이윽고 한 손으로 그것을 치켜들어 이쪽으로 보이며

"어떻습니까?"

한다. 허심한 태도지만 바닥에 무엇이 있는 표정이다.

"글쎄요."

"좋지요."

"좋다기보다—글세 아름답군요. 허지만 좀—불안해. 불안의 미랄까요."

나는 몸을 뒤로 젖혀 되도록 그림을 멀리해 보았다. 타이프 용지 두 배 가량 되는 와트만지에 템페라로 그린 그림이다. 나는 이런 그림을 본 일이 없었다. 억지로 말하면 그것은 의식의 심연(深淵)에서 일어난 비사(秘事)를 보는 것 같은 느낌을 주었다. 바탕에는 남김없이 푸른빛이 들도록 농후하게 검은 빛이 깔렸는데 가루민레드와 은빛이 서로 얽혀 또아리를 틀며 몸부림을 쳤다. 공포와 쾌감과 죄스러움의 불안한 교착(交錯)—그 위를 칼끝 같은 섬광이 무슨 구원이 나처럼 새하얗게 번득이고 있는 것이다.

"미스 윤의 그림입니다."

닥터 김은 무슨 선언이나 하는 것처럼 말하고 의자에 등을 기댔다. 한결 평정해진 전아에게 무료를 끄도록 화구를 갖다 준 것은 전번의 일이었다. 하여튼 전아가 다시 그림에 손을 대었다는 사실이 지금의 나에겐 눈물겹도록 고마웠다. 그러나 그림에서 오는 감동이 좀 불안스러운 것이다.

"그래 그림을 그립디까?"

닥터는 무슨 중대한 질문이나 받은 것처럼 입을 열지 않고 있다가 한참만에야 약간 몸을 일으키고

"구라파에선 곧잘 환자들에게 그림을 그리게 한답니다."

하고 뜻하지 않았던 말을 꺼내었다. 그는 일단 말을 끊었다가 어조를 바꾸고

"에에, 통계적으로 보아 남자 환자는 궤짝이라든가 주머니 같은 것을 많이 그린답니다. 여자는, 여자 환자는 그렇지요—버섯 칼—."

안경이 번쩍했다. 약간 외면을 한 것이다. 나는 가슴이 확 달았다. 그런 것들이 정신 분석상으로 보면 성기(性器)를 상징하는 것이고, 여자 환자는 특히 다소 음(淫)해진다는 것은 몇 번 드나드는 동안에 얻은 지식이었다. 그런 말을 듣고 보니 그림에서 받은 불안의 정체가 어렴풋이 짐작되어지며 왠지 전아가 한없이 애처러워지는 것이었다. 그것은 젊은 전아의 그림이 그렇게 해석되는 것이 참기 어려웠다기보다 그런 그림을 그린 그녀가 오히려 진지하게 자신을 정시하려고 애쓰는 것 같아 마음이 흔들렸던 것일지 모르겠다.

"꼭 만나고 가시렵니까?"

닥터 김이 무엇을 암시나 하려는 것처럼 내 눈을 정면으로 들여다본다. 그 정시를 받아 나는 마음이 비틀거렸다. 여기까지 와서 그녀를 만나지 않고 간 일이 있었던가.

"며칠 전 큰 고모님이 다녀가셨는데—그래 이 그림을 그리던 날이군요."

닥터의 소리가 까아맣게 들렸다. 등뼈가 한꺼번에 무너져 쏟아졌다. 닥터의 소리가 거푸 건너와서 마지막 칼부림을 하였다.

"—봄이라서요."

'봄'이 정신병에게 어떤 영향을 주는가를 나는 알고 있었고 또 이 정신병 의사가 '봄이라서요.' 하는 의미를 나는 잔인하도록 또렷하게 이해할 수 있었던 것이다.

나는 힘없이 일어서서 모자를 썼다. 이윽고 그 돌멩이 투성이의 마당을 걸어 나왔다. 문간에서 웬지 담배 생각이 나서 걸음을 멈추고 포켓 속에 손을 넣어 보았다. 그러나 진찰실에 잃어버려 두고 나왔는지 담뱃갑은 만져지지 않고 딱딱한 종이만이 손에 집혔다. 여권. 사증이 찍힌 여권. 순간 나의 머리속에서 화폐 개혁 후의 구화(舊貨)가 한 장 뱅그르르 돌았다. 뒤이어 누구한테선가 들은 어떤 일본의 악덕 상인(惡德商人) 이야기가 상기되었다. 북만주 시베리아를 훑다시피 하며 갖은 악독한 짓으로 거만의 돈을 벌은 그가 트렁크 몇 개에다 가득 루블화를 채워, 고국으로 떠나려던 아침, 혁명이 일어났더라는 것이다. 그는 그 몇 개의 트렁크를 들고 미친 듯이 네거리로 달려가서 그때껏 모아 온 돈을 모조리 바람에 날려 버렸다 한다.

못을 꽂아 심은 병원 문을 나오면서 나도 그 악덕 상인과 같은 흉포한 충동이 자꾸만 고개를 드는 것을 어찌할 수 없었던 것이다.

(1967. 1.)

양심

"윤 박사님이십니까?"

음성은 곱고 애잔하며 조심성스러웠다. 기억에 없는 음성이다.

"누구신지요?"

윤 박사는 의아해 했다.

"저 전, 전……."

"잘못 거신 게 아닙니까?"

"아니에요, 윤 박사님, 전 이효진 씨 자붑니다."

이효진 씨는 윤 박사가 맡고 있는 환자다. 그는 신장 기능이 극도로 쇠퇴되어 이식 수술을 기다리고 있는 중이었다.

"네에, 그러세요."

"실은 저희 아버님……."

말은 여기서 끊어져 한참을 잠잠했다.

"말씀하세요."

그러고만 있을 수 없어 윤 박사는 재촉을 했다.

"아빠는 서른 살이에요. 앞으로 긴 세월을 신장 하나만으로 살아가야겠지요."

말은 여기서 또 끊어지고 전화선을 타고 흐느끼는 소리가 들리더니 이내 수화기는 놓여졌다. 뜻하지 않았던 충격이었다.

윤 박사는 다급히,

"여보세요, 여보세요."

소리를 지르다가 익히 알고 있는 그 집 전화번호를 돌렸다. 좀 전의 그 고운 음성이 전화를 받았다. 아직도 젖어 있는 음성이었다.

"저 윤명로예요. 아까 하신 말씀 좀 생각해 봐야겠어요."

고운 음성은 몹시 당황해 하며,

"아니에요. 지가 잘못했어요. 제 혈액형이 O형이었으면 했던 거예요. 전 A형이라서요."

하다가 어조를 갈고 깍듯이 덧붙였다.

"죄송합니다. 괜히 쓸데없는 말씀을 드렸나 봐요."

"아니에요. 하여튼 기다려 보세요."

윤 박사는 전화를 끊었다.

"환자예요?"

앞에 앉아 있던 구여사가 물었다.

"아녜요."

윤 박사는 미간을 찌푸린 채 퉁명스럽게 대답했다. 윤이 흐르는 얼굴에 곱게 화장한 얼굴, 루주가 좀 짙고 손질이 잘 된 손톱이 주부의 것으로는 지나치게 길며 요즘 유행형인지 머리를 잘게 지져 이마를 가린 구 여사가 이 순간 지겹고 밉살머리스러웠다.

별 나쁜 데도 없는데 이런 여자는 아픈 데가 많단다. 돈이 많고 틈이 많고 허욕이 많고 할 일이 없고 성실성이 없고 능력이 없으면서 자기 과시가 하고 싶은 이런 종류의 여자들…… 두통이 나고 사지가 쑤신다며 법석이고, 심지어는 배가 나오는 것까지 병일 것이라고 찾아와서는 눌어붙어 자랑 섞인 잡담으로 시간을 뺏는 이런 여자들이 남달리 깔끔한 그의 성미에 거슬리는 것이었다.

그는 이효진 씨의 누르딩딩한 부석한 얼굴을 상기했다. 이효진 씨는 그의 오래된 환자다. 신장을 앓은 지는 오래다. 피로를 피하게 하고 염분을 절제하고 이뇨(利尿)를 돕고 오랜 세월을 조심스럽게 지켜왔는데 그의 병세는 근래에 와서 부쩍 나빠져 있었다. 혈압이 250 이상이 된 지는 꽤 오래고 요량(尿量)은 50cc 이하로 떨어질 때가 많았다. 육십팔 세—저항력이 저하될 나이이기도 했다.

그가 인공 신장기를 쓰기 시작한 것은 꽤 오래 전부터다. GFR—사구체 여과율(絲毬體濾過率)—이 5 퍼센트로 떨어졌을 때 윤 박사는 그 때는 국내에는 없었던 인공 신장기 이야기를 했었다. 그러자 곧 이효진 씨는 미국으로 건너가서 치료를 받았다. 그 후 이 기구는 국내에도 들어와 이효진 씨는 주기적으로 이 끔찍한 치료를 계속 받아 왔던 것이다. 그는 치료를 받으면서 골프도 치고 사무실에 나가 결재도 할 수 있었다.

그러나 전신의 혈액을 빼어 기계에 넣고 혈액 속의 요독(尿毒)을 걸러 버린 후 깨끗해진 혈액을 혈관 내에 도로 넣는 이 최신 요법에도 한계가 있고, 또 신장 이식의 성공률이 높아지자 의사도 환자도 보기에 끔찍하고 번거롭고 고식적인 이 치료법을 중지하고 이식을 결의했던 것이다. 이효진 씨의 병세는 그런 단계에 와 있기도 하였다.

결정은 지었으나 장기(臟器) 입수가 문제가 되었다. 첫째로 부인이 자기 신장을 제공하겠다고 나섰다. 그러나 그녀의 혈액형은 B형, 환자의 O형에는 맞지 않았다. 그들은 적당한 장기 입수에 최선을 다했다. 그러나 여러 가지로 할 수 있는 손은 다 써 보아도 목적 달성은 여의치가 않았다. 이런 마지막 장애 앞에서 환자는 더욱 초조해 하고 이성을 잃어 갔다. 결국 차남인 민규가 자기 신장을 제공하기로 되었던 것이다.

남이 죽는 것은 내 고뿔만 못하다고는 하지만 이런 엄청난 중환자를 취급하고 있는 만큼 구 여사의 엄살은 역겹고 짜증스러웠다. 오후 네 시의 피로가 그를 얼마큼 매몰차게 하고도 있었다. 참을성 많고 부드럽고 진지한 그의 입에서 자기도 뜻하지 않았던 매운 말이 튀어 나왔다.

"모두 정상입니다. 돌아가세요. 네, 식모를 하나만 두시죠. 걸레질이 배 나오는 데는 제일 좋거든요."

그는 구 여사보다 먼저 일어서서 밖으로 나가려다 다시 의자에 주저앉았다.

'아빠는 서른 살이에요.'

하던 그 곱고 애잔한 음성이 되살아났다. 서른 살이에요, 서른 살이에요, 서른 살이에요….

윤 박사는 그 말이,

'아버님은 예순여덟이시죠.'

로 들리는 것이었다.

"바쁘신 모양이시죠."

민망스러웠는지 구 여사가 일어서며 말했다.

"네, 바쁩니다."

구 여사도 더 이상은 버티지 않았다.

외래의 진료 시간은 끝나 있었다. 그러나 윤 박사는 네 시 반에 찾아오기로 약속되어 있는 환자를 기다려야 했다. 그는 지쳐 있었다. 마흔다섯 살 한창 나이의 실력자다. 쉴 시간이 없다. 환자가 많은 그는 입원실 회진을 여덟 시 반부터 한 시간 동안 외래 환자를 보기 전에 하기로 하고 있었다. 자택은 영동이다. 일곱 시 반에 일어나 여덟 시에는 집을 나와야 한다. 어려운 병이면 M 의대 병원의 윤 박사한테 가보라는 말을 곧잘 듣는다. 그의 진지한 사람됨, 풍부한 지식, 명석한 판단과 그칠 줄 모르는 학구욕은 온화한 성품과 아울러 누구에게나 신뢰와 존경을 갖게 했던 것이다.

환자는 감당하기 어려울 만큼 많다. 잘사는 사람이나 어려운 사람이나 차별을 두지 않고 지치면서도 피로의 빛을 환자에게 보인 일이 없다는 것이 정평이었다. 그러면서 구 여사 같은 종류의 사람에겐 가차없었다.

일주일에 몇 번 있는 강의, 빈번히 위촉받는 학회에서의 논문 발표, 집에까지 쫓아오는 환자들, 전화 문의 등등, 그는 정말 너무 바빴다. 피로를 느낄 사이도 없을 만큼 바빴다. 그러므로 조금이라도 틈이 있으면 그는 몸을 뉘고 눈을 감는다.

약속한 사람을 기다리며 이때도 그는 두 다리를 길게 뻗고 의자 등에 몸을 뉘고 눈을 감았다. 요즘 와서 가끔 일어나는 현기가 엄습해왔다. 눈을 감으면 거꾸로 서는 것 같은 역립감(逆立感)이다. 그는 얼른 눈을 떴다. 그러자 하얀 천장이 눈에 들어왔다. 하얗게 칠한 천장은 깨끗했으나 보일 듯 말 듯한 굴곡이 남으로 난 창으로부터 옮게 들어오는 햇살을 받아 아롱아롱 형태 없는 무늬를 그렸다. 어지럽다. 그는 다시 눈을 감았다. 천장에서 아롱거리고 있던 무늬는 고스란히 감은 눈 속에서도 아롱거렸다. 마음속에서도 석연치 않은 어느 충격과 저항감이 아롱거렸다.

예순여덟 살과 서른 살… 하나는 자기 몸의 일부분을 떼어 주어야 하고 다른 하나는 그것을 받아 생명을 연장시킨다. 신(神) 외에는 조정치 못했던 생명체가 산 채로 떼어지고 옮겨져서 또 하나의 생체(生體)를 소생시키는 것이다. 엄청난 일이다. 듣기만 해도, 생각만 해도 저절로 흥분이 되었던 일이 아닌가. 누가 감히 이런 일이 이루어지리라고 예측이나 할 수 있었던 것인가. 크나큰 의학의 승리요, 인간의 영역이 신의 그것에까지 넓혀진 느낌마저 주는 것이라 하겠다.

그러나 인간이 인간의 힘을 넘어설 때 자칫 잘못이 파생된다. 인간의 판단이란 절대적인 것이 못 될 때가 많고, 옳다고 느꼈던 것, 옳게 했다고 생각했던 것이 기실 잘못이었고 잘못 처리되었던 것일 수도 얼마든지 있을 것이다. 승리의 그늘 어느 한구석에서 무엇인가가 잘못되어 가고 있는 것이 아닌가.

그는 처음으로 그의 팀이 장기 이식에 성공했을 때의 그 감격을 영원히 잊을 수 없다. 그것은 그가 학위를 받을 때 엄숙히 서약한 바대로 그 자신이 '인류 봉사에 바쳐지고 있다'는 강렬한 실감이었으며, 또 자기 내부에 충만하고 있는 생명의 광채(光彩)와 무한한 가능성의 확신이기도 하였다. 사실 국내 최초의 장기 이식 수술의 성공은 의학의 승리인 동시에 인간의 찬가(讚歌)이기도 하였던 것이다. 죽음을 기다리고 있는 아들에게 주어진 숭고한 어머니의 장기는 그대로 아름다움이었다. 그러므로 그 수술 광경은 장엄한 종교적인 의식 같은 느낌마저 주었던 것이다. 그런데 그 후 어떤 일이 일어났던가.

생에 대한 애착은 누구에게도 있고 생명의 보존은 누구에게도 허락된 권리다. 누구나가 살고 싶다. 보다 길게 건강하게 행복하게. 그러나 이 강렬한 욕망 앞에서 인간은 어긋날 때가 있고 추해질 때가 많다.

장기 이식 희망자는 의외로 많다. 그러나 그 장기를 얻는 것은 그리 쉽지 않다. 미국 같은 나라에서는 본인의 의사로 사후 장기의 기증이 살아 있을 때부터 약속되는 예가 많다. 하지만, 미묘하고 위험한 반응 때문에 아무나의 것을 아무에게나 옮길 수는 없는 것이다. 결국 혈육의 것이 가장 적합한 것이 된다. 그러나 신장 하나

쯤 떼어내도 무관하다고는 하지만 이론은 어찌되었든 있어야 할 장기가 없어진다는 것은 심리적으로 생명력을 몹시 감퇴시킨다. 비장한 결의가 필요한 것이다.

예를 들어, 오늘 찾아오기로 한 백 노인이다. 그는 오래 신장을 앓고 있었다. 그에게는 자녀가 여섯 있다. 오래 국민 학교 교원 생활을 했다는 그는 노경에 들어 젊었을 때는 상상도 하지 못했던 호강을 하고 있었다. 가난한 국민 학교 교사로 있으면서 잘 먹이지도 잘 가르치지도 못한 아이들이 잘도 자라, 많은 돈을 벌었단다. 노인은 자가용을 타고 병원에 오고 입원할 때는 특실에 들었다.

노인의 병이 인공 신장기로도 어렵게 되었을 때 토건 회사를 한다는 큰아들이 서둘러 신장 이식을 하기로 결정을 보았던 것은 몇 달 전의 일이다. 윤 박사에게는 지금도 그 때 느꼈던 꺼림칙한 일이 마음속의 먼지같이 남아 있다.

장기 이식 때면 따르게 마련인 장기 제공을 결정할 때였다. 윤 박사는 백 노인의 자녀들의 생활 정도가 고르지 못한 것을 알았다. 장남인 백 사장 집에는 초대받은 일도 있어 부유한 생활을 잘 알지만 둘째, 넷째가 그럴싸하게 그만그만하고, 딸 둘도 차림새나 장신구가 보통이 훨씬 넘었다. 다만 시종 입을 열지 않고 있던 셋째 아들만은 그리 누추한 옷차림도 아닌데 궁기가 끼어 보였다. 이를테면 너무나 유행이 뒤떨어진 옷차림, 십년 전에 유행했던, 깃이 좁디좁은 상의라든가 와이셔츠 넥타이 같은 것이 주는 어색한 인상이 궁기로 보였던 건지 모르나 그가 동기 중에서 경제적으로 가장 떨어져 있는 것은 사실인 모양이었다.

장남인 백 사장이 먼저 입을 열었다.

"동준이는 다음 달에 일본엘 가야 한다구. 성준이는 뭘 한댔지?"

"형님두. 캐나다에서 바이어가 온댔지 않았습니까?"

큰딸은 아들이 고 3이고 작은딸은—결국 잡화상을 한다는 셋째 아들이 당연한 일처럼 윤 박사 앞에서 신장 제공자로 결정이 되었다. 칠남매의 아버지라는 서른아홉 살의 그가, 딸 여섯을 낳은 끝에 겨우 얻은 외아들이 생후 다섯 달밖에 되지 않았다는 그가.

효도라는 명분이 올가미가 되어 이 잘살지 못하는 아들은 자기의 산 신장을 아버지에게 바쳐야만 했다. 그 때의 그 터뜨릴 수는 없었던 울분과 저항감과 충격을 윤 박사는 잊을 수가 없다. 어느 극한의 장소에서는 속절없이 노출되는 인간의 이기심과 추악함을 목격했기 때문이다. 그 후 그는 그 셋째 아들을 본 일이 없다. 보기가 두려웠다. 그가 잃어버린 것은 신장뿐이 아니었을 것이고 깊은 곳에 입은 상처는 장기를 생으로 떼어 낸 자리같이는 쉽게 아물 수 없었을 것을 윤 박사는 너무나 잘 이해할 수가 있었던 것이다. 그것은 신장을 하나 잃었다고 사는 데 지장이 있고 없다는, 그런 것과는 다른 차원의 문제였다.

이효진 씨의 차남 민규는 그 집안에서 어떤 위치를 차지하고 있는 사람일까. 왠지 한 번도 본 일이 없는 그 조용한 고운 음성의 며느리는 당돌한 말을 한 것일까, 아니면 당연한 말을 한 것일까.

그는 가난한 셋째 아들의 신장으로 살고 있는 노인의 좋아진 얼굴을 떠올려 보았다. 건강을 되찾은 그 모습에 의사로서의 긍지와 보람은 느껴지지 않고 혐오와 경멸 같은 것이 번져 오며 무엇인지 잘못을 한 것 같은 양심의 아픔조차 아련히 섞이는 것이었다.

"어머, 이것 좀 보세요. 옥파가 이렇게 뿌리를……."

방을 정리하고 있던 주 간호사가 조그맣게 환성을 올렸다. 윤 박사는 몸을 일으켜 그쪽으로 시선을 던졌다. 창가에는 환자가 갖다 준 철 이른 어제일리어가 한 분 하고, 유리병 물속에 뿌리를 내린 옥파가 싱싱한 잎사귀를 돋히고 있었다.

"어쩜 이렇게 싱싱하게."

주 간호사는 신기한 듯이 잎사귀를 만지작거리다가

"어머, 이 옥파 헛꺼풀 뿐이에요. 새잎을 내느라고 아주 속이 비어 버렸군요."

윤 박사는 저도 모르는 사이에 의자에서 벌떡 일어나 있었다. 최초의 신장 이식 수술 때의 신장 제공자였던 환자의 약질인 어머니의 늙은 얼굴과 이효진 씨의 얼굴이 동시에 떠올랐다. 얼굴빛이 보통이 아니었는지 주 간호사가 의아한 듯 눈을 크게 떴다.

그 때 노크 소리가 들렸다. 대답도 하기 전에 문이 열리고 백 노인의 웃음으로 주름투성이가 된 얼굴이 나타났다.

노인은 어디가 나빠서 온 것이 아니었다. 혈색이 좋아진 얼굴은 쪼무라져 보이고 부석하던 눈등은 꺼져 있었으나 전에는 없던 생기가 감돌고 있었다.

"선생님 덕택으로 새 인생을 갖게 되었죠. 실은 아들이 해외여행을 시켜 준다 해서요, 제 체력으로 가능한가 알아보려구 왔어요."

쭉 고른 의치를 드러내고 웃는 노인의 목줄기는 가죽이 늘어나 칠면조의 그것처럼 흉해 보였다. 좁은 이마에 깊은 상처 같은 주름이 잡히고 흰자위가 맑지 못한 작은 눈 밑에 달린 주머니가 추했다. 이런 노추(老醜)가 윤 박사는 역겨웠다. 온화한 성격인 그였으나 이 노인에게는 다른 환자, 특히 그의 손으로 치유된 환자에게 가져지는 친밀감을 느낄 수가 없었다.

그는 이날 여느 때보다 일찍 집으로 돌아갔다. 저녁 식사를 마치고 석간을 들척거리고 있는데 함께 살고 있는 장모가 일곱 살 난 작은딸과 함께 안방에 들어왔다. 어린 경아는 두 손으로 눈을 후벼 파듯 비비며 훌쩍거리고 있었다.

"에그, 부정을 탄 거야. 그래서 자꾸 들여다보면 안 된다구 했잖

았니, 쯧쯧."
장모는 무엇이 언짢은지 연신 혀를 찼다.
"허지만 어쩌니. 이젠 허는 수 없지."
"무슨 일입니까. 경아야, 왜 그러지?"
윤 박사는 읽고 있던 석간에서 눈을 떼고 물었다.
"글쎄, 괭이가 새끼를 모조리 먹어 버렸지 뭔가."
"새끼를요?"
"그렇다네. 짐승은 부정을 타면 제 새끼를 먹어 버리는 거라네."
"그럴 리가 있나요."
"한 마리두 없는 걸."
"누가 치워 버린 거겠지요."
"치우긴 누가 치워. 아무도 손댄 사람이 없는데."
"그럼 어디 다른 데에 물어다 논 게지요."
"아냐, 후순이가 먹는 걸 봤다지 뭔가."
"그런 일두 있나요?"
"있다마다. 돼지두 부정 타면 지가 난 새끼를 먹어 버리지."
"믿어지지 않는군요."
"인제 나다니니깐 나타나거든 잘 보게나. 새끼 난 후 털이 빠지구 을씨년스럽더니 이젠 아주 함함해졌어요. 사람으루 말하자면 해산때를 벗은 거지."
"정말 새끼를 먹었다면 영양이 충분히 섭취됐겠지요."
무심히 말해 놓고 윤 박사는 미간을 찌푸렸다. 자기가 낳은 새끼를 먹고 체력을 회복한 어미 고양이—아무리 축생이라 해도 밉다. 그는 성난 소리로 말했다.
"그 괭이 갖다 버리세요."
"싫어."

경아가 울음을 멈추고 소리를 질렀다. 아내가 뛰어들어 와서,

"아니, 무슨 일들이죠?"

"괭이 애길 허구 있었단다."

장모가 대답했다. 아내는 경아를 흘겨보고,

"아직두 울구 있었어?"

좀 나무라고 남편 쪽으로 고개를 돌렸다.

"글쎄, 그 괭이 고약하군요. 새끼를 한 마리씩 다 먹어 버렸다잖아요. 다섯 마리나. 그래서 경아가 저렇게 울구 있는 거예요."

"그 괭이 갖다 버리라니깐."

"괭이는 아무리 멀리 갖다 버려두 꼭 돌아온다네. 영물이거든."

장모가 고개를 가로저었다.

"영물이 제 새끼 먹습니까?"

"그야 부정을 탄 탓이지."

"부정이 뭡니까?"

윤 박사의 말투에는 노여움이 섞여 있었다.

"이이가 오늘밤 왜 이러시지."

아내는 의아해 하면서 빈 과일 접시를 거두어 가지고 밖으로 나갔다.

새끼를 먹은 고양이가 방안으로 들어온 것은 이때였다. 고양이는 소리 없이 방에 들어와서 두 앞발을 뻗치고 꼬리를 수직으로 세우더니 뒷발을 길게 늘이고 기지개를 켰다. 고양이의 몸은 유연하고 자유로워 보였으며 세 가지 색을 가진 털에는 윤이 흘렀다. 얼마 전만 해도 꺼칠하고 을씨년스러워 보였던 것이 그렇게 달라져 있었던 것이다.

제 새끼를 먹고 회복된 어미 고양이—문득 백 노인의 부자연스럽게 고른 의치와 쪼무라졌으나 생기가 감도는 얼굴이 떠올랐다.

기지개를 켜고 난 고양이는 한쪽 앞발에 침을 묻힌 후 얄미운 동작으로 얼굴을 씻었다. 그리고는 또 앞발을 뻗치고 꼬리를 꽂꽂이 세우고는 몸을 풀고 늘어지게 기지개를 켰다. 마치 거리낌 없고 흐뭇한 자유를 마음껏 즐기거나 하듯이. 순간

"이놈의 괭이."

윤 박사는 소리를 버럭 지르고 손에 걸리는 라이터를 고양이를 향하여 던졌다. 라이터는 고양이를 바로 맞히고 방바닥에 떨어졌다.

'야웅 야웅 야웅—.'

고양이는 몹시 아팠던지 비명을 질렀다. 그러나 윤 박사는 그 소리가 엄살로만 들렸다. 그는 놀라 뛰어 들어온 아내와 역시 놀라 숨을 죽여 버린 장모와 경아 쪽을 돌아보지도 않고 침실로 들어가 옷을 벗지도 않고 누워 버렸다.

이튿날, 언제나처럼 그는 아침 회진 때 이효진 씨 방으로 들어갔다. 대수술을 앞둔 이효진 씨의 부석한 생기 없는 얼굴은 기대와 두려움과 희망과 심려로 긴장되어 있었다. 그는 구세주를 우러러 보듯 윤 박사의 얼굴을 올려다보았다. 만성 요독으로 광채를 잃은 노인의 뿌연 눈에는 간절한 소망이 담겨 있었다. 살고 싶소, 살려 주시오. 당신은 나를 살려 줄 수 있소…… 그 눈은 말없이 이렇게 절규하고 있었다. 그 눈에 서린 깊은 신뢰의 빛은 윤 박사를 당혹케 하였다. 그는 마음의 혼란을 느끼며 간호사가 건네는 차트를 받아 vital sign[生命指數]을 살폈다.

맥박 110, 혈압 최고가 250 최하가 150, 호흡 35, 요량은 20—제로에 가까웠다. 차트에 기재된 혈액 내 단백질은 3그램%, 요소(尿素)는 100그램% 그레아치닝이 15밀리%—노인의 상태는 최악이었다.

순간 전날부터 그의 신경에 거스머리를 돋치고 있던 것의 정체를 그는 알아낸 것 같았다.

'아빠는 서른 살이에요.'

하던 그 애잔한 음성의 호소 못지않게 노인의 긴박한 용태와 힘없이 풀린 눈에 잠긴 삶에의 절망(切望)과 자기에게 얹고 있는 깊은 신뢰는 저버릴 수가 없도록 의사인 자기에게 강력한 작용을 하고 있는 것을 깨달았기 때문이다.

어쨌든 노인은 현재의 용태로서는 신장 이식 같은 엄청난 대수술을 받을 수가 없다. 우선 인공 신장기 및 가능한 모든 의료 수단을 총동원하여 수술을 받을 수 있는 상태를 마련해야 한다. 이식 수술은 얼마큼 연기된 셈이다.

윤 박사는 막혔던 숨이 일시적이나마 나아가는 것 같은 안도를 느꼈다.

다음 방에는 이효진 씨의 아들 민규가 입원하고 있었다. 장기 이식 수술은 받는 쪽도 생사가 달린 어마어마한 대수술이지만 떼어 주는 쪽도 역시 끔찍한 대수술을 받는 것이 된다. 가능성이란 낙관적으로나 비관적으로나 무한한 것이다.

아무리 치밀한 계산 아래의 신중하고 숙련된 시술이라 하더라도 절대적으로 안전하다고는 자신할 수 없다. 생명 자체에까지는 위험이 미치지 않는다 하여도 일시적 고통이라도 주어서는 안 된다. 신중에 신중을 기해야 한다. 그러므로 장기 제공자는 약 이 주일 전부터 입원하여 정밀한 검사를 받고 최고의 상태로 체력을 다져 놓아야 하는 것이다.

이민규 청년은 나흘 전부터 아버지 옆방에 입원하고 있었다. 명랑한 청년으로 내장을 떼어 낸다는 끔찍한 일을 껴입었던 옷이나 한 벌 벗어 주는 것쯤으로 알고 있는 듯하였다.

"갑갑하군요, 선생님, 수술은 언제 하시죠?"

"적당한 시기를 기다려야죠."

"전 언제든지 OK예요. 최고 컨디션이죠 뭐."

그에게서는 비장감 같은 것은 찾아볼 수 없었다.

"아버님 것과 미스터 리 것, 두 분 것이 다 최고 때라야죠."

윤 박사는 미소를 띄우며 민규의 차트를 훑어보았다.

맥박 70, 혈압 최고 150 최하 80, 호흡 19, 요량(output) 150cc, 요소 14밀리%, 그레아치닝 1밀리%, 혈액 내 단백질 4.5그램%, 적혈구(赤血球) 500만, 백혈구 7000—그야말로 최고였다. 완벽했다.

"최곱니다."

"최고지요. 핫핫하하……."

청년은 맹수를 느끼게 하는 건강한 이를 보이며 명랑하게 웃었다. 주름 하나 없는 목이 싱그럽고 속눈썹이 긴 쌍꺼풀눈에 장난기가 어려 있었다.

"전 윗집에는—그는 손가락으로 자기 머리를 가리켰다—아무것두 없지만요, 여기는요……."

하고 가슴을 딱 벌리고,

"자신이 있죠."

윤 박사도 인턴도 레지던트도 간호사도 모두 웃었다. 윤 박사는 진심으로 이 청년을 좋아하기 시작하고 있었다. 그는 이 청년 앞에서 '아빠는 서른 살이에요.' 하던 그 고운 음성을 상기하지 않았다. 청년이 자아내고 있는 분위기는 밝고 유쾌하고 미소로웠던 것이다.

며칠이 지났다. 인공 신장기는 이효진 씨의 용태를 놀랄 만큼 호전시키고 있었다. 머지않아 그는 수술을 허용하는 상태를 갖출 수 있을 것 같았다.

그러던 어느 날 저녁 윤 박사는 퇴근 전에 이효진 씨 방에 들러서 잡담을 나누었다.

"좋은 아드님을 두셨습니다. 이 회장님, 씩씩하고 솔직하고 명랑합니다."

이효진 씨는 아들의 칭찬을 듣고 흐뭇한지

"그눔이 제일 나를 많이 닮았죠. 건강하구 호탈하구, 그리고 운동을 좋아하는 것까지. 그눔두 나두 X대학이지만요, 우리 부자가 다 농구 선수였죠."

이효진 씨는 활짝 웃었다. 부기가 약간 빠진 얼굴은 이 순간 너무나 아들과 같아 보였다. 짙은 눈썹과 쌍꺼풀진 눈과, 그리고 맹수를 느끼게 하는 이가…….

"나두 그눔 나이 땐 누구 못지않게 건강했었는데."

이효진 씨는 푸념하듯 말하고 눈을 감았다.

이 말은 윤 박사를 섬뜩하게 했다. 그는 더 말을 잇지 않고 있다가 일어서서 방을 나왔다.

다음으로 들어간 민규 청년의 방에는 젊은 여자가 와 있었다.

"야, 윤 박사님이다. 인사해라."

민규가 말했다. 이십대로 보이는 가냘픈 여자는 얼굴을 들지 않고 고개를 숙였다.

"이 친구가 요즘 좀 거창한 일을 했죠. 아들을 낳았어요. 핫하…… 제가 바로 그눔의 춘부장이란 말이에요."

민규는 즐거워서 못 견디겠다는 듯이 싱글벙글했다. 하얀, 사나워 보이는 이가 드러난 건강하고 젊은 얼굴은 속절없이 이효진 씨의 얼굴이었다. 윤 박사는 왠지 그 얼굴을 바로 볼 수가 없었다.

젊은 여자는 시종 얼굴을 들지 않고 말이 없었다. 혈색이 좋지 않은 것은 해산 후 얼마 되지 않은 까닭이겠지만 요즘 젊은 여성치고는 너무 얌전하고 조용했다. '아빠는 서른 살이에요.' 하던 그 음성은 이 여자를 떠나 독립된 별개의 존재처럼 윤 박사 내부에 살고 있었다. 그것은 때때로 윤 박사를 괴롭혔다.

민규가 입원한 지 이 주일째 되던 날 이효진 씨의 수술 날짜가 결정되었다. 집도는 외과의 심 박사가 하기로 하고 팀이 결정되었다. 이런 날을 앞두면 윤 박사는 처음 아니더라도 역시 흥분하고 긴장을 한다. 술도 담배도 못하는 그는 딸들하고 뒹굴고 놀면서 긴장을 풀곤 하였다.

남편의 버릇을 아는 아내는 이럴 때 몹시 조심을 했으나 아이들은 번번이 좋아만 했다. 티 없이 자라선지 계집애들은 선머슴 같아 선머슴같이 놀았다. 다 큰 아이들이 아버지에게 마구 기어오르고 등에 타기도 하는 것이다.

이날도 경아는 깩깩거리며 아버지에게 감겨들었다. 그러는 딸들과 어울리고 있다가 윤 박사는 얼마 전부터 자기만 보면 눈치를 보면서 달아나던 고양이가 딸들과 함께 자기에게 감기고 있는 것을 알았다. 고양이는 그 동안 좀 더 커진 것같이 보였다. 불빛 아래서 세 가지색 털이 자르르 윤을 흘렸다.

"괭이가 왜 방에 들어왔을까?"

남편이 싫어하는 것을 알았는지 아내가 방문을 열고 고양이를 밖으로 쫓아냈다.

"이젠 너무 커서 징그러워졌어요. 그놈의 괭이, 새끼두 못 기르면서 제 새끼를 먹구 저만 더 기운이 났지 뭐예요."

윤 박사는 엎드리고 있던 몸을 폈다. 갑자기 심각해진 아버지의 얼굴을 이상하다는 듯이 쳐다보는 아이들을 남기고 그는 서재로 들어갔다.

이날 밤 윤 박사의 서재의 불은 오래도록 꺼지지를 않았다.

다음날 아침 그는 일찍 집을 나갔다. 외과의 심 박사와 상의할 일이 있었기 때문이다. 팀워크니만큼 어느 개인의 의사만으로 임의로 팀을 해체할 수는 없다. 하물며 수술 당일날이다. 윤 박사의 고민과 주저는 적지 않았던 것이다.

이효진 씨 방에는 이날 몹시 긴장된 공기가 감돌고 있었다. 늙은 아내와 큰아들 내외, 딸들이 일찍부터 와 있다가 의사들이 들어서자 그들은 창가로 물러서서 숨을 죽였다.

심 박사의 동의를 얻고는 왔으나 윤 박사는 역시 불안했다. 애써 태연하려 했으나 어디에 시선의 초첨을 맞추어야 좋을지 거북하여 그는 연신 눈을 끔벅거렸다.

신경이 예민해 있는 듯한 이효진 씨는 무슨 낌새를 눈치 챈 모양이었다. 그는 쌍꺼풀진 눈을 크게 뜨고 윤 박사를 응시했다. 늙고 주름에 싸여 있으나 아들과 꼭 같은 그 눈은,

"그눔이 제일 나를 많이 닮았죠."

하는 말을 뒷받침하고 있었다. 윤 박사의 귀에는

"나두 그눔 나이 땐 누구 못지않게 건강했었는데."

하던 그의 말이 울렸다. 이윽고

"아빠는 서른 살이에요."

하던 그 곱고 애잔한 음성도.

그는 이제 태연하고 침착할 수 있었다.

"이 회장님, 수술을 좀 연기해야겠어요."

환자의 얼굴에도, 창가에 물러서 있는 가족들의 얼굴에도 동요의 빛이 서렸다. 긴장된 침묵이 흘렀다. 얼마 후 이 회장이 겁을 먹은 듯이 물었다.

"왜요?"

"아드님 상태에 좀 미심한 데가 있어서요. 오늘 다시 정밀 검사

를 해야겠어요."

그리고 그는 곧 덧붙였다.

"그리 오래 걸리지는 않습니다. 내일 아침이면 결과를 알 수 있지요."

'나의 양심과 위엄으로써 의술을 베풀겠노라.'

히포크라테스의 선서의 한 구절이 번개처럼 윤 박사의 머리를 스쳤다. 그는 그 자리에 더 머물러 있을 수가 없었다.

검사는 물론 형식이었다. 민규의 상태는 최고, 완벽이었다. 어이가 없을 정도로 완전무결한 생명 지수, 정밀한 계산으로 제작된 예술품 같은 아름답고 건강한 육체……

그러나 그는 지금 신장 이식만이 살 길로 남아 잇는 그의 아버지를 '제일 많이 닮았고' 그의 아버지는 '그 나이 때는 누구 못지않게 건강'했다는 것이다.

윤 박사는 자기의 이 음모(陰謀)스러운 결단을 잘못이라고는 생각할 수 없었다. 그러면서 동시에 그는 자꾸만 머리를 드는 히포크라테스의 선서의 그 한 구절을 아주 지워 버릴 수도 없었다. 그날은 그에게 있어 너무나 긴 하루였다.

다음날 아침 이효진 씨 병실에 들어간 윤 박사는 맡은 역을 제대로 할 자신이 없는 배우처럼 불안에 차 있었다. 환자의 얼굴에 서려 있는 불안과 초조와 기대를 보았을 때 그의 마음은 흔들렸다. 그러나 한편 그는 '아빠는 서른 살이에요.' 하던 그 진실에 찬 고운 소리를 듣고 있었다.

그는 입을 열었다.

"이 회장님 실은 기우하고 있었던 것이 적중했어요."

"네?"

"예측한 대로 아드님의 혈액 검사 결과가 그리 좋지 않군요. 건강해 뵈두 그 상태론 신장 적출이 무립니다."

환자의 얼굴에는 실망과 공포의 빛이 역력히 나타났다. 윤 박사는 현기 비슷한 것을 느꼈다. '나는 양심과 위엄으로써…….'

환자는 잠시 말을 잃은 듯 입을 다물었다가

"그거야 수혈을 하면 되지 않습니까?"

그 말에는 노골한 이기심과 잔인성이 그대로 노출되고 있었다. 순간 새끼를 먹고 몸이 좋아진 어미 고양이의 모습이 스쳤다. 윤 박사는 이제 아주 완전히 태연할 수 있었다.

"아니에요. X레이 사진을 다시 찍어 보니깐요, 신장 주변의 혈관이 아주 가늘고 약해요. 이런 신장을 옮기면 거부 반응을 일으킬 가능성이 있거든요. 위험하죠."

그의 입에서 술술 말이 쏟아져 나왔다. 환자의 얼굴이 눈앞에서 시커먼 숯덩이처럼 보이기 시작했다. 사실 이효진 씨의 얼굴은 시커먼 절망으로 말이 아니게 일그러져 있었다.

"다른 기회를 기다리기로 하십시다, 이 회장님. 그 동안 인공 신장기로 치료를 받으시기로 하시구요. 미국선 그걸루 십여 년씩 살고 있는 사람들이 얼마든지 있어요. 최선을 다해 드리겠습니다."

방을 나오자 복도에서 그 조용한 민규의 아내와 마주쳤다. 그녀는 신장 적출 수술을 하게 된 남편 곁에서 밤을 샌 모양이었다. 창백한 얼굴이 핼쓱해 보였다. 윤 박사는

"부인……."

불러 놓고 다음 말을 잇지 않았다. 의아한 듯 크게 눈을 뜨고 쳐다보는 젊은 여인을 그대로 둔 채 그는 민규 방을 지나쳐 엘리베이터 앞으로 갔다.

신기하게 닮은 늙은 병든 얼굴과 젊고 아름답고 건강한 얼굴이 눈앞에서 엇갈렸다.

'나는 양심과 위엄으로써 의술을 베풀겠노라.'

그는 저도 모르게 고개를 가로젓고 때마침 위에서 내려와 머문 승강기 속으로 들어갔다.

(1977. 8.)

제 2 부

韓戊淑의 삶과 文學을 말한다

알뜰 살림과 기분전환의 재치

안 혜 초
(시인)

새해 들어 몇 번째 날이었던가. 작가 한무숙 선생님 댁으로 세배를 갔었다.

여류 문협 관계의 일로 꼭 좀 다녀가 달라는 선생님의 당부도 있으시고 해서.

선생님을 혜화동 자택으로 찾아뵙는 것은 그때가 두 번째인데, 선생님 댁은 문단에 귀한 외국 손님을 맞이할 때면 곧잘 연회장으로 활용되곤 한다는 정평이 나 있는 만큼 우선 또 집구경하는 재미부터가 있었다. 그리 크진 않으나 격(格)이 높은 한옥 스타일에 한국의 전통미가 잘잘 흐르는 세간들이며, 대문에서부터 자갈이 깔린 앞마당, 댓돌, 섬돌, '亞(아)'자형의 난간이 달린 쪽마루, 대청마루, 방방마다 티끌 하나 없이 정갈한 게 윤기가 흘렀다. 마루 창문께에 옹기종기 놓여있는 겨울 화분의 꽃송이들도 어쩌면 그렇게 토실토실 탐스럽게 피어나고 있는지.

화분 재배에 무슨 비법이라도 있으신지 선생님께 여쭤 보았더니 '부끄러운 애기지만 갓눈 오줌을 물에 약간 타서' 거름으로 주곤 하신다고. 아휴, 선생님, 정성도 지극하시지. 때맞추어 물 주기만도 쉽지 않은데.

"지금이야 뭐 영감님하고 단둘만의 홀가분한 살림살이인걸요. 층층시하에서 다섯 아일 키우며 소설 쓰던 생각을 하면……."

하기야 이 나라 여성의 귀감인 '신사임당상'까지 받으신 분이시다(주부클럽에서였던가). 아내로서, 어머니로서, 며느리로서, 그리고 작가로서, 그 어느 한 가지 역할인들 소홀함이 있으셨을까. 은행장 사모님까지 지내셨으면서도 오버코트 하나로 20년이나 버티셨다는 그 '맵고 짠' 내핍정신. 선생님 자신에게는 맵고 짠 그만큼 가정이나 자신이 속해 있는 단체를 위해서 선심을 베풀 수 있는 '여유'가 되었음을 알 만하다.

따뜻하고 아름다운 여인

우 계 숙
(한국일보·주간여성 편집장)

노을은 언제나 따뜻하다. 그리고 아름답다. 한무숙 선생님을 따뜻하고 아름다운 노을에 비유한다면 지나친 외람일까.

'미인'이라는 말로 한무숙 선생님을 표현하기엔 어딘지 부족하고 걸맞지 않다. '미인'이란 말은 전형화된 진부한 단어라는 느낌을 떨칠 수가 없기 때문이다. 그러나 아무튼 한무숙 선생님은 분명히 아름답다. 그리고 따뜻하다.

'아름답다'는 말에는 '미인'이란 말이 갖지 못한 내밀한 뜻이 담겨 있다. 그게 '예쁘다'는 표현과는 그래서 차원이 다른 것이다.

한무숙 선생님을 뵐 적마다 나는 그분의 명징한 정신력에 언제나 놀라곤 한다. 얼마나 기억력이 좋은지 모범적인 수험생처럼 세계사 주역들의 이름을 고스란히 외우신다. 나폴레옹이 모스크바를 침공할 때, 모스크바의 전략적 후퇴를 지휘한 러시아 장군의 이름까지 정확하게 기억하실 정도다. 이쯤 되면 수험생의 정신력을 웃가는 경이로운 수준이 아닐 수 없다.

또한 세계 고전 문학의 작중 인물들의 이름을 거의 다 기억하고 계시다. 어느 개인적인 자리에서 그분이 톨스토이의 대작 〈전쟁과 평화〉, 〈아나 카레리나〉의 작중 인물들의 이름을 정확히 짚어내는 모습을 보았다. 나 자신도 그 작품들을 거푸 두 차례나 읽었지만 한무숙 선생님만큼 작중 인물들을 기억해 내지는 못하고 있다. 그 맑고도 풍부한 정신력 때문에 그분은 더욱 산뜻하고 아름답다.

삶에 대해 기울이는 정성스러움 또한 한무숙 선생님의 아름다움에 따뜻한 빛을 보태 준다. 그분은 당신의 삶을 아끼고 소중히 할 뿐 아니라, 다른 사람들의 삶까지도 아끼고 도닥거려 준다.

문학으로 그분만한 명예를 갖춘 대가들이라면 대개는 후배들 모임에 모습을 드러내지 않는다. 혹시 모습을 드러내더라도 느즈막이 나타났다가 잠깐 얼굴을 비친 다음 좌중의 인사를 받으면서 퇴장하는 것이 상례다. 하지만 한무숙 선생님은 결코 그런 법이 없다. 아무리 보잘 것 없는 모임이라도 정확한 시각에 도착해 반드시 모임이 파할 때까지 몇 시간이고 자리를 지켜주신다. 후배들의 모임을 끝까지 지켜 봐 주는 것은 거의 모인 후배 한 사람 한 사람을 죄다 아끼고 다독이는 마음자리 탓이다.

그 같은 성품은 생활 면면에 고루 퍼져서 가구 · 집기 · 주방용품 같은 생필품에까지 베풀어진다. 삶을 꾸려 나가는 곡진한 정성이 사물에 대한 애착으로 이어지는 것이다.

안방 · 거실 · 주방에서 쓰고 있는 그분의 생활용품은 그분과 함께 수십 년 세월의 이랑을 넘어온 것이다. 커피물 끓일 때 쓰는 주전자는 40년 가까이 사용해 온 것이고, 담배함은 자그마치 52년을 써 온 것이다. 시집 올 때 혼수로 가져온 소반과 상은 아직도 지니고 계시다. 부엌 한켠에는 그 동안 써 온 갖가지 상이 열 개가 넘게 간수되어 있다. 얼마나 오랫동안 큰 살림을 꾸려 오셨는지 능히 짐작 가는 대목이기도 하다.

한낱 자질구레한 사물에 바치는 정성스러움 때문에 한무숙 선생님의 아름다움은 더욱 따뜻하게 느껴진다. 물건을 아끼고 소중히 하는 것은 그분이 유별나게 검박하고 완고해서 그런 건 아니다. 다만 당신과 인연을 맺은 것에 대한 어머니다운 자상한 애착심 때문이다.

한무숙 선생님을 말하면서 그분이 지닌 뛰어난 미감을 빼놓을 수는 없다. 그분은 토틀 패션 감각이 뛰어나 의상·핸드백·구두·액세서리를 완벽하게 코디네이팅시켜 치장한다. 값비싼 고급품을 그렇게 멋지게 코디네이팅한다면 별달리 이야기할 거리는 되지 못할 것이다. 그분의 토틀 패션 감각이 화제가 되는 것은 입고, 지니고, 치장한 의상과 액세서리가 모두 값싼 것이기 때문이다. 그분의 그림 솜씨가 직업 화가의 수준에 육박한다는 점을 고려한다면, 뛰어난 미적 감각을 이해하는 것은 어렵지 않은 일이다.

원래 한무숙 선생님은 화가가 되려다가 소설가가 되신 분이다. 수필집을 묶어 낼 때에는 손수 그린 작품들을 넣기도 한다. 그분 댁의 거실 한 벽면에 있는 문에는 한무숙 선생님이 직접 디자인한 용이 힘찬 트림을 하며 날고 있다.

길을 가다가 행상 손수레에서 자그마한 액세서리를 고르고 있는 선생님의 모습을 상상해 보는 것은 신선한 재미를 준다. 한무숙 선생님을 무작정 좋아하는 나는 그분으로부터 옷 입는 법 한 가지를 배우기도 했다. 그것은 상의 · 스커트 · 블라우스 · 구두 · 가방에서 전체 색깔이 2색 이상 넘지 않도록 주의해야 한다는 점이다. 불가피한 경우 3색까지는 허용되지만, 3색을 넘어 가는 옷차림은 가장 조야한 차림새라는 것을 그분에게서 배웠다.

문학과 인생의 궁극 목표의 하나가 '아름다움에의 탐구'에 있다면, 선생님은 문학에서도 인생에서도 크게 성공한 분이라고 할 수 있다. 그러나 모든 일에는 빛과 그림자가 있듯이 선생님의 빛나는 삶 어딘가에 우수의 그늘이 드리워져 있을지도 모를 일이다. 우수의 그늘이 삶 저편 어딘가에 비껴 있다면, 그것은 아마도 인간 존재에의 깊숙한 천착에서 빚어진 것이리라. 아니면 뜻밖에도 그분 자신의 극히 개인적인 인생사에서 드리워진 우수일지도 모른다.

그 우수의 속사정을 다 알아볼 순 없지만, 그분의 우수의 빛깔 역시 조용한 들녘에 내린 평온한 노을빛을 닮았을 것만 같다.

韓戊淑 선생에 얽힌 다섯 삽화

고 정 기
(을유문화사 주간)

한 작가와 편집자의 만남은 어쩌면 하나의 숙명이 아닌가 하는 생각이 들 때가 있다. 편집자는 직업상 평생에 수많은 작가를 만나고 사귄다. 그리고 그 중 어떤 작가와는 평생을 두고 끈끈한 인연의 줄로 자기도 모르게 얽매이게 된다. 잠시 서로 소원해졌다가도 언뗜 계기로 다시 만나 가까워진다. 그러한 인간관계의 뒤에는 인력으로는 어쩔 수 없는 숙명의 끈이 있는 것이 아닐까 하는 생각이 든다.

한무숙 선생과 나와의 만남과 인연도 그런 것이었다. 한무숙 선생이 세상을 떠나신지 벌써 1주기가 된다고 하나, 나에게는 조금도 실감이 나지 않는다. 그분은 세상을 떠나신 게 아니라 아직도 내 마음 속에 그대로 살아계신다. 금세라도 전화벨이 울려 그 또렷또렷한 목소리가 들려올 것만 같고, 금세라도 하이넥의 그 단정한 차림으로 내 사무실 문을 밀고 들어서실 것만 같다. 문득 지난날의 만남들이 아련한 수묵화(水墨畵)의 삽화가 되어 내 눈앞에 펼쳐지기도 한다.

삽화 · 1

한무숙 선생과의 첫 만남은 언제였는지 확실한 기억은 없지만, 50년 대 후반 내가 여성 교양 잡지 〈여원(女苑)〉의 편집을 맡고 있었던 무렵이었다. 당시만 해도 글을 쓰는 작가가 많지 않던 시절이어서 각 방면에 해박한 지식과 식견을 갖춘 한무숙 선생은 편집자에게는 참으로 귀중한 존재였다. 특집을 꾸밀 때나 좌담회를 개최할 때 한무숙 선생은 나의 단골 필자였다.

4.19가 나던 해인 1960년 가을, 여원사에서 미국의 노벨문학상 수상 작가인 펄 벅 여사를 초청했다. 〈여원〉 창간 기념일을 맞아 애독자를 위한 문학 강연회를 서울·부산·대구 등 주요 도시에서 개최하기 위해서였다. 당시만 해도 획기적인 행사였다. 해외에서 외국의 저명한 작가를 초청하여 문학 강연회를 갖는 것은 우리나라 역사상 처음 있는 일이었다.

모처럼 귀한 손님을 모셨으니, 이 기회에 한국 작가들과의 만남을 마련하고 싶어서였다. 그리고 〈대지〉라는 작품으로 우리에게 잘 알려진 중국 태생의 펄 벅 여사에게 한국의 참모습과 멋도 보여주고 싶었다. 격식 있는 한국 주택도 보여주고 싶고, 맛깔스런 한국 음식도 대접하고 싶었다. 그런 생각에 골몰하고 있는 나의 뇌리에 문득 한무숙 선생의 명륜동 한옥집과 그분의 단아한 한복 차림이 떠올랐다. 나는 지체 없이 전화를 걸었다. 전화를 받은 한무숙 선생은 내 이야기를 듣더니, 오히려 나보다도 더 흥분하는 것이었다. 멋있는 아이디어다. 당신의 명륜동 자택으로 펄 벅 여사와 원로 문인들을 초대하여 힘껏 솜씨를 발휘하시겠노라고 약속하셨다.

그 밤 국향이 감도는 늦가을 밤의 파티는 참으로 멋있고 화기애애한 모임이었다. 펄 벅 여사는 대문을 들어서자 그 아기자기한 정원에 감탄했고, 한무숙 선생의 단아한 한복 차림과 깔끔한 영어에 원더풀을 연발했다. 月灘 박종화(朴鍾和) 선생이 문단을 대표해서 동양화 한폭을 선물했고, 마루에서는 가야금 소리가 은은하게 울리고 있었다. 펄 벅 여사는 이날 밤의 모임이 퍽 인상적이었던 모양이었다. 중세기 프랑스 문인들의 살롱보다 더 운치 있고 멋이 있었다고 했다.

이것이 인연이 되어 펄 벅 여사는 그 후 '펄 벅 재단' 관계로 내한할 때마다 한무숙 선생을 찾으셨고, 두 분의 교류는 펄 벅 여사가 세상을 떠날 때까지 계속되었다.

삽화 · 2

60년대의 일로 기억하고 있다. 이씨 조선 왕조 최후의 왕자비였던 이방자(李方子) 여사를 끈질기게 설득한 결과 그분의 자서전 〈지나온 세월〉을 내가 편집을 맡고 있었던 〈여원〉잡지에 연재하기로 승낙을 받아, 나는 비원 낙선재로 일본 황족(皇族) 출신인 이방자(李方子) 여사를 찾아갔다. 방자 여사는 그동안 차곡차곡 써두었던 일기장을 나에게 건네주었다. 황족 출신인지라 그 일기의 문체는 황실 특유의 문어체(文語體)였고, 간간이 그때 그때의 소감을 일본 고유의 정형시인 와카(和歌)로 표현하고 있어 보통 일본어 실력으로는 우리말로 옮기기가 힘들었다. 이 일기를 저본(底本)으로 하고 방자(方子) 여사와의 대담을 통한 회고담을 간간이 섞어서 자서전을 엮어 나가기로 의논이 되었다.

문제는 이 어려운 작업을 누가 맡아서 그분의 자서전을 우리말로 엮을 것이냐 하는 것이었다. 나는 方子 여사의 일기를 보는 순간 이 작업을 맡을 수 있는 분은 한무숙 선생밖에 없다고 이미 마음속에 단정하고 있었다. 그렇다면 한무숙 선생을 어떻게 설득할 것인가.

나는 한무숙 선생을 찾아가 간곡히 부탁을 드렸다. 예상했던 대로 대답은 노였다. 작가로서 어떻게 남의 글을 대필할 수 있느냐는 것이었다. 너무나도 당연한 주장이었다. 그러나 나는 물러설 수가 없었다. 아무리 생각해도 다른 대안이 없었기 때문이다. 끈질긴 설득 끝에 그 일을 맡는다는 결정을 다음으로 미루고, 일단 方子 여사를 한 번 만나본다는 동의를 얻어냈다.

약속한 날 나는 한무숙 선생을 보시고 낙선재로 方子 여사를 찾아갔다. 方子 여사는 오랜 일본 황실의 관습으로 대화를 나눌 때 상대방의 얼굴을 쳐다보고 말하지 않고 눈을 내리깔고 이야기한다. 그리고 목소리는 너무 낮고 차분하다. 그러기 때문에 일본어에 대한 어지간한 실력으로는 그의 말을 알아들을 수가 없다. 그런데 한무숙 선생은 方子 여사의 그러한 일본말도 한 마디도 빠뜨리지 않고 이해하셨고, 말하는 일본말 역시 적절한 존칭과 격식을 갖춘 맑고 깨끗한 일본말이었다. 확실히 한무숙 선생은 어학의 천재였다. 지난번 펄 벅 여사를 초대했을 때 그 유창한 영어 실력에 놀랜 일이 있는 나는 그 일본어 실력에 감탄을 금할 수가 없었다.

다행히도 方子 여사와 한무숙 선생은 첫 만남에서 의기투합되었다. 어쩌면 두 분의 그 고귀한 기품과 분위기가 서로 맞아떨어졌는지도 모른다. 결국 한무숙 선생은 일기의 번역은 내가 맡고 당신은 方子 여사와의 대담을 맡아 일기의 미진한 부분을 엮어 나간다는 전제하에 이 일을 맡아주셨다. 이렇게 하여 한무숙 선생과 方子 여사 그리고 나와의 만남은 〈지나온 세월〉이 잡지에 연재되는 1년 남짓 동안 매달 어김없이 낙선재에서 이루어졌다.

이 일이 계기가 되어 한무숙 선생은 方子 여사의 외로움을 달래주는 좋은 벗이 되었다. 연재가 끝난 뒤에도 方子 여사는 틈나는 대로 한무숙 선생을 찾아 말벗을 삼으셨고, 한무숙 선생은 方子 여사가 벌이는 자선사업의 좋은 상담자가 되었다.

삽화 · 3

역시 〈여원〉에서 일하고 있을 때의 일이다. 〈여원〉에 연재소설을 쓰고 계셨던 장덕조(張德祚) 선생이 찾아오셨다. 원고료를 드렸더니 핸드백 속으로 챙겨 넣으시며 나더러 한무숙 선생 댁에 놀러가지 않겠냐는 것이었다. 무슨 일이 있느냐고 물었더니 한무숙 선생이 건강이 좋지 않아 몸져 누워있는데, 병문안도 할 겸 한판 벌리기로 했다는 것이었다.

병문안을 가자는 데 거절할 수 없어 나는 장덕조 선생과 함께 명륜동으로 택시를 타고 찾아갔다. 감기를 심하게 앓았더니 기관지에 염증이 생겼다면서 한무숙 선생은 그 하얀 얼굴이 더욱 핼쑥해져서 자리에 누워계셨다. 白鐵 선생, 긴동리(金東里) 선생, 최정희(崔貞熙) 선생이 먼저 와 계셨다. 그 외에도 몇 분이 있었는데 하고 오래된 일이어서 잘 기억이 나지 않는다. 오랫동안 병석에 누워 있어서 답답하고 외로운 나머지 일부러 문우들을 초대했다고 한다.

병석에 누운 한무숙 선생 곁에서 한참 잡담을 나누고 있는데, 당시 은행장이셨던 김진흥(金振興) 씨가 퇴근해 돌아왔다. 이제는 자리를 옮기자는 김진흥 씨의 제의에 따라 우리들은 방을 옮겨 섯다판을 벌이기 시작했다. 김진흥 씨는 은행에서 바꿔왔다는 빳빳

한 새 돈으로 우리 모두의 판돈을 바꿔 주었다.

백철 선생의 칼칼한 웃음소리, 장덕조 선생이 이따금 지르는 괴성, 그야말로 떠들썩하고 신바람 나는 섯다판이었다. 김진홍 선생은 잠시 동안 함께 화투장을 만지다가, 자기는 화투보다 일본 프로야구중계가 더 재미있다면서 트랜지스터 라디오를 귀에 대고 슬그머니 나가버렸다.

나는 그의 뒷모습을 보면서 진한 부부애의 한 단면을 보고 있다고 생각했다. 병석에 누운 아내를 위로하기 위해 아내의 문우(文友)들을 초청하여 아내가 유쾌해질 수 있도록 떠들썩한 섯다판을 마련하는 지극한 애정—

나는 당시 한무숙 선생과 같은 동네인 명륜동에 살고 있었기 때문에 12시 통행금지 시간이 되자마자 슬그머니 집으로 돌아갔지만, 아마 나머지 분들은 밤을 새워 섯다판을 벌였을 것이다.

삽화 · 4

10여 년 동안 내가 출판계를 떠나 공직에 몸을 담으면서 자연히 한무숙 선생과의 만남은 소원해졌다. 그러다가 내가 다시 편집자가 되어 출판계에 돌아오면서부터 한무숙 선생과의 만남이 잦아졌다. 그것은 마치 겨울 동안 나뭇잎들이 시들어 떨어졌다가 봄이 되자 다시 파릇파릇한 새싹이 돋는 것과 같았다.

한무숙 선생이 불쑥 내 사무실로 찾아오신 것은 1991년 늦가을이었다고 생각된다. 사실은 한무숙 선생이 나를 찾아오신 게 아니라 을유문화사를 찾아오셨다가 편집실에 있는 나를 보자 화들짝 놀라셨던 것이다. 을유문화사에서 《한무숙 문학전집》을 발간하고 싶어 찾아오신 것인데, 뜻밖에도 내가 편집을 맡고 있으니 이것은 하늘의 도우심이 아니고 뭐냐고 기뻐하셨다. 그러면서 내 편집으로 당신의 문학전집을 내달라고 간청하시는 것이었다.

이렇게 해서 나는《한무숙 문학전집》 전 10권의 편집을 맡게 되었고, 편집 계획과 장정 등을 의논하기 위해 뻔질나게 옛 모습 그대로인 명륜동 자택을 드나들게 되었다.

명륜동 그 집은 어느 한구석 안주인의 손길이 미치지 않은 곳이 없어서인지 안주인 한무숙 선생을 꼭 빼어 닮은 집이었다. 이 느낌은 30년 전에 찾아갔을 때도 그랬고, 10년 전에 찾아갔을 때도 그랬고, 지금 찾아가도 그렇다. 비록 넓지 않은 정원이지만 안주인이 손수 심고 가꾼 화초들이 언제나 단정한 모습으로 찾는 이를 맞는다.

대청마루를 개조한 응접실은 언제나 티끌 하나 없이 정결하고 서가에 꽂힌 책들은 한 치의 흐트러짐도 없이 가지런히 정렬되어 있다. 함부로 앉기가 너무나도 조심스러워 자기도 모르게 옷깃을 여미게 된다.

지금은 고물상에서도 찾아보기 어려운 50년대의 구식 탁상 라디오가 식당 한구석에서 은은하게 음악을 연주하고 있고, 향긋한 쟈스민차의 뜨거운 김이 뭉게뭉게 피어오르는 올드 패션의 본 차이나 찻잔이 고풍스럽기만 하다.

결코 화려하지 않고 질박하면서도 기품이 넘쳐흐르는 가구와 생활용품—이것이 명륜동의 분위기이고 안주인 한무숙 선생의 체취이다. 그래서 이 집에 들어서면 요란스럽고 경박한 현대 사회에서 갑자기 19세기로 타임머신을 타고 돌아온 것 같은 착각이 생긴다. 그 가운데 서서 잔잔하고 기품 있는 웃음으로 맞아 주는 한무숙 선생은 어쩌면 조선조 말의 정경부인과도 같은, 아니면 고집스럽게 긍지와 품위를 지키며 사는 중세기 유럽의 부인과도 같은 분이구나 하는 생각이 든다.

삽화 · 5

《한무숙 문학전집》을 발간하면서부터 한무숙 선생의 건강은 눈에 띄게 나빠지기 시작했다. 그런 중에서도 수록 원고를 일일이 챙겨 주셨다. 권두에 실릴 사진을 고르느라고 산더미 같은 앨범 속에서 거의 한나절을 한무숙 선생과 함께 이마를 맞대고 헤맨 적이 한두 번이 아니었다.

여학교에 다니던 소녀시절에 신문 연재소설 삽화를 그릴 만큼 미술에 타고난 재주를 가지신 한무숙 선생은 특히 표지 장정에 몹시 심혈을 기울이셨다. 그림 선정에서부터 색도(色度) 지정에 이르기까지 조금도 소홀함이 없이 일일이 챙기셨다. 꼼꼼한 편집자가 오히려 짜증을 부릴 정도로 완벽주의자셨다.

이렇게 하여 전집의 첫째 권이 출판된 것은 '92년 5월이었다. 첫째 권을 받아보시고 겉장을 쓰다듬으며 흡족한 미소를 띠우셨던 그 화사한 얼굴이 지금도 눈앞에 아롱거린다.

이렇게 해서 여덟째 권까지 나오고 강연집과 여행기 두 권이 남았을 때 갑자기 병세가 악화되어 다시 병원에 입원하셨다. 강연집과 여행기 원고는 그때 그때 신문이나 잡지에 실렸던 스크랩이나 유인물 중에서 골라내야 했기 때문에 한무숙 선생의 도움이 꼭 필요했다. 그런데 병원에 누워계시니 편집자로서는 손을 놓고 쾌차하시기를 기다릴 수밖에 없었다.

그러던 어느 날 김진홍 선생으로부터 전화가 걸려왔다. 한무숙 선생이 만나고 싶어 하니 병원으로 와 달라는 것이었다. 나는 일손을 놓고 병원으로 달려갔다. 병실을 지키고 있던 아드님 따님들은 내가 들어서자 자리를 비켜 주었다.

어쩌면 그렇게도 편안한 얼굴일 수 있는가. 침대에 링겔을 꽂고 누워 있는 한무숙 선생의 얼굴을 대하는 순간 나는 꼭 어린애의 얼굴 같구나하고 생각했다.

한 선생은 담요 속에서 조그마한 손을 빼내시더니 내 손을 잡았다. 얼굴에는 화사한 미소가 어리고 있었다. 이미 당신의 운명을 알고 계시는 것 같은 표정이었다. 그리고 한 마디 말씀— "고 선생, 부탁해요……" 평소에 그렇게도 소원하던 《한무숙 문학전집》의 완간을 못 보고 가니 끝마무리를 부탁한다는 뜻이었다.

"한 선생님 혈색이 아주 좋아졌습니다. 빨리 기운 차리셔서 전집도 끝내고, '오다 줄리아'도 완성시켜야죠."

나는 한무숙 선생을 위로한답시고 애써 큰소리로 말했지만, 내 목소리는 하얀 병실에 허허로운 메아리가 되어 울릴 뿐이었다.

한무숙 선생이 세상을 떠나셨다는 부음을 들은 것은 그로부터 불과 며칠 후의 일이었다. 그리 춥지 않은 겨울 날씨였지만 차가운 겨울바람이 유난히도 목덜미에 시린 그런 날이었다.

제 3 부

評 說

相会
AJALUGU VOOLAB
AND SO FLOWS HISTORY
HAN MUSUK
POSZUKUJĄC BOGA

역사와 운명 사이의 여성

— 〈감정이 있는 심연〉에서 〈생인손〉까지
한무숙의 주요 작품 재조명—

홍 기 삼
(문학평론가)

최근 작고한 소설가 한무숙(1918~1993)은 우리나라 근대 여성 문학의 역사적 계보 안에서 보면 해방과 함께 본격적인 창작활동을 시작한 제2세대 여성 작가군에 속한다고 말할 수 있다. 이 제2세대 여성 작가군에는 한무숙 외에도 임옥인 · 손소희 · 강신재 · 박경리 · 한말숙 등의 소설가, 홍윤숙 · 김남조 등의 시인이 포함된다. 대체로 1920년을 전후한 시기에 출생한 이들 작가들은 그들의 선배인 박화성 · 강경애 · 김말봉 · 최정희 · 노천명 · 모윤숙 등의 뒤를 이어서 해방에서 현재에 이르기까지 우리 문학에 여성의 목소리를 부여하는데 다대한 공헌을 했다.

우리 근대 여성 문학에 대한 역사적 연구가 아직 미흡한 상태이기 때문에 단정해서 말하기는 어려우나, 한무숙을 비롯한 제2세대 여성 작가들은 여성의 창작활동을 하나의 문화적 · 제도적 관행으로 정착시켰다는 점에서, 특히 엄밀한 의미에서 여성 문학의 가능성을 열어 놓았다는 점에서 중요한 의의를 갖는 것으로 여겨진다.

우리 문학에서 여성 작가들이 기성의 남성 중심의 문단에 편입된 익명성의 위치를 벗어나 하나의 독자적인 유파로 등장한 것, 그리고 여성 특유의 경험과 감각을 반영하는 글쓰기가 문학적 · 사회적 중요성을 인정받기에 이른 것은 그들이 이룩한 공적이거나 아니면 적어도 그들의 활동에서 고무된 결과라고 보아도 무방하리라 판단된다.

본격 여성 문학의 가능성 제시

작가 연보에 의하면 한무숙은 1918년 서울 안국동에서 태어나서 1926년부터는 부산에서 자랐으며, 부산고녀를 졸업한 것으로 되어 있다. 부산고녀 재학시절에 서양화를 전공한 일본인 교사를 만나 그로부터 4년간 수업을 받았고, 화가로서의 잠재력을 인정받아 18세 무렵에 김말봉의 〈동아일보〉 연재소설 〈밀림〉의 삽화를 그렸다고 한다.

이러한 전기적 사실은 한무숙이 근대적 여성 교육이 제도상으로 정착되면서, 비록 제한된 범위 안에서나마 한국 여성들에게 제공되었던 자기 계발과 실현의 새로운 환경 속에서 성장한 여성이었음을 말해 준다. 근대적 교육이 한무숙으로 하여금 여성의 사회적 역할에 대한 전통적 관념에서 벗어나게 해 주었으리라는 것, 더욱이 일제 시대의 여성 일반에게 유별나고 특권적인 활동이었던 미술활동을 지망하게 한 조건이 되었으리라는 것은 누구나 짐작할 만한 것이다. 근대 문명의 영향이 강하고 그만큼 봉건적 유제의 속박이 덜한 도시사회의 엘리트 여성으로서 한무숙은 일찍부터 자유로운 자기실현의 가치에 눈뜨고 있었던 것처럼 보인다.

작가 연보에도 간단히 언급되어 있는 결혼생활 초기의 일화, 즉 재래의 도덕과 풍속을 엄격하게 고수하고 있던 이름난 가문의 며느리로서 중시하(重侍下)의 억압에 저항을 느끼며 고민하다가 결국 미술 수업 대신에 소설 창작을 선택하게 되었다는 일화는 한무숙이라는 근대 문화의 세례를 받은 젊은 여성의 강렬한 자아의식을 짐작케 하기에 충분한 예이다.

한무숙이 작가로 데뷔한 것은 잡지 〈신시대〉의 현상모집에 장편 〈등불 드는 여인〉이 당선된 1942년이다. 그러나 이 당선은 한무숙에게 작가라는 이름을 안겨준 계기였을 뿐, 창작활동의 본격적인 개시를 뜻하는 것은 아니었다. 20대 후반의 한무숙은 연이은 출산을 비롯한 일련의 가정사로 창작에 전념하기 어려운 상태였으며, 창작상으로도 아직 뚜렷한 향방을 잡지 못한 형편이었다. 한무숙이 〈신시대〉지를 통해 등단한 이후 발표한 소설이 없고, 두 차례에 걸쳐 희곡 작품 공모에 당선했다는 사실은 그 20대 후반이 창작에 대한 열망은 있지만, 지표가 확실하지 않았던 일종의 모색기였다는 것을 말해 준다.

한무숙이 직업 작가로 자신을 정립한 것은 1948년 장편 〈역사는 흐른다〉가 〈국제신보〉에 당선되고, 〈정의사〉, 〈부적〉과 같은 단편이 〈문예지〉에 발표되면서부터다. 그 이후 한무숙은 그렇게 왕성한 편은 아니지만, 꾸준함과 신중함을 잃지 않는 창작을 계속하여 기억에 남는 수작들을 남겼다. 더욱이 비교적 과작에 속하는 창작생활 속에서도 장편소설에 의욕을 가져 1960년에는 〈빛의 계단〉이라는 작품으로 화제를 모았고, 1986년에는 정약용과 정하상의 생애를 다룬 대하적 규모의 장편 〈만남〉을 상재하여 원숙한 기량을 확인케 하기도 했다.

그러나 한무숙의 문학 세계가 선연한 모습으로 나타난 것은 역시 몇몇 단편에서이다. 〈감정이 있는 심연〉, 〈유수암〉, 〈생인손〉, 〈송곳〉 등의 단편은 한무숙 특유의 명쾌한 이야기 구성 능력과 단아한 격조가 있는 문체의 매력이 충분히 발휘된 대표작 수준의 작품이다.

앞에서 우리는 재래의 문화적, 도덕적 관습과 갈등하는 근대적 여성의 풍모가 젊은 한무숙에게 있다는 것에 주목했지만, 그러한 여성적 감각과 의식이 특히 농후하게 드러나는 것은 이와 같은 일련의 단편에서이다. 이 글에서 중점적으로 살펴보고자 하는 〈생인손〉과 그 밖의 단편들에서 우리는 전통과 인습의 압력 아래 살아온 여성들의 존재와 운명을 인식함에 있어서 한무숙이 보여주는 남다른 감수성과 투시력의 깊이를 느끼게 된다.

전통적 삶의 풍속과 여성들의 운명에 대한 깊은 이해

한무숙의 소설을 같은 세대의 다른 여성 작가들의 소설과 견주어 볼 때 두드러지게 돋보이는 특색이 있다면 그것은 무엇보다도 전통적 상류 계급에서 영위하던 삶의 풍속에 대한 각별한 친밀감이라고 말할 수 있다. 그러한 친밀감은 과시적으로 드러나는 경우는 드물지라도 한무숙 소설을 꼼꼼히 읽은 독자라면 누구나 쉽게 눈치챌 수 있는 만큼 뚜렷한 것이다.

한무숙은 상류 계급, 특히 서울·근기(近畿) 지역의 보수적, 혹은 개화한 양반 가문에 보존되어 있는 삶의 관습과 풍속에 관하여 사실적인 지식과는 차원을 달리하는 깊이 있는 조예를 드러내고 있다. 그러한 전통적 조예 내지는 교양의 정도를 말해 주는 예로 특기할 가치가 있는 것은 서울의 양반가에서 통하던 언어적 관습에 대한 남다른 감각이다.

한무숙의 작품을 읽다 보면, 우리는 오늘날의 표준어와는 격이

다르게 기품 있게 정돈된 서울 말씨를 접하게 되며 또한 신분에 따라서, 심지어는 당파에 따라서도 차이가 나는 언어 수행의 다채로운 국면들을 알게 된다. 양반 가문의 전통적 삶의 관습과 풍속에 대한 그러한 각별한 감각은 〈만남〉과 같은 역사 소설에서 유감없이 발휘되고 있지만, 여성의 현실에 관심을 집중한 작품에서도 유려하고 인상적인 효과를 낳곤 한다. 이를테면 〈이사종의 아내〉는 서간체 소설의 형식을 취한 단편으로서 조선시대 여성들이 발전시킨 내간체 문장의 품격을 그것 자체로 되살리는 가운데 사대부가의 여성에게 특유한 규원(閨怨)과 정한(情恨)의 세계를 밀도 있게 재현하고 있다.

한무숙의 소설에 이처럼 서울 양반가의 문화적 유산을 중심으로 전통적 삶의 세계를 이해하는 깊은 식견과 교양이 깔려있다는 사실은 아마도 작가의 개인사적 체험이나 정황과 밀접한 관련이 있을 것이다. 한무숙이 살았던 가족적·문화적 환경이 젊은 시절에 받았던 근대문화의 세례에도 불구하고 전통적인 것, 가문적인 것에 대한 순치와 동화를 요구하는, 다분히 보수적인 성격의 것이었음은 한무숙 주변의 사람들 사이에서는 널리 알려진 사실이다.

한무숙에 나타나는 전통에 대한 감각이라는 것을 통해서 우리는 지나간 시대의 문물에 친숙한 한 작가의 고급한 교양을 짐작함과 동시에 가문의 관습과 규범에 적응하지 않으면 안 되었던 한 여성의 내면을 감지하게 된다. 이와 관련하여 흥미롭게 생각되는 것은 한무숙의 단편에 그려진 여성들은 비록 정도의 차이가 있기는 해도 어떤 식으로든 관습적인 것의 지배 아래서 살아가는 존재들이라는 사실이다.

그 여성 인물들의 삶을 속박하는 재래의 관습은 가장 명백하게는 윤리적 규범이나 종교적 관념의 형태로 나타나지만, 그러한 규범이나 관념이 그들에게 구체적으로 작용하는 것은 가족이라는 집단을 매개로 해서이다. 그들은 대부분 가족의 테두리 내에서 여성에게 부과된 관습화된 역할에 충실하도록 요구하는 유형무형의 압력에 직면한 인물들이다. 〈감정이 있는 심연〉의 작은 고모, 〈송곳〉의 과부 삼대, 〈생인손〉의 정 참판 댁 작은 아씨 등은 그 대표적인 예이다.

한무숙의 단편을 여성 문학의 측면에서 접근하자면, 이처럼 관습에 시달리는 존재로서의 여성이라는 주제가 우선적으로 고려되어야 할 것으로 생각된다. 여성의 전통적 역할이 야기하는 문제들과 씨름하는 한무숙의 작중 인물들의 고통은 대체로 윤곽이 분명한 구도 안에서 펼쳐진다. 그 구도는 단순화해서 말하면 도덕과 정념의 대립을 기본으로 하는 구도이다.

〈감정이 있는 심연〉, 도덕과 정념의 대립 속에 담긴 여성적 고난의 원형 제시

한무숙의 단편에서 여성들이 지니고 있는 내면적 상흔은 그들이 본질적으로 정념이 강한 육체의 인간이라는 점에서 생겨난다. 관습적 도덕과 갈등하면서 정념의 여성이 겪는 인간적 고통을 작가가 어떻게 다루고 있는가는 〈감정이 있는 심연〉이라는 작품을 보면 분명하게 알 수 있다.

이 소설에서 서술자 '나'가 사랑하고 있는 전아는 지방 굴지의 대지주의 딸로 예술 대학에서 미술을 전공하고 있는 여성이다. 전아의 집안에서 마른일을 하고 있던 자신의 당숙에 의해 길러진 가난하고 비천한 신분의 '나'는 전아에게 연정과 함께 깊은 열등감을 느낀다. 그는 미국 유학을 꿈꾸고 있는 전아가 조만간 자신을 떠나가리라는 것을 예감하고 있다.

서부터 섬약한 성격이었던 전아는 현재 정신병원에 입원중이다. '나'의 서술을 통해서 밝혀지는 것은 전아에게 깊은 정신적 상처를 안겨준 원인이 여성의 성을 억압하는 전아네 집안의 엄격한 가풍이라는 사실이다. 전아네는 '대대 딸 안 되는 집안'이라는 소문 그대로 전아의 할머니, 어머니, 고모 두 사람 모두가 과부가 되어 함께 살아왔다.

전아의 집안 최대의 추문은 작은고모가 '행실이 부정해서 욕된 시를 지으려다가 철창신세까지 졌다'는 것이다. 작은고모의 옥살이는 큰고모의 잔혹한 도덕주의와 긴밀한 관련이 있다. 기독교 광신자인 큰고모는 집안의 억압적 기풍을 만들었고, 작은고모의 간통의 비밀을 스스로 밝혀내 법정에 세웠다. 법정에서 수의를 입는 작은고모의 모습을 보고 강한 충격을 받아 혼절한 것으로 되어 있는 전아는 어려서부터 사랑보다도 죄를 먼저 배웠고, 이러한 고착된 죄의식은 그녀를 남녀간의 정상적인 사랑조차 불가능하게 하는 것으로 판명된다. 그녀는 '나'에게 사랑은 느끼지만 '나'와 정사를 나눈 자기 자신을 죄악으로 의식하고 마침내는 정신착란 증세를 일으킨다.

〈감정이 있는 심연〉에서 작가가 말하고 있는 것은 자연스러운 정념을 스스로 억압하지 않으면 안 되었던 여성의 정신적 불구화이다. '나'의 표현을 빌면 전아네 집안 여성들은 개체적 삶의 자유를 모르는 도덕적 관습의 노예라고 말할 수 있다.

한무숙 소설에 있어서 여성들이 처한 문제적 상황의 중심에는 그들이 정념의 강인한 충동을 느끼고 있음에도 불구하고 그러한 충동이 자유로운 유로(流露)가 현실적으로 허용되지 않는다는 사정이 놓여 있다.

여성 운명의 억압적 상황, 〈송곳〉과 〈유수암〉의 경우

〈송곳〉에 다루어진 과부 삼대의 이야기는 그와 같은 억압적 상황을 사는 여성의 운명을 축약적으로 보여주지만, 〈유수암〉이라는 기생들의 한 맺힌 일화를 취급한 작품 역시 그러하다. 〈유수암〉에는 특히 여성을 정념적 존재로, 다시 말해서 에로스적 욕망과의 관계 속에서 삶의 충족과 결핍을 발견하는 존재로 파악하고 있는 작가의 관점이 여실하게 투영되어 있는 것으로 보인다.

작품에 등장하는 화류암 유수암의 주인이자 기생인 경은 그녀의 애인인 한 정객을 그리워하며 쓸쓸한 노년을 보내고 있다. 젊은 날에 사랑의 배신을 겪은 그녀는 늘그막에 그 정객을 만나 새로운 삶의 기쁨과 위안을 얻었지만, 그가 5.16 정변으로 옥살이를 하게 되자 경제적인 곤란을 무릅쓰고 헌신적인 옥바라지를 한다.

그러나 출옥한 그는 그녀를 찾지 않는다. 그녀는 자기의 인생에 대해 뼈저린 회한을 느끼면서도 그의 애정에 대한 기대를 버리지 못한다. 그녀의 다정한 친구들 역시 표현하는 방식은 다르지만 사랑의 시름을 견디며 살고 있다. 기생 홍화는 손자를 안은 나이에도 자나 깨나 사랑타령을 하고 있고, 딸 같은 나이의 기둥서방 본처에게 곤욕을 당하면서도 육체를 통하여 사랑을 소유하려는 욕망에 사로잡혀 있다. 탕녀형의 홍화와는 대조적으로 기생 유홍은 열녀형의 인물이다. 그녀는 자신이 섬기던 우국지사가 옥사하자 화류계와의 인연을 끊고 삯바느질을 하며 수절과 인고의 생활을 하고 있다.

한무숙은 이러한 기생들의 정한 속에서 사랑의 충족을 통해 삶의 의미를 발견하는 여심의 극한을 읽고 있다. 한무숙은 정념에 시달리는 기생에게서 인간 생명의 거짓 없는 표현을 보는가 하면, 사랑의 시름에서 자라나온 기예(妓藝)의 그윽한 아름다움을 부각시키기도 한다. 특히 시사적인 것은 사랑의 환락과 종교적 법열의 호환성을 강조하고 있는 대목이다. 작가는 화류가 유수암과 사찰 청수암이 이웃하여 있는 곡절이나 관음경과 잡가가 한 입으로부터 엇갈려 나오기도 하는 역설을 힘주어 말하는데, 이것은 여성의 육체적 욕망에 대한 작가의 넉넉한 긍정을 암시하는 것이다.

그러나 한무숙에 의하면 한국 여성들의 삶은 에로스적 정념을 자유롭게 표출하기보다는 스스로 억압하거나 그것에 대한 대리적 충족을 구하며 살아온 삶이다. 그러한 도덕적, 문화적 억압이 구체적으로 행하여지는 것은 앞에서도 말한 바와 같이 가족이라는 집단의 매개를 통해서이다.

대가족 제도 아래서 남편 없이 살아가는 여성들의 고난과 시련을 서술한 한무숙의 작품들에서 가족이란 여성에게 개체적 자아의 욕망을 스스로 부정하도록 요구하는 인륜과 의무의 체계로 나타난다. 〈송곳〉은 이와 같은 가족의 의미가 뚜렷하게 드러난 작품이다.

이 작품에 등장하는 이씨 가문은 남자들이 모두 세상을 떠나 과부가 네 사람인 집안이다. 주인공인 나이 육십을 넘긴 여의사는 죽은 남편이 둘째 집의 장손임에도 집안 어른들의 요구에 따라 첫째 집의 장손으로 들어가 후손 없는 종가를 이었던 까닭에 남편의 백모를 시어머니로 섬기며 살아왔다. 그녀는 자신의 과부 며느리가 연하로 보이는 경망한 젊은 남자와 만나고 있는 현장을 우연히 목격하고 착잡한 번민에 휩싸인다.

그녀는 풍상 많은 세월 속에서도 종가 종부로서 정절을 지키며 살아온 시어머니의 순결한 아름다움을 떠올린다. 남편에게서 사랑다운 사랑도 받아 보지 못하고 더구나 젊은 나이에 홀로 되었음에도 불구하고 묵묵히 자신을 지켜온 시어머니는 전통적인 부덕을 체현하고 있는 인물이다.

조선시대의 청상과부들이 송곳으로 자신의 허벅지를 찌르며 정념을 삭히고 맑은 정신을 되찾았다는 이야기를 기억하면서 그녀는 자신의 며느리에게 송곳이 필요하다는 것, 그리고 시어머니의 송곳은 가사를 위한 험한 노동이었고, 자신의 송곳은 '의무감과 허영심', '훌륭한 어머니'란 말을 들어보려는 욕심이었음을 깨닫기에 이른다.

〈송곳〉은 이렇게 여성으로 하여금 개체적 자아를 스스로 망각케 하는 가문의 불가시적 억압과 함께 가족을 삶의 숙명적인 조건으로 받아들인 여성의 감춰진 고통을 제시하고 있다.

그러나 여기서 주의할 것은 〈송곳〉은 어떤 성의 해방과 같은 관념에 입각해서 가족제도의 억압을 비판하고 있는 작품은 아니라는 사실이다. 거기에서 강조되어 있는 것은 한국 여성들의 삶 속에 대대로 이어지는 도덕과 정념의 대립 그것 자체이며, 그것에 담긴 여성적 고난의 원형적인 형상이다.

남성중심의 사회관계가 반영된 운명적·여성주의적 여성관

〈송곳〉과 같은 단편들에 드러난 바에 따르면 한국의 여성들은 엄청난 역사적 격변의 세월에도 불구하고 근본적으로는 동일한 성질의 실존적 상황에 처해 있다. 그것은 도덕과 정념의 대립이라는 도식을 보다 일반화시켜 말하면 여성의 자유로운 자아실현의 요구와 가족을 비롯한 문화적·사회적 제도에 대한 적응의 필요가 서로 갈등하며 문제를 야기하는 상황이라고 할 수 있을 것이다. 이러한 상황은 역사적·사회적 환경에 따라 다소간 다른 내용을 가질 수 있는 것이다.

그러나 한무숙은 사회적으로 상이한, 시대상으로 다양한 여성의 삶의 모습들을 다각적으로 보여주지 않는다. 한무숙은 근본적인 의미에서는 시대적 변화의 영향을 받지 않는 실존적 문제의 차원에서 여성의 삶을 인식하고 그려 낸다. 〈송곳〉에 있어서 수절의 문제는 바로 그와 같은 예이다. 그 작품에서 여성은 조선시대로부터 60년대에 이르기까지 에로스적 욕망의 자율적 억압이라는 문제와 지속적으로 싸우고 있다는 점에서는 아무런 변화가 없는 존재이다.

이러한 다분히 몰역사적이고 원형주의적인 여성 인식은 한무숙 나름의 논리적·경험적 바탕을 거느리고 있는 것으로 보인다. 그것은 역사라든가, 정치라든가, 혁명이라든가 하는 것이 여성에게는 지분이 없는 남성 특유의 세계였던 종래의 문화적·사회적 현실을 반영하고 있는 것이다.

남성과 여성의 역할 분화가 성차별의 구조가 엄격한 사회에서 여성들의 삶이 역사와 맺고 있는 관계란 외면적이고 형식적인 것일 수밖에 없다. 남성 중심 사회의 여성에게 있어서 역사는 어떤 의미 있는 전체로 인식되기보다는 우연한 변란의 연속으로 체험되는 것이 일반적이다.

여성이 삶의 자율적 주체가 아닐 때 여성의 삶은 역사적이기보다는 운명적이다. 한무숙의 원형주의적 여성 인식은 이러한 여성적 삶의 운명적 속성에 대해서도 날카로운 감각을 수반한다. 〈생인손〉은 바로 그와 같은 운명에 대한 감각이 인상 깊게 표출된 작품이다.

〈생인손〉, 인습적 여성 윤리에 대한 비판과 주체적 삶에 대한 긍정

〈생인손〉에서 고해성사의 형식으로 자신의 지나간 삶과 그 기구한 곡절을 술회하는 정간난 할머니는 서울 사직골 정 참판 집안에 누대에 걸쳐 종살이를 해온 부모에게서 태어났다. 정간난의 과거가 이야기되면서 부각되는 것은 일차적으로는 종의 신분으로 태어난 아이가 세상의 빛을 보는 순간부터 겪는 천대의 설움이다.

그 설움은 이렇게 이야기된다.

"나면서부터 천덕꾸러기지오니까, 상전댁 마님이나 아씨들이 애기낳이 하실 때 태어났다간 젖두 얻어먹지 못합지요. 한집에 살면서 어멈 얼굴도 못 보구 겨울엔 토방에 깔린 거적때기에 찔리며 지가 싼 똥오줌에 범벅이 되어 앙앙거리구, 여름이면 행랑채 마당에서 흙강아지루 굴렀습지요. 어멈 젖은 상전댁 애기에게 뺏기구 같은 처지 종들이 틈틈이 끓여 목에 엄겨 주는 암죽으루 이어가는 목숨입지요. 열 낳아 셋 건지면 좋은 농사지오닛까. 마구 죽어 내다 버렸습지요. 죽은 자식 거적에 말아 져다 버리며 아범은 팔자 좋게 일찌감치 잘 갔다, 그래 자알 갔어. 허구 울굽시구요. 홍역 마마가 아니더라두 어린 목숨은 쉬이 꺼졌사와요. 하오나 종 새끼두 삼신이 돌보면 천대 속에 목숨 부지합지요."

태어나면서 어머니마저 상전에게 빼앗기고 생명을 그저 우연에 맡기는 운명을 지닌 종의 설움에 관한 이러한 진술은 작중의 이야기가 전개되면서 중요한 사건의 동기를 내포한 것으로 판명된다. 간난이 고백하고자 하는 자신의 죄악은 자기가 낳은 어린 생명에 대한 신분의 차이를 넘어선 보편적 모성으로부터 비롯된 것이기 때문이다.

간난은 비슷한 시기에 태어난 상전의 딸 '작은 아씨'와 어머니의 젖을 나누어 먹고 그녀의 아기 동무가 되어 주면서 자란다. 그리고 작은 아씨가 박 대감 댁으로 시집을 가게 되자 그녀의 교전비로 따라간다. 간난이 회고하는 어린 시절은 임오군란, 갑신정변과 같은 정치적 격변이 연이어 일어나는 가운데 조선 사회의 전통적 질서가 급격하게 와해되어 가던 시기이다. 그러나 서울 양반가의 상전 여인들은 이러한 역사적 변화에서 고립되어 있는 것으로 그려진다.

몰라보게 변화하고 있는 세상을 경험하는 것은 오히려 비복들이다. 정 참판 댁 비복 장끼와 어울려 놀러 다니면서 개화된 풍물을 구경하고 세상 소문을 주워들었던 간난은 "그러구 보니 작은 아씨보다 쇤네가 더 아는 게 많아진 것 같은 생각도 들었사와요." 라고 회고한다.

〈생인손〉에 있어서 세상과 격리된 양반가 규방의 삶은 여성을 억압하는 전통적 가족 관계의 규율이 엄존하는 곳이다. 작은 아씨의 시집에서는 중시하(重侍下)의 억압이 특히 두드러진다. 박 대감 댁 마님은 전래의 법도와 범절에 따라서 며느리를 혹독하게 단속하며 아들의 내침을 일진을 보아 허락하는가 하면 혼정 신성의 엄격한 실행을 요구하며, 며느리가 친정의 도움을 빌리지 않을 수 없을 만큼 일거리를 맡긴다.

이러한 중시하의 억압이 여성에게 질곡일 수밖에 없다는 것은 박 대감 집 마님이 근대적 여성 교육을 배격함으로써 보다 분명하게 드러나는데, 시대의 변화를 등진 박 대감 집 여성들의 인습적인 삶은 결과적으로는 간난과 같은 종에게조차 인간사의 기구함을 뼈저리게 느끼게 하는 원인의 하나가 된다.

〈생인손〉에서 중요한 사건의 발전은 작은 아씨와 간난이가 비슷한 시기에 각각 딸을 낳으면서 시작된다. 간난은 장끼와의 사이에서 딸을 얻었으나 상전의 딸에게 젖을 물려야 하는 처지가 된다. 정 참판 댁에서는 장기를 종문서와 함께 박 대감 댁으로 보냈으나 마님이 받아들이기를 거절하여 간난은 자신의 딸을 돌보아주는 이 하나 없는 행랑에 버려둔다. 작은 아씨가 폐병 치료를 위해 친정으로 돌아가고 주인마님이 출타한 틈을 타서 행랑에 들린 간난은 '똥오줌 속에서 울고 있는' 딸을 발견하고 '다섯 자 세 치 창자가 토막토막 난도질당하는 것 같은 아픔'을 느낀다. 그리고 딸이 생인손을 앓고 있음을 알게 된다. 간난은 생인손이 나을 동안만 가까이서 돌보아 주려는 생각에서 작은 아씨의 딸과 자신의 딸을 바꿔치기 한다.

그러나 생인손이 아물었음에도 간난은 아기들을 원래대로 돌려놓지 않는다. 집안의 어느 누구도 자기가 상전댁 아기로 치장해 놓은 자기 딸의 정체를 알아보지 못할 뿐만 아니라 하루하루 때를 벗어 이제는 귀하게 보이는 자기 딸이 '정말 상전댁 아기같이 보이기 시작했'던 것이다. 간난 자신의 말을 빌면 "나이 열아홉, 어린 년이 간두 크게 유들유들 엉큼해"져서 마침내는 출타에서 돌아온 주인마님까지도 속이고 자기 딸을 상전댁 아기로 받아들이게 한다. 간난의 딸은 양반집 규수로 성장하여 섭저리 신씨 댁으로 출가를 하고, 원래의 상전의 딸은 종으로 있다가 권학대를 따라 집을 나가 버린다.

그러나 양반가의 몰락을 초래한 시대의 변화는 간난이 저지른 죄에 대한 예기치 못한 응보를 가져온다. 박 대감 댁은 대감이 동학도들에게 목숨을 잃고 대화재까지 입은 데다가 토지 문서를 탈취당하여 완전히 망하고, 사돈간인 신씨 댁까지도 각종 변란으로 재산을 잃고 서울의 여염에 묻히는 신세가 되어 버린다. 의탁할 곳이 없는 몸이 되어 버린 간난은 일찍이 개화하여 사업에 성공한 과거 사직골 정 참판 댁 서방님에게 도움을 받으며 살았으나 그나마도 연락이 끊겨 6.25가 끝난 무렵에는 거지할멈이 되고 만다.

간난이 사직골 댁 서방님을 다시 만났을 때는 놀라운 사실에 접하게 된다. 사람들이 자신의 딸로 알고 있는 본래의 상전댁 딸은 권학대를 따라 나간 뒤로 외국 유학을 하여 지금은 대학교 학장이 되어 있는 반면에 자신의 딸은 학장 집의 식모가 되어 있는 것이다. 식모살이하던 딸에게만은 자신의 어머니임을 알지 못한 채로 간난을 보살펴주다가 미장이 일을 한다는 아들에게로 갔다가 소식마저 끊기고 만다. 서러운 종살이를 딸은 면하게 해주고자 인륜을 어긴 간난의 모정은 시대의 변화에 의해 결국 불우한 운명을 세습하는 역설적인 결과를 초래한 것이다.

〈생인손〉에 있어서 간난의 한 많고 죄 많은 이야기의 배경에 깔려있는 것은 모든 것을 무참하게 변화시키는 역사적 변화이다. 작품에 등장하는 보수적인 양반가는 그러한 변화가 만든 가장 심각한 피해자이다.

자신이 섬기던 상전에게는 물론이고 자신의 자식에게조차 죄악을 저지른 간난의 시각에서 보자면 역사는 밖으로부터 밀려드는 충격의 파란이며, 운명의 굴레를 더욱 단단히 옥죄는 초월적 세력일 따름이다. 그녀는 양반의 시종이자 역사의 노예인 것이다. 그녀는 자신의 삶을 주체적으로 살지 못하는 여성에게 있어서 역사가 의미하는 바가 무엇인가를 극히 비참한 형태로 예시해 주는 인물이다.

물론 〈생인손〉에 그려진 여성들 모두가 역사의 저항 불가능한 추세의 제물이라고 말할 수는 없다. 간간의 맹목적인 모정에 의해 종으로 전락했으나, 개화의 물결을 타고 성공한 양반의 딸은 역사의 혜택을 입은 예에 속한다. 그런 점에서 보면 〈생인손〉은 근대적 변화에 상응하는 여성의 자기 함양과 발전의 당위성에 대한 동의와 함께 전근대적 가족관계 내에서 작용하는 인습적 여성 윤리에 대한 비판을 함축하는 것이라고 할 수 있다.

〈생인손〉에서 우리는 명시적으로 선언되지 않은 가운데서도 전통적 가족의 억압으로부터 벗어난 여성의 주체적 삶을 긍정하는 작가의 의식을 느낀다. 그것은 여성이 과거의 억압적 관습에 의해 결정된 운명의 삶을 탈피하지 않으면 안 된다는, 부드러우면서도 절실한 깊이를 담고 있는 호소이기도 하다.

유려하고 격조 있는 여성상 제시한 여성 문학사의 큰 별

한무숙의 단편은 지금까지 살펴본 바와 같이 여성 문학의 측면에서 보다 넓게는 여성주의의 시각에서 진지하게 고찰할 가치가 있는 문제들을 내포하고 있다.

읽기에 따라서 그것은 여성의 현실에 대하여 다분히 온건하고 폭 좁은 인식을 맴돈다고 할 수 있을지 모른다. 경우에 따라서 작가가 전통적인 삶의 방식을 지키는 여성의 여성다움에 심정적으로 경도되는 양상을 보인다든가, 가족의 억압을 조명하면서도 대가족하에서의 시집살이의 고통에 편중되어 가족제도 자체의 가부장적 성격을 건드리지 않는다든가 하는 사실은 근래에 유행하는 페미니즘의 영향 아래 있는 독자들에게는 불만스러운 점일 것이다. 그러나 우리의 근대 여성 문학의 유산에 애정을 지닌 독자라면 한무숙과 같은 제2세대의 여성 작가들로서는 넘어서기 어려운 경험의 한계를 충분히 헤아릴 것이다.

한무숙 세대의 작가들에게 있어서 여성의 삶은 전근대적 삶의 관행과 제도들이 가하는 중압을 현재의 젊은 여성들이 상상하는 것 이상으로 겪어야 했던 것이었다. 그런 점에서 한무숙의 소설에 나타나는 여성의 삶에 대한 인식은 한국 사회의 근대화 과정 속에서 서서히 성장하는 새로운 여성적 자의식의 복합적인 국면들을 포착한 것으로 주목하는 것이 바람직하다.

억압과 자유, 도덕과 정념, 인습과 혁신의 양극 사이에서 방황하는 여성의 내면적 고뇌와 갈등을 그려낸 한무숙의 작품들은 같은 세대의 사람들에게는 친숙한 것이었던 여성상의 유려하고 격조 있는 표상으로써 쉽게 잊혀지지 않을 것이다. 특히 지금은 기억하는 사람이 많지 않은 한국 여성들의 전통적 언어·문화생활의 세목들을 풍부하게 되살려내고 있다는 것만으로도 우리 여성 문학사에 있어서의 한무숙의 위치는 뚜렷한 것이다.

한무숙의 문학세계

-장인의식과 구원의 주제-

구 중 서
(문학평론가)

누구나 작가의 길에 들어서는 데엔 운명 같은 절실함이 있겠으나, 한무숙의 경우는 특히 천성적인 작가였다. 전통적 생활 법도로 폐쇄된 삶의 공간에서 시집살이하는 젊은 여성으로서 밤에 홀로 일어나 벽에 종이를 대고 연필로 소설을 썼다. 이러한 작업으로 40여일 동안에 천오백 장 분량을 쓴 것이 〈역사는 흐른다〉 였다. 조선조 말에서 해방에 걸치는 민족의 근대 수난사를 씀으로써 이 작가는 출발 단계에서 이미 역사 현실의 총체성을 감당하였다. 그러면서 이 소설은 민족의 전통 풍속과 언어의 풍요한 곳간을 이루고 있다. 이 자산을 다룬 문체가 또한 장인의식을 느끼게 한다. 한무숙의 소설 세계는 처음부터 이러한 기반 위에서 전개되기 시작하였다.

작가 한무숙은 1918년 서울에서 출생, 어려서 부산으로 이사가 그곳에서 보통학교를 다녔고, 부산고녀(釜山高女)를 졸업하였다.

여고 재학 중에 서양화 공부를 했고, 1935년에는 〈동아일보〉에 연재되던 김말봉의 장편소설 〈밀림(密林)〉의 삽화를 맡아 242회 분을 그린 일도 있다.

일제 말엽인 1942년에 장편 〈등불 드는 여인〉이 〈신시대(新時代)〉의 현상 모집에 당선되었으며, 해방 후에는 1948년에 장편 〈역사는 흐른다〉가 〈국제신보〉 현상 모집에 당선되어 본격적인 작가 생활에 나섰다. 그 뒤 월간 〈문예(文藝)〉, 〈문학예술(文學藝術)〉 등에 계속 작품을 발표했고, 다작은 아니지만 꾸준한 노작으로 일관하였다.

한무숙의 소설이 문단에 예리한 충격을 준 것은 1957년에 발표한 단편 "감정이 있는 심연"을 통해서였다. 이 작품으로 한무숙은 자유문학상을 받기도 하였다.

한무숙의 소설세계에서 돋보이는 일련의 요소들을 보면 장인의식, 전아한 문체, 애련, 허무, 아픔, 빛, 이런 것들이다. 이 작가의 작품세계에서 이런 요소들이 강렬하게 작용하고 있다. "감정이 있는 심연", "유수암", "어둠에 갇힌 불꽃들" 등은 이 작가의 대표작급에 드는 작품들인데, 이 작품들 속에서 위 요소들은 하나의 의미 체계와 가치 체계를 형성하고 있다.

"감정이 있는 심연"에서 여주인공 '전아'는 지극히 연약한 정신기질을 지니고 있다. 이 연약함은 유서 깊고 완고했던 집안 분위기의 중압 탓도 있으며, 그럼에도 불구하고 그 조용한 분위기 dllaus에 추문도 많이 얽혀 내려온다는 사실에서 전아는 충격을 받으며 자랐다. 이 집안 최대의 추문은 아리따운 용모를 지닌 전아의 작은 고모가 행실이 부정해서, 욕된 씨를 지우려다가 철창신세까지 졌다는 사건이다. 과부가 되어 친정에 살고 있는 큰고모는 자기 동생인 이 작은 고모의 죄에 대해 필요 이상으로 가혹하여 집안을 온통 죄의식에 잠기게 한다. 죄의식에 민감한 기독교 집안이란 점이 분위기를 더욱 그렇게 만든다.

죄의 결과를 보여 주어야 한다고 열한 살 난 소녀 전아를 재판정에 끌고 가서, 작은 고모가 푸른 죄수복에 수갑을 차고 재판받으러 나오는 것을 본 전아는 연한 나비처럼, 하늘하늘 힘없이 쓰러져 버렸다.

이성, 사랑, 죄의식, 충격, 이런 것들은 전아가 성장하여 청년 '나'를 사랑하게 되었을 때 다시 충격이 된다. 이 때 전아가 생각한 사랑은 단순한 본능적 사랑이 아니고, 어떤 의미, 어떤 가치였다.

"나두 어떤 의미가 되고 싶었는데…… 선생님헌테."
"나헌테? 그야말루 무슨 의미지?"
"글세, 사랑일 것이라구 생각해 봤어요."

이렇게 된 두 남녀는 무엇에 씌우기나 한 것처럼 청년의 하숙을 향해서 걸었다. 그 길이 끝난 곳에서 그들은 '천당과 지옥'을 동시에 보았다. 그런데 사랑을 마칠 때에도 전아는 "그런데, 다아 지나가 버리구 마는 거지요. 사랑두, 의미까지두."라고 했었으며, 돌아나오던 길에서 전아가 여자 죄수들을 태운 차를 우연히 발견했을 때 "……죄가 무서워"하며 청년에게로 쓰러졌다.

이 두 번째 충격 속에 이 소설의 매듭이 있다. 전아의 사랑과, 사랑의 의미와, 허무와, 환경이 준 상처가 입는 재차의 타격과, 그리고 무엇보다도 미국 유학길의 비자라는 것이 무용의 것이 되고 만다. 전아는 정신병원에 입원했으므로 그것이 쓸데없어졌고, 청년도 빈천한 가정 출신으로서의 콤플렉스와 허영이 필요로 해서 얻어냈던 그 비자가 전아의 좌절을 보고 나서 역시 쓸데없는 것으로 여기게 된다.

전아의 섬약한 기질은 병적일 정도이지만, 그로 인해서 발동되는 감수성은 순도가 짙다. 그리고 사랑하는 전아의 좌절로 인해, 자신이 전에 전아에게 보여 주고 싶었던 어떤 상승된 신분의 표시격인 비자 또한 헛된 것이 되고 만다. 작품 전체를 통해 말수가 적고 차갑고 신비한 분위기가 일렁이는 그 뒤쪽과 또는 깊이에 숨겨져 암투하는 인간의 마음들을 피부로 느끼게 한다. 그리고 섬약한 젊은 전아가 쓰러지지만 그 쓰러짐은 인습의 억압과 사랑의 가치 사이의 갈등이었으며, 이 아픔을 통해 '비자'라는 일종의 허영의 표상이 힘없이 스러져 버린다는 점에 의미의 짙은 여운이 있다.

"유수암"은 1963년에 발표된 중편으로써 이른바 화류항(花柳巷)을 소재로 하고 있다. 즉 노기(老妓)들의 세계를 다룬 것이다. 소재로 보아 얼핏 대중소설일 법한 인상이 들지만 역시 무게 있는 노작으로서 작가가 인생을 보는 원숙한 경지가 나타나 있다.

서울 변두리 풍치 좋은 계곡에 자리잡은 청수암과 유수암이라는 두 집, 이 중의 하나는 불제자로서 이승(비구니)들이 도를 닦는 암자이고, 유수암은 불가와 반대되는 집이라 할 수 있는 화류가이다.

그런데 청수암을 향해 올라가는 두 노파의 귀에 혼란이 오니 유수암 쪽에서 독경 소리가 나는 것이다. 이제는 노기의 집에 불과한 지난날의 그 환락가에서 실제로 관음경을 읊조리는 노기가 있다. 집 주인이며 역시 노기인 진경의 친구인 홍화가 경과 함께 지내며 수시로 흥얼거리는 소리다.

> 발심하여 삭발 입산했다가 얼마를 못 가서 환속하여 다시 화류에

> 놀곤, 또 마음이 움직여 이번에는 일도(一倒) 신심(信心)인 것 같은 인상을 주다간, 다시 젊은 남자에 혹하여 망측한 몰골이 되곤 하는 홍화의 삶이 슬프기만 하였다… 느닷없이 발심도 잡스러운 행동도 한가지로 그의 거짓 없는 표현이 아니겠는가, 그러기에 관음경과 잡가가 같은 입으로부터 엇갈려 나오기도 하는 것이리라.

손자를 안을 나이에 자나깨나 '사랑 타령'을 하는 홍화와 환속까지 하여 기껏 정했다는 기둥서방이 열세 살이나 손아래이므로 딸 같은 본처에게 알망신을 당하기도 한다. 그러나 사랑이라는 가장 허무하고 믿을 수 없는 것을, 오직 육체로 확인하려고 하는 그녀의 추행은 오히려 여심의 극한을 보여 준다고 할 수 있다. 이러한 도량을 가지고 인간과 인생을 이해하는 데에 이 소설의 원숙한 차원이 있다.

실상 기생들은 전제적으로 불운했다는 한을 가지고 있으므로 '사랑'도 안정되고 항구한 것이 되기 힘들다. 기생이 되기까지의 사연은 각자의 경우가 형형색색인 것 같지만, 따지고 보면 비슷비슷하다. '가난이 원수'라는 한 마디가 공통된 이유가 된다.

아편쟁이가 되어 버린 전라도 기생 산월이는 열 살 때 광대 집에 팔려가 잔뼈가 가무 익히는 데 굵어졌다. 가난이 원인이었다. 아직도 주름을 분으로 메꾸고 술자리에 앉는 경상도에서 온 청향이는 긴 병에 가물거리는 아배의 목숨을 보다 못해, 제 발로 기생 조합 서사네 아낙을 찾았다. 역시 가난 까닭이다. 명기로 이름이 높았던 계월이를 비롯해서 평양 기생은 직업으로 기도(妓道)를 택했지만 대개는 가난으로 말미암은 곡절이 있다. 홍화만 하더라도 가난뱅이 미장이 딸이 기생 삯바느질을 맡아하던 어머니의 손에서 고객인 기생 손에 넘어갔던 것이다. 유혹에 끌려드는 수도 있다. 경의 경우도 그것이었다. 하지만 따지고 보면 바닥에 깔린 것은 역시 가난이었다.

그러나 사람으로서 사람다운 본성과 품격은 모든 사람에게 동등하게 있는 것이므로 기생들 속에서도 지조 높은 삶의 모습이 나타나는 수가 있다. 원래 '유홍'이란 기명을 지녔던 '우이동 아주머니'가 그런 사람이다.

나이 서른에 정을 깊인 우국지사 고산 선생을 도와, 만주로 북경으로 망명한 파란도 겪었다. 고산 선생이 광복을 눈앞에 두고 옥사한 후의 그녀의 생활은 유발니(有髮尼)의 그것이었다. 정인이 세상을 버린 것이 갓 마흔 되던 해니, 청상은 아니었다. 그러나 용색에 남은 아리따움이 청상으로 보였다. 그 아름다움으로 유발니의 삶을 보낸 것이다. 가난한 민족운동가가 남긴 것이 있을 리 없어, 생고를 겪어야만 했던 그녀는 거문고 타던 소에 바늘을 익혔다. 삼십 년을 줄곧 바느질품으로 늙어 왔던 것이다. 낙탁한 사태부집 수절 부인이 흔히 하듯이.

황화와 우이동 아주머니, 즉 탕녀와 수절 부인은 진경의 유수암에 모여 앉을 때 모두 다정한 형제 사이가 된다. 이들 속에서 유수암 주인 '경'은 늘그막의 정인인 한 정객을 그리며 산다. 그 정객이 옥살이를 하고 나왔는데 경에게는 안부 한 번 전해오지 않음이 시름이 된다. "저것 보세요, 언니. 저 물가의 버들이 시들었지요? 물은 변함없이 흐르구 있는데, 허지만 예전 흐르던 그 물이 아니군요." 이것이 유수암의 허무이다. 그러나 경에게는 허무로만 끝나지 않은 또 하나의 사연이 있다. 경이 젊었던 시절에 별로 깊은 정도 없는 사내의 아이를 배서 낳은 후 홀로 된 언니에게 맡겨 키워 왔다. 그 아이가 이제는 장성하여 대학을 나오고 군대에 나가게 된 대장부가 되었다. 이 아들은 어쩌다 유수암으로 어머니를 찾아와도 '어머니'라고 부르지를 못한다.

"이 녀석아, 그래 에미란 말이 그렇게두 하기 싫으냐?"

그러자 아들이 똑바로 경을 쳐다보았다…….

"난 아무튼 어머니라구 불렀죠. 이모는 애초부터 어머니였지만, 식모두 어머니라구 불렀어요. 친구들의 어머니두 모두 어머니라구 불렀구요. 내겐 어머니가 없었기 때문에 누구나가 어머닐 수 있었어요. 어머니란 말을 그렇게 헤프게 쓰구 보니, 여기와서 쓸 말이 없어졌군요."

아들의 눈이 번득거리는 것을 경은 보았다. 그녀는,

"찬호야!"

한 마디 부르고 누운 채 한 손을 눈 위에 얹었다.

소설 "유수암"에는 입산, 환속, 우국지사에 대한 절개, 정인에 대한 끝없는 기다림, 아들이라는 혈육이 일깨우는 질긴 인륜의 정 등이 어우러져 조화를 이룬 하나의 세계가 있다. 이 세계를 그림에 있어 작가는 능란한 장인의 솜씨를 보였다. 마치 이 소설 속에도 나오는 풍류 예인의 솜씨를 느끼게 한다.

"슬기둥 둥 당…… 뜰

가야금 소리는 호소하는 사람의 육성처럼 절원을 담고 구슬픈 계면조(界面調)로 시작되었다. 느린 그 곡조는 퉁기면 음이 끊어져서 종처럼 여운을 남긴다… 풍류란 동양의 음악관이다. 바람과 시냇물—자연의 현상으로 보았기에 음악을 풍류라고 한 것이 아니겠는가."

소설 속의 이런 대목처럼 한무숙의 소설은 동양적 인정의 세계를 그려보인다. 전문적 소양들을 끌어들이고 치밀하고 섬세한 솜씨를 보인다. 한 편의 소설을 위한 이 작가의 취재의 깊이는 한 장인의 자세를 입증해 주고 있다.

"어둠에 갇힌 불꽃들" 또한 특수 소재를 다루어 낸 장인의식의 성과이다. 이 소설은 작가가 몇 해 동안의 침묵기를 가진 후 6백장 분량의 중편으로 엮어 1976년에 발표한 노작이다. 한무숙의 장인의식은 다른 작품에서도 그렇지만 기법면을 가리키는 것이다. 기법 외의 주체의식은 별도의 진지성을 지닌다. "어둠에 갇히 ㄴ불꽃들"은 실명한 소경들의 세계를 그린 것이다. 특수 소재인만큼 이색적 생활 묘사를 하고 있다는 단계에서 멀리 더 나아가 이 소설이 지닌 주제의식은 다분히 종교적인 깊이에 이르러 있다. 교회의 기도문에 "주여, 우리를 불쌍히 여기소서"를 연속하는 것이 있지만, 과연 진실로 불쌍한 처지에서 깨닫는 '행복의 실체'란 사람을 경건케 하고 숙연케 하는 힘이 있다. 눈 먼 소녀 안나가 "앞을 볼 수 있는 사람도 불평이 있느냐?"고 묻는 그 물음에 그런 힘이 들어 있다.

> 어느 날 고아원 앞길에서 큰 싸움이 일어난 일이 있었다. 싸우는 사람들은 서로 한 치의 양보가 없었다. 험한 말을 구정물처럼 퍼부어 가며 마구 치고 때리고 차고 밀었다. 눈 먼 고아들은 공포로 떨며 그 모양을 듣고 있었다.
>
> 안나가 오돌오돌 떨면서 병호에게 물었다.
>
> "선생님 저 사람들 왜 싸워요?"
>
> "글세 생각을 잘 못하는 사람들 같군."
>
> 안나는 망설이다가
>
> "선생님 저 사람들 눈 뜬 사람이에요? 못 보는 사람이에요?"
>
> 병호는 어리둥절하며

"보는 사람이지."

"앞을 볼 수 있는 사람이 왜 싸워요? 앞을 볼 수 있어도 불평이 있어요? 무슨 불평이 있어요. 앞을 볼 수 있는데……."

말고 고운 눈에 눈물이 피잉 돌았다.(안나는 소위 청맹으로서, 앞을 보는 사람과 조금도 다를 바 없으면서 보이지 않는다.) 너무나 애처로워 병호는 그녀의 작은 몸을 꼭 껴안아 주었다.

이것은 어린 소녀의 순진한 견해 속에 들어 있는 참으로 엄숙한 행복관이다. 인간은 불행이나 고통 앞에서 패배하고 마는 존재가 아니다. 불행의 고통 속에서 행복의 절실함을 알아내는 힘을 가지고 있다. 이것이 바로 인간이 구원받는 조건이다. 실로 세상에 널려 있는 망상을 볼 수만이라도 있다는 것은 본질적으로 은혜라고 할 t 있다. 본다는 것은 인식한다는 것이고, 인식한다는 것은 소유하는 것으로 될 수 있다. 그런데 인간은 볼 수가 없는 맹인의 경우에도 이 세상을 이 우주를 인식할 수 있으리만큼 위대하다.

대학을 나온 인텔리 맹인 진수는 한 번도 눈으로 볼 수 없었던 하늘에 대해 지극히 풍부하게, 심오하게 인식한다.

큰길이라 앞이 화안하게 트여 있다. 그는 보이지 않는 눈을 위로 들었다. 여전한 암흑 속이지만 한 번도 보지 못한 하늘을 우러러보았다. 잔잔한 가을의 햇살만 느껴질 뿐 아무 것도 없다. 파아란 하늘이라고 들었다. 파아란 색—어떤 것일까? 물색 같다고 하였다. 물색—종잡을 수 없다. 컵에 든 뜨거운 물, 수도에서 쏟아져 나오는 찬 물, 어머니가 세수를 시켜주던 따뜻한 물, 대야 속에 담긴 물, 언젠가 잘못 만진 하수도의 끈적거리는 물, 친구들과 놀러 가서 손을 씻은 일이 있는 급하게 흐르고 있던 계곡의 시원한 물—모두 촉감이 달랐다. 그러나 물은 그의 마음에는 어제나 아름답고 정답고 부드러웠다. 그렇다. 물은 어머니의 손길이었다. 물색—파아란색—어머니…

"—아들아 내가 여기 있다. 여기 하늘이 있지 않느냐."

어머니의 인자한 음성이 들렸다. 파란 하늘이 조용히 움직이며 그의 가슴 속 가득히 흘러들었다.

"어머니—"

진수는 소리없이 외치며 몇 발자국을 옮겼다.

진수는 이런 상태에서 길을 건너다가 차에 치여 죽는다. 이것은 참으로 슬픈 장면이다. 그러나 지극히 슬프고 아팠다 하더라도 진수는 이런 마음의 경지에서라면 구원받았다고 볼 수 있지 않을까.

진수의 아내 정례가 화장품 행상을 하며 지내다가, 맹인의 아내인 신세를 한탄하고, 한때 가출하여 타락한 생활을 하지만, 텔레비전의 '인간만세' 프로에서 회심의 실마리를 찾는다.

> "쨍쨍하게 내리쬐는 햇살과 눈부신 빛은 은총에 넘치는 광명입니다. 그러나 먹구름 사이로 얼비치는 빛이 더 유난히 밝은 것처럼 불행이 없고 행복만 있다면 진정한 행복은 느낄 수 없는 것입니다. 철상(鐵床) 위에서 쇠를 다루듯 시련을 겪어 나갈 때 인생은 극복해 나갈 수 있는 것입니다."

정례는 남의 첩 생활을 청산하고 고아가 된 자식들이 있는 집으로 돌아간다. "앞을 볼 수 있는 사람에게도 불평이 있느냐"는 맹인 소녀 안나의 물음은 한국 문학에서 찾아보기 힘든 구원의 주제의식이다. 오늘의 한국 소설들이 담고 있는 의미가 무엇인지를 때때로 회의하게 된다. 단순한 차원의 인정담, 신변잡기, 세태 고발, 사회 구조의 부조리에 대한 저항, 모두 소설의 한 단편이 될 수 있고,

특히 사회 구조를 문제 삼는 데에서는 이른바 리얼리즘의 작업이 전개되기도 한다. 그러나 그런 속에서도 한 인간의 영혼의 구원이란 문제에까지 깊이 들어갈 수 없다면 이것은 최선의 문학은 못될 것이다. 인간의 어떤 뿌리 깊은 갈증을 해소해 주는 일은 못할 것이다.

한무숙의 "어둠에 갇힌 불꽃들"이 던진 영적 구원에의 메시지는 대체로 한국 문학에서 결여되어 있는 중요한 요소가 무엇인지를 일깨워 준 좋은 본보기라는 점에서 주목할 가치가 있다. 이 작가의 장인의식이 보여주는 문체에 있어서의 성실성과, 인가 구원에의 주제의식은 높이 평가되어야 할 것이다.

이 작가가 1986년에 발표한 장편소설 〈만남〉은 다산(茶山) 정약용과 그의 조카 정하상을 두 축으로 하여 한국 천주교 초창기 신자들의 순교와 박해 속의 삶을 다루고 있다.

다산은 한국 근대사에서 학문과 사상을 집대성한 대학자이다. 그의 형으로서 조선 천주교의 주춧돌을 놓고 순교한 정약종의 아들 하상이다. 젊은 하상은 이 땅의 자생 교회에 성직자를 영입하는 운동을 주도하고 역시 순교해 지금 성인으로 추앙받고 있다. 이 두 사람의 생애가 하느님과 그리스도의 진리를 만나서 각기 갈등하고 성취한 것이 무엇인가. 이 주제를 다룬 소설 〈만남〉의 의미는 헤아리기에 벅찬 바 있다.

다산 정약용도 그이 형 약전·약종과 더불어 '요한'이란 세례명을 받고 천주교에 입교한 인물이다. 그런데 다산은 신앙을 엄금하는 국법 앞에서 배교를 하고 목숨을 건져 귀양길에 올랐다. 오늘날까지 다산의 배교에 대해서는 논란이 있다.

그러나 우선 한 가지 생각할 일이 있다. 다산의 경우는 서양 어느 나라 문화권에 살던 이가 그리스도교로 개종했다가 다시 배교를 해나온 경우와는 다르다고 보아야 할 것 같다. 개종의 의미도 분명치 않았고, 따라서 배교의 의미도 분명치 않았을 수 있다.

왜냐하면 그는 동양의 한 지식인으로서 자신이 자라온 문화 토양에서 우주의 주재자인 하느님에 대해 나름으로 뿌리 깊은 인식을 가지고 있었다.

다산은 전라도 강진으로 귀양을 가 백련사의 선승 혜장과 유교의 역학에 대해서도 대화를 나눈다. 그는 "역학이 다만 음양의 원리를 따지는 수리 논리가 아니라 상제로부터 오는 천명의 소리를 듣는 것"으로 생각하였다.

서양 선교사 마테오 리치가 중국에 들어와 〈천주실의〉란 책을 쓴 것도 유교의 천명사상이 그리스도교의 하느님에 대한 신앙과 통한다는 생각에서였다.

이 〈천주실의〉를 비롯한 한문 서학서들이 조선에 전해졌고, 당시 실학계열 학자들이 서학의 내용을 풀이하고 검토하였다. 이러한 과정에서 다산은 전통 유교사상 안에 있는 천명(天命) 의식과 천주교의 하느님 신앙이 상충되지 않는다고 이해했었다.

그러나 국법이 추궁하니까 그는 목숨을 건지기 위해 배교를 한 셈이다. 이 경우 그의 변절을 굳이 변호하거나 합리화하려고 애쓸 필요도 없을 것이다. 그도 한 인간으로서의 약한 존재였으니까. 작가 한무숙은 오히려 다산의 이와 같은 약함과 흠도 인간적인 모습으로 긍정하고 포용한다. 다만 다산은 무모하게 살아남기에만 급급했다기보다 학문과 삶에 대한 보다 큰 의욕과 동경도 가졌던 것이라고 볼 수 있다.

소설 〈만남〉 안에는 특별히 약간 인간의 변심에 대한 갈래도 충분히 설정되어 있다. 배신자 유다스의 역할로 권 진사 집 종 승낙종이 그런 인물이다. 장가도 못 든 이 사내 종은 논산에 살던 권 진사의 아내와 어린 딸들이 포졸들의 습격을 받아 피할 때 무서운 배신을 한다. 권 진사 부인은 몸을 더럽히지 않기 위해 절벽에서 떨어져 죽고, 어린 세 딸은 각기 숲 속을 기어나가 거지 고아로 흩어진다.

이러한 악인 낙종에 대해서도 작가는 그 행패의 측은한 동기를 곁들여 놓았다. 권 진사가 원래 양근에 살 때 낙종은 인물 좋은 총각 종이었다. 권 진사에게 시집오는 열네 살 신부의 빼어난 미모에 종 낙종은 흠모와 자탄의 한을 품었었다.

인간의 탐욕은 경황없는 위기에서 자포자기의 악행에 넘어간다. 다산의 약함은 이러한 추잡과는 관계가 없다. 다만 과거에 장원하던 자리에서 정조 임금이 손수 음식을 권하며 총애하던 은혜 앞에서 그의 약한 마음은 배교의 한 동기를 볼 수도 있었을 것이다.

소설의 제목 〈만남〉은 어떠한 만남인가. 얼핏 생각하기에는 서양으로부터 온 그리스도 신앙과 동양의 유교사상이 만났다는 뜻으로 짐작될지 모른다. 넓게 해석하면 그러한 뜻도 없지는 않다고 말할 수 있다. 그러나 그것이 주된 골격이라면 이것은 하나의 교회사 서적이 될 것이다.

이 소설에서는 인간들의 만남이 있다. 배신자 낙종이 다른 죄업으로 병신이 되어 공주 감영에 들어왔다. 이곳에 갇혀 있던 권 진사는 원수인 종 낙종을 오히려 사랑으로 대해 준다. 손수 짚신을 삼아 판 돈을 들여와 낙종의 연명을 돕는다.

무엇보다도 가슴을 저리게 하는 만남은 거지가 되어 헤어진 세 어린 자매들이 다시 만나는 신비에 있다. 특히 무당집 수양딸로 들어간 둘째딸 세실리아가 일곱 살 때 헤어진 두 살 위 언니 마리아를 발견해 내는 순간. 세실리아는 무당이 시루떡에 칼로 십자를 긋는 데서 현기증을 느끼곤 했는데, 지금 언니 마리아가 천주학쟁이로 형장을 향해 가고 있다. 세실리아는 모든 것을 마침내 기억해냈다. 그녀는 기꺼이 따라붙어 함께 형장으로 가는 수레에 올라탄다. 사랑도 귀하지만 어쩌면 신비가 더 귀함을 이 장면은 절감케 한다.

만남의 통로 몫은 약종과 하상 부자가 맡는다. 다른 형제들과 달리 어지러운 세속을 초월해 진리에만 열중해 살던 학자 정약종, 그의 아들 하상도 갖은 시련을 이겨내며 숙부 다산에게도 오가고, 멀리 함경도 무산에 유배된 학자 유스띠노 조동섬을 찾아가 글도 배운다.

무엇보다도 하상은 여러 차례 어렵사리 북경을 찾아가 남천주당의 리베이로 신부를 만난다. 자생의 조선 교회, 박해의 피밭에 성직자를 보내달라는 간절한 청을 건넨다. 주교와 로마 교황에게 보내는 같은 요청의 편지도 전한다.

이 편지 글이야말로 강진 유배지에서 다산이 은밀히 다듬어 준 것이다. 이러한 맥락을 일컬어 넓은 지구 위 동양과 서양의 만남, 아니 하느님과 인류의 소통이라고 말할 수도 있을 것이다. 이 경우 이 소설에서 쓰이고 있는 천주교 영세명의 유별남, 요한 바오로, 마리아, 세실리아, 유스띠노, 이런 이름들이 오히려 생소하지 않다. 이것이야말로 옛 조선과 세계를 만나게 하는 한 매개가 됨직도 하다. 지금 소설 〈만남〉을 국외에서 읽는 서양 독자라면 그러한 소통과 친근함에 가슴이 젖어들지 않겠는가.

인간은 '완성'을 위해 일하는 존재이다. 한 인간의 자기완성, 한 사회의 자기완성, 하느님 나라의 완성은 마땅히 소중한 목표이다.

다산은 한학자로서 자기를 크게 완성하는 소명을 띠고 태어난 인간 같다. 그는 자신이 죽은 뒤에 사용하도록 스스로 자기를 말하는 묘지명을 써 두었다. 거기에 자신의 저서 목록이 들어 있다. 경집 232권, 문집 260권, 그리고 "일은 대강 마쳤으니 이제 H 죽어도 두려울 것이 없다."고 적었다.

다산이 귀양살이를 하던 강진의 옆 고장 해남은 그의 외가 윤씨네가 사는 데였다. 국문학사상 시조의 대가 고산 윤선도의 집안이다. 윤선도는 효종 임금의 사부였던 때가 있다. 그의 집 '녹우당(綠雨堂)'의 현판은 효종이 직접 써 준 것이다. 이 녹우당에 만 권의 책이 있었다. 다산은 강진에서 해남으로 왕래하며 이 수많은 책을 가져가고 가져오며 학문에 정진할 수 있었다. 이러한 데에 귀양을 간다는 것은 어떤 의미로는 크게 복을 받은 일이다. 그러한 데에서 18년간이나 귀양살이를 하면서 그는 책을 손에서 놓지 않았다. 열여덟 명의 총명한 제자들도 길렀다.

또한 밥 시중 빨래 시중들던 질박한 촌부 표씨녀가 '물이 섞이듯' 자연스레 만나 딸도 하나 두고 지냈다. 여인의 손에서는 가난한 재료로도 성찬이 창조되고, 삶은 그 자체로서 동경의 대상이 될 만한 것이었다. 그리고 이러한 삶의 꽤 두툼해진 갈피들이 한꺼번에 넘겨지는 날이 온다.

"조정에서 전지가 답지했소. 전 좌부승지 정배 죄인 정약용은 나와 상감의 전지를 받으시오."

이 해변 벽지에 어디서 모여들었는지 바깥에는 수많은 사람들이 모여들어 초당 쪽에 눈길을 쏟고 있었다.

다산은 새로 지은 도포에 북청색 실띠를 가슴 위에 눌러 매고 턱 넓은 음양립을 쓰고 뜰에 내려섰다.

뜰에는 자리 한 잎이 북쪽을 향해 깔리고 홍보를 덮은 조그만 상이 놓여 있었다.

언제 왔는지 강진 현감이 정복하고 한양에서 내려온 선전과 옆에서 있고, 통인, 이속들까지도 양 옆에 도열하고 있다. 열여덟 명의 제자들은 모두 사색이 되어 엎드려 있었다.

다산은 자리 위 상 앞에 단정히 꿇어앉았다가 북향하여 정중히 사배(四拜)를 올렸다. 숨소리조차 들리지 않는 정적을 깨고 선전관이 두루마리를 풀어 목청을 돋우었다.

“유배 죄인 전 좌부승지 정약용, 무인년 8월 초이틀로 해배.”

열여덟 명의 제자들이 일제히,

“성은이 망극하옵니다.”

하고는 목을 놓아 통곡하기 시작했다.

이 장면은 작가 한무숙의 장인의식이 담긴 문체 그대로이다. 박진이 있으면서 격식이 있다. 역사소설은 역사적 단계로서의 그 당대를 충실히 그려야 한다. 작가가 설혹 진취적 시각을 명분으로 하여 그 봉건적 당대 현실을 소홀히 지나친다면 그것은 ‘문화’를 파괴하는 치졸이 된다. 이 소설은 그러한 폐단에 빠지지 않는 하나의 모범이 되기도 한다.

귀양에서 풀려 고향 마현 마을에 돌아간 다산은 마을 앞 강 너머에 있는 형님 약종의 무덤에 마음 켕기는 시선을 주며 지낸다. ‘목 없는 무덤’이라고도 했지만 거기에 선망과 질투와 회한을 보내며 바라보고 또 바라본다.

다산은 결국 중국인으로 조선에 들어와 있던 유방제 신부로부터 종부 성사를 받고 75세의 생애를 마친다. 다산이 배교를 후회하고 다시 신앙에 귀의해 초연히 수덕을 쌓다가 죽었다는 데 대해 오늘날 학계의 경학 계열에서는 부인하려 드는 이들도 있다.

그러나 천주교 신자들의 수선떨지 않는 은밀한 신앙생활은 천주교 성직자와 신자들이 가장 잘 안다. 뒷날 조선 교구에 들어온 성직자 다블뤼의 〈비망록〉 이란 소중한 문헌이 있다. 이 문헌을 받아 보고 서양에 앉아서 〈한국천주교회사〉를 쓴 달레 신부가 있다. 그의 교회사 기록은 다산 정약용의 신앙 회귀를 명백하게 증언해 놓았다.

다만 다산은 죽은 위 장례를 간소히 유교시기으로 치르라고 유언하였다. 그의 묘는 마재 생가 여유당(與猶堂) 뒷동산에 지금 단정히 자리 잡고 있다. 그의 아내 묘와 함께.

가톨릭교회는 각 지역 각 민족의 고유한 문화 전통과 생활풍속을 존중한다. 다만 인류의 보편적 진리와 사명을 의식하면서, 교회는 여러 형태의 문화와 만남으로서 서로를 풍요케 한다. 이러한 만남의 주제를 절절히 곰살궂게, 또 학술적 테두리의 고증을 담아 창작한 이 소설은 우리 민족의 근대 정신사 맥락을 헤아리고 밝혀 보게 하는 역사소설이다.

공자가 수수(洙水) 사수(泗水) 두 강이 흐르는 곳에서 제자들을 가르쳤으므로 원초 유교를 수사학이라 한다. 다산의 고향 마재 마을도 북한강과 남한강이 만나는 양수리(兩水里) 바로 아래에 있다. 여기에서 그는 소년 시절부터 원초 유교의 천명(天命) 사상에 눈을 떴고, 일생의 심지에 변함이 없었다. 거기에다 노장(老莊)과 불교, 천주교까지 보태었다. 그리고 천주교의 하느님은 유교의 하느님과 다르지 않다는 데에 끝내 돌아와 생애를 마무리한 데에서 조선과 세계의 만남은 매듭을 지었다.

다산 그 자신은 고구려와 발해를 역사적으로 고증하고, 실학파의 민족 주체의식을 견지하며 “나는 조선인, 즐겨 조선시를 쓴다(我是朝鮮人 甘作朝鮮詩)”고 갈파한 민족의 지성이다. 그리고 그의 뒤를 이은 이들이 뒷날 주체적 개화 인맥을 이루었으니, 다산은 과연 한국 근대정신사의 대통 그 자체이다. 이러한 인물의 인간적인 약함과 학문의 큰 사업과 진리와의 합일을 이 소설에서 본다.

'만남'은 더 넓게 모든 의미 있는 일들의 출발점이 되기도 한다. 인간과 인간의 만남, 인간과 운명의 만남, 인간과 궁극적 의미의 만남이 있다. 궁극적 의미의 풍요는 곧 '구원(救援)'에 연결될 수 있다. 한무숙의 소설 세계에 대한 이해가 마무리 단계에 이르면, 다시 인간의 '구원'에 대해 집중해서 생각하게 된다. 앞에서도 "감정이 있는 심연"에서의 '어떤 의미'라든가, "어둠에 갇힌 불꽃들"에서 맹인과는 달리 세상을 '볼 수 있다는 것'의 존재론적 은혜, 〈만남〉에서 죄와 진리가 만나고 모든 진실들의 풍요한 만남 자체가 '구언'의 주제였다. 그리고 이 작가의 또 다른 작품들에서 이 구원의 문제를 더 살펴볼 수 있다.

"생인손"의 주인공 표마리아 할머니는 여든일곱 나이에 성당에 다니겠다고 영세를 했는데 신부는 그 성의만을 보아 교리에 대한 질문도 하지 않았다. 신부는 이 할머니를 좋아하였다. 사람이 늙으면 자칫 뻔뻔해지기 쉽고 수다스럽고 고집스러워지기 일쑤인데 표할머니는 언제나 공손하고 마음을 비우고 있는 것을 느끼게 하였다. 이 할머니가 아흔일곱 나이에 이르러 모처럼 고백성사를 하겠다고 신부를 청하였다. 할머니의 고백은 기구하기 짝이 없는 한 생애의 죄를 몰아서 실토하는 양 격렬한 흐느낌으로 시작되었다.

> 쇤네는 사직골 정 참판댁의 누대 종의 딸년으로 태어나 언년이라구 불렸사와요. 그 때 종년의 이름은 대개 간난이, 오목이, 언년이, 꽁꽁이라구 했습지요. 간혹 중간에 새 상전을 모시게 될 땐 들어간 달이 그대루 이름이 됐사와요. 오월에 들어가면 오월이, 삼월에 들어가면 삼월이라구 했습지요. 종놈은 장끼, 범이, 개똥이, 바위 따위로 불리굽시오. 천허구 서러운 이름입지요.

이렇게 천한 신분의 여인으로서 자신의 한 점 혈육인 갓난 딸을 상전의 갓난 딸과 바꿔치기하는 되를 저질렀었다. 자식의 대에서나 운명의 극복이 이루어지기를 갈구하는 마음에서. 그러나 그 결과는 뜻대로 되지 못하고 언년이의 딸은 여전히 불운에 떨어졌다. 이 사실에 대해 끝내 누구에게 내색하지도 못하는 늙은 언년이, 즉 표마리아 할머니는 가까스로 흐느낌을 그치고 실패에 감긴 긴 실을 풀어내듯 고백을 시작한다.

> …할머니의 긴 이야기는 끝났다… 그 긴 이야기는 분명 영혼의 부르짖음이었으나 죄의 고백이라기보다 한을 토해내는 지극히 토속적인 한숨 같은 느낌이 들었던 것이다… 신부는 적당한 말을 찾지 못했다. 그는 감았던 눈을 떴다. 마리아 할머니는 앉은 채 졸고 있었다. 주름진 얼굴은 무표정하고 평화로웠다. 한에서도 풀려나고 죄에서도 벗어난 얼굴이었다. 신부는 노파의 머리 위에 성호를 그었다.
>
> "주의 평화가 그대와 함께……."

비록 보잘것없는 한 작은 존재로서의 인간이지만 인간이 있는 자리에는 존재의 끝없는 깊이가 있다. 그 존재의 성격이 단순하더라도 그럴수록 거기에는 오히려 말이 필요 없는 의미가 있고 해결이 있다.

"우리 사이 모든 것이…", The deeper and deeper of everything between us(우리사이 모든 것이 깊어만 가네). 이것은 작가의 둘째아들 용기가 미국에 머물 때 그리운 어머니에게 보낸 편지의 글줄이다. 재주 많고 의사로 일하던 이 아들이 미국에서 교통사고로 세상을 떠난 사실을 소재로 한 것이 이 작품이다.

너의 무덤 앞에 서서 존재와 무를 생각한다. 너는 가고 없지만 너의 추억은 가득히 충만해 있다. 너는 '무(無)'가 된 것이 아니고 '부재(不在)' 중인 것이다……

'차라리 생겨나지 않았더라면'

하는 생각은 한 번도 한 일이 없다. 존재는 귀하고 모든 것은 있는 그대로 좋은 것이다. 너 까닭에 이 괴로움, 이 아픔을 갖지만 너는 태어나야 했고 많은 추억을 남겨 주어야 했고 어쩔 수 없이 슬픔과 아픔도 남겨야 했다.

아프더라도 전개되어 있는 삶 그대로를 견뎌야 하며, 고통과 죽음은 결코 죄가 아니고 바로 '구원(救援)'이 비롯되는 구체적 단서인 것이다. 그리고 '구원'은 과연 무엇일까. 그것은 기복신앙으로 얻어내는 어떤 보답인가. 이승을 떠나 도달하는 어떤 영역으로서의 저승인가. 이런 것들보다는 지금 전개되어 있는 삶 그대로의 의미와 만나는 것이 중요할 것이다. 작가 한무숙은 '구원'에 대해 다음과 같이 생각하기도 하였다.

결별의 눈으로 보는 모든 사물은 있는 그대로 아름답기만 하다. 나는 이제 단순과 정직을 배워야겠다. 어느 때이던가 신문기자와의 인터뷰에서 대답했던 이성철 스님의 말씀을 상기하는 것이다.

기자가 물었다.

"스님은 거처하시는 암자에서 큰절까지의 이 길을 자주 왕래하시면서 무슨 생각을 하십니까?"

스님이 대답했다.

"아, 여름이면 덥고 겨울이면 춥제."

이 한 마디에 나는 '구원'을 느꼈다. 표현이란 이래야만 되지 않겠는가.

이론과 실천의 경지도 있지만 '가장 단순해지기'가 어렵고 귀한 것으로서 여기에서 '구원'을 느끼는 것은 실로 견성(見性)의 경지이다. 인간 본성과 자연을 보고 알고 그것을 온전히 지니는 삶은 가장 구원에 가까울 것이다. 한무숙 문학은 있는 그대로의 삶과 의미를 만나면서 구원에 다가가기를 끊임없이 추구하였다.

한무숙 단편소설의 서사구조와 그 탐색

-바람의 초상(肖像)과 처연한 운명의 수용

엄 창 섭
(가톨릭관동대 명예교수, 김동명학회 회장)

1. 창조적 영혼과 강한 집념의 소유자

모름지기 단편소설을 포함한 문학작품을 하나의 학문으로 연구하기 위해서는 문학적 체험을 지적 표현으로 변형하거나 그 체험을 질서정연한 도식으로 체계화 할 타당성이 주어진다. 이 같은 현상에서 도식이 지식으로 해명되려면 합리적이거나 논리적으로 서술되어야 할 것이다. 일단 해결되어야 할 문제는 어떻게 예술, 특히 문학을 지적으로 취급할 수 있는가? 라는 물음에 대한 명증이다. 그 문제의 해법은 두 가지의 관점에서 접근이 모색되기에 그 하나는 문학의 자율성을 수용함으로써 작품의 내재적 해석을 중시하는 본질적 연구와 문학의 타율성이 요구되는 비본질적 연구로 '문학은 사회의 표현'이라는 해석이다. 단 평설의 모두에 앞서 필히 전제할 바라며, 비교적 저서 출간에 해당하는 부득이한 조건이기에 분량과 내용의 서술에 인상 비평적인 한계를 극복할 수 없었으나, '작가는 작품과 별개라'는 구조주의의 틀에서 그나마 접근하였음을 밝히지 않을 수 없다.

여기서 논의의 본질적 관점에서 "한무숙 단편소설의 서사구조와 그 탐색-바람의 초상과 처연한 운명의 수용"이라는 평설에서, 어디까지나 서사(敍事)란 어떤 이야기 또는 사건을 시간의 흐름이나 공간의 변화에 따른 서술을 의미하며, 구조는 사실 전달의 순서, 방식 등의 플롯(plot)을 의미한다. 일반적으로 서사구조(敍事構造)란 신화나 민담, 소설 같은 서사 물에서 사건들이 결합하는 방식이나 연관성, 그리고 질서를 뜻하며, 사건들이 진행되는 시간적 순서로, '발단-위기-갈등-절정-대단원'으로 분석된다. 일반적으로 소설에서는 작품의 테제는 물론 가치판단이 중시되어야 하는 점을 감안할 때, 주제의 참신성이나 등장인물의 성격, 소설의 시점, 독자적인 문학성 등은 주요 관점이며 대상이다.

까닭에 특정한 작가에게 소설 구성상의 작위(作爲)는, 새로운 인간상과 성격의 창조에 기인한다. 작품 속 인물의 성격 분석과 파악은 작가의 주제나 세계관에 대한 해명과의 접목이기에, 소설 작품에서 인물의 성격창조와 배경 묘사의 설정은 생동하는 존재로 구명된다. 인물 설정의 중요한 사항은 사실성과 연계되기에, "소설가가 소설을 쓰는 행위는 문학사가 내용하고 있는 인물전시장에 몇 개의 새로운 초상(肖像)을 부가시키는 일"이라는 그릴렛(A. Robbe Grillet)의 역설은 이를 뒷받침한다. 그의 단편에 등장인물의 에펠레이션(命名)을 통한 성격의 파악과 실제적 창작의 방법 모색은 중요한 관심사(關心事)이다.

또 하나 단편소설은 문학적 대화에서 가장 재치가 빛나는 대화 양식을 문학적 요소로 차용하기에, 소설작품으로서의 생리적 과정을 보다 작은 용적 안에 소설의 전면모를 수용하고 최소한 발전시켜야 한다. 이 같은 근본 양식으로부터 대화의 핵과 주제의 단일성, 구성의 간결성과 엄밀성, 최대의 절약과 최상의 강조법이 치밀하게 사용하여야 단일한 효과성과 인상의 선명성 등 기본 형상원리가 작동되는 그 같은 맥락에서, 단편소설은 소설적 대화에서 비롯되어 기교의 대화 또는 재치의 대화 양식으로 변형되기에, 그 편폭의 장단 또한 작가의 주관적 욕망이나 소통의 기표에 의함이 아닌 대화 내용에 의해 결부된다. 어디까지나 시대적 요구인 단편의 창작은 지식·정보화 시대는 인간 주체성의 시대이고 보다 격동적일 뿐더러, 인터넷 정보화시대에 마치 단편소설은 끝내 요해처(要害處)를 촌철살인 하듯 문제의 핵심을 날카롭게 꿰뚫으면서 해학과 반증의 수법으로 분량을 단축시켜야 함은 유념할 항목이다. 따라서 우리 현대소설사에서 기념비적인 그의 탄생 100주년을 맞아 문학사의 업적과 정체성이 검증되고 평가받음은 응당 마땅한 처사이다.

특히 우리 현대소설문학사에 그 나름의 족적(足跡)을 남긴 '강인한 집념(執念)의 소유자'인 한무숙((韓戊淑) 소설가의 경우, 인상비평적인 단순한 단편소설의 분할·통합은 자칫 도로에 머물 위험성이 따를 수도 있으나, 그 이론적 근거인 '캐릭터와 에펠레이션'에 있어 르네 웰렉(Rane Wellek)과 오스틴 웨렌(Austin Waren)이 〈Theory of Literature〉에서 "성격 창조의 가장 간단한 형태의 명명(命名, naming)은 생생하게 개성을 부여하는 것"으로 기술하였듯 작가는 작중인물의 성격을 창조할 때, 에펠레이션의 효용성을 검토과정에서 응당 등장인물의 성격을 파악할 수 있다.

그와 같은 관점에서 『한국여류문학전집』에 실린 한무숙의 단편을 대상으로 소설에 반복적으로 나타난 서사의 이중구조와 남성서술자의 유의미하고 심층적 고찰은 김은석의 "서사의 이중구조와 남성 서술자의 문제－한무숙의 단편소설을 중심으로"의 논고는 그나마 심도 있게 입증된 학문적 결과물이다. 또 하나 지적할 바라면 한무숙의 단편은 형식적인 측면에서 중심 구조의 서사에 스토리의 결말을 암시하거나 테제를 부각시키는 특이성이 더없이 빛난다. 특이하게 '전설→미신→세간의 이야기로 구성된 삽입서사'는 주인공의 욕망의 좌절과 체념을 간접적으로 제시하는 색체가 짙다. 여기서 사건전개의 구도는 사회적 인습과 삶의 교시의 추이(推移)로 소설의 주제와 결속되고 있다. 또 하나 작품에 작동된 서사구조는 다소 암시적 메시지의 특이성을 지닐뿐더러, 남성의 도덕적 각성을 강화하는 스토리 전개의 경향은 다소 편파적임은 주지할 바다.

바로 이 같은 점에 머물러 「유수암」을 제외한 대부분의 작품들은 1인칭 서술자의 선택을 전제로 남성의 시선에서 재현되는 여성들로 구성되어 있다. 따라서 에로적인 질료가 전경화(全景化)된 소설에서, 주로 관찰자로서 주로 여성이 직면한 사회적 조건들은 객관적인 시선에서 전달의 소임을 수행하는 한편, 삶의 일상에 의한 체념과 윤리적 존재감으로서의 특이성을 지닌다. 까닭에 한무숙의 단편소설 고(考)에서 여성은 가부장적 규율과 억압 속에서 고통 받는 존재로 문제의식이 점차 투사되는 편향이다. 이처럼 비중 있게 남성 서술자가 한층 역동성을 지닌 한무숙의 단편들은 상이하게도 남성 주체의 욕망에 의해 이행되어지는 충격적이고도 새로운 서사의 반증(反證)이다.

무엇보다 '언어는 생명력을 지닌다.'는 소쉬르의 지적처럼 소통의 도구에 힘입어 따뜻한 감성에 의한 정신작업은 역동성을 지니는 까닭에, 특정한 작가가 문학적 재능을 보다 긍정적이고 적극적으로 발휘하여 존재의 꽃으로 빚어낸 지극히 개아적(個我的)인 행위는 소통기표를 통한 교신이며 공감을 불러주기에 새삼 유의미하다. 이 같은 맥락에서 일단 '즉물적 현상과 일상의 정신풍경'을 현재적 삶의 연계층위에서 상상력을 작동시켜 소소한 삶의 공간에서 묻어난 우울과 불안의식을 씻겨내고 걸어내려는 고뇌는 소중한 정신적 생산물임에 틀림이 없다.

이 같은 관점에서 한국현대소설사에 견고한 성채(城砦)처럼 위대한 족적을 남긴 강인한 집념의 소유자인 한무숙((韓戊淑, 1918~1993)은 부친 한석명(韓錫命)과 모친 장숙명(張淑命) 사이에서 외가인 서울 종로구 통의동에서 출생하였으며, 본관은 청주(淸州)이고 호는 향정(香庭)이다. 유년시절 주로 부산에서 성장하며 봉래보통학교를 거쳐 1937년에 부산고등여학교를 졸업하였다. 그 후에 1940~1944년까지 남편과 함께 경기도 광주군 곤지암리에 거처하면서 창작활동에 열중한 끝에 1942년 『신시대(新時代)』의 장편소설 응모에 「등불 드는 여인」이 당선되어 비로소 문단에 데뷔하였다. 뒤이어 조선연극협회 작품모집에 희곡 「마음」(1943)과 「서리꽃」(44)이 각각 당선되었고, 1948년 『국제신보』장편소설 응모에 「역사는 흐른다」가 당선되어 본격적인 작가의 길에 몸을 담았다. 월간 『문예(文藝)』, 『문학예술』 등에도 작품을 발표하였고 비교적 다작(多作)은 아니나 꾸준한 노작(勞作)으로 일관하였다.

그 후에 작가의 강인한 투혼을 살려 다수의 단편을 발표했으며, 1956년 첫 창작집 『월훈(月暈)』을 간행하고, 57년에 단편 「감정이 있는 심연(深淵)」으로 자유문학상(58)을 수상했다. 한편 전통적인 한국의 여인상에 대한 깊은 관심과 조예가 돋보이는 「유수암(流水庵)」(63), 「생인손」, 「송곳」 등의 작품을 위대한 창조적 영혼으로 끊임없이 집필에 일관하였다. 특히 「만남」은 유네스코가 '인류의 스승으로' 선정한 다산(茶山) 정약용의 일생을 주제로 한 작품으로, 92년 미국에서 영역되어 출간되었다. 그의 수필집으로는 『열길 물속은 알아도』, 『이 외로운 만남의 축복』, 『내 마음에 뜬 달』 등이 있으며, 이 같은 왕성한 작품 활동에 힘입어 화려한 문단경력으로는 국제펜클럽 부회장으로 국제펜클럽 대회에 한국대표로 참석했고, 한국여류문학인회 및 한국소설가협회장을 역임하였다.

또 하나 그 자신은 당당한 존재감을 지켜내며 비교적 동양적 오성(悟性)에 관통하고 심리묘사에 더없이 그 수사적 기법이 능란한 한 시대의 대표적인 작가로서, 1973년도 「신사임당상」과 「3·1문화상」(1989)·「예술원상」(1991) 등의 다채로운 수상 경력은 빛나는 편이다. 여기서 무엇보다 다행스러운 것은 작가가 40년 남짓 거처했던 성균관 부근에 위치한 서울 종로구 혜화로 9길 20(명륜동 1가 33-100)의 고택은, 한국전쟁(the Korea War)기인 1953년부터 그 자신이 작고할 무렵까지 온 정성을 쏟으며 정원이 한층 아담하게 가꾸고 다듬은 명장 심목수가 건축한 전통 한옥이다. 한일·신탁·주택은행장을 역임한 작가의 남편 김진흥(金振興)이 '각별한 고유문화 사랑에 선비의 품격(品格)'을 담아 작고한 아내를 위해 문학관으로 개축한 일화(逸話)는 더없이 신선한 감동임은 무론하고, 한국 근현대문학의 자료가 보존되어 현재 「한무숙문학관」으로 활용되는 역사적 산실이다.

2. 즉물적 현상(現象)과 일상의 정신풍경

차지에 「즉물적 현상과 일상의 정신풍경」의 관점에서 비중 있게 검토되고 논의되어도 결코 지나치지 아니할 한무숙(韓戊淑) 소설가는 동시대의 작가에 견주어 봉건제도에 맞서 페미니즘의 중요성을 나름대로 깊이 주입시키기 위해 심리묘사에 주의 집중한 존재감을 지닌 실체이다. 그는 자의식에 눈뜨는 초등학교 2학년 무렵부터 회화(繪畵)에 재능을 돋보여 베를린 세계만국 아동그림 전시회에 입상하고, 1937년 부산고등여학교를 졸업 후에는 화가로의 뜻을 세우고, 일본인 스승인 아라이(荒井纖久代)에게 사사(師事) 받았다. 18세 때에 결핵으로 요양하면서 우연한 기회가 허락되어 『東亞日報』에 김말봉(金末峰)의 연재 장편소설 「밀림(密林)」의 삽화(揷畵)를 담당하는 이채로운 경력을 인증 받았으나 일제강점기인 1940년 김진흥(金振興)과 결혼하면서 엄격한 집안의 며느리로서 화가로의 수행이 어렵게 되어 마침내 작가로 전향하였다. 그러던 중 1942년 『신시대(新時代)』 장편소설 공모에 「등불 드는 여인(女人)」이 당선되어 문단에 등단하고, 뒤이어 조선연극협회 작품 모집에서 1943년 희곡 「마음」, 1944년 「서리꽃」이 각각 당선되어 문단에 필명을 날리며 작가로서의 명분을 확고하게 쌓게 되었다. 여기서 한무숙의 본격적인 작가활동은 1948년 부산의 『국제신보』 장편소설 응모에 「역사(歷史)는 흐른다」가 당선됨으로써 비롯된다.(『국제신보』 폐간으로 『태양신문(太陽新聞)』에 연재) 이 소설은 동학군에게 학살된 군수 집안의 두 아들과 딸 하나가 격변하는 시대에 어떻게 살아가는가를 보여준 수작이다. 한무숙의 이 장편소설은 조선말기 동학군에 학살된 두 아들과 딸이 격변의 시대를 살아가는 사건의 전개를 불과 40여 일 만에 완성하였다. 집안 살림을 하던 중 우연한 기회에 『국제신보』가 장편소설을 공모한다는 보도를 접하고 급하게 집필을 끝낸 소설, 「역사는 흐른다」는 놀랍게도 40년 남짓 시간이 흐른 1989년에, KBS TV대하드라마로 각색되어 당시 톱 탤런트였던 유인촌과 장미희 주연으로 국민적 인기를 끌었다는 당시의 언론보도는 지극히 인상적이다.

특히 인간의 심층심리를 긴장감 있게 모색한 「월운(月暈)」, 「감정(感情)이 있는 심연(深淵)」 등을 발표하면서 주로 한국의 전통적인 여인상에 대한 깊은 관심을 표출한 「유수암(流水庵)」·「생인손」·「송곳」 등을 비롯하여 차별화되고 신선한 충격을 주는 작품을 발표하였다. 1986년 장편 「만남」에 이르기까지 다수의 작품을 발표한 한국문단의 대표적인 작가였다. 비교적 그의 작품 초기에 발표된 「명옥이」, 「빛의 계단」(1960), 「축제와 운명의 장소」(1962), 「유수암」(1963) 등은 한무숙의 대표작으로 손꼽히는 작품이다. 이 시기에 한무숙은 '반드시 이상적인 인간들이 아니고 신의 영역에서 악마의 영역까지 차지하고 있는 인간본성'이 관심의 대상이었고, 따라서 '사람의 심리를 파헤치는 데 관심이 쏠렸고', 그 관심의 대상은 그의 단편 중에도 결과적으로 주제가 선명한 「감정이 있는 심연」이다. 그간에 간행된 그의 작품집으로 『월운(月暈)』·『감정(感情)이 있는 심연(深淵)』·『축제(祝祭)와 운명(運命)의 장소(場所)』·『우리 사이 모든 것이』 등이 있고, 장편소설집에는 『빛의 계단(階段)』·『석류나무집 이야기』·『만남 상·하』·『생인손』 등과 유고문집으로 『한무숙문학전집』(전5권)이 그의 일주기(一週忌)에 출간되었다. 비교적 한무숙 작가의 일관된 집념에 의해 전통적인 여인상에 관한 깊은 관심과 조예를 보여준 끝에, 작고 이듬 해인 1995년에 제정된 〈한무숙문학상〉은 현재까지 시상되고 있다. 아울러 소설 「감정이 있는 심연」으로 1957년 자유문학상을 수상하였고, 1973년에는 신사임당(申師任堂)상을 받았다. 1980~1982년 한국여류문학인회 회장을 비롯하여 1980~1983년 한국소설가협회 대표위원, 한국예술원회원을 역임하는 화려한 이력을 남겼다.

어디까지나 소소한 일상의 스토리를 화자(persona)인 그 자신의 고뇌를 감정의 절제에 의한 평면적(진행적) 구성의 작위(作爲)에 의해 작품의 도입단계로 등장인물이 소개되고 배경이 제시되는 담담한 사건의 실마리로 "그녀는 불행하게도 비너스의 손길이 미치지 못한 처녀였다.(램프)"의 보기처럼 단편소설에서 본질적으로 스토리의 전개는 사건들과 밀접한 관련성 곧 '인물, 사건, 배경, 주제, 시점, 언어 등' 모든 요소를 포함하는 구성(plot)의 틀 짜기에 해당한다. 일단 연천향토문학발굴위원회가 선별하여 그나마 어렵게 간행하는 『한무숙단편소설선집』(고글, 2019)의 평설에 앞서 「제1부 실향(失鄕)에서 꽃피운 문향들과 제2부 한무숙의 삶과 문학을 말한다」의 편집은 비교적 광복 직후부터 30년 남짓한 시간대를 집필 연대기별로 '램프(46), 부적(符籍, 48), 파편(51), 명옥이(53), 얼굴, 돌, 월운(月暈), 모닥불, 천사, 그대로의 잠을, 축제와 운명의 장소, 감정(感情)이 있는 심연(深淵), 양심(1977)'으로 결이 고운 옷감처럼 직조(織造)되어 한국전쟁 기에도 절필 없이 새삼 일상의 감동을 회복시켜주는 역할수행을 담당한 그 집념 앞에 독자의 한 사람으로 뒤늦게나마 감사할 일이다. 또 한편 「램프(1946)」를 통해 확인되어지는 편모(偏母)의 손에 자란 주인공 옥란(玉蘭)은 다소 혼기를 지나친 삼십을 바라보는 나이로 10여년 남짓 교직에 몸담고 있는 교사의 신분이다. "언니 잠이 들었수?" 옥란은 대답이 없고 고요히 잠이 든 모양이었다. 이튿날 옥란은 반침 속에 쑤셔 박았던 그 흰 블라우스와 검색 스커트를 꺼내 입고 학교에 나갔다. 다시는 운명의 장난거리는 안 되리라고 굳은 결심을 하면서 그렇다. 보편적으로 인과관계에 의한 사건 전개 및 배열에 등장인물의 성격창조와 배경의 추이(推移), 사건 전개는 세심한 주의가 다시금 요청된다. 기실 천부적인 재능을 지녔지만, 뼈아픈 자기 성찰을 통한 치열한 작가정신으로 어려운 시대적 상황을 끈질기게 극복하며, 독자적인 작가의 세계를 심층적으로 구축해 온 한무숙 단편소설의 단편적인 평설에 앞서, 그에 관한 검증의 이론과 실제는 이호규 외 9인의 『한무숙문학평론집』(새미, 2000)에서, 〈정재원의 총론〉을 포함해서 〈연꽃이 아름다운 이유-한무숙 평전/이호규〉, 〈풍속 속에 꽃핀 역사·민족혼·세계관-장편 역사는 흐른다를 중심으로/이명희〉, 〈풍류(風流)와 역설(逆說)의 세계-유수암(流水庵)/이상진〉, 〈광기의 미학-진실을 드러내는 전략/김현주〉, 〈삶, 처연한 운명에의 긍정-한무숙의 단편을 중심으로/김예림〉, 〈역사·존재의 무늬 읽기-생인손론/김성달〉, 〈중첩된 삶을 응시하는 두 개의 거울-한무숙 소설 쓰기의 근간/최기숙〉은 한번쯤 숙독할 타당성이 요청된다. 그 같은 연유는 '정의, 분류, 분석, 평가 등'에 관한 일체의 논의는 언어행위와 맥을 함께 하기에 특정한 작가의 문학성과 가치해명의 깊은 사유는 어디까지나 독서행위에 비롯되기 때문이다. 까닭에 한무숙의 단편에 등장하는 대다수의 여주인공은 가부장적 윤리의 억압에 의해 성적 불평등, 또 환상과 낭만으로 허구화된 사랑의 몰입 등이 그대로 거부감 없이 수긍된 안타까운 현상이나 왜곡된 삶은 전반적인 글감으로 다루어지고 있다. 이처럼 유교적 전통과 관습, 모순된 사회제도 밑에서 작가가 지향한 현실적인 문제의식은 주로 작품 활동을 시작한 그 무렵뿐만 아니라 자본주의 논리에 포획된 가부장제 관습이 페미니즘의 추세로 위축되는 것은 우리사회의 보편적 현상이다.

각론하고 『한무숙 단편소설선집』에 수록된 「명옥이」, 「감정(感情)이 있는 심연(深淵)」, 「축제(祝祭)와 운명(運命)의 장소(場所)」 등에서 작가가 추구했던 '여성의 삶에 대한 통찰, 성(性)과 사랑, 죽음의 탐구, 허위의식과 진정한 자아의 정체성 등'은 작품의 내면에 수용된 당대 역사와 전통문화에 명백하게 반영되고 있는 경향이다. 일단 작가 자신이 여성의 삶에 주목하는 관점은, '여성의 진정한 자아 정체성이다.' 이 같은 점은 「명옥이」에서 주인공 경주에게 17년 만에 만남의 연(緣)이 맺어진 보통학교 동창인 명옥이에 의한 기구한 사랑 이야기를 통해 다시금 확인된다. 여기서 놀랍게도 '꿈같고 기구하고 소설적인' 사랑을 꿈꾸는 명옥이의 비극적 로맨스는 성공한 남자의 사랑을 받으려는 욕망이 꾸며낸 허황된 일이기에 그녀의 허구성을 작가는 경계하고 있다. 그 뿐 아니라 「감정이 있는 심연」도 예외 없이 성(性)과 연계된 무의식과 여성 정체성에 접목된 작품이다. 작가는 이 소설에서 '유교적 가부장제와 기독교 윤리에 의해 왜곡된 성(性) 의식이 특정한 인간의 내면을 어떻게 피폐화시키는가?'를 '전아'라는 인물을 통해 보여준다.

아울러 한국소설문단에서 성공적인 그의 단편으로 평가받는 「감정이 있는 심연」 뿐만 아니라 한무숙의 대표작들은 여성의 성과 사랑이라는 주제를 담고 있다. 「명옥이」나 「돌」, 「축제와 운명의 장소」등이 그 같은 주제(작가의 인생관)를 담고 있는 작품이며 그 이후에 씌어 진 「생인손」, 「이사종의 아내」등도 소외된 여성의 욕망을 비교적 깊이 있게 다룬 문학성이 돋보이는 수준작이다. 모처럼 작품의 정체성이 보다 확증된 「월운(月暈)」은 드라마가 절대적인 비극의 평균치를 외관으로 갖지 않고서도 소설이 될 수 있다는 가능성의 지평을 다시금 확인시켜 주었다. '순간 홍여사는 아직도 달무리가 떠 있는 자배기 물이 정화수나 되는 것처럼 마음속으로 그 앞에서 손을 모았다.(월운(月暈)' 이처럼 짐짓 예감되어질 일이나 이 작품은 초년과부(初年寡婦)로 늙도록 수절을 해 온 과댁(寡宅)과 그 부인의 집에 셋방살이를 하는 사람들과의 단조로운 삶의 일상을 스토리로 작화(作話)한 것이다. 그 같은 정황에 기인(起因)하여 초년과부로 늙어 온 그 부인은 인간이 가지고 있는 동물적인 면에 관해 다소 불결함을 지니는 성품이다. 그러나 그 부인이 셋방살이를 하는 젊은 여인의 해산을 직접 보고 비로소 무엇인가 자기 인생의 모순과 결함을 인지함은 무론하고, 그 부인은 생명의 존엄성에도 짐짓 애정을 절감하기에 이른다. 특히 별로 그 자신의 단편 중에 그간에 독자의 시선을 끌거나 다소 관심 밖의 작품으로 「얼굴」이 있다. 일반적으로 대다수 이들이 외모의 아름다움을 추구하는 현재성에서 작품의 주인공인 명희는 비교적 모친의 미인이라는 DNA(因子)와는 별개로 오남매 중에 못생긴 얼굴의 소유자이나 어린 날 12살 무렵, 급성폐렴으로 아랫동생인 여희의 죽음을 겪으면서 비로소 불안의식을 체험케 된다. 비록 환경의 지배를 받는 한 삶의 인간으로 생사고통의 절망감을 몸소 체험하였지만 선천적으로 그녀는 자기 형상(形像)에 신경을 쓰지 않는 존재감을 지닌 심성이 밝고 건강한 소녀임을 작가는 소설의 발달에서 객관적으로 암시하고 있다.

명희의 얼굴에-아니 마음에 그런 그늘이 찍히기 시작한 것은 아마 열두 살 나던 봄부터인가 봅니다.

딸 셋, 아들 둘, 오남매가 고스란히 잘 자라다가 명희 아랫동생인 여희가 급성폐렴으로 허무하게 가 버렸을 때입니다. 여희는 그렇게 일찍 죽을 아이라서 그랬던지 진주빛 살결을 가진 인형같이 아름다운 소녀였습니다.

여희뿐만 아니고 명희네 남매는 미인이라고 떠들었다는 어머니를 가진 까닭인지 모두 곱고 기품이 있는 얼굴을 하고 있습니다.

명희의 언니인 경희는 벌써부터 그 미모가 남의 입에 오르내리고 있었고, 오빠도 수려한 모습을 가지고 있었습니다.

– 「얼굴」에서

물론 극적효과를 불러주기 위하여 이처럼 심리적으로 긴장감을 담담한 서술로 짐짓 조성하고 있다. 또 한편으로 정신병 질환자의 스토리 전개인 「감정(感情)이 있는 심연(深淵)」은 얼핏 보아 지나쳐 버리기 쉬운 일들 또는 평범한 일상사에 관해서 무관하게 지나쳐 버리는 것이 아니라, 매우 날카롭고도 따뜻한 시선으로 생활적인 주변을 응시하고 통찰하는 느낌이 주어진다. 또 하나 미적 주권이 확장된 아름다운 단편인 「돌」은 '나의 작은 누님의 전실 딸'인 '영란'을 말하자면 외삼촌쯤 되는 '내'가 사랑한다는 이야기이다. 이 작품은 순진무구(純眞無垢)한 서정감과 우수가 서린 비애가 지적인 통제에 의해 그 존재감이 빛난다. 그렇다. 이 작품이 우리에게 대책 없는 불만을 표출하는 점은, 톤의 불일치로 지적될 여지가 있지만 이 짧지 않은 작품이 몇 개의 스토리로 구성되어지고, 그 사건들이 서로 일치된 개연성의 지탱보다 상충되는 느낌을 절감하는 다양성을 지닌다.

일단 각론하고 「축제와 운명의 장소」 또한 작가의 '성(性)과 사랑에 관한 문제의식이 명확하게 주제로 응축된 작품이다.' 젊은 시절 유명한 남자를 사랑했던 기억을 간직한 채 살아가는 '전옥희'를 통해 비록 운명적인 사랑과 성애(性愛)가 때로는 고통의 상처를 안겨줄지라도 그것이 인간에게 축제의 순간임을 역설적으로 이처럼 교시(敎示)하고 한편, 작가는 주인공이 그 자신을 투사시킨 젊은 미연의 스토리를 함께 동질감 있게 주입시키면서, 이 과정을 통해 전옥희가 과거를 반추하고, 뼈아픈 자기성찰을 통해 개아(個我)의 성숙을 추구함을 새삼 일깨워주고 있다.

3. 바람의 초상(肖像)과 균형(均衡)적 감응

그간에 문학연구에서 일관되게 문학사란, 비평적 성과를 토대로 해서 이루어지는 일종의 마무리 단계로 그 의미망이 확장되었기에 작가 연구도 예외일 수 없다. 까닭에 한무숙의 소설문학에 관한 비평적 성과는 안타깝게도 문학적인 가치와 업적에 견주어 다소 미흡한 단계에 머물고 있는 점을 감안할 때, 한국문학사에 있어 그녀의 정체성의 확증이 시기상조로 인식되어지는 면이 없지 아니하다. 까닭에 「바람의 초상과 균형적 감응」의 기술에 앞서, 적어도 다음의 부분과 관련해서 제한적인 논의는 앞서 몇몇의 평가처럼 그 추이(推移)가 가능할 것이나, 무엇보다 한무숙의 어휘나 문체 등은 전통적 산문을 승계하면서 그만의 독특한 문체를 구사하여, 그간의 번역체나 가사체 또는 판소리 등 고전 소설류의 문체와도 구별되는 내간체의 전통과 관련성을 지속하여 "과거의 산문 중 완성의 경지에 이른" 유일한 문장으로 스스럼없이 평가받고 있다는 보다 놀라운 사실이다.

그뿐 아니라 정신작업의 종사자로서 자존감을 지켜내며 그 나름으로 끊임없이 한국문학의 위기를 진단하고 극복하려는 고뇌로 주의 집중한 한무숙 작가는 1970년대 이후 한국문학의 정체성에 대한 논의를 스스럼없이 일깨워 왔다. 다소 뒤늦은 감이 없지 않으나 이 땅의 어느 작가보다도 전통 승계의 문학적 업적을 남긴 작가로 재평가되어야 할 타당성은, 바로 그녀의 문체에 있고 그것은 한국문학사가 20세기 초엽부터 심하게 겪기 시작한 외래문학의 충격으로부터 자신을 회복하는 행위를 뜻한다. 가부장적인 남성중심주의 철저한 배격을 통해 그만의 문제의식을 강하게 표출한 20세기 전반의 시대적 상황은 의식주에서 가치관에 이르기까지 상호간 충돌하는 문화의 격랑 기에서 페미니즘에 대한 새롭고도 다양한 인식으로 여성해방론자를 자처한 한무숙 문학의 균형과 조화미는 높이 평가받아 마땅하다.

이른바 그 같은 점은 봉건적 가부장제에 의한 여성의 비판과 공격이 남녀평등 사상에 이론적 속도 조절에 실패한 시간대에서 한무숙의 소설이 남성 중심의 관념과 전통에 이끌려 억압받는 여성문제를 경계하면서, 이 땅의 여성들이 숙명적으로 수락했던 비인간적인 삶이나 그 같은 억눌림 속에서 지혜로운 모성(母性)의 미덕을 일깨워준 점은 결코 간과치 말아야 할 것이다. 또 하나 여기서 주지할 점은 한무숙은 가톨릭신자였으나 그 자신의 소설에서 전통적인 종교다원주의를 부정하지 않았다. 한편 문학의 종교사상 문제에 관해 홍기삼은 〈균형과 조화의 원리〉(『한무숙문학연구』)에서 강력하게 역설하며 "이처럼 문체와 어휘에 있어서, 그리고 종교와 사상에 있어서 한무숙의 문학이 한국문학사에서 전통단절의 불행을 극복해내는 뛰어난 업적에 가담하고 있음을 의미하며 또한 그녀의 문학이 스스로 고유의 영역을 구축하였다는 사실을 입증하는 조건이 되는 것"으로 풀이되어진다. 무엇보다 한무숙의 소설이 당시 우리 문단에 예리한 충격을 준 이론적 배경에 관하여 구중서는 「장인의식(匠人意識)과 구원(救援)의 주제」의 논고에서 체계적으로 그 핵심을 지적해 주었다. 그의 대표작인 「감정이 있는 심연」을 비롯한 「어둠에 갇힌 불꽃들」에서 핵심의 인자(因子)로 입증되는 '장인 의식, 전아한 문체, 애련(哀憐), 허무, 아픔, 빛을 포함한 작품의 질료(質料)들이 과장됨이 없는 치밀하고 극적인 구도처리로 강렬하게 작동되어 그 나름의 의미체계와 가치체계를 형성하고 있다.' 그 같은 점에서 「감정이 있는 심연」에서 연약한 정신기질을 지닌 여중인공 '전아'의 연약함은 유서 깊고 완고했던 집안 분위기의 중압 탓도 있지만, 죄의식에 민감한 기독교 집안이란 분위기도 긴장감을 안겨주는 또 하나의 의미체계로 작용한다. 여기서 무엇보다 과부가 되어 친정에 몸담고 있는 큰고모가 자기 동생의 죄에 필요 이상으로 가혹하여 집안을 죄의식에 침잠(沈潛)케 하는 구도역할은 더욱 치밀하게 설치되고 충격과 긴장감 속에 그 매듭은 연계층위를 맺는다.

> 이성(異性), 사랑, 죄의식, 충격, 이런 것들을 전아가 성장하여 청년 '나'를 사랑하게 되었을 때 다시 충격이 된다, 이 때 전아가 생각한 사랑은 단순한 본능적 사랑이 아니고, 어떤 의미, 어떤 가치였다.
>
> "나두 어떤 의미가 되고 싶었는데……선생님헌테."
>
> "나헌테? 그야말로 무슨 의미지?"
>
> "글세. 사랑일 것이라구 생각해 봤어요."
>
> -「감정이 있는 심연」에서

그간에 대략적인 "한무숙 소설의 작품세계"에 관한 깊이 있는 논의나 연구로 이인복의 「한국여성(韓國女性)의 생사관(生死觀)과 순결(純潔)의식 - 한무숙(韓戊淑)의 단편소설(短篇小說)을 중심(中心)으로 하여」(『아세아여성연구』17, 1978) 또는 임헌영의 「한무숙작품해설」(『한국대표문학선집 8』, 삼중당, 1973) 등이 없지 않으나, 정영자의 논고인 「한무숙의 작품세계」는 '그의 40여 년에 걸친 문학세계는 한국적인 전통성을 바탕으로 개성적인 특수계층의 삶을 운명적으로 묘파한 인정주의 문학이며, 소설의 기교는 의식의 흐름을 통한 인간의 내면심리 묘사의 세밀함과 스케치풍의 화사한 색채 분위기의 뛰어난 표현'을 높이 평가하고 있다.

비교적 따뜻한 인간애와 고결한 순결의식을 바탕으로 존재론적 구원을 추구한 문학인으로 평가받는 한무숙은, 여성 정체성의 탐구를 통해 진정한 인간에 대한 탐색과 존재의 자기완성을 향해 끊임없이 노력한 여성작가로서의 문학사적 위상을 뚜렷이 보여주고 있다. 그의 단편에 등장하는 대부분의 주인공들은 작가의 치밀한 배경설정에 의해 각자가 겪는 고통과 갈등에 대해 자조적이거나 냉소적으로 바라보기보다는 그것을 이해하고 감싸는 따뜻한 시각으로 바라보는 것도 중요한 특징이다. 정확한 언어의 구사 및 풍속의 재현, 그리고 주인공의 내면의식을 깊이 있게 드러내는 일에 특별한 성과를 거둔 것으로 평가되는 정황이다.

이 점에 있어 한무숙의 단편에서 비교적 비중 있게 '감정의 윤리'가 일관되게 연계성을 지닌 작품의 보기가 「파편(1951)」과 「그대로의 잠을(1958)」 등이다.

일단 개념적으로 감정의 윤리란, '사회적 · 현실적인 배경을 바탕으로 주체가 타 자와 관계하면서 나타나는 감정과 관련된 존재방식'을 뜻한다. 그의 작품에서 다루어지는 감정의 윤리는 '수치심→ 동정→사랑'의 수순으로 이행되고 발전하는 관점에서 주체가 타자를 통해 윤리적인 수치심을 느끼면서 자기보존의 힘인 '코나투스(conatus)'를 자각하는 과정은 그의 초기작인 「파편」에서 확인되고, 보다 발전적인 양상으로 타자와 융합하는 포용적 주체는 중기작품으로 분류되는 「그대로의 잠을」에서 동정의 윤리로의 변주(變奏)는 그 의미망이 조짐은 새삼 놀랍다.

> 푸른 수의를 두른 미결수, 한 동안 만날 길도 없었으나, 들은 바에 의하면 누이도 병상의 사람이라 한다. 그렇다. 사제(司祭)도 지쳤다. 악마의 말을 빌린 미사도 이제 끝난 것이다. 이윽고 할 말 다한 사람같이 평온한 마음, 죽음과 삶에서 동시에 해방된 마음-쉬고 싶다. 철창 이쪽에 끼워져 있는 창유리에 겨울밤이 빙화(氷花)를 얼리는 소리를 들으며 언젠가 읽은 불란서 상징파 시인의 시 구절이 떠올랐다.
>
> 나를 잠재워 다오.
> 그대로의 잠을 재워다오.
>
> -「그대로의 잠을」에서

이상의 보기에서 「그대로의 잠을」은 작품의 결말을 다소 단조로운 감이 없지 않으나 '불란서 상징파 시인의 시 구절'을 인용하여 행간의 틈새(間隙)를 좁혀 못내 시적 여운을 살려내는 그 감정의 윤리학은 주체와 타자가 관계하는 현실에서 나타나는 감정을 바탕으로 윤리를 이끌어내고 있다. 한편 1958년 2월에 발표된 이 작품에 "때마침 일요일이어서 원장은 골프장으로 나간 뒤라, 마지못해 끌려가기는 하였으나 마음이 놓이지 않았다."의 지문을 통해 '휴일에 원장→골프장'의 추이(推移)로 시대를 앞서가는 작가의 예리한 안목과 예지력은 확인된다. 아울러 한무숙의 작가의식은 현재성을 외면하지 않으면서도 현실 그 너머 영역까지를 가늠하는 균형감각과 균제미를 지닌 작가의 역량은 새삼 충동적이다.

또 한편 문학의 특이성을 지닌 한무숙의 작품세계에 관한 인상 비평적인 지적에 지나친 이의가 평자 나름으로 단어하건데 제기되지 아니할 믿음이 앞선다. 까닭에 '그 동안 많은 관심의 대상으로 부각됐으나 최근까지의 평을 요약한다면 버지니아 울프에 비유될 만큼 심리묘사에 뛰어난 작가, 감정의 빛깔과 뉘앙스를 통해 인간의 내면세계를 치밀하게 포착하여 분석적으로 묘사하는데 뛰어난 솜씨를 보이는 작가, 감정의 심층을 깊숙이 파헤쳐 보여준 작가 등의 심리주의 소설가로 구분되고 인간의 본질을 탐구하는 자세에 있어 현세에서는 인간의 행복을, 내세에서는 인간구원을 지향하고 있으며 인간성 회복을 위한 진지한 구원의 장이라는 소설적 특성은 다양하게 논의되기'에 그에 관한 통합적 평가는 지극히 객관적이고도 통시적인 분할에 의한 괄목할 연구물로 그 타당성이 주어진다.

무엇보다 『한무숙의 단편소설선집』에서 동기를 부여하는 일련의 요소들은 '장인의식, 전아한 문체, 애련(哀憐), 허무, 아픔, 빛' 등으로 파악된다. 이 같은 보편적이고도 다양한 인자(因子)들은 작가의 내면의식의 층위에서 강렬하게 적용되어 그 나름의 의미와 가치체계를 형성하고 있다. 그 하나의 실례가 비록 『한무숙 단편소설선집』에 수록되지 않은 작품이지만 「어둠에 갇힌 불꽃들」에서 확인되는 것은 '한국문학에서 결여된 지극히 기독교적인 영적 구원에의 메시지'이기에 는 짐짓 관심을 지녀도 좋은 모형(模型)이다. 바로 이 같은 장인의식은 심층적으로 논의되어 빈도수 높게 즐겨 사용되는 그만의 문체와 인간구원의 중심 테제이기에 지속적으로 비교 검증될 유의미한 항목에 해당된다.

이 같은 맥락에서 그간에 다양한 논의에 의해 '한무숙의 작품세계'는 순수성에 관한 문학적 형상화작업으로 평가되어 1950-60년대의 작가들이 실존적 고민과 허무의식을 집중적으로 다룬 것과는 그나마 차별성이 주어졌다. 비교적 실증적으로 그 자신의 활동 초기에 의식세계와 인습적인 현실이 교차해 빚어내는 인간비극성이 강도 높게 수용된 경향은, 「감정이 있는 심연」을 포함한 「유수암」 등에서 입증되어진다. 또 한편 다양한 주제의 단편 중에서 불교적 색채나 내면적 정조(情調)가 이채로운 작품은 「부적(符籍)」, 「돌」, 「우리 사이 모든 것이」 등이다.

그와 같은 반면에 주로 병상(病床)이 놓여 진 병원이 배경인 「축제와 운명의 장소」에서 "요령(瑤領) 소리는 여전히 귓가에서 울리고 있었다. 그리고 그 구슬픈 가락도." 소설작법을 통한 이 같은 발단(發端)의 극적처리는 한무숙 작가만의 역동성에 해당한다. '말기 암(폐암)으로 투병 중에 자각증상을 보이는 환자에게 "은행잎이 물들기 시작했어요."하고 화제를 돌리는 밝고 선한 심성의 소유자(간호사)인 미연은 육체적인 노동자이지만 생업의 현장에서도 '틈틈이 릴케의 시집을 탐독하며 그 자신도 정신적인 여유로움과 위안을 받는 성격의 인물이다.'

모름지기 그의 대표작으로 꼽히는 「감정이 있는 심연」에서 여주인공 '전아'는 대조적으로 연약한 정신기질의 소유자다. 이 연약함은 유서 깊고 완고했던 집안 분위기의 중압 탓과 집안의 이면에는 추문도 많이 얽혀 내려오는 사실에 그녀가 충격을 받으며 성장한 탓이다. 여기서 이 집안 최대의 추문은 아리따운 용모를 지닌 전아의 작은 고모가 '행실이 부정해서 생긴 욕된 씨를 지우려다가 투옥된 사건'은 지켜볼 관심사다. 물론 작가의 변에서 "내 의지가 참가하는 인생을 살고 싶었던 것이 글을 쓰는 이유였음"을 천명하였듯이, 1930년대 유교적 전통을 이어가는 집안의 며느리로 살았던 한무숙은 밤마다 벽에 원고지를 대고 누워서 글을 썼다는 사실에 접근할 때, 그 자신에게 정신작업인 글쓰기 작업은 그 자체가 진정한 삶의 위안이며 자긍심의 원천이고, 인간의 본질을 해명하는 신비한 삶의 비법에 견주어진다. 그 같은 연유로 전반기에 씌어진 작품의 주제나 작가의 인생관은 인간의 내면세계에 흐르고 있는 심층심리, 즉 인간의 밑바탕에 꿈틀거리고 있는 콤플렉스 현상에 사로잡힌 인간의 비극이 근간에 해당한다.

이상과 같이 「한무숙 단편소설집 평설」에서 이해의 의미망을 한층 확장시킨다는 측면에서, 평자는 통시적으로 소박한 배려와 분별력을 작동시켜 '한무숙의 문학세계'에 관한 골격의 틀 짜기도 폭넓게 모색해 보았다. 일단, 그 자신의 단편소설의 전반에 걸쳐 일찍이 사르트르가 문체(style)는 '육체의 고통이 낳은 무늬라.'고 지적한 바 있지만, 새삼 '작가가 소설 속에서 언어를 사용하는 독특한 방식으로, 문장의 개성적인 특성'인 문체의 구성요소로, 화자(persona)가 '독자에게 인물, 사건, 배경 등을 설명하는 서술(敍述)과 작품의 내용과 스토리의 전개를 구체적으로 전달, 표현하는 묘사(描寫), 그리고 사건을 전개시키고 인물심리를 표출하는 대화(對話)'를 채근하고 분할·통합을 병행하였음은 주지할 바다. 그 같은 과정에서 작가의 플롯(plot)에 의한 사건의 종식으로 모든 갈등구도가 해소되고 주로 3인칭 작가시점에 의한 여성주인공의 운명이 결정되는 결말의 단계가 단순구성(simple plot)으로 처리된 낌새나 단일한 인상과 효과의 기대감은 이채로운 편이다.

결론적으로 대학에서 현대문학을 전공하지 않았으면서도 작가의 개성적 문장표현인 글 쓰는 스타일인 문체의 활용은 비교적 만연체, 우유체, 화려체를 즐겨 사용한 편이다. 아울러 소재추구의 다양성을 명백히 하고 해학적이거나 비유적 수사에 치우치기보다 구체적 언어사용을 통해 그 자신의 독자적 품격을 살려내고 작가의 집념과 투혼으로 고뇌를 극복하여 위기적 상황에서도 인간성 추구의 개연성은 진실성을 끝내 접합시켰다. 까닭에 우리 문단에서 그 비중과 존재감이 만만치 않은 한무숙 작가의 경우, 그간에 동인 중심의 우리 문단에서 독자적이고 빛나는 '바람의 초상'으로 평가되어 탄생100주년을 지나친 시간대에 '위대한 극소수의 창조자'로서 그 정체성이 입증된 작가이기에 평설을 마무리하며 삼가 경외(敬畏)의 시선으로 못내 관망할 따름이다.

한무숙 소설 '생인손'에 나타난 모녀의 운명

홍 정 화
(가천대 명예교수)

1. 작품의 배경

작가 한무숙은 1918년 서울 안국동에서 출생하였으며, 호는 향정(香庭)이다. 출생 후 3개월 만에 부산으로 이사하여 봉래보통학교를 거쳐 1937년 부산고등여학교를 졸업하였다. 어려서부터 예술감각이 뛰어나 화가가 되기를 목표로 하여 일본인 아라이(荒井筏久代)에게 사사(師事)한 바도 있으며, 특히 1937년 18세 때 결핵으로 요양을 하면서 동아일보에 연재되던 김말봉의 장편소설 '밀림'의 삽화를 그린 경력도 가지고 있다. 1940년 전통적 양반가문의 김진홍과 결혼한 후에는 집안의 며느리 위치에서 그림 그리는 일이 용이하지 않자 문학에 전념하게 되었다.

1942년 〈신시대〉의 장편소설 공모에 '등불 드는 여인'이 당선되어 문단에 데뷔하였으나, 본격적인 작품 활동은 1948년 부산 지역의 〈국제신보〉 장편소설 공모에 '역사는 흐른다'가 당선되어 이루어졌다. 이 작품은 구한말 동학군에게 학살된 군수 집안의 세 자녀(2남 1녀)가 격변의 시대를 살아가는 모습을 그린 수작으로서 그녀의 초기 소설을 대표한다. 이후 1956년 인간의 심층심과를 추구한 '월훈(月暈)'과, 1957년 '감정이 있는 심연' 등의 작품을 발표한 바 있다. 그 뒤에는 한국의 전통적 여인상에 대한 깊은 관심을 담은 1963년 '유수암(流水庵)'과 1981년 '생인손'및 1982년 '송곳' 등이 후기 작품으로 이어지고 있다. 작가의 수상 현황을 보면, 소설 '감정이 있는 심연'으로 1957년 자유문학상을 받았으며, 이어 1973년 신사임당상, 1989년 3 ·1문화상, 1991년 예술원상 등을 받은 바 있다. 한국여류문학인회 회장(1980~1982), 한국소설가협회 대표위원(1980~1983)과 예술원회원을 역임하였다.

작가 한무숙의 소설은 서울의 전통적 노비의 어법부터 중인층 언어, 사대부층 예법까지 충실하게 표현하고 있다는 점에서 오늘날 접하기 쉽지 않은, 균형을 갖춘 작품으로 평가받는다. 또한 국문학자 김일근은 한무숙 소설이 서울 반가의 언어 전범으로 귀중한 자료적 가치를 가지고 있다는 주장을 피력한 바 있다(이호철·김진홍, 1993). 작가는 작품 속 주인공들이 겪는 고통과 갈등에 대해 자조적이거나 냉소적으로 바라보기 보다는 그것을 이해하고 감싸는 따뜻한 시각으로 바라보는 것도 그의 중요한 특색이며, 정확한 언어의 구사 및 풍속의 재현, 그리고 주인공의 내면의식을 깊이 있게 드러내는 일에도 특별한 성과를 거둔 것으로 평가받고 있다(이상억, 2001).

작품 '생인손'은 신분변동이 급속하게 이루어지던 개화기를 거치면서 지배계층의 몰락과 하층계급의 상승이 동시 다발적으로 나타난 격동기의 역사적 사건에 바탕을 두고 스토리를 전개 하고 있다. 작가는 전에 없이 급진적으로 이루어지던 이러한 시대적 변화를 작품화 하면서 가부장제도의 음지 하에서 숨어있듯이 살아야 했던 여종의 한 많은 보조적 인생살이를 그리고 있다.

이 글에서는 한무숙의 문체와 작품 구성의 특징이 잘 드러나는 소설 '생인손'을 대상으로 분석하여 구한말 노비로 태어나 해방 및 6.25 등의 격동기를 거치면서 기구한 운명을 살아간 한 여인의 고해성사를 통하여 인간의 불가항력적 운명을 되새겨본다.

2. 작품 개요 및 문제 제기

작품 '생인손'은 1981년 〈소설문학〉에 발표되었으며, 1985년 MBC에 의하여 120분 2부작우로 극화되기도 하였다. 작가 한무숙의 활동 최종기의 작품인 '생인손'에는 양반댁 여종이 지난 과거사를 회상하는 형식으로 시작되어, 전체 작품을 통하여서도 흘러간 인생 역정과 죄를 술회하는 화법으로 서술되고 있어, 작품 속에는 노비어법이 보다 풍부하게 구현되고 있다.

작품의 줄거리는 주인공인 표마리아 할머니의 고해성사 과정을 통해 드러난다. 표마리아 할머니는 처음부터 사직골 정참판댁의 노비로 태어났으나, 그녀는 성장 후 상전으로 모시던 자기 또래의 정참판댁 딸이 박대감댁으로 출가하자 교전비로 따라간다. 그녀는 자신의 상전인 아씨가 딸을 낳자, 두 달 차이의 비슷한 시기에 역시 딸아이를 낳는다. 그녀는 상전인 아씨의 젖이 부실하여 아기의 유모가 되었으며, 시댁 상전의 엄명으로 자신의 딸 간난이를 멀리하고 상전의 아기만을 돌보아야만 할 상황이 된다. 그러던 어느 날 집안의 상전들이 출타하여 부재중일 때, 간난이의 울음소리를 따라 행랑채로 나간 그녀는 자신의 딸이 생인손을 앓고 있다는 사실을 알게 된다. 그녀는 어린 모정이 끓어오르자 순간적으로 상전의 아기와 간난이를 바꿔치기 하고 죄책감 속에서 기르게 된다. 이후 세상이 변하여 개화하게 되고, 상전의 딸처럼 기른 자신의 친딸은 시집을 가고, 상전의 딸인 간난이는 권학대(勸學隊)를 따라 집을 나간 후 서양으로 유학을 떠난다. 세월이 흘러 일제하에서 해방이 되고 이어 6.25 전쟁이 나는 등 급격한 사회적 변동을 거치면서 오랫동안 흩어져 살던 사람들이 우연히 다시 만나게 된다. 유학을 떠났던 상전의 딸인 간난이는 대학교수가 되어 있었으며, 생인손을 앓았던 그녀의 친딸은 좋은 집안으로 시집을 갔으나 몰락하여 홀로 남의 집 가정부로 더부살이를 하는 광경을 목도하게 된다. 이러한 운명적으로 기구한 사실들을 한 몫에 펼쳐 놓은 작가의 묘사는 다소 잔인한 느낌을 준다. 작품의 말미에 97세의 표마리아 할머니는 신부에게 고해하며 한숨을 짓는 장면이 나오는데, 이는 죄책감의 발로인 동시에 모녀의 기구한 운명을 거역할 수 없음을 토로하는 것으로 볼 수 있다. 또한 작품에서 표마리아 할머니의 친딸이 앓았던 생인손은 특정 개인에게만 닥쳤던 일시적인 병의 의미를 넘어서 그것은 구한말 이후 근대사의 격변기를 지나 현대에 이르기까지 많은 사람들이 겪은 각자의 아픈 상처 중의 하나라고 할 수 있을 것이다. 그녀의 어머니 대를 이어 여종이면서 유모였던 표마리아 할머니 모녀는 온갖 천대를 받으며 살아 왔고, 또한 자신의 딸들을 행랑채에 버려두고 오로지 상전의 딸들에게만 젖을 물려야 했던 인간적으로 쓰라린 아픔을 겪어야 했다. 물론 당시의 그들의 상전들에게도 나름대로의 가부장제도 하에서 인간적 소외를 겪으며 가슴앓이를 삭여야 하는 아픔들이 있었다. 특히 가깝게는 표마리아 할머니의 상전인 아씨에게는 시집살이의 고단함이 있었다.

이 작품은 여성의 자아실현적 측면보다는 운명적인 세계관으로 복귀를 전면에 내세우고 있다는 점이 특이하며, 또한 단편소설로서 구한말로부터 해방, 6.25를 거쳐 현대에 이르는 개인사, 풍속사 및 시대상의 변화를 압축적으로 담고 있다는 점에 특징이 있다 (소설 100인 100선, 2006 참조).

3. 격변기 노비 모녀의 운명

1)운명적 사건의 발생

조선시대 노비의 인권은 전반적으로 무시되어 양반집에 하나의 재산으로서 예속되었다. 그들의 운명은 오직 주인의 처분에 맡겨져 있었다. 작품에서 언년이는 상전으로 모시던 작은 아씨가 시집을 가자 교전비로 따라가 새로운 주인을 만나게 되며, 잠시 작은 아씨의 친정에 머무르다가 평소 오라버니의 정을 느끼던 장끼에 의해 임신을 하여 배가 불러오자, 여종인 오묵이년이 “아유 너나 나나 천한 종년신세. 양반님댁 요조숙녀와는 다르잖니. 종년 담 안의 서방이 열, 담밖의 서방이 열 하잖아”라고 비아냥거리는데서 여종의 처지가 나타난다. 언년이는 열 달을 채워 딸을 낳고, 모시던 작은 아씨는 두 달 뒤 딸을 낳았으나 유구가 성치 않아 언년이가 양대에 걸쳐 상전댁의 유모가 되었다. 이로 인하여 언년이의 딸(간난)은 행랑채에 방치되어 비인간적 환경 하에서 자라게 된다. 작은 아씨의 시어머니인 대방마님은 어쩌다 애기를 들여다 보시곤 “이년 너 네 딸년 몰래 젖 먹이구 웃국만 애기에게 주는 거 아니냐! 그러지 않구서야 아이가 왜 이 모양이야. 발칙한 년 같으니"라고 억울한 역정을 들은 후부터는 아예 행랑채에는 얼씬도 못하게 되었다. 간난이는 행랑채에 갇히다시피 지내며 앙상하게 말라갔다. 어린 간난이가 어쩌다 방에서 기어나와도 에미를 보지 못하게 대청마루에 병풍을 쳐 모녀간에 얼굴도 서로 보지 못하게 하였다. 그러던 어느 날 김장철에 마님과 대감마님 등 상전들이 출타하여 부재중이고, 대부분 아랫 사람들 뿐이라 집안이 자유스러운 날이었다. 아랫 사람들도 김장으로 바쁘게 움직이는 중에도 한 구석에는 조용한 분위기가 연출되는 틈을 타 간난이의 울음소리가 자꾸만 들려오자, 언년이는 주위를 살핀 후 한달음으로 행랑으로 나가 똥오줌 속에 있는 간난이를 끌어안았다. 아이가 불에 덴 것처럼 울어 살펴보니 손가락 손톱 밑에 가시가 박혀 탈이나 생인손이 된 것이다. 간난이를 안고 정신없이 나와 안채의 애기방을 데려가 씻기고 새로 입힌 후, 작은 아씨의 애기와 함께 놓아두니 어떤 쪽이 상전댁 애긴지 어떤 쪽이 종년 딸인지 비슷비슷하였다. 당시 절박한 언년이의 어지러운 마음이 그의 다음과 같은 고해에서 드러난다.

> "그러다가 간난이는 또 보채기 시작했습죠. 생인손이 자꾸 아리는 모양이었사와요. 날이 저물기 시작했습죠. 쇤네는 차마 앓아 보채는 간난이를 제방에 갖다 놓을 수가 없었사와요. 컴컴한 방에 혼자 갇혀 똥오줌 속을 헤매다 토방에 깐 더러운 기적가시에 찔린 애처로운 작은 손꾸락-머릿속이 타구 가슴이 끓구 있었습죠."

어지러운 상념 속에서 언년이는 인륜을 저버리는 행동을 무의식적으로 벌이게 되는데, 작품에서는 그 운명적인 장면을 언년이의 고해 형식을 통해 다음과 같이 묘사하고 있다.

"…쉰네는 잠깐 망설이다 애기 옷을 벗기구 빨려구 밀어두었던 때묻은 옷을 입혔습죠. 바둑판으로 종종 땋아드린 머리를 풀구 마구 헝클게 했사와요. 놋화루에 손을 넣어 재를 한호큼 덜어내어 손을 부볐습죠. 그리구 애기 얼굴 머리 옷에 버무렸지오니까. 제 정신이 아닌 대루 애기를 안구 행랑방에 갖다 놓구 문고리를 걸었습죠. 찔린 듯 애기가 우는 것을 귀를 막고 안채로 뛰어들어갔지오니까. 가슴이 두방맹이 치는 것을 간신히 진정하구 부엌에 나갔습죠… 애기방에서는 간난이가 생인손이 아려 울고 있었던 것입지요. 천장이 내려왔다 올라갔다 하구 벽이 바싹 다가왔다 물러갔다 했사와요. 어쩌지 어쩌지 어쩌지 외마디 밖에 모르는 등신처럼 속으로 백번 뇌이구 했습죠… 작은 아씨애기 용허헙시오. 용허헙시오, 간난이 생인손 날 때까지만 용서헙시오."

망설임과 죄책감속에 열흘이 지나며 간난이 생인손도 곪아터져 아물었다. 이제는 아이들을 다시 바꿔놔야 하는데 그럴 틈새가 나지를 않는 중에 언년이는 슬며시 욕심을 내기 시작한다. 하루하루 때를 벗어가서 이제는 귀하게 조차 보이는 간난이가 정말 상전댁 애기같이 보이기 시작했다. 간난이를 원래 위치로 되돌려 놓지 않고 그냥 눌러 앉게 하면서 극도의 심적 갈등이 다음과 같이 표마리아 할머니의 고해에서 나타나고 있다.

"…그건 천륜을 어기는 일이야. 벼락맞아. 벼락 맞구말구. 천 갈래 만 갈래 생각으로 몇 밤 몇 날을 지샌 후 알아낸 것은 간난이의 손톱 밑에 박혔던 가시는 빠졌어두 쉰네들 종년 가슴에 박힌 왕가시는 빠지지 않았다는 한이였사와요… 간난이의 손톱 상처는 남아 천륜을 어긴 끔찍한 죄에 대한 무서운 벌처럼 근본을 벗겨 보이려는 하늘의 뜻처럼 흉한 모양으로 남게 되었지오니까."

2)또 다른 운명의 갈림길, 개화와 교육 기회

동학란과 청일전쟁 후 조선에도 개혁과 함께 신문물과 신문화가 물밀 듯이 유입되었다. 한양에는 일인과 양인들이 활보하며 조용하던 조선사회에 변화를 가져왔다. 서양 문화의 유입 중 교육기관으로서 학교의 설립과 함께 대대적인 학교 입학의 권장이 강력하게 이루어졌다. 당시는 엄격한 유교적 전통으로 인하여 양반댁 여성들의 학교 입학은 생각하기 어려운 일이어서 권학대(勸學隊)가 조직되어 활동하기도 하였다. 당시의 권학대의 등장 상황을 작품 속에서는 다음과 같이 그리고 있다.

"…규중 처자들은 붙들어다 핵교(학교)라는 데 끌어가는데 핵교에 가는 날이면 야금야금 진이 빠져 살아서 손각씨 귀신이 된다구들 했습죠. 그래서 건학대(권학대)라는 사람들이 가가호호 찾아다니며 처녀들 공부시키자고 아무리 애를 써도 뼈대 있는 댁에서는 막무가내루 따님들을 내놓지 않았습죠. 공책도 거저 준다. 연필도 거저 준다. 신발도 거저 준다. 가르치는 것은 물론 거저다 해도 막무가내입죠."

당시 고종은 교육입국조서를 발표하여 학교의 설립과 교육의 중요성을 강조하였다. 그러나 양반집 자제의 소극적 반응, 특히 여성들의 완강한 거부감으로 인하여 효과를 거두지 못했다. 특히 상공학교에 이르러서는 한 과정당 5, 6명에 그치는 등 매우 저조한 실적이어서 고종의 내각에 대한 질책이 이어지기도 하였다. 그러다보니 양반자녀들 대신 노비들이 대신 교육생으로 징집되는 일이 대부분이었다. 이런 상황 하에서 건학댁가 언년이 상전이 사는 교동에도 나타나자, 이제는 어엿한 언년이 상전 작은 아씨가 된 간난이는 허겁지겁 다락으로 올라가고 사군자 그림이 붙은 다락문 앞에 마님이 장죽을 물고 점잖게 앉아 보호를 해주었다. 이런 일이 몇 번 있은 뒤 작은 아씨는 혼처를 서둘러 구하여 이듬해 섭저리의 신씨댁으로 출가시켰다. 행랑채에서 노비 신분으로 자란 상전 애기 간난이는 자신의 의사로 건학대를 따라 집을 나가 학교를 가고, 나중에는 서양 사람을 따라 서양으로 유학을 가서 돌아오지를 않았다. 이렇게 하여 세 모녀 중 두 사람은 여전히 전통의 굴레를 벗어나지 못한 반면에 상전의 애기는 운명의 늪에서 헤어나 전통 신분사회로부터 탈출에 성공하며 미지의 세계에 도전한다.

3)세 모녀의 운명적 해후

개화의 바람과 여러 사건으로 상전들의 환경이 열악해지자, 언년이는 혈혈단신의 의탁할 곳 없는 몸이 되었다. 첫 서방인 장끼도 행방을 알 길이 없이 여러 소문만 돌 뿐이었다. 종살이 하던 사람 중에는 자리 잡아 잘된 사람도 많았고, 고학을 하여 대학 교수가 된 사람도 있다고 언년이는 듣고 있었다. 언년이의 두 집안 상전들도 희비가 엇갈린 삶을 살고 있었다. 언년이가 교전비로 따라온 상전 아씨의 시집 서방님은 세상 돌아가는 것을 모르고 상투만 고집하다 새 세상에서는 무식장이가 되었고, 일찌감치 개화한 친정인 사직골댁 서방님은 외국에 나가 공부도 하여 사업도 크게 하여 늘 언년이를 도와주었는데, 그 댁이 이사하는 바람에 소식이 끊어지게 되었다. 그 후 언년이는 6.25 난리가 끝난 지 몇 해가 되어 일흔의 거지 할멈으로 떠돌다 부자로 사는 사직골 댁 서방님을 우연하게 다시 만나 그 집에서 잘 살고 있었다. 표마리아 할머니(언년이)는 그녀가 키운 50세의 두 여성(딸)에 대한 소식을 듣고, 해후한다. 먼저 상전의 딸이면서 노비 신분으로 언녀이의 딸로 성장한 간난이는 유학을 하고 귀국하여 대학교 학장을 하며 정 참판댁에 있던 언년이를 찾고 있었다. 언년이는 "천벌을 받을 년이 그로부텀 이 호강을 하고 있지요. 허나 그렇다고 업보가 끝난 것"은 아니었다고 상전으로 모셨던 그녀의 친딸과의 해후를 담담히 고해하고 있다. 즉, 사직골댁 서방님(회장님)댁의 가정부로 일하는 50세 전후의 아낙의 모습을 보고 안목있고 범절이 높다는 생각을 하며 그녀의 음식상 위에 걸쳐진 손을 보게 되었다. 마디 하나가 잘라진 것 같은 손톱 없는 왼손 가운데 손가락을 보자 언년이는 등골이 오싹해지며 관자놀이를 호되게 맞은 것처럼 심한 현기를 느꼈다. 그 가정부가 자신의 딸이라는 것을 직감적으로 느끼는데, 정간난 학장의 다음과 같은 추가적 설명은 그녀들의 운명적 해후를 뒷받침해 준다.

> "진지 잘 잡수셨어요. 마침 오늘은 밖에서 회식이 있어 뫼시구 들지 못해 죄송해요. 허지만찬은 그대로 맛이 괜찮죠. 이번 아줌마는 드물게 좋은 사람인 것 같아요. 얌전하구 솜씨 좋구 말수 적구. 배운 건 없지만 그래두 괜찮은 집안의 사람인가 봐요 섭저리서 왔다는데 섭저리가 어딘지 몰라…."

그러나 표마리아 할머니는 자신이 키운 두 딸들에게는 정작 뒤엉킨 운명의 실타래를 풀어주지도 못하고 가슴에 안고 고해를 통하여 밝힐 뿐이다. 특히 그녀의 친 딸에 대한 심사를 풀지 못한 채 10여년을 보내고 그대로 헤어지는 심경을 고해에서 다음과 같이 밝힌다.

> "섭저리댁은 그로부터 10여년 육십이 넘어서까지 이 댁에서 에민 줄 모르며 이 죄 많은 천한 늙은이를 고여주다 너무 늙자, 가르치지 못해 미장이 일을 한다는 아들헌테루 가서 소식이 끊어졌사와요. 쇤네 가슴에는 또 하나의 못이 깊숙이 아프게 박히게 된 것이옵지요."

4. 작품의 분석 및 평가

이 글에서는 개화기에 태어나 엉겁결에 두 여인의 운명을 바꿔 놓아 평생을 죄책감 속에서 살아온 한 여종의 고해 성시를 통하여 구한말, 일제 강점기, 해방, 6.25를 지나 현대에 이르는 인간사 및 가정사를 추적해 보았다. 작품에 나타난 특징을 살펴보면 다음과 같다.

첫째, 여류작가 한무숙은 소설 언어에 격조 높은 표현과 묘사를 시도한 대단한 작가로 평가받을 만하다. 특히 서울 말씨의 표현을 통하여 표준어의 기본을 보여 주는 듯하다. 그녀는 서울 안국동에서 태어난 후 3달 만에 경상도로 이사하여 도내 여러 곳을 옮겨 살아 서울 언어에 적절하게 대응하지 못할 것이라는 지적에 대하여, 그녀의 수필집 〈내 마음에 뜬 달〉 내의 '서울 여인'을 보면 그녀의 언어는 서울의 표준말 바탕이라는 판단을 하게 한다. 성장기의 주위 경상 방언에서 간섭 현상은 약간 일어났지만, 모친의 지도와 본인의 노력으로 서울 말바탕을 잃지 않은 것으로 평가된다. 그녀의 시댁도 서울과 연천을 연고지로 한 집안이어서 계속 서울말을 썼다고 한다. 이러한 점들은 작품 속에서 잘 드러나고 있다.

둘째, 단편소설이라는 형식임에도 대하 장편소설에서 담을 내용을 압축적으로 보여주다 보니, 구성상 다소 어색한 장면들이 발견된다. 즉, 등장인물들이 구한말 개화기에 태어나 어린 시절을 보내며 정참판댁과 박대감댁을 중심으로 발생하는 상전들의 행태, 노비들의 위상과 생활상 등을 그리는데 초점이 맞추어지다가, 급진적으로 개화의 물결 속에 학교를 간다, 유학을 간다 하는 일들이 소문처럼 들려온다. 그리고 노비들도 전통의 틀에서 벗어나 성공한 자, 그렇지 못한 자 등으로 갈리는 가운데, 6.25를 지나 최후에 살아남은 자들이 모습은 이렇다 하고 서둘러 막을 내린 감이 있다.

셋째, 사람의 만남과 헤어짐의 중요한 일을 다분히 우연한 사건으로 처리하는 듯한 느낌이어서 조선시대의 전통소설의 형식을 보는 듯한 착각을 하게 한다. 즉, 언년이가 사업적으로 성공한 정참판댁 서방님을 우연히 만나 호강을 한다든가, 그를 통하여 노비 신분으로 산 상전 딸인 정간난박사를 만나고, 이어서 상전으로 살아온 그녀의 친딸을 만나는 장면은 왠지 소설 구성의 정성이 부족한 듯하다. 그러나 이러한 점들은 단편소설의 형식을 취한 대가이기도 하다. 물론 작중인물들이 만나는 장면들의 우연한 사건처리는 소설의 구성 형식상 한 수단에 불과하고 작품이 말하고자 하는 본질에는 영향이 없다고 할 수도 있다.

넷째, 작품의 마무리는 당시 인물들의 성향을 반영하여 소극적으로 처리한 듯하다. 즉, 표마리아 할머니가 말년에 그 오랜 시간을 두 딸과 얼굴을 대하면서도 과거의 일들을 털어놓지 못하고 끝내 가슴에 묻은 채 때 늦은 후회만을 하는 장면은 너무 소심한 처리가 아닐지 모르겠다. 물론 고해성사를 통한 양심의 고백 형식이 작품의 스토리 전개와 부합된다고 할 수 있다. 그러나 두 여인에게는 엄청난 운명의 뒤틀림을 그대로 묻고 다른 방향을 통하여 울부짖는다는 것은 너무나 비인간적이다.

다섯째, 작품에서는 인간이 타고난 사주팔자는 어쩔 수 없다는 체념적이고 인생달관적 사고를 보여주고 있다. 즉, 상전의 아기는 어려운 신분사회의 역경을 이기고 유학을 다녀와 대학교수가 되어 경제적 사회적으로 잘 살고, 상전집 딸로 자랐던 언년이의 딸은 결국은 가정부로 살아가는 대조적 인간상을 통하여 인간의 힘으로는 운명을 거역할 수 없다는 작가의 의도가 내비쳐진 것으로 볼 수 있어 많은 토론이 요구된다. 또 다른 해석으로는 당시 개화 바람에 자유롭지 못한 양반집에서 전통을 고수하며 살아간 사람들에게는 기회가 적을 수밖에 없는 반면에, 노비 신분의 사람들에게는 세상살이의 판을 바꾸어보자는 적극성이 시대의 변화에 부합하여 성공의 기회가 많았음을 지적하는 것이기도 하다.

한무숙론

-여정(餘情)에서 영면(永眠)의 귀향

김 경 식
(시인, 평론가)

1. 들어가며

연천향토문학발굴위원회가 일곱 번째 사업으로 한무숙 예술원 회원의 단편소설선집 발간으로 「실향과 긴 여정(餘情)을 마치고」 연천읍 신답리 산 3-2 선영에 첼리스트 아들이 잠든 곳을 바라보며 영면에 들은 작가를 제 조명하기에 이른다.

아울러 문학을 논하기 전에 두 가문에 인연의 중심인 부군 백농(栢農) 김진흥(金振興)은 건정동(乾政洞)에 뿌리내린 강릉김씨 후예로, 경기도 연천군 연천읍 통현리 동쪽 견정동(지금은 한국군인부대가 주둔하고 있음) 팔판서 마을에서 태어났다. 그 가문은 선팔판(先八判), 후 팔판(後八判) 두 번에 걸쳐 나온 여덟 판서가 탄생한 보배이며 명당으로 삼았는데. 김충열은 동두천으로 김충정의 자 첨경으로부터 선팔판 필두로 명종~경종 때까지 3대 동안 (1)김첨경(金添慶) 예(禮), 형(刑), 이판(吏判). (2)김홍주 병판(兵判). (3)김홍권 이판(吏判). (4)김시환 예(禮), 이판(吏判). (5)김시현 이판(吏判). (6)김시혁 이판(吏判). (7)김시경 병판(兵判). (8)김득원 병판(兵判)의 큰 딸은 인조의 6남 낙선군 숙(潚:1648-1695)에게 출가 동원군 부인으로 사위 부부모두 영면해서 연천 궁평리에 유택을 삼았다. 후 팔판은 영조~정조대의 (1)김상익(金尙翼) 경기도 관찰사, 예판(禮判). (2)김상철 6판서, 영의정. (3)김상성(金尙星) 호, 이, 예판(禮判). (4)김상중 형, 공판(工判). (5)김상집 경기암행어사, 형, 공, 호, 병판(兵判). (6)김노진 예, 형, 이판(吏判). (7)김화진 예, 형, 호, 공판(工判). (8)김계락 공, 형, 예판(禮判) 외 김상규. 김계원 대사성. 김계하도 영면해서 연천에 유택을 삼았고, 연천읍 통현리 10번지 또는 5-3 본가에서 백동파 일노공(逸老公) 김양남(金楊南)의 15세인 1916년 6월 26일 서울 백동(동순동 물리대)자리에서 연천군 금곡면 고능리(현 전곡읍 고능리) 참판을 지내고 한일합방 후 낙향한 조부 김연룡(金演龍), 조모 반남박씨는 덕경(德卿:1887. 6. 11-1977), 우경(宇卿), 선경(善卿) 3형제를 두셨는데, 아버님은 덕경(壽 91세) 어머니는 창녕인 성낙운(成樂云 壽 55세)과 4남 2녀 사이에 차남이다. 아버지는 면장을 그만두고, 도자기 공장을 운영하다 수해(水害)와 시운을 못 잡고 파산함에 서당을 마친 김진흥(1916. 6.26-2005. 6. 28)은 7세 때부터 숙부 김우경(1952-1954 마사회 회장, 고대총장 김진웅 부친)집에서 신세를 지며, 향교 명륜당 건물을 개조한 학술강습소인 연천보통학교를 마치고 12세에 서울 제이고보(第二高普)(현 경복고 5년제) 1933년 8회로 졸업. 경성고상(京城高商: 서울상대 전신) 졸업 금융조합 6년차로 초봉 45원, 1년에 10원 오르고 출장비 2원 50전에 연천 고랑포에서 강점기 지배의 질곡에서 해방 전까지 근무하다 해방을 맞아 실향이 되었고. 인민위원 등살에 큰형 집으로 할머니 아버지는

38선 넘어 피난하지만 1950년 9월 24일 피란가지 못한 형 진국(振國)씨가 서울 돈암동 산 1번지 집에서 폭격으로 두 딸과 영면에 들자 장남 아닌 장남이 되어 최장수 은행장 3번, 만 11년(장관급)에 오른 입지전적 인물로 고향 연천을 빛내고 영면에 들었다.

1446(세종 28년) 9월 29일 훈민정음 반포 후 438년간 한적에서 졸고 있던 가나다라 28자의 우리글을 1884년 고종은 모든 공문서에 한글 사용을 명하고 1887년 10월 초 건양이란 연호(年號)을 광무로 변경하고 고종황재로 즉위하기를 수락하고, 청주한씨 증조부 한익선(韓益宣), 할아버지 한헌(韓憲), 백부 한길명(韓吉命), 중부 한준명(韓俊命). 3남으로 한석명(韓錫命: 1890-1953) 태어난다. 순조의 아들 효명세자(1808-1890)빈으로 국정에 관여하던 조대비가 흥복전(興福殿)에서 생을 마치고, 전국에서 민란(民亂)에 이어 흉년과 수해(水害)로 어수선한 인심과 외세의 간섭이 노골화된 정국에 한석명은 태어난다. 1894년 음력 2월 동학농민운동(東學農民運動)이 팔도에서 일어나고, 5월 2일 청나라 군함과 청군인 1,500명이 인천에 도착하고 5월 6일 일본 해군중장 이동우정(伊東祐亨)이 군함 2척이 상륙하여 6월에 내정에 개입하려들고 흥선대원군(1820-1898) 농민군들과 연합하여 외세의 난국을 타결하려고 밀사를 보내어 각 지도부와 기회를 보았지만 일본군 무력으로 자주적 개혁이 좌절되었던 시기에 한석명은 지방의 서당(연천으로 추정)에서 학문에 전념한다. 대한제국은 일본 및 열강들의 수탈 대상으로 청국과 분할이 진행됨에 동아시아 땅따먹기식 식민지 수탈에 막이 열린 시기였다. 동학농민군의 2차 봉기로 청일전쟁에서 승리한 일본이 조선의 정치에 간섭의 도가 심해지자 일본을 몰아

내기 위하여 농민군이 봉기하여 치열한 전투를 벌였으나 총과 대포로 무장한 해병대 420명 공격에 무너지고 보병과 1,050명고 혼성여단 2,673명이 서울에 입성해 1차 내각 발표하지만, 1894년 2월 고종은 내각을 전적으로 무시한다. 7월 12일 군국기무처를 총괄한 대원군 개혁안들과 광무 년호 사용, 문벌, 연좌제, 신분제, 유교의 폐지, 조혼 금지, 과부의 재가허용, 청나라의 영향력을 완전히 없애려는 사안이다. 조세의 금납제 시행, 쌀, 콩, 무명, 베 등으로 내던 것을 돈으로 하고 외국화폐의 지불도 허용 도량형 통일, 화폐 발행을 통해 은(銀) 본위제를 시행하였다. 인재 등용을 시행 각 부, 아문에서 추천한 자를 시험을 보게 하였다. 학교 설립과 과거 제도 폐지와 직무 개편하고 규장각을 축소 규장원으로 개칭. 경무청을 설치 근대제도를 일원화하면서 포도청이 폐지하는 일본식으로 복제한다.

1894년 9월. 일본이 청일 전쟁을 승리하자 12월 1일 녹두장군이 채포되니 내정에 깊숙하게 간섭하며 일본공사 이노우에 가오루가 20개의 조항을 내세워 왕실과 정사의 분리, 조세를 탁지아문으로 통일, 지방관의 권한 제한 등이 있다. 그간 내세웠던 대원군이 실각하니 일본 요구에 맞춰서 칙령 제1호부터 제8호까지 발표되고, 갑신정변으로 일본에 망명간 박영효가 내무대신으로 임명되면서 2차 갑오개혁의 시기이며, 1985년 10월 8일 경북궁을 습격 국모(國母)를 살해하는 전대미문의 만행인 을미사변 이후 1896년 4월 21일 서대문 밖 영은문 터에서 5천명 내외 관민학생이 운집한 가운데 독립문 낙성식을 한다. 동계서당에서 한학을 수학하고 구한말에 관립한성법어학교, 독일협회중학교을 졸업하며 신학문을 익힌 뒤 합방 전인 19세인 1909년 10월 26일 9시 만주 하얼빈 역에서 안중근 의사가 이토히로부미 배 등에 3발을 명중해 사살하고, 27日 각 부의 대신 중 외무아문에서 번역이나 통역을 맡아보는 경기도번역관보조로 양주 유양리에서 8개월, 1910년 6월 30일 통감부 통역생에 이어. 8월 5일 경기도 교하군 통역실습생 2년을 거처 1912년 6월 13일 경기북부에서 재직 중인 1913년 딸만 둘 있는 장씨 집안의 장숙명과 혼인하고, 1914년 3월 1일 경기도 고양군 근무 중 1914년 9월 16일 장남 아명 경행(복)이 출생 한 후 1915년 6월 1일 경남으로 전근 부산서 근무하다 11월 10일부터 창녕, 진주, 사천, 하동, 동래 등에서 군수로 군정에 임한다.

2. 색채에서 문향으로

한무숙(韓戊淑: 1918. 10. 25.-1993. 1. 30 2시 40분)은 종로 숭인동에 사시던 조부(祖父) 한헌(韓憲) 3형제 중 3남 한석명(韓錫命: 1890년-1953), 어머니 장숙명(張淑命)의 1남 4여 중 차녀로 1918년 5월 어머니가 창녕에 온지 5개월만 출생, 아명은 영숙, 호는 향정(香庭)은 1918년 5월 아버지의 직장관계로 창녕으로 이사 10월 25일 창녕에서 출생. 3월 1일 3.1만세독립운동이 일어난다. 1926년 부산 봉래보통학교 입학 전부터 병치레를 하던 3학년 때 독일베를린에서 개최된 세계 만국 아동그림전시회에 입상하나, 성악이 꿈인 화자는 성가독창을 하던 김말봉 선생과 음악으로 처음만나는데, 성대이상으로 어렸을 적 꿈을 접고. 1932년 2년의 공백을 남기고 보통학교를 졸업하고, 조선인이 다니는 중학은 4년제이나 일본인 학교 5년제 부산여중학교를 입학해 그림에 뜻이 있어 일본인

화가 아라이(荒井畿久代)씨에게 개인으로 서양화 기법을 지도 받으며, 1937년 부산고등여학교 5학년 때 일본 수학여행 중 발병된 병을 4년이 걸려 하동 지리산 자락에서 괴롭고 힘든 요양생활을 하던 중 보통학교 3학년 때 인연에 이어 1932년 중앙일보 신춘문예에 단편 「망명녀(亡命女)」가 당선된 여류작가요, 최초의 신문 연제를 하는 김말봉(金末峯: 1901년 4월 3일) 선생이 1935년 9월 26일부터 1937년 3월까지 동아일보에 김말봉의 연재소설 「밀림(密林)」 집필 당시 부산 좌천동(동구)에 살고 있던 시기로 밀림의 산실(産室)을 오고간다. 초기에 삽화를 맡았던 분이 유명한 화가 청전 이상범 선생에 이어 삽화(揷畵)를 242회에 걸쳐서 그릴 정도로 그림 실력이 뛰어났으나, 연제와 치료의 고행을 마치고 1938년 졸업하나 미술대학에 진학하지 못하지만 조선 총독부는 각 도(道)에 일어강습소를 1천 개를 열고서 일어 사용을 강요하던 시기이기에 소설의 묘미에 먼 훗날의 영역(塋域)되어 내면에 잠재한 듯하다. 1940년 병세가 호전되자 아버지의 7세 이전의 동계서당 동기생이며, 오랜 친구이며 연천에서 면장을 하던 김덕경(金悳卿)씨와 명륜동 주석(酒席)에서 혼기가 꽉 찬 자식에 동향이며 상대집안의 내력을 잘 알기에 4남 2여 중 차남이며 2살 위로 조선금융조연합회 6년 차인 김진흥(金振興: 1916. 6. 26-2005. 2. 8)과 창경궁에서 첫 선을 볼 때 4형제가 나왔고 시아주머니(진국)씨가 미남이고 신랑감인 줄 알았는데 그것은 착각이었다. 부군의 얼굴도 잘 익히지 못한 채 4월 29일 결혼식 올리고 경기도 연천의 견정동(통현리 10번지: 지금은 군부대가 주둔하고 있음) 시집살이와 4년 간 누워 병석에 계신 시어머니 병수발로 인연이 시작되었고, 전 후 16명이 32번 판서와 영의정 1명 배출해 낸 가풍이 있는 집안의 작은 며느리에 제사(祭祀)만 수 없이 많아서 그림 그리는 일이 여유롭지 못했고, 향정선생은 화가의 꿈을 접을 수밖에 없었다. 완고한 시댁의 정서와 강력한 반대에 부닥친 것이었다. 부군은 미술에 대한 꿈을 접은 향정을 격려해 잠재해 있던 문학이란 여정의 길로 우회(右回)하게 한 것은 부군의 열화로 이어졌고, 직장을 따라 옮겨다니며 경기도 광주군 곤지암 금융조합 근처인 신혼집에서 서울 역에서 일일 4회로 운행되는 경원선 완행열차 표를 1원 90전에 사서 시댁인 연천 통현리을 오고가다 물류와 상업의 중심지인 연천 장남 고랑포에 이사 와서 문학의 숲길로 들어섰다.

소설은 삶의 길목에서 일어나는 실상을 직 간접적으로 보여주는 것이기 때문에 감정적인 기능의 요소가 되어 문학의 소재가 무궁무진하고 감악산, 호로고로성터 백학산, 경순왕릉 임진강 동정호에 얼 빛어 춤추며 흐르는 고랑포에서 해방 전까지 향정선생이 보고 들은 수많은 것이 양분(養分)이 되어 허구와 현실을 해체하고 재구성하는 창작을 독자의 목인 상상력에 감각이 하나가 되는 화자가 생명력을 불어넣어 주옥같은 소설 스토리로 승화시켜 족적을 남기셨다.

이에 연천향토문학발굴위원회에서 일곱 번째 사업으로 한무숙 단편소설선집의 작품은 40년대 소설 「램프」, 「부적」 2편, 50년대 「파편」, 「명옥이」, 「얼굴」, 「월운」, 「돌」, 「천사」, 「감정이 있는 심연」, 「그대로 잠을」 8편, 60년대 「축제와 운명의 장소」 1편, 70년대 「양심」 1편 등 12편을 선정했다.

상허(尙虛) 이태준(李泰俊: 1904년 11월 4일-1960년대?) 소설가,

수연 박희진(1931년 12월 4일-2015년 4월 2일 연천 읍내리 예술원 회원) 시인은 사돈이며, 월파 김상용 시인, 김오남 근대 최초의 여류 시조시인 집 왕림리 삼거리는 걸어서 30-40분 거리였다. 연천 장좌리 출신 곽하신이 1938년 동아일보 신춘문예당선작 「실락원」 소설 부분에 최연소 18세(현재까지 최연소 기록임)에 당선되었고, 1939년 11월 10일 조선 총독부는 한민족 말살정책으로 조선민사령(朝鮮民事令)을 개정하고, 일본식으로 창씨개명을 강요하며 국민징용을 실시하고 친일 문학단체인 '조선문인협회'가 결성된 2년 후인 1941년 장녀 영기(榮起) 출생과 1942년 장남 호기(虎起) 출생 와중이며, 부군이 서울 출장을 자주 가는 날 밤마다 연필로 썼다는 첫 장편소설을 1942년 신시대지에 모집광고를 보고 장편소설 『등불 드는 여인(燈を持つ女)』을 일본어로 투고해 문단에 등단. 신혼집을 정리하고 연천 고랑포 시절인 1943년 단막극(單幕劇) 「마음」과 1944년 사막극(四幕劇) 「서리꽃」이 각각 '조선연극협회' 희곡 작품 현상공모에 연이어 당선되며, 그는 문단과 연극계의 주목을 받으며, 1944년 차남 용기(龍起) 출생에 이어 1945년 8월 15 해방의 감격도 잠시 23일 연천군 전곡에 소련군과 북한 4사단이 진주하였고, 38선 경계 구획협의 후 미군과 소련군이 분할 점령한 것이 분단의 빌미가 되고 말았다. 고랑포 집과 직장을 정리하지 못하고 할머니와 아버지는 통현리에 두고 서울 돈암동으로 온다. 24일 동두천-전곡 사이의 38선에서 경원선 철도의 열차운행 차단하고 28일 38선 연천 등지에 경비부대 배치하고, 8월 30일 조선 미 극동사령부는 조선의 안정을 위해 군정을 선포하며, 9월 2일 9시 8분 요꼬하마 근해 40해리지점 미주리호에서 다른 연합국이 남북의 일본군 무장해제를 위해 38선을 경계로 삼아 점령하니 자유롭게 부모님이 계시는 통현리 집을 오고가지 못하는 혼탁한 군정시기 때 2남 2녀에 임신 와중인 1948년 부산의 국제신보 장편소설 모집에 강점기를 거쳐 8·15해방에 이르는 격변의 배경으로 동학군에게 피살된 군수 집안의 두 아들과 딸 삼대가 격변하는 역사의 소용돌이를 어찌 헤쳐 나오는지를 리얼하게 파헤친 누워서 쓴 원고지 1,700매 분단의 한탄강 주변의 이야기의 소재 소설인 「삼대」는 마감 날인 12월 5일 접수해서 주필 송지영, 박종화 심사위원장 심사로 당선되나 시상식에는 참석하지 못했고, 국제신보가 패간 되고, 태양신문에 주필을 맡게 된 송지영 선생이 책명을 「역사는 흐른다」로 고치자고 했다. 그 이유는 「삼대」 라는 소설은 염상섭선생의 대표작으로 1931년 1월 1일부터 9월 17일까지 총 215회에 걸쳐 조선일보에 연재됐던 작품이라는 것이다. 송지영선생의 주선으로 태양신문(학국일보 전신)에 연재하면서 본격적인 작품을 시작하였다. 해방 전 작품들은 피난통에 분실하였고, 「월운(1954)」, 「감정이 있는 심연(1957」)과 4·19를 다룬 「대열 속에서(1961)」, 「축제와 운명의 장소(1962)」, 1970년 2월 차남을 잃자 유교에서 천주교로 혜화동 성당을 다니며 「우리 사이 모든 것이(1971)」, 「유수암(流水庵)(1963)」, 「생인손(1982)」, 1986년 8월 8일 특집드라마(2부작) '생인손' 방송되고, 1987년 백상예술 대상을 수상. 「송곳:1982」, 「만남: 1984)」, 수필집 「내 마음에 뜬 달」, 「감정이 있는 심연(深淵)」 등의 작품을 토해내며, 문인단체의 임원과 예술원 회원으로 1957년 자유문학상, 1973년 신사임당 수상, 대한민국 문화훈장, 대한민국 문학상 대상. 제30회 3.1문화상(예술대상), 대한민국 예술원상 등을 수상. 문인협회 이사, 국제펜한국본부 이사로 외국을 돌며 한국소설문학에 대한 강연을 여러 차례를 하였다.

3. 여정에서 피운 문향

제2 장편소설 「빛의 계단」에 등장하는 장단(현 연천군 백학면)과 개풍군 중면 대룡리와 정약종(丁若鍾) 둘째 아들로 역관의 종으로 위장해 중국을 9차례 오가며 천주교가 자생적으로 뿌리내리게 한 정하상(丁夏祥: 1795-1839. 9. 22) 바오로를 중심인물이 전교활동의 여정, 1909년에 개성 본당에서 신암리 공소가 개소되는 과정전야가 농익은 실명소설 「만남」은 미국에서 영역 출판된 주인공 다산(茶山) 정약용(丁若鏞: 1762년 6월 16일-1836년 2월 22일)과 장단(長湍) 오음리(梧陰里)는 아버지 정재원(丁載遠: 1730-1792) 외가의 선영으로 연천 현감으로 있던 오음공파 윤두수가 외조부로 1768년 6세 때 연천 현감이 된 아버지를 따라와서 유년을 지낸 인연이며 암행어사 시절 남긴 시 한 편이 영화로 만들어졌다.

연천군 적성면(積城面) 장좌리(葬佐里)는 고랑포에서 마주보이고 오음리는 사미천 따라 오르면 되는 정겨운 곳이지만 1945년 9월 2일 미·소 양국이 그 선을 분할하니 연천군 대부분이 38선 이북이 되었고, 적성면과 남면은 38선 이남이었기에 이웃집 할머니에게 들은 전설의 「돌」 신앙의 전설은 장자리에 큰 부자가 살았는데 전치(轉致)란 미풍양속에도 인색하고 고악하기 그지없어 동리사람은 물론 인근 주민들에게도 인심을 잃었고 과객이나 나그네 스님이나 걸인에게도 그 도가 심하였으며, 기부나 덕이 없고 몰염치하다고 입소문이 자자하였다. 어느 날 수행하는 스님이 방문해 탁발을 청하니 눈을 크게 뜨고 거절하면서 시주할 쌀이 어디 있느냐며 말똥이라도 받고 싶다면 주겠다고 하였다. 그러면 그 말똥이라도 달라고 하니 장좌는 말똥을 스님의 바루에 넣었다. 부엌에서 보고 있던 며느리가 시아버지가 하는 행위가 너무하다 싶었는지 몰래 쌀 한 되박을 퍼가지고 나와 시주를 하였다. 스님은 시주를 받아들고 며느리에게 합장해 고개 숙이며 인사로 시주님의 가장 귀중한 것을 빨리 가지고 나오라 하니 며느리는 허둥지둥 아이를 등에 업고서 나왔다. 스님은 며느리에게 앞으로 무슨 일이 있어도 절대로 뒤를 돌아보지 말고 나를 따라 오라며 임진강을 건너 고랑포에 이르렀다. 그때 뒤에서 천지가 진동하는 벼락소리에 며느리가 놀라서 뒤를 돌아보는 순간 며느리와 등에 업힌 아이는 화석(化石)이 되였다고 전해지며, 그 돌은 고랑포 어귀(연천군 백학면 고랑포 4리). 향정선생은 이웃인 방앗간 옆 김씨 보살 할머니가 1칸의 토담집을 짓고서 며느리바위는 미륵바위 · 벼락바위 등으로 오랫동안 치성드리며 모시던 중 6 · 25동란에 9번이나 밀리고 밀리는 격전지이고 동란 전 화신백화점 분점과 번성하던 금융조합 상권들도 폭격으로 흔적이 없어졌고 강을 굽어보는 정자와 이정표 간판만 길마중 한다. 장좌의 고래 등 같은 기와집은 벼락을 맞아 자리에 큰 연못이 생겨나 현재까지 장자못으로 전해지며, 이 연못은 적성면 장좌리 479번지 일대이며, 5,898평의 늪지가 되어 전설로 구전으로 문학의 소재(素材)가 되었다.

– 중략 –

「나의 시계의 끝에 숙명처럼 서 있기 때문인가?」

돌은 장자못(長湺地)을 굽어보는 언덕 모퉁이 늙은 느티나무 밑에 서 있었다.

- 중략 -

혹 이른 아침 풀 이슬이 반짝거리는 언덕길을 거닐며 눈을 앞으로 던지면, 저만치 서 있는 느티나무 밑의 그 돌은 무엇인지 숙명적인 것을 느끼게 하였고, 낙조 때 장자못에 지는 석양을 역광(逆光)으로 받는 모습은 저물어 가는 하늘 아래 그리움과 고독이 그대로 굳은 것 같았다.

- 단편 「돌」 중에서

역사와 전설이 탈색되고 지루한 구전을 제 살을 비집는 변신으로 해체해 재구성으로 그려지는 마을 그리움과 고독이 돌이 되어 이정표가 되었는데 그리움의 대상도 타는 노을에 역광(逆光)으로 다가와 희미한 장자리(長湺里)는 큰 연못과 버드나무가 있어 붙은 이름이며, 사구(砂丘: 모래언덕)은 다그마노스란 미군 훈련장이 되었지만 아직도 '장좌리'란 이름은 버릴 수 없는 행정리(行政里)이며, 이 마을이 형성된 것은 삼국시대 이전이며, 호로고루(호로탄)와 이진미성으로 연결되어 있어, 외면당하지 않는 소시민의 애환을 소재로 시대를 쓸고 간 파고(波高)속 깊은 곳에서 끌어낸 허무맹랑하지 않아 독자들에게 사랑받는 명작의 고향으로 현재에 이른다. 향정선생의 소설은 많은 평론가들에게 발표되었고, 매년마다 연구되며 소설 독후감 공모로 10회를 거처 발표되기에 필자는 두 가문과 고향의 정서와 정경에 그 비중을 두었다.

4. 실향과 문향이 피어나던 정경(情景)

한탄강, 임진강은 분단의 상징이 되어 있고 남한으로 흐르는 그 길의 절반이며 서해바다의 간만의 썰물에 따라 민물과 바닷물이 들고 나는 곳이라 그런지 장단군, 적성군, 연천군, 양주군, 파주군로 5번의 군(郡)명이요, 장좌리, 장자울, 장좌울, 장좌동, 장자못 5인칭의 마을에서 야미리 앙암사(숭의전) 잠두봉 절벽 아래까지 해당된다. 고랑포는 임진강 북안(北岸)의 나룻터이다. 한탄강, 임진강이 만나는 삼각평야로 얕은 여울이 발달해 고대로부터 물류의 교통의 중심지였다. 고랑포서 코앞인 남안(南岸)인 장좌리까지 도섭(渡涉: 걸어서 강을 건넘)이 가능한 수위이기에 6·25때 북한군 제1사단은 전차부대를 앞세워 38선을 넘어서 장좌리로 도하했다. 또한 북한의 124군부대 특수훈련을 받고 1968년 1월 12일 김신조(金新朝) 일당도 미 제2사단의 방어선과 철책을 뚫고 걸어서 임진강을 건넜다. 경기도 연천군 적성면 장좌리 122번지(장좌울: 지금은 임진강변 고랑포 적벽으로 민간인 통제지역)으로 민간인은 살지 않고 군 초소만이 있지만 고려시대엔 송도 팔경 중 한 곳으로 명작과 문향의 고향이며 농어촌과 상권으론 경기북부 최대의 수운(水運) 임진강 여울목에 있던 고랑포(高浪渡, 皐浪渡)는 강을 사이에 두고 고랑포와 윗고랑포로 연결되었던 지역으로 임진강변의 여러 나루터 중에 가장 번성했던 곳이며, 이곳과 연결된 적성면 장좌리는 자연스럽게 물류의 중심지로 발달하였다.

한국전쟁 때 피난으로 인해서 폐허가 된 그 자리에 외국 군인이 주둔하였고, 종전이 되어 피난을 떠났던 주민들이 고향을 찾아왔지만 황패해진 마을과 강 언덕엔 미군이 주둔하고 있어 집과 농터를 잃었다. 1963년 케네디 암살사건 발생 후 이 주변 10여 곳이 미군부대의 훈련장으로 지정되어 나라에서 공여(供與)를 시작한다.

고랑포에서는 임진강 남안(南岸)인 장좌리까지 걸어서 강을 건넘이 가능하기 때문에 이후에 군 작전상 필요하다는 이유로 수용되었다. 1980년부터 부대로부터 영농증명을 발부 받아서 농사를 질 수 있는 농토에는 농작물 경작이 시작되었다. 1993년 문민정부 출범 후 사용하지 않는 미군 훈련장을 원 지주에게 돌려달라는 탄원의 시작과 반환 요구를 시작한 지 26년의 세월이 지나갔지만, 강바람을 먹음은 억새능선과 임진강 물 주름이 장단호에 비추어 허리 춤추며 적벽(赤壁)의 품에 안겨 풍요를 잊지 못해 잠꼬대하는 고랑포구 바라보며 구슬피 울면, 군용차량이 지나며 황사먼지를 피우지만 고대소설 「옹고집전」이 형성되게 한 근원설화의 현장이다.

5. 감정이 있는 심연(深淵)의 거리

향정선생은 부친을 따라 경상남도 6개 시·군으로 전전했고, 부군의 직장을 따라 경기도 전역으로 다니다 정이 들 때 쯤 되면 거주지를 자주 옴기어 다녀서 자녀들과 안고 살아야하는 정서의 부재로 “고향이 없는 부평초 같다던” 수필의 한 구절이 그 의미…

향정선생은 자녀 5명을 박사에 사회의 일원으로 뒷바라지를 마친 1992년 12월 26일 동아일보에 「‘삶의 고뇌’삭이려 문학 택했다」을 마지막 쓴 유언이고 작품이다. 1993년 1월 30일 류마티스성 심장내막염으로 영면, 본인의 유언에 따라 2월 3일 명동성당에서 장례식을 마치고 1970년 2월 미국에서 교통사고로 신답리에 먼저 잠든 첼리스트며 의학박사인 차남이 마중하는 선영에 들었고, 1993년 12월 30일 1주기로 유고집 「풍요한 부재」를 이호철, 김진흥이 문인 71명 가족 12명의 주옥같은 추모의 정으로 엮어 편저로 발간, 한무숙 문학관 문학상을 만들고 2002년 향정선생의 유고전집 20권을 발간 후, 13년 후 백농선생도 간암으로 영면하니 신답리 합장한 유택에서 다시 만난다.

문학관은 명륜장 현판을 걸고 향정선생이 40년 동안 살았던 옛집으로 부군 백농도 수필가요 서예로 그림은 유산 민경갑, 서예는 오정 김진해선생에게 사사를 받으며 은행장을 11년 지낸 은행가요 문학관장으로 1977년 「부부 서화집」, 1984년 「회고록」, 「사부」, 「마음 가는 대로」, 1996년 「못다 한 약속」에 이어 7월 6일 숙명여대 한무숙 코너를 만들어 책 5천 권을 기증하며 「여가」 2002년 등과 2006년 6월 20일 부부유고집 「풍요한 부재 2」 권을 장녀 영기, 장남 호기 재단이사장과 같이 발간하였다.

1953년부터 작고할 때까지 온 정성을 다하여 가꾸고 다듬은 전통 한옥은 성균관대학 부근에 자리 잡은 이 고택은 대지 104평에 건물 98평으로 20세기 초 장안의 대목 심목수라는 분이 지었다. 덕은 자손을 위해 쌓는 것을 잊지 않은 그녀의 가족들은 이 집을 잘 보존하기 위해 2월 한무숙문학관 개관, 7월 재단법인 한무숙재단설립, 1995년 2월 문학상 시작, 시상금 2,000만원 24회가 되었다. 문학관협회와 박물관으로 등록해 2대 이사장(호기: 국립중앙과학관장)으로 한국 근대문학의 자료와 서화, 대가들의 그림 30점 육필 및 유품 도서 1만권 가득히 정리해서 종로구에 무상으로 기증하여 구청에서 관리 운영되고 있다. 문학상을 1993년 제정 26회가 되었다. 백농선생은 수필가이며 서화가로 필력을 인정받는 분이었다. 향정선생도 그림에 미련을 버리지 못하고 부군과 아마추어 화가로 묵향을 피운 동양화를 그려서 부군과 함께 76, 85, 90년 세 번에 걸쳐 부부 서화전을 열었다.

향정선생은 결혼 43년 뒤안길 살아온 존경과 사랑의 기록을 파노라마같이 번호와 기록들을 적어 사진 접에 정리되어 남겼다. 4자매 중 한정숙은 교사이며 수필가로 미국으로 이민, 한묘숙은 리차드 위트컴(Richard S. Whitcomb, 1894-1982)장군과 결혼 국제로비스트로 북한을 25번 이상을 오고간 위트컴 희망재단 이사장(역), 막내는 향정선생에 버금가는 소설가며 생존한 한말숙 선생에게 언니 부부의 대한 옛이야기를 들었다.

명륜장 문단야사 백농선생과 서울 상대 후학에 향정선생의 문단 후학이며 기인(奇人)인 천상병은 부산 대학시절 한때는 부산서 가족처럼 지냈다. 환도 이후 명륜장까지 그 인연은 이어져 가장 많이 드나든 문인에 속한다. 많은 문인들을 초대해 음식과 술을 대접하며, 약간의 차 값을 남들 모르게 주머니에 넣어주기도 하고, 밤이 늦으면 재워 보내기도 했다. 1954년 쯤 어느 날 향정선생 초청한 세 사람에게 여느 때와 다름없이 술과 음식을 대접했고, 통행금지 시간이 임박해서 한 사람 집으로 갔으나 천상병과 한 문인은 더 마시다가 그대로 잠이 들었고, 새벽녘에 목이 말라 잠에서 깨어 물을 찾다가 향정선생의 화장대 위에 놓인 작은 향수 반병쯤 남은 것을 이게 웬 양주냐 하며 다 마셨다. 천상병은 쓰러졌고,

곧 발견되어 즉시 병원에 옮겨져 위세척을 했다. 그런데 의사 말이 웃음이 난다. "환자의 입, 코에서 숨 쉴 때 마다 향수냄새가 나고 있다"고 했다. 천상병은 향수를 마신 이 나라 최초의 시인이다. 또한 취중에 향정의 방 윗목에 소변을 봐서 놀림을 당하기도 했지만 문인들과 술자리에서 웃고 말며 향수의 맛도 양주 맛과 같아했다고 했다 한다. 문단의 아름다운 미담과 정담 익살은 전설이 되어 추억의 거리에서 고인을 그리며 시심 「김용기를 회상하며」 통곡하는 글… 우리 문단에서 가장 많은 일화를 남긴 「귀천」의 시인 그래서 문인은 위대한지 모른다.

2018년 6월 25일 한무숙선생 탄생 100주년 특집 PEN 문학 143호에 지인들과 회상했으며, 대산문화재단과 한국작가회의는 대상 문인 9명 중 한무숙은 격동하는 개화기 남성 중심적 악업구조의 여성주체와 한계를 극복함을 형성화한 작가로 선정. (재)한무숙재단은 서울시 후원으로 세계한국어문학회, 숙명여대 한국어문학부와 공동으로 25일 100주년 기념관에서 '한무숙의 삶과 문학정신'을 주제로 학술대회를 열었다. 문학세계를 재조명을 위해 강정애 숙명여대 총장, 한말숙 소설가, 황동규 시인, 김주연 평론가, 발표는 서정자 초당대 교수(명), 이덕화 평택대 교수(명), 김영기 조지워싱턴대 교수(명), 김현주 한양대 인문대 부교수, 안미영 건국대 교수, 정끝별 시인은 추모시 낭송했다.

작가의 작품연보와 약력은 선집에 정리되어 있어 생략하고 신답리 선영을 관리하고 있는 종손 김성기(금호그룹 미주주재 이사(역)씨가 고양시 집에서 부부가 달려와 유택을 가꾸며 안내하며 「백동의 봄」 과 구술(口述)로 들려준 집안 내력과 숙부 김진억의 수필집 자료를 주심에 두 손 모으며, 향정선생의 묘비 옆면 음각된

「마지막 남기고 간 말」과 유택 좌측 오석 시비 앞면 구상, 뒷면에 천상병, 백농선생의 시와 필자의 추모시를 뒤로하며 문향이 바람과 노니는 신답리 숲에서 걸어 나온다.

세월이 흐르면

김진홍

세월이 흐르면
영원이 온다.

영원이 오면
모든 것을 잊으리.

마지막 남기고 간 말

한무숙

너희들이 있어 나는 언제나 행복하였다.
부디 사이좋게 행복하게 지내라
나는 너희의 모든 것을 사랑하였다
너희의 잘못과 어리석었던 것 까지도.

추모송

구상

오롯이 한 평생을 부엌살림 하시면서
심혈을 기울이사 비단 짜듯 글을 쓰셔
이 나라 소설문학에 영롱한 별 되셨네,

결 고운 마음씨에 인성이 도타우셔
만나는 가슴마다 향훈을 남기시니
가시매 옥 같은 그 인품 새록새록 그립네,

통곡합니다. 韓戊淑 선생님

천상병

한무숙 선생님이
돌아가셨다 우리를 남긴 채
그 고결하던 인품과 지혜가
저 세상으로 가셨다
내가 대학생 때
하숙 생활을 하지 말고
우리 집에 와서 공부하라고 한
한 선생님 언제나 인자하셨고

그리고 다정다감하셨던 한 선생님
지금 저 세상에서
달콤한 영민을 가득하시겠지오.

한탄강 하늬바람

김경식

오봉산과 아들 유택 굽어보는
신답리 유택에서
못다 이른 어미사랑
냉이 꽃 피워내는
향기 가득한 숲(香庭)
한탄강 바람의 속삭임.

부 록

작가연보 및 작품연보

작가 연보

1918. 10. 25	한석명(韓錫命), 장숙명(張淑命) 夫妻의 차녀로 외가인 종로구 통의동에서 출생.
1919.	부친의 직업 관계로 경상도로 이사.
1926.	국민학교 2학년 때, 베를린 세계 만국 아동 그림 전시회에 입상.
1931.	이 해부터 일본인 화가 아라이(荒井畿久代)씨에게 사사(師事), 그림 공부 시작.
1936.	부산고등여학교 졸업, 폐결핵으로 이해부터 요양 생활에 들어감.
1937.	小康을 얻어 동아일보에 연재된 김말봉의 장편소설 「밀림(密林)」의 삽화를 그림.
1939.	다시 요양 생활 시작.
1940.	병세가 약간 호전되자, 김덕경(金悳卿)씨의 차남, 은행가 김진흥(金振興)과 혼인. 결혼 후 엄한 집안의 며느리로서 그림 그리는 일이 불가능해지자 작가 생활로 전신.
1941.	장녀 영기(榮起) 출생.
1942.	장남 호기(虎起) 출생.
1942.	《신시대(新時代)》 잡지의 장편소설 공모에 「燈を持つ女 도모시비오 못츠 히또 (등불드는 여인)」으로 당선 되어 문단에 등단.
1943.	조선연극협회 희곡 모집에 단막극(單幕劇) 「마음」으로 당선.
1944.	조선연극협회 희곡 모집에 사막극(四幕劇) 「서리꽃」 으로 당선.
1944.	차남 용기(龍起) 출생.
1946.	차녀 현기(賢起) 출생.

1948.	국제신보사 장편소설 모집에 응모, 「역사는 흐른다」로 당선. 삼남 봉기(鳳起) 출생.
1949.	국제신보사 폐간으로 인하여 「역사는 흐른다」를 태양신문(太陽新聞)에 다시 연재.
1950.	자양당에서 「역사는 흐른다」를 단행본으로 출판.
1951. 1.	한국전쟁 시 부산으로 피난.
1953. 8.	서울 수복에 따라 귀경.
1954.	병 재발로 요양 생활 다시 시작.
1956.	정음사에서 단편소설집 「월운(月暈)」 출판.
1957.	현대문학사에서 단편소설집 「감정이 있는 심연(深淵)」 출판.
1958. 3.	단편 「감정이 있는 심연(深淵)」으로 1957년도 자유문학상 수상.
1960.	현대문학사에서 장편 「빛의 계단(階段)」 출판.
1961.	신문윤리위원.
1962.	국제 펜클럽 한국본부 이사. 서울시 도시미화 자문위원.
1962. 10.	일본 아사히 신문(朝日新聞)과 일본 PEN 초청으로 도일, 각 대학에서 강연(연제: "한일 문화의 상봉").
1963. 10.	일본 문예지 〈文學散步〉사 초청 문학 강연(연제: 한일 두 자연주의 작가, 廉想涉과 島崎藤村의 유사점과 차이점).
1963.	수필집 「열길 물속은 알아도」 서울 신태양사 출판.
1963.	단편소설집 「축제와 운명의 장소」 서울 휘문출판사.
1964.	장편 「석류나무집 이야기」, 월간지 〈여상〉에 연재.

1965.	Bled, Yugoslavia에서 개최된 국제 펜클럽 회의에 한국 대표로 참석. 주제발표(Writers and Korean Contemporary Society). 영문번역집, In the Depths, 서울 휘문출판사 출판.
1966.	영문번역집, The Running Water Hermitage, 서울 문왕출판사 출판.
1969.	Menton, France에서 개최된 국제 펜클럽 회의에 한국 대표로 참석.
1970. 2.	차남 용기(龍起) 미국에서 교통사고로 사망.
1971. 5.	일본 여성지 슈우후노 토모(主婦之友)사 초청으로 강연, "お茶の水會館"에서(연제: 일본에 끼친 백제 문화의 영향).
1971. 11.	일본 교토에서 개최된 "일본 문화 세계회의"에 한국 대표로 참석.
1973. 5. 17.	신사임당(申師任堂)상 수상.
1974. 12	Jerusalem, Israel 국제 펜클럽 회의에서 한국대표로 논문 발표.
1976. 6.	한국 중앙박물관회 이사.
1976.	한무숙·김진홍 부부 서화전(신문회관).
1978.	한국 여류문학인회 부회장.
1978.	Stockholm, Sweden 국제 펜클럽 회의에 한국 대표로 참석.
1978.	단편소설집 「우리사이 모든 것이」 서울 문학사상사 출판.
1979.	한국 소설가협회 대표위원(부회장).
1979. 11.	Mexico City, Mexico에서 개최된 AMPE 국제회의에서 주제 발표("Agony of Working Women").
1979. 11.	미국의 University of Hawaii에서 문학 강연(연제: "Postwar Korean Literature").

1980.	한국 여류문학인회 회장.
1980. 2.	한국 문인협회 이사.
1980.	미국 George Mason 대학에서 문학 강연(연제: "상대 일본에 끼친 한국 문화의 영향").
1981.	수상집「이 외로운 만남의 축복」서울 한국문학사 출판.
1983.	영문번역집, The Hermitage of Flowing Water and Nine others, Gateway Press, Baltimore, MD 출판.
1984.	한국가톨릭문우회 회장.
1985. 6.	제2회 한무숙・김진흥 부부 서화전 (利馬美術館).
1986. 7.	미국 George Washington 대학에서 문학 강연(연제: "Shamanism and Korean Literature")
1986. 7. 26	대한민국 예술원 회원.
1986.	장편소설「만남, 상·하」출판.
1986. 10. 26.	대한민국 문화 훈장.
1986. 11. 14.	대한민국 문학상 대상 수상,
1987. 5. 12.	미국 Harvard 대학에서 문학 강연(연제: "Korean Literature in the Era of National Division").
1987.	단편소설집「생인손」문학사상사 출판.
1988.	서울에서 개최된 제 52차 국제 펜클럽 회의에서 문학연구발표(연제: "Korean Literature in the Era of National Division").
1989 .3. 1.	제30회 3・1 문화상 (예술 대상) 수상.

1990. 2. 10.	일본 문화연구회 초대 회장.
1990.	수필집 「내 마음에 뜬 달」 스포츠 서울 출판.
1990. 12. 28.	한국 소설가협회 상임 대표위원(회장).
1990. 7. 26.	서울 프레스 센터에서 제 3회 김진홍·한무숙 부부 서화전.
1991. 10. 18.	대한민국 예술원상 수상.
1992.	장편소설 「만남」의 영역, Encounter, 미국 Berkeley가주대학 출판사(university of California Press, Berkeley) 출판.
1993.	향년 75세를 일기로 별세.

작품 연보

구분	작 품 명	발표연월일	발 표 지 명	비 고
장편	역사는 흐른다	1948.	국제신보	응모당선 연재 (국제신보 폐간으로)
장편	역사는 흐른다	1948.	태양신문	
단편	정의사(鄭醫師)	1948. 4.	문예	
단편	램프	1948. 8.		
단편	부적(符籍)	1948. 10.	문예	
단편	내일없는 사람들	1949. 9.	문예	
단편	삼층장	1949. 11.		
단편	수국(水菊)	1949. 12.	희망	
단편	김일등병	1951. 4. 5.		
단편	파편	1951. 5.		
단편	대구로 가는 길	1951. 9.		
단편	아버지	1951. 10.	문예	
단편	소년 상인	1951. 11. 14	백민	
단편	떠나는 날	1952. 3.		
단편	귀향	1952. 6. 29.	문예	
단편	심노인(沈老人)	1952.		
단편	환희	1953. 1.		
단편	허물어진 환상	1953. 5. 5.	문예	
단편	모닥불	1953. 5.	여원	
단편	명옥이	1953. 5.		
단편	군복	1953. 6.		

단편	굴욕	1953. 7. 23.	서울신문	
단편	집념	1954. 3. 10.	문예	
단편	얼굴	1954. 11.		
단편	월운	1955. 6. 6.		
단편	돌	1955. 9.	문학예술	
단편	천사	1956. 5. 2.	현대문학	
단편	감정이 있는 심연	1957. 1. 10.	문학예술	
단편	그대로의 잠을	1958. 11.	사상계	
장편	빛의 계단	1960.	한국일보	연재
단편	대열 속에서	1961. 10.	사상계	
중편	축제와 운명의 장소	1962. 10.	현대문학	
단편	배역(配役)	1962. 10.	사상계	
단편	그늘	1962.	예술원 회보	
중편	유수암	1963. 10.	현대문학	
평론	전후의 한국문학	1963. 11.	일본문예지(文藝)	
장편	석류나무집 이야기	1964.	여상	연재
단편	우리사이 모든 것이	1971. 9.	현대문학	
중편	어둠에 갇힌 불꽃들	1978. 6.	문학사상	
단편	양심	1978. 8.	현대문학	
단편	이사종의 아내	1978. 9.	문학사상	
단편	회고전(回顧展)	1978. 11.	한국문학	
단편	생인손	1981.	소설문학	
단편	송곳	1982.	소설문학	
단편	손가락	1983.	문학사상	

저작집 연보

구 분	제　　　목	발간연월일	수록작품명	출판사명
장 편	역사는 흐른다	1950. 3. 10.		자양당
창작집	월운	1956. 8. 10.	내일없는 사람들. 김일등병. 돌. 월운. 파편. 모닥불. 허물어진 환상. 귀향. 굴욕. 정의사. 심노인. 명옥이. 램프. 소년 상인.	정음사
창작집	감정이 있는 심연	1957. 12. 10.	천사. 집념. 부적. 대구로 가는 길. 얼굴. 떠나는 날. 환희. 아버지. 군복. 수국. 감정이 있는 심연.	현대문학사
장 편	빛의 계단	1960. 12. 30.		현대문학사
수필집	열 길 물속은 알아도	1963. 10.		신태양사
창작집	축제와 운명의 장소	1963. 10. 30	축제와 운명의 장소. 대열 속에서. 그대로의 잠을. 배역.	휘문출판사

			그늘. 유수암.	
영문판 창작집	In the Depth	1965.	Shadow. Put me to Sleep. A Halo around the Moon. Dr. Chung. In the Depth. By the Fire. Splinters.	
영문판 창작집	The Running Water Hennitage	1966.	A Letter. The Angel. The Rock. The Running Water Hennitage.	휘문출판사
창작집	우리사이 모든 것이	1987. 9. 15.	우리 사이 모든 것이. 양심. 이사종의 아내. 회고전.	문학사상사
수상집	이 외로운 만남의 축복	1981. 1. 10.		한국문학사
영문판 창작집	The Hennitage of Flowing Water and Nine others	1983.	The Hennitage of Flowing Water. The Washed-out Image. The Amulet. Shadow. The Halo around the Moon. Abys.	Gateway Press, Inc. Baltimore, MD, USA
장편집	만남(상, 하)	1986. 6. 10.		정음사
창작선	생인손	1987. 2. 25.	생인손. 송곳. 숟가락. 우리 사이 모든 것이.	문학사상사

			이사종의 아내. 어둠에 갇힌 불꽃들.	
수필집	내 마음에 뜬 달	1990. 6. 15.		스포츠서울
소설집	한무숙단편소설선집	2019. 6.		연천향토 문학발굴 위원회

한무숙단편소설선집
失鄕과 긴 餘情을 마치고

2019년 6월 20일 초판 인쇄
2019년 6월 30일 초판 발행

엮은이 : 편집위원
펴낸이 : 연규석
펴낸데 : 연천향토문학발굴위원회
경기도 연천군 연천읍 연신로 530
전화 : (031) 834-2368

되박은데 : 도서출판 고글
등록 : 1990년 11월 7일(제302-000049호)
전화 : (02)794-4490

값 15,000 원

※ 경기문화재단 문예지원금을 일부 받았음.